庫

奇想と微笑

太宰治傑作選

森見登美彦編

光　文　社

目次

失敗園

(わが陋屋《ろうおく》には、六坪ほどの庭があるのだ。愚妻は、ここに、秩序も無く何やらかやら一ぱい植えたが、一見するに、すべて失敗の様子である。それら恥ずかしき身なりの植物たちが小声で囁《ささや》き、私はそれを速記する。その声が、事実、聞えるのである。必ずしも、仏人ルナアル氏の真似《まね》でも無いのだ。では。)

とうもろこしと、トマト。

「こんなに、丈ばかり大きくなって、私は、どんなに恥ずかしい事か。そろそろ、実をつけなければならないのだけれども、おなかに力が無いから、いきむ事が出来ないの。みんなは、葦《あし》だと思うでしょう。やぶれかぶれだわ。トマトさん、ちょっと寄りかからせてね。」

「なんだ、なんだ、竹じゃないか。」

「本気でおっしゃるの?」

「気にしちゃいけねえ。お前さんは、夏痩《や》せなんだよ。粋《いき》なものだ。ここの主人の話に拠《よ》ればお前さんは芭蕉《ばしょう》にも似ているそうだ。お気に入りらしいぜ。」

「葉ばかり伸びるものだから、私を揶揄《やゆ》なさっているのよ。ここの主人は、いい加減よ。私、ここの奥さんに気の毒なの。それや真剣に私の世話をして下さるのだけれども、私は背丈ばかり伸びて、一向にふとらないのだもの。トマトさんだけは、どうやら、実を結んだようね。」

「ふん、どうやら、ね。もっとも俺は、下品な育ちだから、放《ほ》って置かれても、実を結ぶのさ。軽蔑し給うな。これでも奥さんのお気に入りなんだからね。この実は、俺の力瘤《ちからこぶ》さ。見給え、うんと力むと、ほら、むくむく実がふくらむ。も少し力むと、この実が、あからんで来るのだよ。ああ、すこし髪が乱れた。散髪したいな。」

クルミの苗。

「僕は、孤独なんだ。大器晩成の自信があるんだ。早く毛虫に這いのぼられる程の身分になりたい。どれ、きょうも高邁《こうまい》の瞑想《めいそう》にふけるか。僕がどんなに高貴な生まれであるか、誰も知らない。」

ネムの苗。

「クルミのチビは、何を言っているのかしら。不平家なんだわ、きっと。不良少年かも知れない。いまに私が花咲けば、さだめし、いやらしい事を言って来るに相違ない。用心しましょう。あれ、私のお尻をくすぐっているのは誰？　隣りのチビだわ。本当に、本当に、チビの癖《くせ》に、根だけは一人前に張っているのね。高邁な瞑想だなんて、とんでもない奴さ。知らん振りしてやりましょう。どれ、こう葉を畳んで、眠った振りをしていましょう、いまは、たった二枚しか葉が無いけれども、五年経《た》ったら美しい花が咲くのよ。」

にんじん。

「どうにも、こうにも、話にならねえ。ゴミじゃ無《ね》え。こう見えたって、にんじんの芽だ。一箇月前から、一分も伸びねえ。このまんまであった。永遠に、わしゃ、こうだろう。みっともなくていけねえ。誰か、わしを抜いてくれないか。やけくそだよ。あははは。馬鹿笑いが出ちゃった。」

だいこん。

「地盤がいけないのですね。石ころだらけで、私はこの白い脚を伸ばす事が出来ませぬ。なんだか、毛むくじゃらの脚になりました。ごぼうの振りをしていましょう。私は、素直に、あきらめているの。」

棉《わた》の苗。

「私は、今は、こんなに小さくても、やがて一枚の座蒲団《ざぶとん》になるんですって。本当かしら。なんだか自嘲したくて仕様が無いの。軽蔑しないでね。」

へちま。

「ええと、こう行って、こうからむのか。なんて不細工な棚なんだ。からみ附くのに大骨折りさ。でも、この棚を作る時に、ここの主人と細君とは夫婦喧嘩をしたんだからね。細君にせがまれたらしく、ばかな主人は、もっともらしい顔をして、この棚を作ったのだが、いや、どうにも不器用なので、細君が笑いだしたら、主人の汗だくで怒って曰《いわ》くさ、それではお前がやりなさい、へちまの棚なんて贅沢品《ぜいたくひん》だ、生活の様式を拡大するのは、僕はいやなんだ、僕たちは、そんな身分じゃない、と妙に興覚めな事を言い出したので、細君も態度を改め、それは承知して居ります、でも、へちまの棚くらいは在ってもいいと思います、こんな貧乏な家にでも、へちまの棚が出来るのだというのは、なんだか奇蹟みたいで、素晴しい事だと思います、私の家にでも、へちまの棚が出来るなんて嘘みたいで、私は嬉しくてなりません、と哀れな事を主張したので、主人は、また渋々《しぶしぶ》この棚の製作を継続しやがった。どうも、この主人は、少し細君に甘いようだて。どれ、どれ、親切を無にするのも心苦しい、ええと、こう行って、こうからみ附けっていうわけか、ああ、実に不細工な棚である。からみ附かせないように出来ている。意味ないよ。僕は、不仕合わせなへちまかも知れぬ。」

薔薇《ばら》と、ねぎ。

「ここの庭では、やはり私が女王だわ。いまはこんなに、からだが汚れて、葉の艶《つや》も無くなっちゃったけれど、これでも先日までは、次々と続けて十輪以上も花が咲いたものだわ。ご近所の叔母さんたちが、おお綺麗と言ってほめると、ここの主人が必ずぬっと部屋から出て来て、叔母さんたちに、だらし無くぺこぺこお辞儀するので、私は、とても恥ずかしかったわ。あたまが悪いんじゃないかしら。主人は、とても私を大事にしてくれるのだけれど、いつも間違った手入ればかりするのよ。私が喉《のど》が乾いて萎《しお》れかけた時には、ただ、うろうろして、奥さんをひどく叱るばかりで何も出来ないの。あげくの果には、私の大事な新芽を、気が狂ったみたいに、ちょんちょん摘み切ってしまって、うむ、これでどうやら、なんて真顔で言って澄ましているのよ。私は、苦笑したわ。あたまが悪いのだから、仕方がないのね。あの時、新芽をあんなに切られなかったら、私は、たしかに二十は咲けたのだわ。もう、駄目。あんまり命かぎり咲いたものだから、早く老い込んじゃった。私は、早く死にたい。おや、あなたは誰？」

「我輩を、せめて、竜の鬚《ひげ》とでも、呼んでくれ給え。」

「ねぎ、じゃないの。」

「見破られたか。面目ない。」

「何を言ってるの。ずいぶん細いねぎねえ。」

「ええ面目ない。地の利を得ないのじゃ。世が世なら、いや、敗軍の将、愚痴《ぐち》は申さぬ。我輩はこう寝るぞ。」

花の咲かぬ矢車草。

「是生滅法。盛者必衰。いっそ、化けて出ようか知ら。」

カチカチ山

お伽草紙より

カチカチ山の物語に於《お》ける兎《うさぎ》は少女、そうしてあの惨《みじ》めな敗北を喫《きっ》する狸《たぬき》は、その兎の少女を恋している醜《ぶ》男《おとこ》。これはもう疑いを容《い》れぬ儼然《げんぜん》たる事実のように私には思われる。これは甲州、富士五湖の一つの河口湖畔、いまの船津の裏山あたりで行われた事件であるという。甲州の人情は、荒っぽい。そのせいか、この物語も、他のお伽噺《とぎばなし》に較《くら》べて、いくぶん荒っぽく出来ている。だいいち、どうも、物語の発端《ほったん》からして酷《こく》だ。婆汁なんてのは、ひどい。お道化《どけ》にも洒落《しゃれ》にもなってやしない。狸も、つまらない悪戯《いたずら》をしたものである。縁の下に婆さんの骨が散らばっていたなんて段に到ると、まさに陰惨の極度であって、所謂《いわゆる》児童読物としては、遺憾《いかん》ながら発売禁止の憂目《うきめ》に遭《あ》わざるを得ないところであろう。現今発行せられているカチカチ山の絵本は、それゆえ、狸が婆さんに怪我《けが》をさせて逃げたなんて工合《ぐあい》に、賢明にごまかしているようである。それはまあ、発売禁止も避けられるし、大いによろしい事であろうが、しかし、たったそれだけの悪戯に対する懲罰としてはどうも、兎の仕打は、執拗《しつよう》すぎる。一撃のもとに倒すというような颯爽《さっそう》たる仇討《あだう》ちではない。生殺しにして、なぶって、なぶって、そうして最後は泥舟でぶくぶくである。その手段は、一から十まで詭《き》計《けい》である。これは日本の武士道の作法ではない。しかし、狸が婆汁などという悪《あく》どい欺術を行ったのならば、その返報として、それくらいの執拗のいたぶりを受けるのは致し方の無いところでもあろうと合点のいかない事もないのであるが、童心に与える影響ならびに発売禁止のおそれを顧慮して、狸が単に婆さんに怪我をさせて逃げた罰として兎からあのようなかずかずの恥辱と苦痛と、やがてぶていさい極《きわ》まる溺死《できし》とを与えられるのは、いささか不当のようにも思われる。もともとこの狸は、何の罪とがも無く、山でのんびり遊んでいたのを、爺《じい》さんに捕えられ、そうして狸汁にされるという絶望的な運命に到達し、それでも何とかして一条の血路を切りひらきたく、もがき苦しみ、窮余の策として婆さんを欺《あざむ》き、九死に一生を得たのである。婆汁なんかをたくらんだのは大いに悪いが、しかし、このごろの絵本のように、逃げるついでに婆さんを引掻《ひっか》いて怪我させたくらいの事は、狸もその時は必死の努力で、謂《い》わば正当防衛のために無我夢中であがいて、意識せずに婆さんに怪我を与えたのかも知れないし、それはそんなに憎むべき罪でも無いように思われる。私の家の五歳の娘は、器量も父に似て頗《すこぶ》るまずいが、頭脳もまた不幸にも父に似て、へんなところがあるようだ。私が防空壕の中で、このカチカチ山の絵本を読んでやったら、

「狸さん、可哀想《かわいそう》ね。」

と意外な事を口走った。もっとも、この娘の「可哀想」は、このごろの彼女の一つ覚えで、何を見ても「可哀想」を連発し、以《もっ》て子に甘い母の称讃を得ようという下心が露骨に見え透いているのであるから、格別おどろくには当らない。或《あるい》は、この子は、父に連れられて近

所の井《い》の頭《かしら》動物園に行った時、檻《おり》の中を絶えずチョコチョコ歩きまわっている狸の一群を眺《なが》め、愛すべき動物であると思い込み、それゆえ、このカチカチ山の物語に於いても、理由の如何《いかん》を問わず、狸に贔屓《ひいき》していたのかも知れない。いずれにしても、わが家の小さい同情者の言は、あまりあてにならない。思想の根拠が、薄弱である。同情の理由が、朦朧《もうろう》としている。どだい、何も、問題にする価値が無い。しかし私は、その娘の無責任きわまる放言を聞いて、或る暗示を与えられた。この子は、何も知らずにただ、このごろ覚えた言葉を出鱈《でたら》目《め》に呟《つぶや》いただけの事であるが、しかし、父はその言葉に依《よ》って、なるほど、これでは少し兎の仕打がひどすぎる、こんな小さい子供たちなら、まあ何とか言ってごまかせるけれども、もっと大きい子供で、武士道とか正々堂々とかの観念を既に教育せられている者には、この兎の懲罰は所謂《いわゆる》「やりかたが汚《きたな》い」と思われはせぬか、これは問題だ、と愚かな父親は眉《まゆ》をひそめたというわけである。

このごろの絵本のように、狸が婆さんに単なる引掻き傷を与えたくらいで、このように兎に意地悪く飜弄《ほんろう》せられ、背中は焼かれ、その焼かれた個所には唐辛子《とうがらし》を塗られ、あげくの果には泥舟に乗せられて殺されるという悲惨の運命に立ち到るという筋書では、国民学校にかよっているほどの子供ならば、すぐに不審を抱《いだ》くであろう事は勿論《もちろん》、よしんば狸が、不埒《ふらち》な婆汁などを試みたとしても、なぜ正々堂々と名乗りを挙げて彼に膺懲《ようちょう》の一太刀《ひとたち》を加えなかったか。兎が非力であるから、などはこの場合、弁解にならない。仇討ちは須《すべから》く正々堂々たるべきである。神は正義に味方する。かなわぬまでも、天誅《てんちゅう》！　と一声叫んで真正面からおどりかかって行くべきである。あまりにも腕前の差がひどかったならば、その時には臥《が》薪嘗胆《しんしょうたん》、鞍馬《くらま》山にでもはいって一心に剣術の修行をする事だ。昔から日本の偉い人たちは、たいていそれをやっている。いかなる事情があろうと、詭計を用いて、しかもなぶり殺しにするなどという仇討物語は、日本に未だ無いようだ。それをこのカチカチ山ばかりは、どうも、その仇討の仕方が芳しくない。どだい、男らしくないじゃないか、と子供でも、また大人でも、いやしくも正義にあこがれている人間ならば、誰でもこれに就いてはいささか不快の情を覚えるのではあるまいか。

安心し給《たま》え。私もそれに就いて、考えた。そうして、兎のやり方が男らしくないのは、それは当然だという事がわかった。この兎は男じゃないんだ。それは、たしかだ。この兎は十六歳の処女だ。いまだ何も、色気は無いが、しかし、美人だ。そうして、人間のうちで最も残酷なのは、えてして、このたちの女性である。ギリシャ神話には美しい女神がたくさん出て来るが、その中でも、ヴィナスを除いては、アルテミスという処女神が最も魅力ある女神とせられているようだ。ご承知のように、アルテミスは月の女神で、額《ひたい》には青白い三日月が輝き、そうして敏捷《びんしょう》できかぬ気で、一口で言えばアポロンをそのまま女にしたような神である。そうして下界のおそろしい猛獣は全部この女神の家来である。けれども、その姿態は決して荒くれて岩乗《がんじょう》な大女ではない。むしろ小柄で、ほっそりとして、手足も華奢《きゃしゃ》で可愛く、ぞっとするほどあやしく美しい顔をしているが、しかし、ヴィナスのような「女らしさ」が無く、乳房《ちぶさ》も小さい。気にいらぬ者には平気で残酷な事をする。自分の水浴しているところを覗《のぞ》き見した男に、颯《さ》っと水をぶっかけて鹿にしてしまった事さえある。水浴の姿をちらと見ただけでも、そんなに怒るのである。手なんか握られたら、どんなにひどい仕返しをするかわからない。こんな女に惚《ほ》れたら、男は惨憺《さんたん》たる大恥辱を受けるにきまっている。けれども、男は、それも愚鈍の男ほど、こんな危険な女性に惚れ込み易いものである。そうして、その結果は、たいていきまっているのである。

疑うものは、この気の毒な狸を見るがよい。狸は、そのようなアルテミス型の兎の少女に、かねてひそかに思慕の情を寄せていたのだ。兎が、このアルテミス型の少女だったと規定すると、あの狸が婆汁か引掻き傷かいずれの罪を犯した場合でも、その懲罰が、へんに意地くね悪く、そうして「男らしく」ないのが当然だと、溜息と共に首肯せられなければならぬわけである。しかも、この狸たるや、アルテミス型の少女に惚れる男のごたぶんにもれず、狸仲間でも風采《ふうさい》あがらず、ただ団々として、愚鈍大食の野暮天《やぼてん》であったというに於いては、その悲惨のなり行きは推するに余りがある。

狸は爺さんに捕えられ、もう少しのところで狸汁にされるところであったが、あの兎の少女にひとめまた逢《あ》いたくて、大いにあがいて、やっと逃《のが》れて山へ帰り、ぶつぶつ何か言いながら、うろうろ兎を捜し歩き、やっと見つけて、

「よろこんでくれ！　おれは命拾いをしたぞ。爺さんの留守をねらって、あの婆さんを、えい、とばかりにやっつけて逃げて来た。おれは運の強い男さ。」と得意満面、このたびの大厄難突破の次第を、唾《つばき》を飛ばし散らしながら物語る。

兎はぴょんと飛びしりぞいて唾を避け、ふん、といったような顔つきで話を聞き、

「何も私が、よろこぶわけは無いじゃないの。きたないわよ、そんなに唾を飛ばして。それに、あの爺さん婆さんは、私のお友達よ。知らなかったの？」

「そうか、」と狸は愕然《がくぜん》として、「知らなかった。かんべんしてくれ。そうと知っていたら、おれは、狸汁にでも何にでも、なってやったのに。」と、しょんぼりする。

「いまさら、そんな事を言ったって、もうおそいわ。あのお家の庭先に私が時々あそびに行って、そうして、おいしいやわらかな豆なんかごちそうになったのを、あなただって知ってたじゃないの。それだのに、知らなかったなんて嘘《うそ》ついて、ひどいわ。あなたは、私の敵よ。」とむごい宣告をする。兎にはもうこの時すでに、狸に対して或る種の復讐《ふくしゅう》を加えてやろうという心が動いている。処女の怒りは辛辣《しんらつ》である。殊《こと》にも醜悪な魯鈍《ろどん》なものに対しては容赦《ようしゃ》が無い。

「ゆるしてくれよ。おれは、ほんとに、知らなかったのだ。嘘なんかつかない。信じてくれよ。」と、いやにねばっこい口調で歎願して、頸《くび》を長くのばしてうなだれて見せて、傍に木の実が一つ落ちているのを見つけ、ひょいと拾って食べて、もっと無いかとあたりをきょろ

きょろ見廻しながら、「本当にもう、お前にそんなに怒られると、おれはもう、死にたくなるんだ。」

「何を言ってるの。食べる事ばかり考えてるくせに。」兎は軽蔑《けいべつ》し果てたというように、つんとわきを向いてしまって、「助平《すけべい》の上に、また、食い意地がきたないったらありゃしない。」

「見のがしてくれよ。おれは、腹がへっているんだ。」となおもその辺を、うろうろ捜し廻りながら、「まったく、いまのおれのこの心苦しさが、お前にわかってもらえたらなあ。」

「傍へ寄って来ちゃ駄目だって言ったら。くさいじゃないの。もっとあっちへ離れてよ。あなたは、とかげを食べたんだってね。私は聞いたわよ。それから、ああ可笑《おか》しい、ウンコも食べたんだってね。」

「まさか。」と狸は力弱く苦笑した。それでも、なぜだか、強く否定する事の能《あた》わざる様子で、さらにまた力弱く、「まさかねえ。」と口を曲げて言うだけであった。

「上品ぶったって駄目よ。あなたのそのにおいは、ただの臭《くさ》みじゃないんだから。」と兎は平然と手きびしい引導《いんどう》を渡して、それから、ふいと別の何か素晴らしい事でも思いついたらしく急に眼を輝かせ、笑いを嚙《か》み殺しているような顔つきで狸のほうに向き直り、「それじゃあね、こんど一ぺんだけ、ゆるしてあげる。あれ、寄って来ちゃ駄目だって言うのに。油断もすきもなりゃしない。よだれを拭《ふ》いたらどう？　下顎《したあご》がべろべろしてるじゃないの。落ついて、よくお聞き。こんど一ぺんだけは特別にゆるしてあげるけれど、でも、条件があるのよ。あの爺さんは、いまごろはきっとひどく落胆して、山に柴刈《しばか》りに行く気力も何も無くなっているでしょうから、私たちはその代りに柴刈りに行ってあげましょうよ。」

「一緒に？　お前も一緒に行くのか？」狸の小さい濁った眼は歓喜に燃えた。

「おいや？」

「いやなものか。きょうこれから、すぐに行こうよ。」よろこびの余り、声がしゃがれた。

「あしたにしましょう、ね、あしたの朝早く。きょうはあなたもお疲れでしょうし、それに、おなかも空《す》いているでしょうから。」といやに優《やさ》しい。

「ありがたい！　おれは、あしたお弁当をたくさん作って持って行って、一心不乱に働いて十貫目の柴を刈って、そうして爺さんの家へとどけてあげる。そうしたら、お前は、おれをきっと許してくれるだろうな。仲よくしてくれるだろうな。」

「くどいわね。その時のあなたの成績次第でね。もしかしたら、仲よくしてあげるかも知れないわ。」

「えへへ、」と狸は急にいやらしく笑い、「その口が憎いや。苦労させるぜ、こんちきしょう。おれは、もう、」と言いかけて、這《は》い寄って来た大きい蜘蛛《くも》を素早くぺろりと食べ、「おれは、もう、どんなに嬉《うれ》しいか、いっそ、男泣きに泣いてみたいくらいだ。」と鼻をすすり、嘘泣きをした。

夏の朝は、すがすがしい。河口湖の湖面は朝霧に覆《おお》われ、白く眼下に烟《けむ》っている。山頂では狸と兎が朝露を全身に浴びながら、せっせと柴を刈っている。

狸の働き振りを見ると、一心不乱どころか、ほとんど半狂乱に近いあさましい有様である。ううむ、ううむ、と大袈裟《おおげさ》に唸《うな》りながら、めちゃ苦茶に鎌《かま》を振りまわして、時々、あいたたた、などと聞えよがしの悲鳴を挙げ、ただもう自分がこのように苦心惨憺《さんたん》しているというところを兎に見てもらいたげの様子で、縦横無尽に荒れ狂う。ひとしきり、そのように凄《すさま》じくあばれて、さすがにもうだめだ、というような疲れ切った顔つきをして鎌を投げ捨て、

「これ、見ろ。手にこんなに豆が出来た。ああ、手がひりひりする。のどが乾《かわ》く。おなかも空《す》いた。とにかく、大労働だったからなあ。ちょっと休息という事にしようじゃないか。お弁当でも開きましょうかね。うふふふ。」とてれ隠しみたいに妙に笑って、大きいお弁当箱を開く。ぐいとその石油缶ぐらいの大きさのお弁当箱に鼻先を突込んで、むしゃむしゃ、がつがつ、ぺっぺっ、という騒々しい音を立てながら、それこそ一心不乱に食べている。兎はあっけにとられたような顔をして、柴刈りの手を休め、ちょっとそのお弁当箱の中を覗いて、あ！　と小さい叫びを挙げ、両手で顔を覆った。何だか知れぬが、そのお弁当箱には、すごいものがはいっていたようである。けれども、きょうの兎は、何か内証《ないしょ》の思惑でもあるのか、いつものように狸に向って侮辱の言葉も吐かず、先刻から無言で、ただ技巧的な微笑を口辺

に漂わせてせっせと柴を刈っているばかりで、お調子に乗った狸のいろいろな狂態をも、知らん振りして見のがしてやっているのである。狸の大きいお弁当箱の中を覗いて、ぎょっとしたけれども、やはり何も言わず、肩をきゅっとすくめて、またもや柴刈りに取かかる。狸は兎にきょうはひどく寛大に扱われるので、ただもうほくほくして、とうとうやっこさんも、おれのさかんな柴刈姿には惚《ほ》れ直したかな？　おれの、この、男らしさには、まいらぬ女もあるまいて、ああ、食った、眠くなった、どれ一眠り、などと全く気をゆるしてわがままいっぱいに振舞い、ぐうぐう大鼾《おおいびき》を掻《か》いて寝てしまった。眠りながらも、何のたわけた夢を見ているのか、惚れ薬ってのは、あれは駄目だぜ、きかねえや、などわけのわからぬ寝言を言い、眼をさましたのは、お昼ちかく。

「ずいぶん眠ったのね。」と兎は、やはりやさしく、「もう私も、柴を一束こしらえたから、これから背負って爺さんの庭先まで持って行ってあげましょうよ。」

「ああ、そうしよう。」と狸は大あくびしながら腕をぽりぽり掻いて、「やけにおなかが空いた。こうおなかが空くと、もうとても、眠って居られるものじゃない。おれは敏感なんだ。」ともっともらしい顔で言い、「どれ、それではおれも刈った柴を大急ぎで集めて、下山としようか。お弁当も、もう、からになったし、この仕事を早く片づけて、それからすぐに食べ物を捜さなくちゃいけない。」

二人はそれぞれ刈った柴を背負って、帰途につく。

「あなた、さきに歩いてよ。この辺には、蛇《へび》がいるんで、私こわくて。」

「蛇？　蛇なんてこわいもんか。見つけ次第おれがとって、」食べる、と言いかけて、口ごもり、「おれがとって、殺してやる。さあ、おれのあとについて来い。」

「やっぱり、男のひとって、こんな時にはたのもしいものねえ。」

「おだてるなよ。」とやにさがり、「きょうはお前、ばかにしおらしいじゃないか。気味がわるいくらいだぜ。まさか、おれをこれから爺さんのところに連れて行って、狸汁にするわけじゃあるまいな。あはははは。そいつばかりは、ごめんだぜ。」

「あら、そんなにへんに疑うなら、もういいわよ。私がひとりで行くわよ。」

「いや、そんなわけじゃない。一緒に行くがね、おれは蛇だって何だってこの世の中にこわいものなんかありゃしないが、どうもあの爺さんだけは苦手だ。狸汁にするなんて言いやがるから、いやだよ。どだい、下品じゃないか。少くとも、いい趣味じゃないと思うよ。おれは、あの爺さんの庭先の手前の一本榎《いっぽんえのき》のところまで、この柴を背負って行くから、あとはお前が運んでくれよ。おれは、あそこで失敬しようと思うんだ。どうもあの爺さんの顔を見ると、おれは何とも言えず不愉快になる。おや？　何だい、あれは。へんな音がするね。なんだろう。お前にも、聞えないか？　何だか、カチ、カチ、と音がする。」

「当り前じゃないの？　ここは、カチカチ山だもの。」

「カチカチ山？　ここがかい？」

「ええ、知らなかったの？」

「うん。知らなかった。この山に、そんな名前があるとは今日まで知らなかったね。しかし、へんな名前だ。嘘じゃないか？」

「あら、だって、山にはみんな名前があるものでしょう？　あれが富士山だし、あれが長尾山だし、あれが大室山《おおむろやま》だし、みんなに名前があるじゃないの。だから、この山はカチカチ山っていう名前なのよ。ね、ほら、カチ、カチって音が聞える。」

「うん、聞える。しかし、へんだな。いままで、おれはいちども、この山でこんな音を聞いた事が無い。この山で生れて、三十何年かになるけれども、こんな、――」

「まあ！　あなたは、もうそんな年なの？　こないだ私に十七だなんて教えたくせに、ひどいじゃないの。顔が皺《しわ》くちゃで、腰も少し曲っているのに、十七とは、へんだと思っていたんだけど、それにしても、二十も年をかくしているとは思わなかったわ。それじゃあなたは、四十ちかいんでしょう、まあ、ずいぶんね。」

「いや十七だ、十七。十七なんだ。おれがこう腰をかがめて歩くのは、決してとしのせいじゃないんだ。おなかが空《す》いているから、自然にこんな恰好《かっこう》になるんだ。三十何年、というのは、あれは、おれの兄の事だよ。兄がいつも口癖のようにそう言うので、つい、おれも、うっかり、あんな事を口走ってしまったんだ。つまり、ちょっと伝染したってわけさ。そんなわけなんだよ、君。」狼狽《ろうばい》のあまり、君という言葉を使った。

「そうですか。」と兎は冷静に、「でも、あなたにお兄さんがあるなんて、はじめて聞いたわ。あなたはいつか私に、おれは淋《さび》しいんだ、孤独なんだよ、親も兄弟も無い、この孤独の淋しさが、お前、わからんかね、なんておっしゃってたじゃないの。あれは、どういうわけなの？」

「そう、そう、」と狸は、自分でも何を言っているのか、わからなくなり、「まったく世の中は、これでなかなか複雑なものだからねえ、そんなに一概には行かないよ。兄があったり無かったり。」

「まるで、意味が無いじゃないの。」と兎もさすがに呆《あき》れ果て、「めちゃ苦茶ね。」

「うん、実はね、兄はひとりあるんだ。これは言うのもつらいが、飲んだくれのならず者でね、おれはもう恥ずかしくて、面目なくて、生れて三十何年間、いや、兄がだよ、兄が生れて三十何年間というもの、このおれに、迷惑のかけどおしさ。」

「それも、へんね。十七のひとが、三十何年間も迷惑をかけられたなんて。」

狸は、もう聞えぬ振りして、

「世の中には、一口で言えない事が多いよ。いまじゃもう、おれのほうから、あれは無いものと思って、勘当《かんどう》して、おや？　へんだね、キナくさい。お前、なんともないか？」

「いいえ。」

「そうかね。」狸は、いつも臭いものを食べつけているので、鼻には自信が無い。けげんな面持で頸《くび》をひねり、「気のせいかなあ。あれあれ、何だか火が燃えているような、パチパチボウボウって音がするじゃないか。」

「それやその筈《はず》よ。ここは、パチパチのボウボウ山だもの。」

「嘘つけ。お前は、ついさっき、ここはカチカチ山だって言った癖に。」

「そうよ、同じ山でも、場所に依《よ》って名前が違うのよ。富士山の中腹にも小富士という山があるし、それから大室山だって長尾山だって、みんな富士山と続いている山じゃないの。知らなかったの？」

「うん、知らなかった。そうかなあ、ここがパチパチのボウボウ山とは、おれが三十何年間、いや、兄の話に依れば、ここはただの裏山だったが、いや、これは、ばかに暖くなって来た。地震でも起るんじゃねえだろうか。何だかきょうは薄気味の悪い日だ。やあ、これは、ひどく暑い。きゃあっ！　あちちちち、ひでえ、あちちちち、助けてくれ、柴が燃えてる。あちちち。」

その翌《あく》る日、狸は自分の穴の奥にこもって唸《うな》り、

「ああ、くるしい。いよいよ、おれも死ぬかも知れねえ。思えば、おれほど不仕合せな男は無い。なまなかに男振りが少し佳《よ》く生れて来たばかりに、女どもが、かえって遠慮しておれに近寄らない。いったいに、どうも、上品に見える男は損だ。おれを女ぎらいかと思ってい

るのかも知れねえ。なあに、おれだって決して聖人じゃない。女は好きさ。それだのに、女はおれを高邁《こうまい》な理想主義者だと思っているらしく、なかなか誘惑してくれない。こうなればいっそ、大声で叫んで走り狂いたい。おれは女が好きなんだ！　あ、いてえ、いてえ。どうも、この火傷《やけど》というものは始末がわるい。ずきずき痛む。やっと狸汁から逃れたかと思うと、こんどは、わけのわからねえボウボウ山とかいうのに足を踏み込んだのが、運のつきだ。あの山は、つまらねえ山であった。柴がボウボウ燃え上るんだから、ひどい。三十何年、」と言いかけて、あたりをぎょろりと見廻し、「何を隠そう、おれあことし三十七さ、へへん、わるいか、もう三年経てば四十だ、わかり切った事だ、理の当然というものだ、見ればわかるじゃないか。あいたたた、それにしても、おれが生れてから三十七年間、あの裏山で遊んで育って来たのだが、ついぞいちども、あんなへんな目に遭《あ》った事が無い。カチカチ山だの、ボウボウ山だの、名前からして妙に出来てる。はて、不思議だ。」とわれとわが頭を殴《なぐ》りつけて思案にくれた。

その時、表で行商の呼売りの声がする。

「仙金膏《せんきんこう》はいかが。やけど、切傷、色黒に悩むかたはいないか。」

狸は、やけど切傷よりも、色黒と聞いてはっとした。

「おうい、仙金膏。」

「へえ、どちらさまで。」

「こっちだ、穴の奥だよ。色黒にもきくかね。」

「それはもう、一日で。」

「ほほう、」とよろこび、穴の奥からいざり出て、「や！　お前は、兎。」

「ええ、兎には違いありませんが、私は男の薬売りです。ええ、もう三十何年間、この辺をこうして売り歩いています。」

「ふう、」と狸は溜息《ためいき》をついて首をかしげ、「しかし、似た兎もあるものだ。三十何年間、そうか、お前がねえ。いや、歳月の話はよそう。糞面白《くそおもしろ》くもない。しつっこいじゃないか。まあ、そんなわけのものさ。」としどろもどろのごまかし方をして、「ところで、おれにその薬を少しゆずってくれないか。実はちょっと悩みのある身なのでな。」

「おや、ひどい火傷ですねえ。これは、いけない。ほって置いたら、死にますよ。」

「いや、おれはいっそ死にてえ。こんな火傷なんかどうだっていいんだ。それよりも、おれは、いま、その、容貌《ようぼう》の、――」

「何を言っていらっしゃるんです。生死の境じゃありませんか。やあ、背中が一ばんひどいですね。いったい、これはどうしたのです。」

「それがねえ、」と狸は口をゆがめて、「パチパチのボウボウ山とかいうきざな名前の山に踏み込んだばっかりにねえ、いやもう、とんだ事になってねえ、おどろきましたよ。」

兎は思わず、くすくす笑ってしまった。狸は、兎がなぜ笑ったのかわからなかったが、と

にかく自分も一緒に、あははははと笑い、

「まったくねえ。ばかばかしいったらありゃしないのさ。お前にも忠告して置きますがね、あの山へだけは行っちゃいけないぜ。はじめ、カチカチ山というのがあって、それからいよいよパチパチのボウボウ山という事になるんだが、あいつあいけない。ひでえ事になっちゃう。まあ、いい加減に、カチカチ山あたりでごめんこうむって来るんですな。へたにボウボウ山などに踏み込んだが最後、かくの如き始末だ。あいててて。いいですか。忠告しますよ。お前はまだ若いようだから、おれのような年寄りの言は、いや、年寄りでもないが、とにかく、ばかにしないで、この友人の言だけは尊重して下さいよ。何せ、体験者の言なのだから。あいててて。」

「ありがとうございます。気をつけましょう。ところで、どうしましょう、お薬は。御深切《しんせつ》な忠告を聞かしていただいたお礼として、お薬代は頂戴《ちょうだい》いたしません。とにかく、その背中の火傷に塗ってあげましょう。ちょうど折よく私が来合せたから、よかったようなものの、そうでもなかったら、あなたはもう命を落すような事になったかも知れないのです。これも何かのお導きでしょう。縁ですね。」

「縁かも知れねえ。」と狸は低く呻《うめ》くように言い、「ただなら塗ってもらおうか。おれもこのごろは貧乏でな、どうも、女に惚れると金がかかっていけねえ。ついでにその膏薬《こうやく》を一滴おれの手のひらに載せて見せてくれねえか。」

「どうなさるのです。」兎は、不安そうな顔になった。

「いや、はあ、なんでもねえ。ただ、ちょっと見たいんだよ。どんな色合いのものだかな。」

「色は別に他の膏薬とかわってもいませんよ。こんなものですが。」とほんの少量を、狸の差出す手のひらに載せてやる。

狸は素早くそれを顔に塗ろうとしたので兎は驚き、そんな事でこの薬の正体が暴露してはかなわぬと、狸の手を遮《さえぎ》り、

「あ、それはいけません。顔に塗るには、その薬は少し強すぎます。とんでもない。」

「いや、放してくれ。」狸はいまは破れかぶれになり、「後生《ごしょう》だから手を放せ。お前には、おれの気持がわからないんだ。おれはこの色黒のため生れて三十何年間、どのように味気ない思いをして来たかわからない。放せ。手を放せ。後生だから塗らせてくれ。」

ついに狸は足を挙げて兎を蹴飛《けと》ばし、眼にもとまらぬ早さで薬をぬたくり、

「少くともおれの顔は、目鼻立ちは決して悪くないと思うんだ。ただ、この色黒のために気がひけていたんだ。もう大丈夫だ。うわっ！　これは、ひどい。どうもひりひりする。強い薬だ。しかし、これくらいの強い薬でなければ、おれの色黒はなおらないような気もする。わあ、ひどい。しかし、我慢するんだ。ちきしょうめ、こんどあいつが、おれと逢った時、うっとりおれの顔に見とれて、うふふ、おれはもう、あいつが、恋わずらいしたって知らないぞ。おれの責任じゃないからな。ああ、ひりひりする。この薬は、たしかに効《き》く。さあ、

もうこうなったら、背中にでもどこにでも、からだ一面に塗ってくれ。おれは死んだってかまわん。色白にさえなったら死んだってかまわんのだ。さあ塗ってくれ。遠慮なくべたべたと威勢よくやってくれ。」まことに悲壮な光景になって来た。

けれども、美しく高ぶった処女の残忍性には限りが無い。ほとんどそれは、悪魔に似ている。平然と立ち上って、狸の火傷にれいの唐辛子《とうがらし》をねったものをこってりと塗る。狸はたちまち七転八倒《しちてんばっとう》して、

「ううむ、何ともない。この薬は、たしかに効く。わああ、ひどい。水をくれ。ここはどこだ。地獄か。かんにんしてくれ。おれは地獄へ落ちる覚えは無《ね》えんだ。おれは狸汁にされるのがいやだったから、それで婆さんをやっつけたんだ。おれに、とがは無えのだ。おれは生れて三十何年間、色が黒いばっかりに、女にいちども、もてやしなかったんだ。それから、おれは、食慾が、ああ、そのために、おれはどんなにきまりの悪い思いをして来たか。誰も知りやしないのだ。おれは孤独だ。おれは善人だ。眼鼻立ちは悪くないと思うんだ。」と苦しみのあまり哀れな譫言《うわごと》を口走り、やがてぐったり失神の有様となる。

しかし、狸の不幸は、まだ終らぬ。作者の私でさえ、書きながら溜息が出るくらいだ。おそらく、日本の歴史に於いても、これほど不振の後半生を送った者は、あまり例が無いように思われる。狸汁の運命から逃れて、やれ嬉《うれ》しやと思う間もなく、ボウボウ山で意味も無い

大火傷をして九死に一生を得、這《は》うようにしてどうやらわが巣にたどりつき、口をゆがめて呻吟《しんぎん》していると、こんどはその大火傷に唐辛子をべたべた塗られ、苦痛のあまり失神し、さて、それからいよいよ泥舟に乗せられ、河口湖底に沈むのである。実に、何のいいところも無い。これもまた一種の女難にちがい無かろうが、しかし、それにしても、あまりに野暮《やぼ》な女難である。粋《いき》なところが、ひとつも無い。彼は穴の奥で三日間は虫の息で、生きているのだか死んでいるのだか、それこそ全く幽明の境をさまよい、四日目に、猛烈の空腹感に襲われ、杖《つえ》をついて穴からよろばい出て、何やらぶつぶつ言いながら、かなたこなた食い捜して歩いているその姿の気の毒さと来たら比類が無かった。しかし、根が骨太《ほねぶと》の岩乗《がんじょう》なからだであったから、十日も経たぬうちに全快し、食慾は旧《もと》の如く旺盛《おうせい》で、色慾などもちょっと出て来て、よせばよいのに、またもや兎の庵《いおり》にのこのこ出かける。

「遊びに来ましたよ。うふふ。」と、てれて、いやらしく笑う。

「あら!」と兎は言い、ひどく露骨にいやな顔をした。なあんだ、あなたなの? という気持、いや、それよりもひどい。なんだってまたやって来たの、図々《ずうずう》しいじゃないの、という気持、いや、それよりもなおひどい。ああ、たまらない! 厄病神《やくびょうがみ》が来た! という気持、いや、それよりも、もっとひどい。きたない! くさい! 死んじまえ! というような極度の嫌悪《けんお》が、その時の兎の顔にありありと見えているのに、しかし、とかく招かれざる客というものは、その訪問先の主人の、こんな憎悪感に気附く事ははなはだ疎《うと》いものである。これは実に不思議な心理だ。読者諸君も気をつけるがよい。あそこの家へ行くのは、どうも大儀だ、窮屈だ、と思いながら渋々《しぶしぶ》出かけて行く時には、案外その家で君たちの来訪をしんから喜んでいるものである。それに反して、ああ、あの家はなんて気持のよい家だろう、ほとんどわが家同然だ、いや、わが家以上に居心地《いごこち》がよい、我輩の唯一の憩《いこ》いの巣だ、なんともあの家へ行くのは楽しみだ、などといい気分で出かける家に於いては、諸君は、まずたいてい迷惑がられ、きたながられ、恐怖せられ、襖《ふすま》の陰に帚《ほうき》など立てられているものである。他人の家に、憩いの巣を期待するのが、そもそも馬鹿者の証拠なのかも知れないが、とかくこの訪問という事に於いては、吾人は驚くべき思い違いをしているものである。格別の用事でも無い限り、どんな親しい身内の家にでも、矢鱈《やたら》に訪問などすべきものでは無いかも知れない。作者のこの忠告を疑う者は、狸を見よ。狸はいま明らかに、このおそるべき錯誤《さくご》を犯しているのだ。兎が、あら！　と言い、そうして、いやな顔をしても、狸には一向に気がつかない。狸には、その、あら！　という叫びも、狸の不意の訪問に驚き、かつは喜悦して、おのずから発せられた処女の無邪気な声の如くに思われ、ぞくぞく嬉しく、また兎の眉《まゆ》をひそめた表情をも、これは自分の先日のボウボウ山の災難に、心を痛めているのに違い無いと解し、

「や、ありがとう。」とお見舞いも何も言われぬくせに、こちらから御礼を述べ、「心配無用だよ。もう大丈夫だ。おれには神さまがついているんだ。運がいいのだ。あんなボウボウ山なんて屁《へ》の河童《かっぱ》さ。河童の肉は、うまいそうで、何とかして、そのうち食べてみようと思っ

ているんだがね。それは余談だが、しかし、あの時は、驚いたよ。何せどうも、たいへんな火勢だったからね。お前のほうは、どうだったね。べつに怪我《けが》も無い様子だが、よくあの火の中を無事で逃げて来られたね。」

「無事でもないわよ。」と兎はつんとすねて見せて、「あなたったら、ひどいじゃないの。あのたいへんな火事場に、私ひとりを置いてどんどん逃げて行ってしまうんだもの。私は煙にむせて、もう少しで死ぬところだったのよ。私は、あなたを恨《うら》んだわ。やっぱりあんな時に、つい本心というものがあらわれるものらしいのね。私には、もう、あなたの本心というものが、こんど、はっきりわかったわ。」

「すまねえ。かんにんしてくれ。実はおれも、ひどい火傷をして、おれには、ひょっとしたら神さまも何もついていねえのかも知れない、さんざんの目に遭っちゃったんだ。お前はどうなったか、決してそれを忘れていたわけじゃなかったんだが、何せどうも、たちまちおれの背中が熱くなって、お前を助けに行くひまも何も無かったんだよ。わかってくれねえかなあ。おれは決して不実な男じゃねえのだ。火傷ってやつも、なかなか馬鹿にできねえものだぜ。それに、あの、仙金膏とか、疝気膏《せんきこう》とか、あいつあ、いけない。いやもう、ひどい薬だ。色黒にも何もききやしない。」

「色黒?」

「いや、何。どろりとした黒い薬でね、こいつあ、強い薬なんだ。お前によく似た、小さい、奇妙な野郎が薬代は要らねえ、と言うから、おれもつい、ものはためしだと思って、塗ってもらう事にしたのだが、いやはやどうも、ただの薬ってのは、あれはお前、気をつけたほうがいいぜ、油断も何もなりゃしねえ、おれはもう頭のてっぺんからキリキリと小さい竜巻《たつまき》が立ち昇ったような気がして、どうとばかりに倒れたんだ。」

「ふん、」と兎は軽蔑し、「自業自得じゃないの。ケチンボだから罰が当ったんだわ。ただの薬だから、ためしてみたなんて、よくもまあそんな下品な事を、恥ずかしくもなく言えたものねえ。」

「ひでえ事を言う。」と狸は低い声で言い、けれども、別段何も感じないらしく、ただもう好きなひとの傍《そば》にいるという幸福感にぬくぬくとあたたまっている様子で、どっしりと腰を落ちつけ、死魚のように濁った眼であたりを見廻し、小虫を拾って食べたりしながら、「しかし、おれは運のいい男だなあ。どんな目に遭っても、死にやしない。神さまがついているのかも知れねえ。お前も無事でよかったが、おれも何という事もなく火傷がなおって、こうしてまた二人でのんびり話が出来るんだものなあ。ああ、まるで夢のようだ。」

兎はもうさっきから、早く帰ってもらいたくてたまらなかった。いやでいやで、死にそうな気持。何とかしてこの自分の庵の附近から去ってもらいたくて、またもや悪魔的の一計を案出する。

「ね、あなたはこの河口湖に、そりゃおいしい鮒《ふな》がうようよしている事をご存じ?」

「知らねえ。ほんとかね。」と狸は、たちまち眼をかがやかして、「おれが三つの時、おふくろが鮒を一匹捕《と》って来ておれに食べさせてくれた事があったけれども、あれはおいしい。おれはどうも、不器用というわけではないが、決してそういうわけではないが、鮒なんて水の中のものを捕える事が出来ねえので、どうも、あいつはおいしいという事だけは知っていながら、それ以来三十何年間、いや、はははは、つい兄の口真似をしちゃった。兄も鮒は好きでなあ。」

「そうですかね。」と兎は上の空で合槌《あいづち》を打ち、「私はどうも、鮒など食べたくもないけれど、でも、あなたがそんなにお好きなのならば、これから一緒に捕りに行ってあげてもいいわよ。」

「そうかい。」と狸はほくほくして、「でも、あの鮒ってやつは、素早いもんでなあ、おれはあいつを捕えようとして、も少しで土左衛門《どざえもん》になりかけた事があるけれども、」とつい自分の過去の失態を告白し、「お前に何かいい方法があるのかね。」

「網《あみ》で掬《すく》ったら、わけは無いわ。あの鸕鷀島《うがしま》の岸にこのごろとても大きい鮒が集っているのよ。ね、行きましょう。あなた、舟は？　漕《こ》げるの？」

「うむ、」幽《かす》かな溜息をついて、「漕げないことも無いがね。その気になりゃ、なあに。」と苦しい法螺《ほら》を吹いた。

「漕げるの？」と兎は、それが法螺だという事を知っていながら、わざと信じた振りをして、

「じゃ、ちょうどいいわ。私にはね、小さい舟が一艘《そう》あるけど、あんまり小さすぎて私たちふたりは乗れないの。それに何せ薄い板切れでいい加減に作った舟だから、水がしみ込んで来て危いのよ。でも、私なんかどうなったって、あなたの身にもしもの事があってはいけないから、あなたの舟をこれから、ふたりで一緒に力を合せて作りましょうよ。板切れの舟は危いから、もっと岩乗《がんじょう》に、泥をこねって作りましょうよ。」

「すまねえなあ。おれはもう、泣くぜ。泣かしてくれ。おれはどうしてこんなに涙もろいか。」と言って嘘泣きをしながら、「ついでにお前ひとりで、その岩乗ないい舟を作ってくれないか。な、たのむよ。」と抜からず横着な申し出をして、「おれは恩に着るぜ。お前がそのおれの岩乗な舟を作ってくれている間に、おれは、ちょっとお弁当をこさえよう。おれはきっと立派な炊事係になれるだろうと思うんだ。」

「そうね。」と兎は、この狸の勝手な意見をも信じた振りして素直に首肯《うなず》く。そうして狸は、ああ世の中なんて甘いもんだとほくそ笑む。この間一髪に於いて、狸の悲運は決定せられた。自分の出鱈目《でたらめ》を何でも信じてくれる者の胸中には、しばしば何かのおそるべき悪計が蔵せられているものだと云う事を、迂愚《うぐ》の狸は知らなかった。調子がいいぞ、とにやにやしている。

ふたりはそろって湖畔に出る。白い河口湖には波ひとつ無い。兎はさっそく泥をこねて、所謂《いわゆる》岩乗な、いい舟の製作にとりかかり、狸は、すまねえ、すまねえ、と言いながらあちこち飛び廻って専ら自分のお弁当の内容調合に腐心し、夕風が微《かす》かに吹き起って湖面一ぱいに小さい波が立って来た頃、粘土の小さい舟が、つやつやと鋼鉄色に輝いて進水した。

「ふむ、悪くない。」と狸は、はしゃいで、石油鑵《かん》ぐらいの大きさの、れいのお弁当箱をまず舟に積み込み、「お前は、しかし、ずいぶん器用な娘だねえ。またたく間にこんな綺麗な舟一艘つくり上げてしまうのだからねえ。神技だ。」と歯の浮くような見え透いたお世辞を言い、このような器用な働き者を女房にしたら、或いはおれは、女房の働きに依《よ》って遊んでいながら贅沢《ぜいたく》ができるかも知れないなどと、色気のほかにいまはむらむら慾気さえ出て来て、いよいよこれは何としてもこの女にくっついて一生はなれぬ事だ、とひそかに覚悟のほぞを固めて、よいしょと泥の舟に乗り、「お前はきっと舟を漕ぐのも上手《じょうず》だろうねえ。おれだって、舟の漕ぎ方くらい知らないわけでは、まさか、そんな、知らないと云うわけでは決して無いんだが、きょうはひとつ、わが女房のお手並を拝見したい。」いやに言葉遣《ことばづか》いが図々しくなって来た。「おれも昔は、舟の漕ぎ方にかけては名人とか、または達者とか言われたものだが、きょうはまあ寝転んで拝見という事にしようかな。かまわないから、おれの舟の舳《へさき》を、お前の舟の艫《とも》にゆわえ附けておくれ。舟も仲良くぴったりくっついて、死なばもろとも、見捨てちゃいやよ。」などといやらしく、きざったらしい事を言ってぐったり泥舟の底に寝そべる。

兎は、舟をゆわえ附けよと言われて、さてはこの馬鹿も何か感づいたかな？　とぎょっとして狸の顔つきを盗み見たが、何の事は無い、狸は鼻の下を長くしてにやにや笑いながら、もはや夢路をたどっている。鮒がとれたら起してくれ。あいつあ、うめえからなあ。おれは三十七だよ。などと馬鹿な寝言を言っている。兎は、ふんと笑って狸の泥舟を兎の舟につないで、それから、櫂《かい》でぱちゃと水の面を撃つ。するすると二艘の舟は岸を離れる。

鸕鶿島《うがしま》の松林は夕陽を浴びて火事のようだ。ここでちょっと作者は物識《ものし》り振るが、この島の松林を写生して図案化したのが、煙草の「敷島」の箱に描かれてある、あれだという話だ。たしかな人から聞いたのだから、読者も信じて損は無かろう。もっとも、いまはもう「敷島」なんて煙草は無くなっているから、若い読者には何の興味も無い話である。つまらない知識を振りまわしたものだ。とかく識ったかぶりは、このような馬鹿らしい結果に終る。まあ、生れて三十何年以上にもなる読者だけが、ああ、あの松か、と芸者遊びの記憶なんかと一緒にぼんやり思い出して、つまらなそうな顔をするくらいが関の山であろうか。

さて兎は、その鸕鶿島の夕景をうっとり望見して、

「おお、いい景色。」と呟《つぶや》く。これは如何《いか》にも奇怪である。どんな極悪人でも、自分がこれから残虐の犯罪を行おうというその直前に於いて、山水の美にうっとり見とれるほどの余裕なんて無いように思われるが、しかし、この十六歳の美しい処女は、眼を細めて島の夕景を観賞している。まことに無邪気と悪魔とは紙一重《ひとえ》である。苦労を知らぬわがままな処女の、へどが出るような気障《きざ》ったらしい姿態に対して、ああ青春は純真だ、なんて言って垂涎《すいぜん》している男たちは、気をつけるがよい。その人たちの所謂《いわゆる》「青春の純真」とかいうものは、しば

しばこの兎の例に於けるが如く、その胸中に殺意と陶酔《とうすい》が隣合せて住んでいても平然たる、何が何やらわからぬ官能のごちゃまぜの乱舞である。危険この上ないビールの泡だ。皮膚感覚が倫理を覆っている状態、これを低能あるいは悪魔という。ひところ世界中に流行したアメリカ映画、あれには、こんな所謂「純真」な雄や雌がたくさん出て来て、皮膚感触をもてあまして擽《くすぐ》ったげにちょこまか、バネ仕掛けの如く動きまわっていた。別にこじつけるわけではないが、所謂「青春の純真」というものの元祖は、或いは、アメリカあたりにあったのではなかろうかと思われるくらいだ。スキイでランラン、とかいうたぐいである。そうしてその裏で、ひどく愚劣な犯罪を平気で行っている。低能でなければ悪魔である。いや、悪魔というものは元来、低能なのかも知れない。小柄でほっそりして手足が華奢《きゃしゃ》で、かの月の女神アルテミスにも比較せられた十六歳の処女の兎も、ここに於いて一挙に頗《すこぶ》る興味索然《さくぜん》たるつまらぬものになってしまった。低能かい。それじゃあ仕様が無いねえ。

「ひゃあ！」と脚下に奇妙な声が起る。わが親愛なる而《しこう》して甚《はなは》だ純真ならざる三十七歳の男性、狸君の悲鳴である。「水だ、水だ。これはいかん。」

「うるさいわね。泥の舟だもの、どうせ沈むわ。わからなかったの？」

「わからん。理解に苦しむ。筋道が立たぬ。それは御無理というものだ。お前はまさかこのおれを、いや、まさか、そんな鬼のような、いや、まるでわからん。お前はおれの女房じゃないか。やあ、沈む。少くとも沈むという事だけは眼前の真実だ。冗談にしたって、あくどすぎる。これはほとんど暴力だ。やあ、沈む。おい、お前どうしてくれるんだ。お弁当がむだになるじゃないか。このお弁当箱には鼬《いたち》の糞《ふん》でまぶした蚯蚓《みみず》のマカロニなんか入っているのだ。惜しいじゃないか。あっぷ！　ああ、とうとう水を飲んじゃった。おい、たのむ、ひとの悪い冗談はいい加減によせ。おいおい、その綱を切っちゃいかん。死なばもろとも、夫婦は二世、切っても切れねえ縁《えにし》の艫綱《ともづな》、あ、いけねえ、切っちゃった。助けてくれ！　おれは泳ぎが出来ねえのだ。白状する。昔は少し泳げたのだが、狸も三十七になると、あちこちの筋《すじ》が固くなって、とても泳げやしないのだ。白状する。おれは三十七なんだ。お前とは実際、としが違いすぎるのだ。年寄りを大事にしろ！　敬老の心掛けを忘れるな！　あっぷ！　ああ、お前はいい子だ、な、いい子だから、そのお前の持っている櫂《かい》をこっちへ差しのべておくれ、おれはそれにつかまって、あいたたた、何をするんだ、痛いじゃないか、櫂でおれの頭を殴りやがって、よし、そうか、わかった！　お前はおれを殺す気だな、それでわかった。」と狸もその死の直前に到って、はじめて兎の悪計を見抜いたが、既におそかった。

ぽかん、ぽかん、と無慈悲の櫂が頭上に降る。狸は夕陽にきらきら輝く湖面に浮きつ沈みつ、

「あいたたた、あいたたた、ひどいじゃないか。おれは、お前にどんな悪い事をしたのだ。惚《ほ》れたが悪いか。」と言って、ぐっと沈んでそれっきり。

兎は顔を拭いて、

「おお、ひどい汗。」と言った。

ところでこれは、好色の戒めとでもいうものであろうか。十六歳の美しい処女には近寄るなという深切な忠告を匂わせた滑稽《こっけい》物語でもあろうか。或いはまた、気にいったからとて、あまりしつこくお伺いしては、ついには極度に嫌悪せられ、殺害せられるほどのひどいめに遭うから節度を守れ、という礼儀作法の教科書でもあろうか。

或いはまた、道徳の善悪よりも、感覚の好き嫌いに依って世の中の人たちはその日常生活に於いて互いに罵《ののし》り、または罰し、または賞し、または服しているものだという事を暗示している笑話であろうか。

いやいや、そのように評論家的な結論に焦躁《しょうそう》せずとも、狸の死ぬるいまわの際《きわ》の一言にだけ留意して置いたら、いいのではあるまいか。

曰《いわ》く、惚れたが悪いか。

古来、世界中の文芸の哀話の主題は、一にここにかかっていると言っても過言ではあるまい。女性にはすべて、この無慈悲な兎が一匹住んでいるし、男性には、あの善良な狸がいつも溺《おぼ》れかかってあがいている。作者の、それこそ三十何年来の、頗る不振の経歴に徴して見ても、それは明々白々であった。おそらくは、また、君に於いても。後略。

貨　幣

異国語に於ては、名詞にそれぞれ男女の性別あり。
然して、貨幣を女性名詞とす。

私は、七七八五一号の百円紙幣です。あなたの財布《さいふ》の中の百円紙幣をちょっと調べてみて下さいまし。或《あ》るいは私はその中に、はいっているかも知れません。もう私は、くたくたに疲れて、自分がいま誰の懐《ふところ》の中にいるのやら、或いは屑籠《くずかご》の中にでもほうり込まれているのやら、さっぱり見当も附かなくなりました。ちかいうちには、モダンな型の紙幣が出て、私たち旧式の紙幣は皆焼かれてしまうのだとかいう噂《うわさ》も聞きましたが、もうこんな、生きているのだか、死んでいるのだか、わからないような気持でいるよりは、いっそさっぱり焼かれてしまって昇天しとうございます。焼かれた後で、天国へ行くか地獄へ行くか、それは神様まかせだけれども、ひょっとしたら、私は地獄へ落ちるかも知れないわ。

生れた時には、今みたいに、こんな賤しいていたらくではなかったのです。後になったらもう二百円紙幣やら千円紙幣やら、私よりも有難がられる紙幣がたくさん出て来ましたけれども、私の生れた頃には、百円紙幣が、お金の女王で、はじめて私が東京の大銀行の窓口から或《あ》る人の手に渡された時には、その人の手は少し震えていました。あら、本当ですわよ。その人は、若い大工さんでした。その人は、腹掛けのどんぶりに、私を折り畳《たた》まずにそのまますっといれて、おなかが痛いみたいに左の手のひらを腹掛けに軽く押し当て、道を歩く時にも、電車に乗っている時にも、つまり銀行から家へ帰りつくまで、左の手のひらでどんぶりをおさえきりにおさえていました。そうして家へ帰ると、その人はさっそく私を神棚にあげて拝みました。私の人生への門出は、このように幸福でした。私はその大工さんのお宅にいつまでもいたいと思ったのです。けれども私は、その大工さんのお宅には、一晩しかいる事が出来ませんでした。その夜は大工さんはたいへん御機嫌《ごきげん》がよろしくて、晩酌《ばんしゃく》などやらかして、そうして若い小柄なおかみさんに向い、「馬鹿にしちゃいけねえ。おれにだって、男の働きというものがある。」などといって威張り、時々立ち上って私を神棚からおろして、両手でいただくような恰好《かっこう》で拝んで見せて、若いおかみさんを笑わせていましたが、そのうちに夫婦の間に喧嘩《けんか》が起り、とうとう私は四つに畳まれておかみさんの小さい財布の中にいれられてしまいました。そうしてその翌《あく》る朝、おかみさんに質屋に連れて行かれて、おかみさんの着物十枚とかえられ、私は質屋の冷たくしめっぽい金庫の中にいれられました。妙に底冷えがして、おなかが痛くて困っていたら、私はまた外に出されて日の目を見る事が出来ました。こんどは私は、医学生の顕微鏡一つとかえられたのでした。私はその医学生に連れられて、ずいぶん遠くへ旅行しました。そうしてとうとう、瀬戸内海の或る小さい島の旅館で、私はその医学生に捨てられました。それから一箇月近く私はその旅館の、帳場の小箪笥《こだんす》の引出しにいれられていましたが、何だかその医学生は、私を捨てて旅館を出てから間もなく瀬戸内海に身を投じて死んだという、女中たちの取沙汰をちらと小耳にはさみました。

「ひとりで死ぬなんて阿呆《あほ》らしい。あんな綺麗《きれい》な男となら、わたしはいつでも一緒に死んであげるのにさ。」とでっぷり太った四十くらいの、吹出物だらけの女中がいって、皆を笑わせていました。それから私は五年間四国、九州と渡り歩き、めっきり老《ふ》け込んでしまいました。そうして次第に私は軽んぜられ、六年振りでまた東京へ舞い戻った時には、あまり変り果てた自分の身のなりゆきに、つい自己嫌悪《けんお》しちゃいましたわ。東京へ帰って来てからは私はただもう闇屋の使い走りを勤める女になってしまったのですもの。五、六年東京から離れているうちに私も変りましたけれども、まあ、東京の変りようったら。夜の八時ごろ、ほろ酔いのブローカーに連れられて、東京駅から日本橋、それから京橋へ出て銀座を歩き新橋まで、その間、ただもうまっくらで、深い森の中を歩いているような気持で人ひとり通らないのは勿論《もちろん》、路を横切る猫の子一匹も見当りませんでした。おそろしい死の街の不吉な形相を呈していました。それからまもなく、れいのドカンドカン、シュウシュウがはじまりましたけれども、あの毎日毎夜の大混乱の中でも、私はやはり休むひまもなく、あの人の手から、この人の手と、まるでリレー競走のバトンみたいに目まぐるしく渡り歩き、おかげでこのような皺《しわ》くちゃの姿になったばかりでなく、いろいろなものの臭気がからだに附いて、もう、恥かしくて、やぶれかぶれになってしまいました。あのころは、もう日本も、やぶれかぶれになっていた時期でしょうね。私がどんな人の手から、どんな人の手に、何の目的で、そうしてどんなむごい会話をもって手渡されていたか、それはもう皆さんも、十二分にご存じの

けれども、くわしくは申し上げませんが、思われ

筈《はず》で、聞き飽き見飽きていらっしゃることでしょうから、くわしくは申し上げませんが、けだものみたいになっていたのは、軍閥とやらいうものだけではなかったように私には思われました。それはまた日本の人に限ったことでなく、人間性一般の大問題であろうと思いますが、今宵《こよい》死ぬかも知れぬという事になったら、物慾も、色慾も綺麗に忘れてしまうのではないかしらとも考えられるのに、どうしてなかなかそのようなものでもないらしく、人間は命の袋小路に落ち込むと、笑い合わずに、むさぼりくらい合うものらしゅうございます。この世の中にひとりでも不幸な人のいる限り、自分も幸福にはなれないと思う事こそ、本当の人間らしい感情でしょうに、自分だけ、或いは自分の家だけの束《つか》の間《ま》の安楽を得るために、隣人を罵《のの》り、あざむき、押し倒し、(いいえ、あなただって、いちどはそれをなさいました。無意識でなさって、ご自身それに気がつかないなんてのは、さらに恐るべき事です。恥じて下さい。人間ならば恥じて下さい。恥じるというのは人間だけにある感情ですから。)まるでもう地獄の亡者《もうじゃ》がつかみ合いの喧嘩をしているような滑稽《こっけい》で悲惨な図ばかり見せつけられてまいりました。けれども、私のこのように下等な使い走りの生活においても、いちどや二度は、ああ、生れて来てよかったと思ったこともないわけではございませんでした。いまはもうこのように疲れ切って、自分がどこにいるのやら、それさえ見当がつかなくなってしまったほど、まるで、もうろくの形ですが、それでもいまもって忘れられぬほのかに楽しい思い出もあるのです。その一つは、私が東京から汽車で、三、四時間で行き着ける或る小都会

に闇屋の婆さんに連れられてまいりました時のことですが、ただいまは、それをちょっとお知らせ致しましょう。私はこれまで、いろんな闇屋から闇屋へ渡り歩いて来ましたが、どうも女の闇屋のほうが、男の闇屋よりも私を二倍にも有効に使うようでございました。女の慾というものは、男の慾よりもさらに徹底してあさましく、凄《すさま》じいところがあるようでございます。私をその小都会に連れて行った婆さんも、ただものではないらしく、或る男にビールを一本渡してそのかわりに私を受け取り、そうしてこんどは、その小都会に葡萄酒《ぶどうしゅ》の買出しに来て、ふつう闇値の相場は葡萄酒一升五十円とか六十円とかであったらしいのに、婆さんは膝《ひざ》をすすめてひそひそひそひそいって永い事ねばり、時々いやらしく笑ったり何かしてとうとう私一枚で四升を手に入れ重そうな顔もせず背負って帰りましたが、つまり、この闇婆さんの手腕一つでビール一本が葡萄酒四升、少し水を割ってビール瓶《びん》につめかえると二十本ちかくにもなるのでしょう、とにかく、女の慾は程度を越えています。それでも、その婆さんは、少しもうれしいような顔をせず、どうもまったくひどい世の中になったものだ、と大真面目で愚痴《ぐち》をいって帰って行きました。私は葡萄酒の闇屋の大きい財布の中にいれられ、うとうと眠りかけたら、すぐにまたひっぱり出されて、こんどは四十ちかい陸軍大尉に手渡されました。この大尉もまた闇屋の仲間のようでした。「ほまれ」という軍人専用の煙草《たばこ》を百本（とその大尉はいっていたのだそうですが、あとで葡萄酒の闇屋が勘定してみましたら八十六本しかなかったそうで、あのインチキ野郎めが、とその葡萄酒の闇屋が大いに憤慨していました）とにかく、百本在中という紙包とかえられて、私はその大尉のズボンのポケットに無雑作《むぞうさ》にねじ込まれ、その夜、まちはずれの薄汚い小料理屋の二階へお供《とも》をするという事になりました。大尉はひどい酒飲みでした。葡萄酒のブランデーとかいう珍らしい飲物をチビチビやって、そうして酒癖もよくないようで、お酌《しゃく》の女をずいぶんしつこく罵《ののし》るのでした。

「お前の顔は、どう見たって狐《きつね》以外のものではないんだ。（狐をケツネと発音するのです。どこの方言かしら）よく覚えて置くがええぞ。ケツネのつらは、口がとがって髭《ひげ》がある。あの髭は右が三本、左が四本。ケツネの屁《へ》というものは、たまらねえ。そこらいちめん黄色い煙がもうもうとあがってな、犬はそれを嗅《か》ぐとくるくるっとまわって、ぱたりとたおれる。いや、嘘《うそ》でねえ。お前の顔は黄色いな。妙に黄色い。われとわが屁で黄色く染まったに違いない。や、臭い。さては、お前、やったな。いや、やらかした。どだいお前は失敬じゃないか。いやしくも帝国軍人の鼻先きで、屁をたれるとは非常識きわまるじゃないか。おれはこれでも神経質なんだ。鼻先きでケツネの屁などやらかされて、とても平気では居られねえ。」などそれは下劣な事ばかり、大まじめでいって罵り、階下で赤子の泣き声がしたら耳ざとくそれを聞きとがめて、「うるさい餓鬼《がき》だ、興がさめる。おれは神経質なんだ。馬鹿にするな。あれはお前の子か。これは妙だ。ケツネの子でも人間の子みたいな泣き方をするとは、おどろいた。どだいお前は、けしからんじゃないか、子供を抱えてこんな商売をするとは、虫がよすぎるよ。お前のような身のほど知らずのさもしい女ばかりいるから日本は苦戦するのだ。お前なんかは薄のろの馬鹿だから、日本は勝つとでも思っているんだろう。ばか、ばか。どだい、もうこの戦争は話にならねえのだ。ケツネと犬さ。くるくるっとまわって、ぱたりとたおれるやつさ。勝てるもんかい。だから、おれは毎晩こうして、酒を飲んで女を買うのだ。悪いか。」

「悪い。」とお酌の女のひとは、顔を蒼《あお》くしていいました。

「狐がどうしたっていうんだい。いやなら来なけれあいいじゃないか。いまの日本で、こうして酒を飲んで女にふざけているのは、お前たちだけだよ。お前の給料は、どこから出てるんだ。考えても見ろ。あたしたちの稼《かせ》ぎの大半は、おかみに差上げているんだ。おかみはその金をお前たちにやって、こうして料理屋で飲ませているんだ。馬鹿にするな。女だもの、子供だって出来るさ。いま乳呑児《ちのみご》をかかえている女は、どんなにつらい思いをしているか、お前たちにはわかるまい。あたしたちの乳房《ちぶさ》からはもう、一滴の乳も出ないんだよ。からの乳房をピチャピチャ吸って、いや、もうこのごろは吸う力さえないんだ。ああ、そうだよ、狐の子だよ。顎《あご》がとがって、皺だらけの顔で一日中ヒイヒイ泣いているんだ。見せてあげましょうかね。それでも、あたしたちは我慢しているんだ。勝ってもらいたくてこらえているんだ。それをお前たちは、なんだい。」といいかけた時、空襲警報が出て、それとほとんど同時に爆音が聞え、れいのドカンドカンシュウシュウがはじまり、部屋の障子《しょうじ》がまっかに染まりました。

「やあ、来た。とうとう来やがった。」と叫んで大尉は立ち上りましたが、ブランデーがひどくきいたらしく、よろよろです。

お酌のひとは、鳥のように素早く階下に駆け降り、やがて赤ちゃんをおんぶして、二階にあがって来て、

「さあ、逃げましょう、早く。それ、危い、しっかり、できそこないでもお国のためには大事な兵隊さんのはしくれだ。」といって、ほとんど骨がないみたいにぐにゃぐにゃしている大尉を、うしろから抱き上げるようにして歩かせ、階下へおろして靴をはかせ、それから大尉の手を取ってすぐ近くの神社の境内まで逃げ、大尉はそこでもう大の字に仰向に寝ころがってしまって、そうして、空の爆音にむかってさかんに何やら悪口をいっていました。ばらばらばら、火の雨が降って来ます。神社も燃えはじめました。

「たのむわ、兵隊さん。も少し向うのほうへ逃げましょうよ。ここで犬死にしてはつまらない。逃げられるだけは逃げましょうよ。」

人間の職業の中で、最も下等な商売をしているといわれているこの蒼黒く痩《や》せこけた婦人が、私の暗い一生涯において一ばん尊く輝かしく見えました。ああ、慾望よ、去れ。虚栄よ、去れ。日本はこの二つのために敗れたのだ。お酌の女は何の慾もなく、また見栄《みえ》もなく、ただもう眼前の酔いどれの客を救おうとして、渾身《こんしん》の力で大尉を引き起し、わきにかかえてよ

ろめきながら田圃《たんぼ》のほうに避難します。避難した直後にはもう、神社の境内は火の海になっていました。

麦を刈り取ったばかりの畑に、その酔いどれの大尉をひきずり込み、小高い土手の陰に寝かせ、お酌の女自身もその傍にくたりと坐り込んで荒い息を吐いていました。大尉は、既にぐうぐう高鼾《たかいびき》です。

その夜は、その小都会の隅《すみ》から隅まで焼けました。夜明けちかく、大尉は眼をさまし、起き上って、なお燃えつづけている大火事をぼんやり眺め、ふと、自分の傍でこくりこくり居眠りをしているお酌の女のひとに気づき、なぜだかひどく狼狽《ろうばい》の気味で立ち上り、逃げるように五、六歩あるきかけて、また引返し、上衣《うわぎ》の内ポケットから私の仲間の百円紙幣を五枚取り出し、それからズボンのポケットから私を引き出して六枚重ねて二つに折り、それを赤ちゃんの一ばん下の肌着のその下の地肌の背中に押し込んで、荒々しく走って逃げて行きました。私が自身に幸福を感じたのは、この時でございました。貨幣がこのような役目ばかりに使われるんだったらまあ、どんなに私たちは幸福だろうと思いました。赤ちゃんの背中は、かさかさ乾いて、そうして痩せていました。けれども私は仲間の紙幣にいいました。

「こんないいところは他にないわ。あたしたちは仕合せだわ。いつまでもここにいて、この赤ちゃんの背中をあたため、ふとらせてあげたいわ。」

仲間はみんな一様に黙って首肯《うなず》きました。

令嬢アユ

佐野君は、私の友人である。私のほうが佐野君より十一も年上なのであるが、それでも友人である。佐野君は、いま、東京の或る大学の文科に籍を置いているのであるが、あまり出来ないようである。いまに落第するかも知れない。少し勉強したらどうか、と私は言いにくい忠告をした事もあったが、その時、佐野君は腕組みをして頸垂《うなだ》れ、もうこうなれば、小説家になるより他は無い、と低い声で呟《つぶや》いたので、私は苦笑した。学問のきらいな頭のわるい人間だけが小説家になるものだと思い込んでいるらしい。それは、ともかくとして、佐野君は此《こ》の頃いよいよ本気に、小説家になるより他は無い、と覚悟を固めて来た様子である。日、一日と落第が確定的になって来たのかも知れない。もうこうなれば、小説家になるより他は無い、と今は冗談でなく腹をきめたせいか、此の頃の佐野君の日常生活は、実に悠々たるものである。かれは未だ二十二歳の筈《はず》であるが、その、本郷の下宿屋の一室に於《お》いて、端然と正座し、囲碁の独《ひと》り稽古にふけっている有様を望見するに、どこやら雲中白鶴の趣さえ感ぜられる。時々、背広服を着て旅に出る。鞄《かばん》には原稿用紙とペン、インク、悪の華、新約聖書、戦争と平和第一巻、その他がいれられて在る。温泉宿の一室に於いて、床柱を背負って泰然《たいぜん》とおさまり、机の上には原稿用紙をひろげ、もの憂げに煙草のけむりの行末を眺め、長髪を掻き上げて、軽く咳《せき》ばらいするところなど、すでに一個の文人墨客の風情がある。けれども、その、むだなポオズにも、すぐ疲れて来る様子で、立ち上って散歩に出かける。宿から釣竿《つりざお》を借りて、渓流の山女《やまめ》釣りを試みる時もある。一匹も釣れた事は無い。実は、そんなにも釣を好きでは無いのである。餌《えさ》を附けかえるのが、面倒くさくてかなわない。だから、たいてい蚊針を用いる。東京で上等の蚊針を数種買い求め、財布にいれて旅に出るのだ。そんなにも好きで無いのに、なぜ、わざわざ釣針を買い求め旅行先に持参してまで、釣を実行しなければならないのか。なんという事も無い、ただ、ただ、隠君子の心境を味わってみたいこころからである。

ことしの六月、鮎《あゆ》の解禁の日にも、佐野君は原稿用紙やらペンやら、戦争と平和やらを鞄にいれ、財布には、数種の蚊針を秘めて伊豆の或る温泉場へ出かけた。四五日して、たくさんの鮎を、買って帰京した。柳の葉くらいの鮎を二匹、釣り上げて得意顔で宿に持って帰ったところ、宿の人たちに大いに笑われて、頗《すこぶ》るまごついたそうである。その二匹は、それでもフライにしてもらって晩ごはんの時に食べたが、大きいお皿に小指くらいの「かけら」が二つころがっている様を見たら、かれは余りの恥ずかしさに、立腹したそうである。私の家にも、美事な鮎を、お土産《みやげ》に持って来てくれた。伊豆のさかなやから買って来たという事を、かれは、卑怯《ひきょう》な言いかたで告白した。「これくらいの鮎を、わけなく釣っている人もあるにはあるが、僕は釣らなかった。これくらいの鮎は、てれくさくて釣れるものではない。僕は、わけを話してゆずってもらって来た。」と奇妙な告白のしかたをしたのである。

ところで、その時の旅行には、もう一つ、へんなお土産があった。かれが、結婚したいと言い出したのである。伊豆で、いいひとを見つけて来たというのであった。

「そうかね。」私は、くわしく聞きたくもなかった。私は、ひとの恋愛談を聞く事は、あまり好きでない。恋愛談には、かならず、どこかに言い繕《つくろ》いがあるからである。

私が気乗りのしない生返事をしていたのだが、佐野君はそれにはお構いなしに、かれの見つけて来たという、その、いいひとに就《つ》いて澱《よど》みなく語った。割に嘘の無い、素直な語りかただったので、私も、おしまいまで、そんなにいらいらせずに聞く事が出来た。

かれが伊豆に出かけて行ったのは、五月三十一日の夜で、その夜は宿でビイルを一本飲んで寝て、翌朝は宿のひとに早く起してもらって、釣竿をかついで悠然と宿を出た。多少、ねむそうな顔をしているが、それでもどこかに、ひとかどの風騒の士の構えを示して、夏草を踏みわけ河原へ向った。草の露が冷たくて、いい気持。土堤にのぼる。松葉牡丹《まつばぼたん》が咲いている。姫百合《ひめゆり》が咲いている。ふと前方を見ると、緑いろの寝巻を着た令嬢が、白い長い両脚を膝《ひざ》よりも、もっと上まであらわして、素足で青草を踏んで歩いている。清潔な、ああ、綺麗《きれい》。十メエトルと離れていない。

「やあ！」佐野君は、無邪気である。思わず歓声を挙げて、しかもその透きとおるような柔い脚を確実に指さしてしまった。令嬢は、そんなにも驚かぬ。少し笑いながら裾《すそ》をおろした。これは日課の、朝の散歩なのかも知れない。佐野君は、自分の、指さした右手の処置に、少し困った。初対面の令嬢の脚を、指さしたり等して、失礼であった、と後悔した。「だめですよ、そんな、――」と意味のはっきりしない言葉を、非難の口調で呟いて、颯《さ》っと令嬢の傍をすり抜けて、後を振り向かず、いそいで歩いた。躓《つまず》いた。こんどは、ゆっくり歩いた。河原へ降りた。幹が一抱え以上もある柳の樹蔭《こかげ》に腰をおろして、釣糸を垂れた。釣れる場所か、釣れない場所か、それは問題じゃない。他の釣師が一人もいなくて、静かな場所ならそれでいいのだ。釣の妙趣は、魚を多量に釣り上げる事にあるのでは無くて、釣糸を垂れながら静かに四季の風物を眺め楽しむ事にあるのだ、と露伴先生も教えているそうであるが、佐野君も、それは全くそれに違いないと思っている。もともと佐野君は、文人としての魂魄《こんぱく》を練るために、釣をはじめたのだから、釣れる釣れないは、いよいよ問題でないのだ。静かに釣糸を垂れ、もっぱら四季の風物を眺め楽しんでいるのである。水は、囁《ささや》きながら流れている。鮎が、すっと泳ぎ寄って蚊針をつつき、ひらと身をひるがえして逃れ去る。素早いものだ、と佐野君は感心する。対岸には、紫陽花《あじさい》が咲いている。竹藪《たけやぶ》の中で、赤く咲いているのは夾竹桃《きょうちくとう》らしい。眠くなって来た。

「釣れますか？」女の声である。

もの憂げに振り向くと、先刻の令嬢が、白い簡単服《かんたんふく》を着て立っている。肩には釣竿をかついでいる。

「いや、釣れるものではありません。」へんな言いかたである。

「そうですか。」令嬢は笑った。二十歳にはなるまい。歯が綺麗だ。眼が綺麗だ。喉《のど》は、白くふっくらして溶けるようで、可愛い。みんな綺麗だ。釣竿を肩から、おろして、「きょうは解禁の日ですから、子供にでも、わけなく釣れるのですけど。」

「釣れなくたっていいんです。」佐野君は、釣竿を河原の青草の上にそっと置いて、煙草をふかした。佐野君は、好色の青年ではない。迂濶《うかつ》なほうである。もう、その令嬢を問題にしていないという澄ました顔で、悠然と煙草のけむりを吐いて、そうして四季の風物を眺めている。

「ちょっと、拝見させて。」令嬢は、佐野君の釣竿を手に取り、糸を引き寄せて針をひとめ見て、「これじゃ、だめよ、鮠《はや》の蚊針じゃないの。」

佐野君は、恥をかかされたと思った。ごろりと仰向《あおむけ》に河原に寝ころんだ。「同じ事ですよ。その針でも、一二匹釣れました。」嘘を言った。

「あたしの針を一つあげましょう。」令嬢は胸のポケットから小さい紙包をつまみ出して、佐野君の傍にしゃがみ、蚊針の仕掛けに取りかかった。佐野君は寝ころび、雲を眺めている。

「この蚊針はね、」と令嬢は、金色の小さい蚊針を佐野君の釣糸に結びつけてやりながら呟く。「この蚊針はね、おそめという名前です。いい蚊針には、いちいち名前があるのよ。これは、おそめ。可愛い名でしょう？」

「そうですか、ありがとう。」佐野君は、野暮《やぼ》である。何が、おそめだ。おせっかいは、もうやめて、早く向うへ行ってくれたらいい。気まぐれの御親切は、ありがた迷惑だ。

「さあ、出来ました。こんどは釣れますよ。ここは、とても釣れるところなのです。あたしは、いつも、あの岩の上で釣っているの。」

「あなたは、」佐野君は起き上って、「東京の人ですか？」

「あら、どうして？」

「いや、ただ、――」佐野君は狼狽《ろうばい》した。顔が赤くなった。

「あたしは、この土地のものよ。」令嬢の顔も、少し赤くなった。うつむいて、くすくす笑いながら岩のほうへ歩いて行った。

佐野君は、釣竿を手に取って、再び静かに釣糸を垂れ、四季の風物を眺めた。ジャボリという大きな音がした。たしかに、ジャボリという音であった。見ると令嬢は、見事に岩から落ちている。胸まで水に没している。釣竿を固く握って、「あら、あら。」と言いながら岸に這《は》い上って来た。まさしく濡れ鼠のすがたである。白いドレスが両脚にぴったり吸いついている。

佐野君は、笑った。実に愉快そうに笑った。ざまを見ろという小気味のいい感じだけで、同情の心は起らなかった。ふと笑いを引っ込めて、叫んだ。

「血が！」

令嬢の胸を指さした。けさは脚を、こんどは胸を、指さした。令嬢の白い簡単服の胸のあたりに血が、薔薇《ばら》の花くらいの大きさでにじんでいる。

令嬢は、自分の胸を、うつむいてちらと見て、

「桑の実よ。」と平気な顔をして言った。「胸のポケットに、桑の実をいれて置いたのよ。あとで食べようと思っていたら、損をした。」

岩から滑り落ちる時に、その桑の実が押しつぶされたのであろう。佐野君は再び、恥をかかされた、と思った。

令嬢は、「見ては、いやよ。」と言い残して川岸の、山吹の茂みの中に姿を消してそれっきり、翌日も、翌々日も河原へ出ては来なかった。佐野君だけは、相かわらず悠々と、あの柳の木の下で、釣糸を垂れ、四季の風物を眺め楽しんでいる。あの令嬢と、また逢いたいとも思っていない様子である。佐野君は、そんなに好色な青年ではない。迂濶すぎるほどである。

三日間、四季の風物を眺め楽しみ、二匹の鮎を釣り上げた。「おそめ」という蚊針のおかげと思うより他は無い。釣り上げた鮎は、柳の葉ほどの大きさであった。これは、宿でフライにしてもらって食べたそうだが、浮かぬ気持であったそうである。四日目に帰京したのであるが、その朝、お土産の鮎を買いに宿を出たら、あの令嬢に逢ったという。令嬢は黄色い絹のドレスを着て、自転車に乗っていた。

「やあ、おはよう。」佐野君は無邪気である。大声で、挨拶した。

令嬢は軽く頭をさげただけで、走り去った。なんだか、まじめな顔つきをしていた。自転車のうしろには、菖蒲《あやめ》の花束が載せられていた。白や紫の菖蒲の花が、ゆらゆら首を振っていた。

その日の昼すこし前に宿を引き上げて、れいの鞄を右手に、氷詰めの鮎の箱を左手に持って宿から、バスの停留場まで五丁ほどの途《みち》を歩いた。ほこりっぽい田舎道である。時々立ちどまり、荷物を下に置いて汗を拭いた。それから溜息《ためいき》をついて、また歩いた。三丁ほど歩いたところに、

「おかえりですか。」と背後から声をかけられ、振り向くと、あの令嬢が笑っている。手に小さい国旗を持っている。黄色い絹のドレスも上品だし、髪につけているコスモスの造花も、いい趣味だ。田舎のじいさんと一緒である。じいさんは、木綿の縞《しま》の着物を着て、小柄な実直そうな人である。ふしくれだった黒い大きい右手には、先刻の菖蒲の花束を持っている。さては此の、じいさんに差し上げる為に、けさ自転車で走りまわっていたのだな、と佐野君は、ひそかに合点した。

「どう？　釣れた？」からかうような口調である。

「いや、」佐野君は苦笑して、「あなたが落ちたので、鮎がおどろいていなくなったようです。」佐野君にしては上乗《じょうじょう》の応酬である。

「水が濁ったのかしら。」令嬢は笑わずに、低く呟いた。

じいさんは、幽《かす》かに笑って、歩いている。

「どうして旗を持っているのです。」佐野君は話題の転換をこころみた。

「出征したのよ。」

「誰が？」

「わしの甥《おい》ですよ。」じいさんが答えた。「きのう出発しました。わしは、飲みすぎて、ここへ泊ってしまいました。」まぶしそうな表情であった。

「それは、おめでとう。」佐野君は、こだわらずに言った。事変のはじまったばかりの頃は、佐野君は此の祝辞を、なんだか言いにくかった。でも、いまは、こだわりもなく祝辞を言える。だんだん、このように気持が統一されて行くのであろう。いいことだ、と佐野君は思った。

「可愛いがっていた甥御さんだったから、」令嬢は利巧そうな、落ちついた口調で説明した。「おじさんが、やっぱり、ゆうべは淋《さび》しがって、とうとう泊っちゃったの。わるい事じゃないわね。あたしは、おじさんに力をつけてやりたくて、けさは、お花を買ってあげたの。それから旗を持って送って来たの。」

「あなたのお家は、宿屋なの？」佐野君は、何も知らない。令嬢も、じいさんも笑った。

停留場についた。佐野君と、じいさんは、バスに乗った。令嬢は、窓のそとで、ひらひらと国旗を振った。

「おじさん、しょげちゃ駄目よ。誰でも、みんな行くんだわ。」

バスは出発した。佐野君は、なぜだか泣きたくなった。

いいひとだ、あの令嬢は、いいひとだ、結婚したいと、佐野君は、まじめな顔で言うのだが、私は閉口した。もう私には、わかっているのだ。

「馬鹿だね、君は。なんて馬鹿なんだろう。そのひとは、宿屋の令嬢なんかじゃないよ。考えてごらん。そのひとは六月一日に、朝から大威張りで散歩して、釣をしたりして遊んでいたようだが、他の日は、遊べないのだ。どこにも姿を見せなかったろう？　その筈だ。毎月、一日《ついたち》だけ休みなんだ。わかるかね。」

「そうかあ。カフェの女給か。」

「そうだといいんだけど、どうも、そうでもないようだ。おじいさんが君に、てれていたろう？　泊った事を、てれていたろう？」

「わあっ！　そうかあ。なあんだ。」佐野君は、こぶしをかためて、テーブルをどんとたたいた。もうこうなれば、小説家になるより他は無い、といよいよ覚悟のほどを固くした様子であった。

令嬢。よっぽど、いい家庭のお嬢さんよりも、その、鮎の娘さんのほうが、はるかにいいのだ、本当の令嬢だ、とも思うのだけれども、嗚呼《ああ》、やはり私は俗人なのかも知れぬ、そのような境遇の娘さんと、私の友人が結婚するというならば、私は、頑固に反対するのである。

服装に就いて

ほんの一時ひそかに凝《こ》った事がある。服装に凝ったのである。弘前《ひろさき》高等学校一年生の時である。縞《しま》の着物に角帯をしめて歩いたものである。そして義太夫《ぎだゆう》を習いに、女師匠のもとへ通ったのである。けれどもそれは、ほんの一年間だけの狂態であった。私は、そんな服装を、憤怒を以《もっ》てかなぐり捨てた。別段、高邁《こうまい》な動機からでもなかった。私が、その一年生の冬季休暇に、東京へ遊びに来て、一夜、その粋人の服装でもって、おでんやの縄のれんを、ぱっとはじいた。こう姉さん、熱いところを一本おくれでないか。熱いところを、といかにも鼻持ちならぬ謂《い》わば粋人の口調を、真似たつもりで澄ましていた。やがてその、熱いところを我慢して飲み、かねて習い覚えて置いた伝法《でんぽう》の語彙《ごい》を、廻らぬ舌に鞭打《むちう》って余すところなく展開し、何を言っていやがるんでえ、と言い終った時に、おでんやの姉さんが明るい笑顔で、兄さん東北でしょう、と無心に言った。お世辞のつもりで言ってくれたのかも知れないが、私は実に興覚めたのである。私も、根からの馬鹿では無い。その夜かぎり、粋人の服装を、憤怒を以て放擲《ほうてき》したのである。それからは、普通の服装をしているように努力した。けれども私の身長は五尺六寸五分（五尺七寸以上と測定される事もあるが、私はそれを信用しない。）であるから、街を普通に歩いていても、少し目立つらしいのである。大学の頃にも、私は普通の服装のつもりでいたのに、それでも、友人に忠告された。ゴム長靴が、どうにも異様だと言うのである。ゴム長は、便利なものである。靴下が要らない。足袋《たび》のままで、はいても、また素足にはいても、人に見破られる心配がない。私は、たいてい、素足のままではいていた。ゴム靴の中は、あたたかい。家を出る時でも、編上靴のように、永いこと玄関にしゃがんで愚図愚図《ぐずぐず》している必要がない。すぽり、すぽりと足を突込んで、そのまますぐに出発できる。脱ぎ捨てる時も、ズボンのポケットに両手をつっこんだままで、軽く虚空を蹴《け》ると、すぽりと抜ける。水溜りでも泥路でも、平気で濶歩《かつぽ》できる。重宝なものである。なぜそれをはいて歩いては、いけないのか。けれどもその親切な友人は、どうにも、それは異様だから、やめたほうがいい、君は天気の佳い日でもはいて歩いている、奇を衒《てら》っているようにも見える、と言うのである。つまり、私がおしゃれの為にゴム長を、はいて歩いていると思っているらしいのである。ひどい誤解である。私は高等学校一年の時、既に粋人たらむ事の不可能を痛感し、以後は衣食住に就いては専《もつぱ》ら簡便安価なるものをのみ愛し続けて来たつもりなのである。けれども私は、その身長に於《お》いても、また顔に於いても、あるいは鼻に於いても、確実に、人より大きいので、何かと目ざわりになるらしく、本当に何気なくハンチングをかぶっても、友人たちは、やあハンチングとは、思いつきだね、あまり似合わないね、変だよ、よした方がよい、と親切に忠告するので、私は、どうしていいか判らなくなってしまうのである。細工《さいく》の大きい男は、それだけ、人一倍の修業が必要のようである。自分では、人生の片隅に、つつましく控えているつもりなのに、人は、なかなかそれを認めてくれない。やけくそで、いっそ林銑十郎閣下のような大鬚《おおひげ》を生やしてみようかとさえ思う事もあるのだが、けれども、いまの此《こ》の、六畳四畳半三畳きりの小さい家の中で、鬚ばかり立派な大男が、うろうろしているのは、いかにも奇怪なものらしいから、それも断念せざるを得ない。いつか友人がまじめくさった顔をして、バアナアド・ショオが日本に生れたらとても作家生活が出来なかったろう、という述懐をもらしたので私も真面目に、日本のリアリズムの深さなどを考え、要するに心境の問題なのだからね、と言い、それからまた二つ三つ意見を述べようと気構えた時、友人は笑い出して、ちがう、ちがう、ショオは身の丈七尺あるそうじゃないか、七尺の小説家なんて日本じゃ生活できないよ、と言って、けろりとしていた。私は、まんまと、かつがれたわけであるが、けれども私には、この友人の無邪気な冗談を心から笑う事は出来なかった。ひやりとしたのである。もう一尺、高かったなら！　実に危いところだと思ったのである。

私は高等学校一年生の時に、早くもお洒落《しやれ》の無常を察して、以後は、やぶれかぶれで、ありあわせのものを選択せずに身にまとい、普通の服装のつもりで歩いていたのであるが、何かと友人たちの批評の対象になり、それ故、臆《おく》して次第にまた、ひそかに服装にこだわるように、なってしまったようである。こだわるといっても、私は自分の野暮《やぼ》ったさを、事ある毎に、いやになるほど知らされているのであるから、あれを着たい、この古代の布地で羽織を仕立させたい等の、粋《いき》な慾望は一度も起した事が無い。与えられるものを、黙って着ている。また私は、どういうものだか、自分の衣服や、シャツや下駄《げた》に於いては極端に吝嗇《りんしょく》である。そんなものに金銭を費す時には、文字どおりに、身を切られるような苦痛を覚えるのである。五円を懐中して下駄を買いに出掛けても、下駄屋の前を徒《いたず》らに右往左往して思いが千々《ちぢ》に乱れ、ついに意を決して下駄屋の隣りのビヤホオルに飛び込み、五円を全部費消してしまうのである。衣服や下駄は、自分のお金で買うものでないと思い込んでいるらしいのである。また現に、私は、三、四年まえまでは、季節季節に、故郷の母から衣服その他を送ってもらっていたのである。母は私と、もう十年も逢わずにいるので、私がもうこんなに分別くさい鬚男になっているのに気が附かない様子で、送って来る着物の柄模様は、実に派手である。その大きい絣《かすり》の単衣《ひとえ》を着ていると、私は角力《すもう》の取的《とりてき》のようである。或《あ》るいはまた、桃の花を一ぱいに染めてある寝巻の浴衣《ゆかた》を着ていると、私は、ご難の楽屋で震えている新派の爺さん役者のようである。なっていないのである。けれども私は、与えられるものを黙って着ている主義であるから、内心少からず閉口していても、それを着て鬱然と部屋のまん中にあぐらをかいて煙草をふかしているのであるが、時たま友人が訪れて来てこの私の姿を目撃し、笑いを嚙み殺そうとしても出来ない様子である。私は鬱々として楽しまず、ついに立ってその着物を或る種の倉庫にあずけに行くのである。いまは、もう、一まいの着物も母から送ってもらえない。私は、私の原稿料で、然《しか》るべき衣服を買い整えなければならない。けれども私は、自分の衣服を買う事に於いては、極端に吝嗇なので、この三、四年間に、夏の白絣一枚と、久留米絣《くるめがすり》の単衣を一枚新調しただけである。あとは全部、むかし母から送られ、或る種の倉庫にあずけていたものを必要に応じて引き出して着ているのである。たとえばいま、夏から秋にかけての私の服装に就いて言うならば、真夏は、白絣いちまい、それから涼しくなるにつれて、久留米絣の単衣と、銘仙《めいせん》の絣の単衣とを交互に着て外出する。家に在る時は、もっぱら丹前下《たんぜん》の浴衣である。銘仙の絣の単衣は、家内の亡父の遺品である。着て歩くと裾《すそ》がさらさらして、いい気持だ。この着物を着て、遊びに出掛けると、不思議に必ず雨が降るのである。亡父の戒めかも知れない。洪水にさえ見舞われた。一度は、南伊豆。もう一度は、富士吉田で、私は大水に遭い多少の難儀をした。南伊豆は七月上旬の事で、私の泊っていた小さい温泉宿は、濁流に呑まれ、もう少しのところで、押し流されるところであった。富士吉田は、八月末の火祭りの日であった。その土地の友人から遊びに来いと言われ、私はいまは暑いからいやだ、もっと涼しくなってから参りますと返事したら、その友人から重ねて、吉田の火祭りは一年に一度しか無いのです、吉田は、もはや既に涼しい、来月になったら寒くなります、という手紙で、ひどく怒っているらしい様子だったので私は、あわてて吉田に出かけた。家を出る時、家内は、この着物を着ておいでになると、また洪水にお遭いになりますよ、といやな、けちを附けた。何だか不吉な予感を覚えた。八王子あたりまでは、よく晴れていたのだが、大月で、富士吉田行の電車に乗り換えてからは、もはや大豪雨であった。

ぎっしり互いに身動きの出来ぬほどに乗り込んだ登山者あるいは遊覧の男女の客は、口々に、わあ、ひどい、これあ困ったと豪雨に対して不平を並べた。亡父の遺品の雨着物を着ている私は、この豪雨の張本人のような気がして、まことに、そら恐しい罪悪感を覚え、顔を挙げることが出来なかった。吉田に着いてからも篠《しの》つく雨は、いよいよさかんで、私は駅まで迎えに来てくれていた友人と共に、ころげこむようにして駅の近くの料亭に飛び込んだ。友人は私に対して気の毒がっていたが、私は、この豪雨の原因が、私の銘仙の着物に在るということを知っていたので、かえって友人にすまない気持で、けれどもそれは、あまりに恐ろしい罪なので、私は告白できなかった。火祭りも何も、滅茶滅茶になった様子であった。毎年、富士の山仕舞いの日に木花咲耶姫《このはなさくやひめ》へお礼のために、家々の門口に、丈余の高さに薪《まき》を積み上げ、それに火を点じて、おのおの負けず劣らず火焔《かえん》の猛烈を競うのだそうであるが、私は、未だ一度も見ていない。ことしは見れると思って来たのだが、この豪雨のためにお流れになってしまったらしいのである。私たちはその料亭で、いたずらに酒を飲んだりして、雨のはれるのを待った。夜になって、風さえ出て来た。給仕の女中さんが、雨戸を細めにあけて、「ああ、ぼんやり赤い。」と呟《つぶや》いた。私たちは立っていって、外をのぞいて見たら、南の空が幽《かす》かに赤かった。この大暴風雨の中でも、せめて一つ、木花咲耶姫へのお礼の為に、誰かが苦心して、のろしを挙げているのであろう。私は、わびしくてならなかった。この憎い大暴風雨も、もとはと言えば、私の雨着物の為なのである。要らざる時に東京から、のこのこやって来て、この吉田の老若男女ひとしく指折り数えて待っていた楽しい夜を、滅茶滅茶にした雨男は、ここにいます、ということを、この女中さんにちょっとでも告白したならば、私は、たちまち吉田の町民に袋たたきにされるであろう。私は、やはり腹黒く、自分の罪をその友人にも女中さんにも、打ち明けることはしなかった。その夜おそく雨が小降りになったころ私たちはその料亭を出て、池のほとりの大きい旅館に一緒に泊り、翌《あく》る朝は、からりと晴れていたので、私は友人とわかれてバスに乗り御坂峠《みさかとうげ》を越えて甲府へ行こうとしたが、バスは河口湖を過ぎて二十分くらい峠をのぼりはじめたと思うと、既に恐ろしい山崩れの個所に逢着《ほうちゃく》し、乗客十五人が、おのおの尻端折《しりはしょ》りして、歩いて峠を越そうと覚悟をきめて三々五々、峠をのぼりはじめたが、行けども行けども甲府方面からの迎えのバスが来ていない。断念して、また引返し、むなしくもとのバスに再び乗って吉田町まで帰って来たわけであるが、すべては、私の魔の銘仙のせいである。こんど、どこか旱魃《かんばつ》の土地の噂《うわさ》でも聞いた時には、私はこの着物を着てその土地に出掛け、ぶらぶら矢鱈《やたら》に歩き廻って見ようと思っている。沛然《はいぜん》と大雨になり、無力な私も、思わぬところで御奉公できるかも知れない。私には、単衣はこの雨着物の他に、久留米絣のが一枚ある。これは、私の原稿料で、はじめて買った着物である。私は、これを大事にしている。最も重要な外出の際にだけ、これを着て行くことにしているのである。自分では、これが一流の晴着のつもりなのであるが、人は、そんなに注目してはくれない。これを着て出掛けた時には、用談も、あまりうまく行かない。

たいてい私は、軽んぜられる。普段着のように見えるのかも知れない。そうして帰途は必ず、何くそ、と反骨をさすり、葛西《かさい》善蔵の事が、どういうわけだか、きっと思い出され、断乎として この着物を手放すまいと固執の念を深めるのである。

単衣から袷《あわせ》に移る期間はむずかしい。九月の末から十月のはじめにかけて、十日間ばかり、私は人知れぬ憂愁に閉ざされるのである。私には、袷は、二揃いあるのだ。一つは久留米絣で、もう一つは何だか絹のものである。これは、いずれも以前に母から送ってもらったものなのであるが、この二つだけは柄もこまかく地味なので、私は、かの街の一隅の倉庫にあずけずに保存しているのである。私は絹のものを、ぞろりと着流してフェルト草履《ぞうり》をはき、ステッキを振り廻して歩く事が出来ないたちなので、その絹のものも、いきおい敬遠の形で、この一、二年、友人の見合いに立ち合った時と、甲府の家内の里へ正月に遊びに行った時と、二度しか着ていない。それもまさか、フェルト草履にステッキという姿では無かった。袴《はかま》をはいて、新しい駒下駄《こまげた》をはいていた。私がフェルト草履を、きらうのは、何も自分の蛮風を衒《てら》っているわけではない。フェルト草履は、見た眼にも優雅で、それに劇場や図書館、その他のビルディングにはいる時でも、下駄の時のように下足係の厄介《やっかい》にならずにすむから、私も実は一度はいてみた事があるのであるが、どうも、足の裏が草履の表の茣蓙《ござ》の上で、つるつる滑っていけない。頗《すこぶ》る不安な焦躁感を覚える。下駄よりも五倍も疲れるようである。私は、一度きりで、よしてしまった。またステッキも、あれを振り廻して歩くと何だか一見識があるように見えて、悪くないものであるが、私は人より少し背が高いので、どのステッキも、私には短かすぎる。無理に地面を突いて歩こうとすると、私は腰を少し折曲げなければならぬ。いちいち腰をかがめてステッキをついて歩いていると、私は墓参の老婆のように見えるであろう。五、六年前に、登山用のピッケルの細長いのを見つけて、それをついて街を歩いていたら、やはり友人に悪趣味であると言って怒られ、あわてて中止したが、何も私は趣味でピッケルなどを持ち出したわけではなかったのである。どうも普通のステッキでは、短かすぎて、思い切り突いて歩く事が出来ない。すぐに、いらいらして来るのである。丈夫で、しかも細長いあのピッケルは、私には肉体的に必要であったのである。ステッキは突いて歩くものではない、持って歩くものであるという事も教えられたが、私は荷物を持って歩く事は大きらいである。旅行でも、出来れば手ぶらで汽車に乗れるように、実にさまざまに工夫するのである。旅行に限らず、人生すべて、たくさんの荷物をぶらさげて歩く事は、陰鬱の基のようにも思われる。荷物は、少いほどよい。生れて三十二年、そろそろ重い荷物ばかりを背負されて来ている私は、この上、何を好んで散歩にまで、やっかいな荷物を持ち運ぶ必要があろう。私は、外に出る時には、たいていの持ち物は不恰好でも何でも懐《ふところ》に押し込んでしまう事にしているのであるが、まさかステッキは、懐へぶち込む事は出来ない。肩にかつぐか、片手にぶらさげて持ち運ばなければならぬ。厄介なばかりである。おまけに犬が、それを胡乱《うろん》な武器と感ちがいして、さかんに吠えたてるかも知れぬのだから、一つとして、いいところが無い。どう考えても、絹ものをぞろりと着流し、フェルト草履、ステッキ、おまけに白足袋という、あの恰好は私には出来そうもないのである。貧乏性という奴かも知れない。ついでだから言うが、私は学校をやめてから七、八年間、洋服というものを着た事がない。洋服をきらいなのではなく、いや、きらいどころか、さぞ便利で軽快なものだろうと、いつもあこがれてさえいるのであるが、私には一着も無いから着ないのである。洋服は、故郷の母も送って寄こさない。また私は、五尺六寸五分であるから、出来合いの洋服では、だめなのである。新調するとなると、同時に靴もシャツもその他いろいろの附属品が必要らしいから百円以上は、どうしてもかかるだろうと思われる。私は、衣食住に於いては吝嗇なので、百円以上も投じて洋装を整えるくらいなら、いっそわが身を断崖から怒濤《どとう》めがけて投じたほうが、ましなような気がするのである。いちど、N氏の出版記念会の時、その時には、私には着ている丹前の他には、一枚の着物も無かったので、友人のY君から洋服、シャツ、ネクタイ、靴、靴下など全部を借りて身体に纏《まと》い、卑屈に笑いながら出席したのであるが、この時も、まことに評判が悪く、洋服とは珍らしいが、よくないね、似合わないよ、なんだって又、などと知人ことごとく感心しなかったようである。ついには洋服を貸してくれたY君が、どうも君のおかげで、僕の洋服まで評判が悪くなった、僕も、これから、その洋服を着て歩く気がしなくなった、と会場の隅で小声で私に不平をもらしたのである。たった一度の洋服姿も、このような始末であった。再び洋服を着る日は、いつの事であろうか、いまのところ百円を投じて新調する気もさらに無いし、甚だ遠いことではなかろうかと思っている。私は当分、あり合せの和服を着て歩くより他は無いのであろう。前に言ったように袷は二揃いあるのだが、絹のものは、あまり好まない。久留米絣のが一揃いあるが、私は、このほうを愛している。私には野暮な、書生流の着物が、何だか気楽である。一生を、書生流に生きたいとも願っている。会などに出る前夜には、私は、この着物を畳んで蒲団の下に敷いて寝るのである。すると入学試験の前夜のような、ときめきを幽かに感ずるのである。この着物は、私にとって、謂わば討入の晴着のようなものである。秋が深くなって、この着物を大威張りで着て歩けるような季節になると、私は、ほっとするのである。つまり、単衣から袷に移る、その過渡期に於いて、私には着て歩く適当な衣服が無いからでもあるのだ。過渡期は、つねに私のような無力者を、まごつかせるものだが、この、夏と秋との過渡期に於て、私の困惑は深刻である。袷には、まだ早い。あの久留米絣のお気に入りらしい袷を、早く着たいのだが、それでは日中暑くてたまらぬ。単衣を固執していると、いかにも貧寒の感じがする。どうせ貧寒なのだから、木枯しの中を猫背になってわななきつつ歩いているのも似つかわしいのであろうが、そうするとまた、人は私を、貧乏看板とか、乞食《こじき》の威嚇《いかく》、ふてくされ等と言って非難するであろうし、また、寒山拾得《かんざんじっとく》の如く、あまり非凡な恰好をして人の神経を混乱させ圧倒するのも悪い事であるから、私は、なるべくならば普通の服装をしていたいのである。簡単に言ってしまうと、私には、セルがないのである。いいセルが、どうしても一枚ほしいのである。実は一枚、あることはあるのだが、これは私が高等学校の、おしゃれな時代に、こっそり買い入れたもので薄赤い縞《しま》が縦横に交錯されていて、おしゃれの迷いの夢から醒めてみると、これは、どうしたって、男子の着るものではなかった。あきらかに婦人のものである。あの一時期は、たしかに、私は、のぼせていたのにちがいない。何の意味も無く、こんな派手ともなんとも形容の出来ない着物を着て、からだを、くにゃくにゃさせて歩いていたのかと思えば、私は顔を覆って呻吟《しんぎん》するばかりである。とても着られるものでない。見るのさえ、いやである。私は、これを、あの倉庫に永いこと預け放しにして置いたのである。ところが昨年の秋、私は、その倉庫の中の衣服やら毛布やら書籍やらを少し整理して、不要のものは売り払い、入用と思われるものだけを持ち帰った。家へ持ち帰って、その大風呂敷包を家内の前で、ほどく時には、私も流石《さすが》に平静でなかった。いくらか赤面していたのである。結婚以前の私のだらし無さが、いま眼前に、如実に展開せられるわけだ。汚れた浴衣は、汚れたままで倉庫にぶち込んでいたのだし、尻の破れた丹前も、そのまま丸めて倉庫に持参していたのだし、満足な品物は一つとして無いのだ。よごれて、かび臭く、それに奇態に派手な模様のものばかりで、とても、まともな人間の遺品とは思われないしろものばかりである。私は風呂敷包を、ほどきながら、さかんに自嘲した。

「デカダンだよ。屑屋《くずや》に売ってしまっても、いいんだけどもね。」

「もったいない。」家内は一枚一枚きたながらずに調べて、「これなどは、純毛ですよ。仕立直しましょう。」

見ると、それは、あのセルである。私は戸外に飛び出したい程に狼狽した。たしかに倉庫に置いて来た筈なのに、どうして、そのセルが風呂敷包の中にはいっていたのか、私にはいまもって判らない。どこかに手違いがあったのだ。失敗である。

「それは、うんと若い時に着たのだよ。派手なようだね。」私は内心の狼狽をかくして、何気なさそうな口調で言った。

「着られますよ。セルが一枚も無いのですもの。ちょうどよかったわ。」

とても着られるものではない。十年間、倉庫に寝かせたままで置いているうちに、布地が奇怪に変色している。謂わば、羊羹色《ようかんいろ》である。薄赤い縦横の縞は、不潔な渋柿色を呈して老婆の着物のようである。私は今更ながら、その着物の奇怪さに呆《あき》れて顔をそむけた。

ことしの秋、私は必ずその日のうちに書き結ばなければならぬ仕事があって、朝早く飛び起き、見ると枕元に、見馴れぬ着物が、きちんと畳まれて置かれてある。れいのセルである。そろそろ秋冷の季節である。洗って縫い直したものらしく、いくぶん小綺麗にはなっていたが、その布地の羊羹色と、縞の渋柿色とは、やはりまぎれもない。けれどもその朝は、仕事が気になって、衣服の事などめんどうくさく、何も言わずにさっさと着て朝ごはんも食べずに仕事をはじめた。昼すこし過ぎにやっと書き終えて、ほっとしていたところへ、実に久しぶりの友人が、ひょっこり訪ねて来た。ちょうどいいところであった。私は、その友人と一緒に、ごはんを食べ、よもやまの話をして、それから散歩に出たのである。家の近くの、井《い》の頭《かしら》公園の森にはいった時、私は、やっと自分の大変な姿に気が附いた。

「ああ、いけない。」と思わず呻《うめ》いた。「こりゃ、いけない。」立ちどまってしまった。

「どうしたのです。お腹《なか》でも――、」友人は心配そうに眉をひそめて、私の顔を見詰めた。

「いや、そうじゃないんだ。」私は苦笑して、「この着物は、へんじゃないかね。」

「そうですね。」友人は真面目に、「すこし派手なようですね。」

「十年前に買ったものなんだ。」また歩き出して、「女ものらしいんだ。それに、色が変っちゃったものだから、なおさら、――」歩く元気も無くなった。

「大丈夫ですよ。そんなに目立ちません。」

「そうかね。」やや元気が出て来て、森を通り抜け、石段を降り、池のほとりを歩いた。どうにも気になる。私も今は三十二歳で、こんなに鬚《ひげ》もじゃの大男になって、多少は苦労して来たような気もしているのであるが、やはり、こんな悪洒落みたいな、ふざけた着物を着て、ちびた下駄をはき、用も無いのに公園をのそのそ歩き廻っている。知らない人は、私をその辺の不潔な与太者と見るだろう。また私を知っている人でも、あいつ相変らずでいやがる、よせばいいのに、といよいよ軽蔑するだろう。私はこれまで永い間、変人の誤解を受けて来たのだ。

「どうです。新宿の辺まで出てみませんか。」友人は誘った。

「冗談じゃない。」私は首を横に振った。「こんな恰好で新宿を歩いて、誰かに見られたら、いよいよ評判が悪くなるばかりだ。」

「そんな事もないでしょう。」

「いや、ごめんだ。」私は頑として応じなかった。「その辺の茶店で休もうじゃないか。」

「僕は、お酒を飲んでみたいな。ね、街へ出てみましょう。」

「そこの茶店には、ビールもあるんだ。」私は、街へ出たくなかった。着物の事もあるし、それに、きょう書き結んだ小説が甚だ不出来で、いらいらしていたのである。

「茶店は、よしましょう。寒くていけません。どこかで落ちついて飲んでみたいんです。」友人の身の上にも、最近、不愉快な事ばかり起っているのを私は聞いて知っていた。

「じゃ、阿佐ヶ谷へ行ってみようかね。新宿は、どうも。」

「いいところが、ありますか。」

べつにいいところでも無いけれど、そこだったら、まえにもしばしば行っているのだから、私がこんな異様な風態《ふうてい》をしていても怪しまれる事は無いであろうし、少しはお勘定を足りなくしても、この次、という便利もあるし、それに女給もいない酒だけの店なのだから、身なりの顧慮も要らないだろうと思ったのである。

　薄暮、阿佐ヶ谷駅に降りて、その友人と一緒に阿佐ヶ谷の街を歩き、私は、たまらない気持であった。寒山拾得の類の、私の姿が、商店の飾窓の硝子《ガラス》に写る。私の着物は、真赤に見えた。米寿《べいじゅ》の祝いに赤い胴着を着せられた老翁の姿を思い出した。今の此のむずかしい世の中に、何一つ積極的なお手伝いも出来ず、文名さえも一向に挙らず、十年一日の如く、ちびた下駄をはいて、阿佐ヶ谷を徘徊《はいかい》している。きょうはまた、念入りに、赤い着物などを召している。私は永遠に敗者なのかも知れない。

「いくつになっても、同じだね。自分では、ずいぶん努力しているつもりなのだけれど。」歩きながら、思わず愚痴が出た。「文学って、こんなものかしら。どうも僕は、いけないようだね。こんな、なりをして歩いて。」

「服装は、やはり、ちゃんとしていなければ、いけないものなのでしょうね。」友人は私を慰め顔に、「僕なんかでも、会社で、ずいぶん損をしますよ。」

友人は、深川の或る会社に勤めているのだが、やはり服装にはお金をかけたがらない性質のようである。

「いや、服装だけじゃないんだ。もっと、根本の精神だよ。悪い教育を受けて来たんだ。でも、やっぱり、ヴェルレエヌは、いいからね。」ヴェルレエヌと赤い着物とは、一体どんなつながりがあるのか、われながら甚だ唐突で、ひどくてれくさかったけれど、私は自分に零落を感じ、敗者を意識する時、必ずヴェルレエヌの泣きべその顔を思い出し、救われるのが常である。生きて行こうと思うのである。あの人の弱さが、かえって私に生きて行こうという希望を与える。気弱い内省の窮極からでなければ、真に崇厳な光明は発し得ないと私は頑固に信じている。とにかく私は、もっと生きてみたい。謂わば、最高の誇りと最低の生活で、とにかく生きてみたい。

「ヴェルレエヌは、大袈裟だったかな？　どうも、この着物では何を言ったって救われないよ。」やり切れない気持であった。

「いや、大丈夫です。」友人は、ただ軽く笑っている。街に電燈がついた。

その夜、私は酒の店で、とんだ失敗をした。その佳い友人を殴ってしまったのである。罪は、たしかに着物にあった。私は、このごろは何事にも怺《こら》えて笑っている修業をしているのであるからいささかの乱暴も、絶無であったのであるが、その夜は、やってしまった。すべては、この赤い着物のせいであると、私は信じている。衣服が人心に及ぼす影響は恐ろしい。私は、その夜は、非常に卑屈な気持で酒を飲んでいた。鬱々として、楽しまなかった。店の主人にまで、いやしい遠慮をして、片隅のほの暗い場所に坐って酒を飲んでいたのである。ところが、友人のほうは、その夜はどうした事か、ひどく元気で、古今東西の芸術家を片端から罵倒し、勢いあまって店の主人にまで食ってかかった。私は、この主人のおそろしさを知っている。いつか、この店で、見知らぬ青年が、やはりこの友人のように酒に乱れ、他の客に食ってかかった時に、ここの主人は、急に人が変ったような厳粛な顔になり、いまはどんな時であるか、あなたは知らぬか、出て行ってもらいましょう、二度とおいでにならぬように、と宣告したのである。私は主人を、こわい人だと思った。いま、この友人が、こんなに乱れて主人に食ってかかっているが、今にきっと私たち二人、追放の恥辱を嘗《な》めるようになるだろうと、私は、はらはらしていた。いつもの私なら、そんな追放の恥辱など、さらに意に介せず、この友人と共に気焔を挙げるにきまっているのであるが、その夜は、私は自分の奇妙な衣服のために、いじけ切っていたので、ひたすら主人の顔色を伺い、これ、これ、と小声で友人を、たしなめてばかりいたのである。けれども友人の舌鋒《ぜっぽう》は、いよいよ鋭く、周囲の情勢は、ついに追放令の一歩手前まで来ていたのである。この時にあたり、私は窮余の一策として、かの安宅《あたか》の関《せき》の故智《こち》を思い浮べたのである。弁慶、情けの折檻《せっかん》である。私は意を決して、友人の頬をなるべく痛くないように、そうしてなるべく大きい音がするように、ぴしゃん、ぴしゃんと二つ殴って、

「君、しっかりし給え。いつもの君は、こんな工合いでないじゃないか。今夜に限って、どうしたのだ。しっかりし給え。」と主人に聞えるように大きい声で言って、これでまず、追放はまぬかれたと、ほっとしたとたんに、義経は、立ち上って弁慶にかかって来た。

「やあ、殴りやがったな。このままでは、すまんぞ。」と喚《わめ》いたのである。こんな芝居は無い。弱い弁慶は狼狽して立ち上り、右に左に体を、かわしているうちに、とうとう待っているものが来た。主人はまっすぐに私のところへ来て、どうぞ外へ出て下さい、他のお客さんに迷惑です、と追放令を私に向って宣告したのである。考えてみると、さきに乱暴を働いたのは、たしかに私のほうであった。弁慶の苦肉の折檻であった等とは、他人には、わからな

いのが当然である。客観的に、乱暴の張本人は、たしかに私なのである。酔ってなお大声で喚いている友人をあとに残して、私は主人に追われて店を出た。つくづく、うらめしい、気持であった。服装が悪かったのである。ちゃんとした服装さえしていたならば、私は主人からも多少は人格を認められ、店から追い出されるなんて恥辱は受けずにすんだのであろうに、と赤い着物を着た弁慶は夜の阿佐ヶ谷の街を猫背になって、とぼとぼと歩いた。私は今は、いいセルが一枚ほしい。何気なく着て歩ける衣服がほしい。けれども、衣服を買う事に於いては、極端に吝嗇な私は、これからもさまざまに衣服の事で苦労するのではないかと思う。

宿題。国民服は、如何。

酒の追憶

酒の追憶とは言っても、酒が追憶するという意味ではない。酒についての追憶、もしくは、酒についての追憶ならびに、その追憶を中心にしたもろもろの過去の私の生活形態についての追憶、とでもいったような意味なのであるが、それでは、題名として長すぎるし、また、ことさらに奇をてらったキザなもののような感じの題名になることをおそれて、かりに「酒の追憶」として置いたままでの事である。

私はさいきん、少しからだの調子を悪くして、神妙にしばらく酒から遠ざかっていたのであるが、ふと、それも馬鹿らしくなって、家の者に言いつけ、お酒をお燗《かん》させ、小さい盃《さかずき》でチビチビ二合くらい飲んでみた。そうして私は、実に非常なる感慨にふけった。

お酒は、それは、お燗して、小さい盃でチビチビ飲むものにきまっている。当り前の事である。私が日本酒を飲むようになったのは、高等学校時代からであったが、どうも日本酒はからくて臭くて、小さい盃でチビチビ飲むのにさえ大いなる難儀を覚え、キュラソオ、ペパミント、ポオトワインなどのグラスを気取った手つきで口もとへ持って行って、少しくなめるという種族の男で、そうして日本酒のお銚子《ちょうし》を並べて騒いでいる生徒たちに、嫌悪《けんお》と侮《ぶ》蔑《べつ》と恐怖を感じていたものであった。いや、本当の話である。

けれども、やがて私も、日本酒を飲む事に馴《な》れたが、しかし、それは芸者遊びなどしている時に、芸者にあなどられたくない一心から、にがいにがいと思いつつ、チビチビやって、そうして必ず、すっくと立って、風の如く御不浄に走り行き、涙を流して吐いて、とにかく、必ず呻《うめ》いて吐いて、それから芸者に柿などむいてもらって、真蒼《まっさお》な顔をして食べて、そのうちにだんだん日本酒にも馴れた、という甚《はなは》だ情無い苦行の末の結実なのであった。

小さい盃で、チビチビ飲んでも、既にかくの如き過激の有様である。いわんや、コップ酒、ひや酒、ビイルとチャンポンなどに到っては、それはほとんど戦慄《せんりつ》の自殺行為と全く同一である、と私は思い込んでいたのである。

いったい昔は、独酌でさえあまり上品なものではなかったのである。必ずいちいち、お酌《しゃく》をさせたものなのである。酒は独酌に限りますなあ、なんて言う男は、既に少し荒《すさ》んだ野卑な人物と見なされたものである。小さい盃の中の酒を、一息にぐいと飲みほしても、周囲の人たちが眼を見はったもので、まして独酌で二三杯、ぐいぐいつづけて飲みほそうものなら、まずこれはヤケクソの酒乱と見なされ、社交界から追放の憂目《うきめ》に遭《あ》ったものである。

あんな小さい盃で二、三杯でも、もはやそのような騒ぎなのだから、コップ酒、茶碗酒などに到っては、まさしく新聞だねの大事件であったようである。これは新派の芝居のクライマックスによく利用せられていて、

「ねえさん！　飲ませて！　たのむわ！」

と、色男とわかれた若い芸者は、お酒のはいっているお茶碗を持って身悶《みもだ》えする。ねえさん芸者そうはさせじと、その茶碗を取り上げようと、これまた身悶えして、

「わかる、小梅さん、気持はわかる、だけど駄目。茶碗酒の荒事《あらごと》なんて、あなた、私を殺してからお飲み。」

そうして二人は、相擁《あいよう》して泣くのである。そうしてその狂言では、このへんが一ばん手に汗を握らせる、戦慄と興奮の場面になっているのである。

これが、ひや酒となると、尚《なお》いっそう凄惨《せいさん》な場面になるのである。うなだれている番頭は、顔を挙げ、お内儀のほうに少しく膝《ひざ》をすすめて、声ひそめ、

「申し上げてもよろしゅうございますか。」

と言う。何やら意を決したもののようである。

「ああ、いいとも。何でも言っておくれ。どうせ私は、あれの事には、呆《あき》れはてているのだから。」

若旦那の不行跡に就《つ》いて、その母と、その店の番頭が心配している場面のようである。

「それならば申し上げます。驚きなすってはいけませんよ。」

「だいじょうぶだってば！」

「あの、若旦那は、深夜台所へ忍び込み、あの、ひやざけ、……」と言いも終らず番頭、がっぱと泣き伏し、お内儀、

「げえっ！」とのけぞる。木枯しの擬音。

ほとんど、ひや酒は、陰惨きわまる犯罪とせられていたわけである。いわんや、焼酎《しょうちゅう》など、怪談以外には出て来ない。

変れば変る世の中である。

私がはじめて、ひや酒を飲んだのは、いや、飲まされたのは、評論家古谷綱武君の宅に於《おい》てである。いや、その前にも飲んだ事があるのかも知れないが、その時の記憶がイヤに鮮明である。その頃、私は二十五歳であったと思うが、古谷君たちの「海豹」という同人雑誌に参加し、古谷君の宅がその雑誌の事務所という事になっていたので、私もしばしば遊びに行き、古谷君の文学論を聞きながら、古谷君の酒を飲んだ。

その頃の古谷君は、機嫌のいい時は馬鹿にいいが、悪い時はまたひどかった。たしか早春の夜と記憶するが、私が古谷君の宅へ遊びに行ったら古谷君は、

「君、酒を飲むんだろう？」

と、さげすむような口調で言ったので、私も、むっとした。なにも私のほうだけが、いつもごちそうのなりっ放しになっているわけではない。

「そんな言いかたをするなよ。」

私は無理に笑ってそう言った。

すると古谷君も、少し笑って、

「しかし、飲むんだろう？」

「飲んでもいい、じゃない。飲みたいんだろう？」

古谷君には、その頃、ちょっとしつっこいところがあった。私は帰ろうかと思った。

「おうい。」と、古谷君は細君を呼んで、「台所にまだ五ん合くらいお酒が残っているだろう。持って来なさい。瓶《びん》のままでいい。」

私はも少し、いようかと思った。酒の誘惑はおそろしいものである。細君が、お酒の「五ん合」くらいはいっている一升瓶を持って来た。

「お燗《かん》をつけなくていいんですか？」

「かまわないだろう。その茶呑茶碗にでも、ついでやりなさい。」

古谷君は、ひどく傲然《ごうぜん》たるものである。

私も向っ腹が立っていたので、黙ってぐいと飲んだ。私の記憶する限りに於ては、これが私の生れてはじめての、ひや酒を飲んだ経験であった。

古谷君は懐手《ふところで》して、私の飲むのをじろじろ見て、そうして私の着物の品評をはじめた。

「相変らず、いい下着を着ているな。しかし君は、わざと下着の見えるような着附けをしているけれども、それは邪道だぜ。」

その下着は、故郷のお婆さんのおさがりだった。私は、いよいよ面白くない気持で、なおもがぶがぶ、生れてはじめてのひや酒を手酌で飲んだ。一向に酔わない。
「ひや酒ってのは、これや、水みたいなものじゃないか。ちっとも何とも無い。」
「そうかね。いまに酔うさ。」
たちまち、五ん合飲んでしまった。
「帰ろう。」
「そうか。送らないぜ。」
私はひとり、古谷君の宅を出た。私は夜道を歩いて、ひどく悲しくなり、小さい声で、
わたしゃ
売られて行くわいな
というお軽の唄をうたった。
突如、実にまったく突如、酔いが発した。ひや酒は、たしかに、水では無かった。ひどく酔って、たちまち、私の頭上から巨大の竜巻が舞い上り、私の足は宙に浮き、ふわりふわりと雲霧の中を掻きわけて進むというあんばいで、そのうちに転倒し、
わたしゃ
売られて行くわいな
と小声で呟《つぶや》き、起き上って、また転倒し、世界が自分を中心に目にもとまらぬ速さで回転し、

わたしゃ
売られて行くわいな
その蚊《か》の鳴くが如き、あわれにかぼそいわが歌声だけが、はるか雲煙のかなたから聞えて来るような気持で、
わたしゃ
売られて行くわいな
また転倒し、また起き上り、れいの「いい下着」も何も泥まみれ、下駄を見失い、足袋《たび》はだしのままで、電車に乗った。
その後、私は現在まで、おそらく何百回、何千回となく、ひや酒を飲んだが、しかし、あんなにひどいめに逢った事が無かった。
ひや酒に就いて、忘れられないなつかしい思い出が、もう一つある。
それを語るためには、ちょっと、私と丸山定夫君との交友に就いて説明して置く必要がある。
太平洋戦争のかなりすすんだ、あれは初秋の頃であったか、丸山定夫君から、次のような意味のおたよりをいただいた。
ぜひいちど訪問したいが、よろしいだろうか、そうしてその折、私ともう一人のやつを連れて行きたい、そのやつとも逢ってやっては下さるまいか。

私はそれまでいちども丸山君とは、逢った事も無いし、また文通した事も無かったのである。しかし、名優としての丸山君の名は聞いて知っていたし、また、その舞台姿も拝見した事がある。私は、いつでもおいで下さい、と返事を書いて、また拙宅に到る道筋の略図なども書き添えた。

数日後、丸山です、とれいの舞台で聞き覚えのある特徴のある声が、玄関に聞えた。私は立って玄関に迎えた。

丸山君おひとりであった。

「もうひとりのおかたは？」

丸山君は微笑して、

「いや、それが、こいつなんです。」

と言って風呂敷から、トミイウイスキイの角瓶を一本取り出して、玄関の式台の上に載せた。洒落《しゃれ》たひとだ、と私は感心した。その頃は、いや、いまでもそうだが、トミイウイスキイどころか、焼酎でさえめったに我々の力では入手出来なかったのである。

「それから、これはどうも、ケチくさい話なんですが、これを半分だけ、今夜二人で飲むという事にさせていただきたいんですけど。」

「あ、そう。」

半分は、よそへ持って行くんだろう。こんな高級のウイスキイなら、それは当然の事だ、

と私はとっさに合点して、

「おい。」

と女房を呼び、

「何か瓶を持って来てくれないか。」

「いいえ、そうじゃないんです。」

と丸山君はあわて、

「半分は今夜ここで二人で飲んで、半分はお宅へ置いて行かせていただくつもりなんです。」

私は、丸山君をいよいよ洒落たひとだ、と唸《うな》るくらいに感服した。私たちなら、一升さげて友人の宅へ行ったら、それは友人と一緒にたいらげる事にきめてしまっていて、また友人のほうでも、それは当然の事と思っているのだ。甚だしきに到っては、ビイルを二本くらい持参して、まずそれを飲み、とても足りっこ無いんだから、主人のほうから何か飲み物を釣り出すという所謂《いわゆる》、海老鯛《えびたい》式の作法さえ時たま行われているのである。

とにかく私にとって、そのような優雅な礼儀正しい酒客の来訪は、はじめてであった。

「なあんだ、そんなら一緒に今夜、全部飲んでしまいましょう。」

私はその夜、実にたのしかった。丸山君は、いま日本で自分の信頼しているひとは、あなただけなんだから、これからも附合ってくれ、と言い、私は見っともないくらいそりかえって、いい気持になり、調子に乗って誰彼を大声で罵倒《ばとう》しはじめ、おとなしい丸山君は少しく

閉口の気味になったようで、

「では、きょうはこれくらいにして、おいとまします。」

と言った。

「いや、いけません。ウイスキイがまだ少し残っている。」

「いや、それは残して置きなさい。あとで残っているのに気が附いた時には、また、わるくないものですよ。」

苦労人らしい口調で言った。

私は丸山君を吉祥寺駅まで送って行って、帰途、公園の森の中に迷い込み、杉の大木に鼻を、イヤというほど強く衝突させてしまった。

翌朝、鏡を見ると、目をそむけたいくらいに鼻が赤く、大きくはれ上っていて、鬱々として楽しまず、朝の食卓についた時、家の者が、

「どうします？　アペリチイフは？　ウイスキイが少し残っていてよ。」

救われた。なるほど、お酒は少し残して置くべきものだ。善い哉《かな》、丸山君の思いやり。私はまったく、丸山君の優しい人格に傾倒した。

丸山君は、それからも、私のところへ時々、速達をよこしたり、またご自身迎えに来てくれたりして、おいしいお酒をたくさん飲めるさまざまの場所へ案内した。次第に東京の空襲がはげしくなったが、丸山君の酒席のその招待は変る事なく続き、そうして私は、こんどこ

そ私がお勘定を払って見せようと油断なく、それらの酒席の帳場に駈け込んで行っても、いつも、「いいえ、もう丸山さんからいただいております。」という返事で、ついに一度も、私が支払い得なかったという醜態ぶりであった。

「新宿の秋田、ご存じでしょう！　あそこでね、今夜、さいごのサーヴィスがあるそうです。まいりましょう。」

その前夜、東京に夜間の焼《しょう》夷《い》弾《だん》の大空襲があって、丸山君は、忠臣蔵の討入《うちいり》のような、ものものしい刺子《さしこ》の火事場装束で、私を誘いにやって来た。ちょうどその時、伊馬春部君も、これが最後かも知れぬと拙宅へ鉄かぶとを背負って遊びにやって来ていて、私と伊馬君は、それは耳よりの話、といさみ立って丸山君のお伴《とも》をした。

　その夜、秋田に於いて、常連が二十人ちかく、秋田のおかみは、来る客、来る客の目の前に、秋田産の美酒一升瓶一本ずつ、ぴたりぴたりと据えてくれた。あんな豪華な酒宴は無かった。一人が一升瓶一本ずつを擁して、それぞれ手酌で、大きいコップでぐいぐいと飲むのである。さかなも、大どんぶりに山盛りである。二十人ちかい常連は、それぞれ世に名も高い、といっても決して誇張でないくらいの、それこそ歴史的な酒豪ばかりであったようだが、しかし、なかなか飲みほせなかった様子であった。私はその頃は、既に、ひや酒でも何でも、大いに飲める野蛮人になりさがっていたのであるが、しかし、七合くらいで、もう苦しくなって、やめてしまった。秋田産のその美酒は、アルコール度もなかなか高いようであった。

「岡島さんは、見えないようだね。」

と、常連の中の誰かが言った。

「いや、岡島さんの家はね、きのうの空襲で丸焼けになったんです。」

「それじゃあ、来られない。気の毒だねえ、せっかくのこんないいチャンス、……」

などと言っているうちに、顔は煤《すす》だらけ、おそろしく汚い服装の中年のひとが、あたふたと店にはいって来て、これがその岡島さん。

「わあ、よく来たものだ。」

と皆々あきれ、かつは感嘆した。

この時の異様な酒宴に於いて、最も泥酔し、最も見事な醜態を演じた人は、実にわが友、伊馬春部君そのひとであった。あとで彼からの手紙に依《よ》ると、彼は私たちとわかれて、それから目がさめたところは路傍で、そうして、鉄かぶとも、眼鏡も、鞄《かばん》も何も無く、全裸に近い姿で、しかも全身くまなく打撲傷を負っていたという。そうして、彼は、それが東京に於ける飲みおさめで、数日後には召集令状が来て、汽船に乗せられ、戦場へ連れられて行ったのである。

ひや酒に就いての追憶はそれくらいにして、次にチャンポンに就いて少しく語らせていただきたい。このチャンポンというのもまた、いまこそ、これは普通のようになっていて、誰もこれを無鉄砲なものとも何とも思っていない様子であるが、私の学生時代には、これはまた大へんな荒事《あらごと》であって、よほどの豪傑でない限り、これを敢行する勇気が無かった。私が東京の大学へはいって、郷里の先輩に連れられ、赤坂の料亭に行った事があるけれども、その先輩は拳闘家で、中国、満洲を永い事わたり歩き、見るからに堂々たる偉丈夫、そうしてそのひとは、座敷に坐るなり料亭の女中さんに、

「酒も飲むがね、酒と一緒にビイルを持って来てくれ。チャンポンにしなければ、俺《おれ》は、酔えないんだよ。」

と実に威張って言い渡した。

そうしてお酒を一本飲み、その次はビイル、それからまたお酒という具合いに、交る交る飲み、私はその豪放な飲みっぷりにおそれをなし、私だけは小さい盃でちびちび飲みながら、やがてそのひとの、「国を出る時や玉の肌、いまじゃ槍傷刀傷。」とかいう馬賊の歌を聞かされ、あまりのおそろしさに、ちっともこっちは酔えなかったという思い出がある。そうして、彼がそのチャンポンをやって、「どれ、小便をして来よう。」と言って巨軀《きょく》をゆさぶって立ち上り、その小山の如きうしろ姿を横目で見て、ほとんど畏敬《いけい》に近い念さえ起り、思わず小さい溜息《ためいき》をもらしたものだが、つまりその頃、日本に於いてチャンポンを敢行する人物は、まず英雄豪傑にのみ限られていた、といっても過言では無いほどだったのである。

それがいまでは、どんなものか。ひや酒も、コップ酒も、チャンポンもあったものでない。ただ、飲めばいいのである。酔えば、いいのである。酔って目がつぶれたっていいのである。

酔って、死んだっていいのである。カストリ焼酎などという何が何やら、わけのわからぬ奇怪な飲みものまで躍り出して来て、紳士淑女も、へんに口をひんまげながらも、これを鯨飲《げいいん》し給う有様である。

「ひやは、からだに毒ですよ。」

など言って相擁して泣く芝居は、もはやいまの観客の失笑をかうくらいなものであろう。さいきん私は、からだ具合いを悪くして、実に久しぶりで、小さい盃でちびちび一級酒なるものを飲み、その変転のはげしさを思い、呆然《ぼうぜん》として、わが身の下落の取りかえしのつかぬところまで来ている事をいまさらの如く思い知らされ、また同時に、身辺の世相風習の見事なほどの変貌が、何やら恐ろしい悪夢か、怪談の如く感ぜられ、しんに身の毛のよだつ思いをしたことであった。

佐渡

おけさ丸。総噸《トン》数、四百八十八噸。旅客定員、一等、二十名。二等、七十七名。三等、三百二名。賃銀、一等、三円五十銭。二等、二円五十銭。三等、一円五十銭。粁程《キロてい》、六十三粁。新潟出帆、午後二時。佐渡夷《さどえびす》着、午後四時四十五分の予定。速力、十五節《ノット》。何しに佐渡へなど行く気になったのだろう。十一月十七日。ほそい雨が降っている。私は紺絣《こんがすり》の着物、それに袴《はかま》をつけ、貼柾《はりまさ》の安下駄《やすげた》をはいて船尾の甲板《かんぱん》に立っていた。マントも着ていない。帽子も、かぶっていない。船は走っている。信濃《しなの》川を下っているのだ。するする滑り、泳いでいる。川の岸に並び立っている倉庫は、つぎつぎに私を見送り、やがて遠のく。黒く濡れた防波堤が現われる。その尖端に、白い燈台が立っている。もはや、河口である。これから、すぐ日本海に出るのだ。ゆらりと一揺れ大きく船がよろめいた。海に出たのである。エンジンの音が、ここぞと強く馬力をかけた。本気になったのである。速力は、十五節。寒い。私は新潟の港を見捨て、船室へはいった。二等船室の薄暗い奥隅に、ボオイから借りた白い毛布にくるまって寝てしまった。船酔いせぬように神に念じた。船には、まるっきり自信が無かった。心細い限りである。ゆらゆら動く、死んだ振りをしていようと思った。眼をつぶって、じっとしていた。

何しに佐渡へなど行くのだろう。自分にも、わからなかった。十六日に、新潟の高等学校で下手な講演をした。その翌日、この船に乗った。佐渡は、淋《さび》しいところだと聞いている。死ぬほど淋しいところだと聞いている。前から、気がかりになっていたのである。私には天国よりも、地獄のほうが気にかかる。関西の豊麗、瀬戸内海の明媚《めいび》は、人から聞いて一応はあこがれてもみるのだが、なぜだか直ぐに行く気はしない。相模《さがみ》、駿河《するが》までは行ったが、それから先は、私は未だ一度も行って見たことが無い。もっと、としとってから行ってみたいと思っている。心に遊びの余裕が出来てから、ゆっくり関西を廻ってみたいと思っている。いまはまだ、地獄の方角ばかりが、気にかかる。新潟まで行くのならば、佐渡へも立ち寄ろう。立ち寄らなければならぬ。謂《い》わば死に神の手招きに吸い寄せられるように、私は何の理由もなく、佐渡にひかれた。私は、たいへんおセンチなのかも知れない。死ぬほど淋しいところ。それが、よかった。お恥ずかしい事である。

けれども船室の隅に、死んだ振りして寝ころんで、私はつくづく後悔していた。何しに佐渡へ行くのだろう。何をすき好んで、こんな寒い季節に、もっともらしい顔をして、袴をはき、独《ひと》りで、そんな淋しいところへ、何も無いのが判っていながら。いまに船酔いするかも知れぬ。誰も褒《ほ》めない。自分を、ばかだと思った。いくつになっても、どうしてこんな、ばかな事ばかりするのだろう。私は、まだ、こんなむだな旅行など出来る身分では無いのだ。家の経済を思えば、一銭のむだ使いも出来ぬ筈《はず》であるのに、つい、ふとした心のはずみから、こんな、つまらぬ旅行を企てる。少しも気がすすまないのに、ふいと言い出したら、必ずそれを意地になって実行する。そうしないと、誰かに嘘をついたような気がして、いやである。負けるような気がして、いやである。ばかな事と知りながら実行して、あとで劇烈な悔恨の腹痛に転輾《てんてん》する。なんにもならない。いくつになっても、同じ事を繰り返してばかりいるのである。こんどの旅行も、これは、ばかな旅行だ。なんだって、佐渡なんかへ、行って来なければいけないのだろう。意味が無いじゃないか。

私は毛布にくるまって船室の奥隅に寝ころびながら、実に、どうにも不愉快であった。自分に、腹が立って、たまらなかった。佐渡へ行ったって、悪い事ばかり起るに違いないと思った。しばらく眼をつぶって、自分を馬鹿、のろまと叱っていたが、やがて、むっくり起きてしまった。船酔いして吐きたくなったからでは無い。その反対である。一時間ほど凝《じ》っと身動きせず、謂わば死んだ振りをしていたのであるが、船酔いの気配は無かった。大丈夫だと思ったのである。そう思ったら、寝ているのが、ばかばかしくなって起きてしまった。立ち上ったら、よろめいた。船は、かなり動揺しているのである。壁に凭《もた》れ、柱に縋《すが》り、きざな千鳥足で船室から出て、船腹の甲板に立った。私は目を瞠《みは》った。きょろきょろしたのである。佐渡は、もうすぐそこに見えている。全島紅葉して、岸の赤土の崖《がけ》は、ざぶりざぶりと波に洗われている。もう、来てしまったのだ。それにしては少し早すぎる。まだ一時間しか経っていない。旅客もすべて落ちついて、まだ船室に寝そべっている。甲板にも、四十年配の男が、二、三人出ているが、一様にのんびり前方の島を眺め、煙草をふかしている。誰も興奮していない。興奮しているのは私だけである。島の岬に、燈台が立っている。もう、来てしまった。けれども、誰も騒がない。空は低く鼠色。雨は、もうやんでいる。島は、甲板から百メートルと離れていない。船は、島の岸に沿うて、平気で進む。私にも、少しわかって来た。つまり船は、この島の陰のほうに廻って、それから碇泊《ていはく》するのだろうと思った。そう思ったら、少し安心した。私は、よろめきながら船尾のほうへ廻ってみた。新潟は、いや日本の内地は、もう見えない。陰鬱な、寒い海だ。水が真黒の感じである。スクリュウに捲き上げられ沸騰《ふっとう》し飛散する騒騒《そうそう》の迸沫《ほうまつ》は、海水の黒の中で、鷲のように鮮やかに感ぜられ、ひろい澪《みお》は、大きい螺旋《ぜんまい》がはじけたように、幾重にも細かい柔軟の波線をひろげている。日本海は墨絵《すみえ》だ、と愚にもつかぬ断案を下して、私は、やや得意になっていた。水底を見て来た顔の小鴨《こがも》かな、つまりその顔であったわけだが、さらに、よろよろ船腹の甲板に帰って来て眼前の無言の島に対しては、その得意の小鴨も、首をひねらざるを得なかった。船も島も、互いに素知らぬ顔をしているのである。島は、船を迎える気色が無い。ただ黙って見送っている。船もまた、その島に何の挨拶もしようとしない。同じ歩調で、すまして行き過ぎようとしているのだ。島の岬の燈台は、みるみる遠く離れて行く。船は平気で進む。島の陰に廻るのかと思って少し安心していたのだが、そうでもないらしい。島は、置きざりにされようとしている。これは、佐渡ヶ島でないのかも知れぬ。小鴨は、大いに狼狽《ろうばい》した。きのう新潟の海岸から、望見したのも、この島だ。

「あれが、佐渡だね。」

「そうです。」高等学校の生徒は、答えた。

「灯が見えるかね。佐渡は寝たかよ灯が見えぬというのは、起きていたら灯が見えるという反語なのだから、灯が見える筈だね。」つまらぬ理窟を言った。

「見えません。」

「そうかね。それじゃ、あの唄は嘘だね。」

生徒たちは笑った。その島だ。間違い無い。たしかに、この島であったのだが、けれどもいま汽船は、ここを素知らぬ振りして通り過ぎようとしている。全く黙殺している。これは佐渡ヶ島でないのかも知れぬ。時間から言っても、これが佐渡だとすると、余りにも到着が早すぎる。佐渡では無いのだ。私は恥ずかしさに、てんてこ舞いした。きのう新潟の砂丘で、私がひどくもったい振り、あれが佐渡だね、と早合点の指さしをして、生徒たちは、それがとんでも無い間違いだと知っていながら私が余りにも荘重な口調で盲断しているので、それを嘲笑《ちようしよう》して否定するのが気の毒になり、そうですと答えてその場を取りつくろってくれたのかも知れない。そうして後で、私を馬鹿先生ではないかと疑い、灯が見えるかねと言い居つたぞ等と、私の口真似《くちまね》して笑い合っているのに違いないと思ったら、私は矢庭《やにわ》に袴を脱ぎ捨て海に投じたくなつた。けれども、また、ふと、いやそんな事は無い。地図で見ても、新潟の近くには佐渡ヶ島一つしか無かった筈だ。きのうの生徒も、皆、誠実な人たちだった。これは、とにかく佐渡に違いないとも思い返してみるのだが、さて、確信は無い。汽船は、容赦《ようしゃ》なく進む。旅客は、ひっそりしている。私ひとりは、甲板で、うろうろしている。気が気でない。誰かに聞いてみようかと幾度となく思うのだが、若《も》し之《これ》が佐渡ヶ島だった場合、佐渡行の汽船に乗り込んでいながら、「あれは何という島ですか。」という質問くらい馬鹿げたものは無い。私は、狂人と思われるかも知れない。私はその質問だけは、どうしても敢行できなかった。銀座を歩きながら、ここは大阪ですかという質問と同じくらいに奇妙であろう。私は冗談でなく懊悩《おうのう》と、焦躁を感じた。知りたい。この汽船の大勢の人たちの中で、私ひとりだけが知らない変な事実があるのだ。たしかにあるのだ。海面は、次第に暗くなりかけて、問題の沈黙の島も黒一色になり、ずんずん船と離れて行く。とにかく之は佐渡だ。その他には新潟の海に、こんな島は絶対に無かった筈だ。佐渡にちがい無い。ぐるりと此の島を大迂回して、陰の港に到着するという仕組なのだろう。そう考えるより他は無いと、私は窮余の断案を下して落ち附こうとしたが、やはり、どうにも浮かぬ気持ちであった。ひょいと前方の薄暗い海面をすかし眺めて、私は愕然《がくぜん》とした。実に、意外な発見をしたのだ。誇張では無く、恐怖の感をさえ覚えた。ぞっとしたのである。汽船の真直ぐに進み行く方向、はるか前方に、幽《かす》かに蒼《あお》く、大陸の影が見える。私は、いやなものを見たような気がした。見ない振りをした。けれども大陸の影は、たしかに水平線上に薄蒼く見えるのだ。満洲ではないかと思った。まさか、と直ぐに打ち消した。私の混乱は、クライマックスに達した。日本の内地ではないかと思った。それでは方角があべこべだ。朝鮮。まさか、とあわてて打ち消した。滅茶滅茶になった。能登半島。それかも知れぬと思った時に、背後の船室は、ざわめきはじめた。

「さあ、もう見えて来ました。」という言葉が、私の耳にはいった。

私は、うんざりした。あの大陸が佐渡なのだ。大きすぎる。北海道とそんなに違わんじゃないかと思った。台湾とは、どうかしら等と真面目に考えた。あの大陸の影が佐渡だとすると、私の今迄の苦心の観察は全然まちがいだったというわけになる。高等学校の生徒は、私に嘘を教えたのだ。すると、この眼前の黒いつまらぬ島は、一体なんだろう。つまらぬ島だ。人を惑《まど》わすものである。こういう島も、新潟と佐渡の間に、昔から在ったのかも知れぬ。私は、中学時代から地理の学科を好まなかったのだ。私は、何も知らない。したたかに自信を失い、観察を中止して船室に引き上げた。あの雲煙模糊《もこ》の大陸が佐渡だとすると、到着までには、まだ相当の間がある。早くから騒ぎまわって損をした。私は、再びうんざりして、毛布を引っぱり船室の隅に寝てしまった。

けれども他の船客たちは、私と反対に、むくりむくり起きはじめ、身仕度にとりかかるやら、若夫人は、旦那のオオヴァを羽織って甲板に勇んで出て見るやら、だんだん騒がしくなるばかりである。私は、また起きた。自分ながら間抜けていると思った。ボオイが、毛布の貸賃を取りにやって来た。

「もう、すぐですか。」私は、わざと寝呆《ねぼ》けたような声で尋ねた。ボオイは、ちらりと腕時計を見て、

「もう、十分《ぷん》でございます。」と答えた。

私は、あわてた。何が何やら、わからなかった。鞄《かばん》から毛糸の頸巻《くびまき》を取り出し、それを頸にぐるぐる巻いて甲板に出て見た。もう船は、少しも動揺していない。エンジンの音も優しく、静かである。空も、海も、もうすっかり暗くなって、雨が少し降っている。前方の闇を覗《のぞ》くと、なるほど港の灯が、ぱらぱら、二十も三十も見える。夷港にちがいない。甲板には大勢の旅客がちゃんと身仕度をして出て来ている。

「パパ、さっきの島は？」赤いオオヴァを着た十歳くらいの少女が、傍の紳士に尋ねている。私は、人知れず全身の注意を、その会話に集中させた。この家族は、都会の人たちらしい。私と同様に、はじめて佐渡へやって来た人たちに違いない。

「佐渡ですよ。」と父は答えた。

そうか、と私は少女と共に首肯《うなず》いた。なおよく父の説明を聞こうと思って、私は、そっとその家族のほうへすり寄った。

「パパも、よくわからないのですがね。」と紳士は不安げに言い足した。「つまり島の形が、こんなぐあいに、」と言って両手で島の形を作って見せて、「こんなぐあいになっていて、汽

船がここを走っているので、島が二つあるように見えたのでしょう。」

私は少し背伸びして、その父の手の形を覗いて、ああ、と全く了解した。すべて少女のお陰である。つまり佐渡ヶ島は、「工」の字を倒《さか》さにしたような形で、二つの並行した山脈地帯を低い平野が紐《ひも》で細く結んでいるような状態なのである。大きいほうの山脈地帯は、れいの雲煙模糊の大陸なのである。さきの沈黙の島は、小さいほうの山脈地帯なのである。平野は、低いから全く望見できなかった。そうして、船は、平野の港に到着した。それだけの事なのである。よく出来ていると思った。

佐渡へ上陸した。格別、内地と変った事は無い。十年ほど前に、北海道へ渡った事があったけれど、上陸第一歩から興奮した。土の踏み心地が、まるっきり違うのである。土の根が、ばかに大きい感じがした。内地の、土と、その地下構造に於いて全然別種のものだと思った。必ずや大陸の続きであろうと断定した。あとで北海道生れの友人に、その事を言ったら、その友人は私の直観に敬服し、そのとおりだ、北海道は津軽海峡に依《よ》って、内地と地質的に分離されているのであって、むしろアジア大陸と地質的に同種なのである、といろいろの例証をして、くわしく説明してくれた。私は、佐渡の上陸第一歩に於いても、その土の踏み心地を、こっそりためしてみたのであるが、何という事も無かった。内地のそれと、同じである。これは新潟の続きである、と私は素早く断案を下した。雨が降っている。私は傘《かさ》もマントも持っていない。五尺六寸五分の地質学者は、当惑した。もうそろそろ佐渡への情熱も消えていた。このまま帰ってもいいと思った。どうしようかと迷っていた。私は、港の暗い広場を、鞄をかかえてうろうろしていたのである。

「だんな。」宿の客引きである。

「よし、行こう。」

「どこへですか？」老いた番頭のほうで、へどもどした。私の語調が強すぎたのかも知れない。

「そこへ行くのさ。」私は番頭の持っている提燈《ちょうちん》を指さした。福田旅館と書かれてある。

「はは。」老いた番頭は笑った。

自動車を呼んで貰って、私は番頭と一緒に乗り込んだ。暗い町である。房州あたりの漁師まちの感じである。

「お客が多いのかね。」

「いいえ、もう駄目です。九月すぎると、さっぱりいけません。」

「君は、東京のひとかね。」

「へへ。」白髪の四角な顔した番頭は、薄笑いした。

「福田旅館は、ここでは、いいほうなんだろう？」あてずっぽうでも無かった。実は、新潟で、生徒たちから、二つ三ついい旅館の名前を聞いて来ていたのだ。福田旅館は、たしかにその筆頭に挙げられていたように記憶していた。先刻、港の広場で、だんなと声をかけられ、ちらと提燈を見ると福田と書かれていたので、途端に私も決意したのだ。とにかく、この夷《えびす》に一泊しようと。「今夜これから直ぐに相川まで行ってしまおうかとも思っていたのだが、雨も降っているし心細くなっているところへ、君が声をかけたんだ。提燈を見たら、福田旅館と書かれていたので、ここへ一泊と、きめてしまったんだ。僕は、新潟の人から聞いて来たんだ。提燈を見て、はっと思い出したのだ。君のところが一等いい宿屋だと皆、言っていたよ。」

「おそれいります。」番頭は、当惑そうに頭へ手をやって、「ほんの、あばらやですよ。」しゃれた事を言った。

宿へ着いた。あばらやでは無かった。小さい宿屋ではあるが、古い落ちつきがあった。後で女中さんから聞いた事だが、宮様のお宿をした事もあるという。私の案内された部屋も悪くなかった。部屋に、小さい炉が切ってあった。風呂へはいって鬚《ひげ》を剃《そ》り、それから私は、部屋の炉の前に端然と正座した。新潟で一日、高等学校の生徒を相手にして来た余波で私は、ばかに行儀正しくなっていた。女中さんにも、棒を呑んだような姿勢で、ひどく切口上な応対をしていた。自分ながら可笑《おか》しかったが、急にぐにゃぐにゃになる事も出来なかった。食事の時も膝《ひざ》を崩さなかった。ビイルを一本飲んだ。少しも酔わなかった。

「この島の名産は、何かね。」

「はい、海産物なら、たいていのものが、たくさんとれます。」

「そうかね。」

会話が、とぎれる。しばらくして、やおら御質問。

「君は、佐渡の生れかね。」

「はい。」

「内地へ、行って見たいと思うかね。」

「いいえ。」

「そうだろう。」何がそうだろうだか、自分にもわからなかった。ただ、ひどく気取っているのである。また、しばらく会話が、とぎれる。私は、ごはんを四杯たべた。こんなに、たくさんたべた事は無い。

「白米は、おいしいね。」白米なのである。私は少したべすぎたのに気がついて、そんなてれ隠しの感懐を述べた。

「そうでしょうか。」女中さんは、さっきから窮屈がっているようである。

「お茶をいただきましょう。」

「お粗末さまでした。」

「いや。」

私は、さむらいのようである。ごはんを食べてしまって部屋に一人で端座していると、さむらいは睡魔に襲われるところとなった。ひどく眠い。机の上の電話で、階下の帳場へ時間を聞いた。さむらいには時計が無いのである。六時四十分。いまから寝ては、宿の者に軽蔑されるような気がした。さむらいは立ち上り、どてらの上に紺絣《こんがすり》の羽織《はおり》をひっかけ、鞄から財布を取り出し、ちょっとその内容を調べてから、真面目くさって廊下へ出た。のっしのっしと階段を降り、玄関に立ちはだかり、さっきの番頭に下駄と傘を命じ、「まちを見て来ます。」と断定的な口調で言って、旅館を出た。

旅館を数歩出ると私は、急に人が変ったように、きょろきょろしはじめた。裏町ばかりを選んで歩いた。雨は、ほとんどやんでいる。道が悪かった。おまけに、暗い。波の音が聞える。けれども、そんなに淋しくない。孤島の感じは無いのである。やはり房州あたりの漁村を歩いているような気持なのである。

やっと見つけた。軒燈には、「よしつね」と書かれてある。義経でも弁慶でもかまわない。私は、ただ、佐渡の人情を調べたいのである。そこへはいった。

「お酒を、飲みに来たのです。」私は少し優しい声になっていた。さむらいでは無かった。

この料亭の悪口は言うまい。はいった奴が、ばかなのである。佐渡の旅愁は、そこに無かった。料理だけがあった。私は、この料理の山には、うんざりした。蟹《かに》、鮑《あわび》、蠣《かき》、次々と持って来るのである。はじめは怺《こら》えて黙っていたが、たまりかねて女中さんに言った。

「料理は、要らないのです。宿で、ごはんを食べて来たばかりなんだ。蟹も鮑も、蠣もみんな宿でたべて来ました。お勘定の心配をして、そう言うわけではないのです。いやその心配もありますけれど、それよりも、料理がむだですよ。むだな事です。僕は、何も食べません。お酒を二、三本飲めばいいのです。」はっきり言ったのだが、眼鏡をかけた女中さんは、笑いながら、

「でも、せっかくこしらえてしまったのですから、どうぞ、めしあがって下さい。芸者衆でも呼びましょうか。」

「そうね。」と軟化した。

小さい女が、はいって来た。君は芸者ですか？　と私は、まじめに問いただしたいような気持にもなったが、この女のひとの悪口も言うまい。呼んだ奴が、ばかなのだ。

「料理をたべませんか。僕は宿で、たべて来たばかりなのです。むだですよ。たべて下さい。」私は、たべものをむだにするのが、何よりもきらいな質《たち》である。食い残して捨てるという事ぐらい完全な浪費は無いと思っている。私は一つの皿の上の料理は、全部たべるか、そうでなければ全然、箸《はし》をつけないか、どちらかにきめている。金銭は、むだに使っても、それを受け取った人のほうで、有益に活用するであろう。料理の食べ残しは、はきだめに捨てるばかりである。完全に、むだである。私は目前に、むだな料理の山を眺めて、身を切られる程つらかった。この家の人、全部に忿懣《ふんまん》を感じた。無神経だと思った。

「たべなさいよ。」私は、しつこく、こだわった。「客の前でたべるのが恥ずかしいのでしたら、僕は帰ってもいいのです。あとで皆で、たべて下さい。もったいないよ。」

「いただきます。」女は、私の野暮《やぼ》を憫笑《びんしょう》するように、くすと笑って馬鹿叮嚀《ていねい》にお辞儀をした。けれども箸は、とらなかった。

すべて、東京の場末の感じである。

「眠くなって来た。帰ります。」なんの情緒も無かった。

宿へ帰ったのは、八時すぎだった。私は再び、さむらいの姿勢にかえって、女中さんに蒲団《ふとん》をひかせ、すぐに寝た。明朝は、相川へ行ってみるつもりである。夜半、ふと眼がさめた。ああ、佐渡だ、と思った。波の音が、どぶんどぶんと聞える。遠い孤島の宿屋に、いま寝ているのだという感じがはっきり来た。眼が冴《さ》えてしまって、なかなか眠られなかった。謂《い》わば、「死ぬほど淋しいところ」の酷烈《こくれつ》な孤独感をやっと捕えた。おいしいものではなかった。やりきれないものであった。けれども、これが欲しくて佐渡までやって来たのではないか。うんと味わえ。もっと味わえ。床の中で、眼をはっきり開いて、さまざまの事を考えた。自分の醜さを、捨てずに育てて行くより他は、無いと思った。障子《しょうじ》が薄蒼くなって来る頃まで、眠らずにいた。翌朝、ごはんを食べながら、私は女中さんに告白した。

「ゆうべ、よしつねという料理屋に行ったが、つまらなかった。たてものは大きいが、悪いところだね。」

「ええ、」女中さんは、くつろいで、「このごろ出来た家ですよ。古くからの寺田屋などは、格式もあって、いいそうです。」

「そうです。格式のある家でなければ、だめです。寺田屋へ行けばよかった。」女中さんは、なぜだか、ひどく笑った。声をたてずに、うつむいて肩に波打たせて笑っているのである。私も、意味がわからなかったけれども、はは、と笑った。

「お客さんは、料理屋などおきらいかと思っていました。」

「きらいじゃないさ。」私も、もう気取らなくなっていた。宿屋の女中さんが一ばんいいのだと思った。

お勘定をすまして出発する時も、その女中さんは、「行っていらっしゃい。」と言った。佳い挨拶だと思った。

相川行のバスに乗った。バスの乗客は、ほとんど此の土地の者ばかりであった。皮膚病の人が多かった。漁村には、どうしてだか、皮膚病が多いようである。

きょうは秋晴れである。窓外の風景は、新潟地方と少しも変りは無かった。植物の緑は、淡《あわ》い。山が低い。樹木は小さく、ひねくれている。うすら寒い田舎道《いなかみち》。娘さんたちは長い吊鐘《つりがね》マントを着て歩いている。村々は、素知らぬ振りして、ちゃっかり生活を営んでいる。旅行者などを、てんで黙殺している。佐渡は、生活しています。一言にして語ればそれだ。なんの興も無い。

二時間ちかくバスにゆられて、相川に着いた。ここも、やはり房州あたりの漁村の感じである。道が白っぽく乾いている。そうして、素知らぬ振りして生活を営んでいる。少しも旅行者を迎えてくれない。鞄をかかえて、うろうろしているのが恥ずかしいくらいである。なぜ、佐渡へなど来たのだろう。その疑問が、再び胸に浮ぶ。何も無いのがわかっている。はじめから、わかっている事ではないか。それでも、とうとう相川までやって来た。いまは日本は、遊ぶ時では無い。それも、わかっている。見物《けんぶつ》というのは、之は、どういう心理なのだろう。先日読んだワッサーマンの「四十の男」という小説の中に、「彼が旅に出かけようと思ったのは、もとより定《きま》った用事のためではなかったとしても、兎《と》も角《かく》それは内心の衝動だったのだ。彼は、その衝動を抑制して旅に出なかった時には、自己に忠実でなかったように思う。自己を欺《あざむ》いたように思う。見なかった美しい山水や、失われた可能と希望との思いが彼を悩ます。よし現存の幸福が如何《いか》に大きくとも、この償い難き喪失の感情は彼に永遠の不安を与える。」というような文章があったけれども、そのしなかった悔いを嚙《か》みたくないばかりに、のこのこ佐渡まで出かけて来たというわけのものかも知れぬ。佐渡には何も無い。あるべき筈はないという事は、なんぼ愚かな私にでも、わかっていた。けれども、来て見ないうちは、気がかりなのだ。見物の心理とは、そんなものではなかろうか。大袈裟に飛躍すれば、この人生でさえも、そんなものだと言えるかも知れない。見てしまった空虚、見なかった焦躁不安、それだけの連続で、三十歳四十歳五十歳と、精一ぱいあくせく暮して、死ぬるのではなかろうか。私は、もうそろそろ佐渡をあきらめた。明朝、出帆の船で帰ろうと思った。あれこれ考えながら、白く乾いた相川のまちを鞄かかえて歩いていたが、どうも我ながら形がつかぬ。白昼の相川のまちは、人ひとり通らぬ。まちは知らぬ振りをしている。何しに来た、という顔をしている。ひっそりという感じでもない。がらんとしている。ここは見物に来るところでない。まちは私に見むきもせず、自分だけの生活をさっさとしている。私は、のそのそ歩いている自分を、いよいよ恥ずかしく思った。

出来れば、きょうすぐ東京へ帰りたかった。けれども、汽船の都合が悪い。明朝、八時に夷港から、おけさ丸が出る。それまで待たなければ、いけない。佐渡には、もう一つ、小木《おぎ》という町もある筈だ。けれども、小木までには、またバスで、三時間ちかくかかるらしい。もう、どこへも行きたくなかった。用事の無い旅行はするものでない。この相川で一泊する事にきめた。ここでは浜野屋という宿屋が、上等だと新潟の生徒から聞いて来た。せめて宿屋だけでも綺麗なところへ泊りたい。浜野屋は、すぐに見つかった。かなり大きい宿屋である。やはり、がらんとしていた。私は、三階の部屋に通された。障子をあけると、日本海が見える。少し水が濁っていた。

「お風呂へはいりたいのですが。」

「さあ、お風呂は、四時半からですけど。」

この女中さんは、リアリストのようである。ひどく、よそよそしい。

「どこか、名所は無いだろうか。」

「さあ、」女中さんは私の袴《はかま》を畳みながら、「こんなに寒くなりましたから。」

「金山があるでしょう。」

「ええ、ことしの九月から誰にも中を見せない事になりました。お昼のお食事は、どういたしましょう。」

「たべません。夕食を早めにして下さい。」

私は、どてらに着換え、宿を出て、それからただ歩いた。海岸へ行って見た。何の感慨も無い。山へ登った。金山の一部が見えた。ひどく小規模な感じがした。さらに山路を歩き、時々立ちどまって、日本海を望見した。ずんずん登った。寒くなって来た。いそいで下山した。また、まちを歩いた。やたらに土産物を買った。少しも気持が、はずまない。

これでよいのかも知れぬ。私は、とうとう佐渡を見てしまったのだ。私は翌朝、五時に起きて電燈の下で朝めしを食べた。六時のバスに乗らなければならぬ。お膳《ぜん》には、料理が四、五品も附いていた。私は味噌汁と、おしんこだけで、ごはんを食べた。他の料理には、一さい箸をつけなかった。

「それは茶わんむしですよ。食べて行きなさい。」現実主義の女中さんは、母のような口調で言った。

「そうか。」私は茶わんむしの蓋《ふた》をとった。

外は、まだ薄暗かった。私は宿屋の前に立ってバスを待った。ぞろぞろと黒い毛布を着た老若男女の列が通る。すべて無言で、せっせと私の眼前を歩いて行く。

「鉱山の人たちだね。」私は傍に立っている女中さんに小声で言った。

女中さんは黙って首肯《うなず》いた。

（作者後記。旅館、料亭の名前は、すべて変名を用いた。）

ロマネスク

仙術太郎

むかし津軽の国、神梛木村《かなぎ》に鍬形惣助《くわがたそうすけ》という庄屋がいた。四十九歳で、はじめて一子を得た。男の子であった。太郎と名づけた。生れるとすぐ大きいあくびをした。惣助はそのあくびの大きすぎるのを気に病み、祝辞を述べにやって来る親戚《しんせき》の者たちへ肩身のせまい思いをした。惣助の懸念《けねん》はそろそろと的中しはじめた。太郎は母者人《ははじゃひと》の乳房にもみずからすすんでしゃぶりつくようなことはなく、母者人のふところの中にいて口をたいぎそうにあけたまま乳房の口への接触をいつまでも待っていた。張子《はりこ》の虎をあてがわれてもそれをいじくりまわすことはなく、ゆらゆら動く虎の頭を退屈そうに眺めているだけであった。朝、眼をさましてからもあわてて寝床から這《は》い出すようなことはなく、二時間ほどは眼をつぶって眠ったふりをしているのである。かるがるしきからだの仕草をきらう精神を持っていたのであった。三歳のとき、鳥渡《ちょっと》した事件を起し、その事件のお蔭で鍬形太郎の名前が村のひとたちのあいだに少しひろまった。それは新聞の事件でないゆえ、それだけほんとうの事件であった。太郎がどこまでも歩いたのである。

春のはじめのことであった。夜、太郎は母者人のふところから音もたてずにころがり出た。ころころと土間へころげ落ち、それから戸外へまろび出た。戸外へ出てから、しゃんと立ちあがったのである。惣助も、また母者人も、それを知らずに眠っていた。

満月が太郎のすぐ額のうえに浮んでいた。満月の輪廓《りんかく》はにじんでいた。めだかの模様の襦《じゅ》袢《ばん》に慈姑《くわい》の模様の綿入れ胴衣を重ねて着ている太郎は、はだしのままで村の馬糞《ばふん》だらけの砂《じゃ》利《り》道《みち》を東へ歩いた。ねむたげに眼を半分とじて小さい息をせわしなく吐きながら歩いた。

翌《あく》る朝、村は騒動であった。三歳の太郎が村からたっぷり一里もはなれている湯流山《ゆながれやま》の、林檎畑《りんごばたけ》のまんまんなかでこともなげに寝込んでいたからであった。湯流山は氷のかけらが溶けかけているような形で、峯《みね》には三つのなだらかな起伏があり西端は流れたようにゆるやかな傾斜をなしていた。百米《メートル》くらいの高さであった。太郎がどうしてそんな山の中にまで行き着けたのか、その訳は不明であった。いや、太郎がひとりで登っていったにちがいないのだ。けれどもなぜ登っていったのかその訳がわからなかった。

発見者である蕨《わらび》取りの娘の手籠《てかご》にいれられ、ゆられゆられしながら太郎は村へ帰って来た。手籠のなかを覗《のぞ》いてみた村のひとたちは皆、眉のあいだに黒い油ぎった皺《しわ》をよせて、天《てん》狗《ぐ》、天狗とうなずき合った。惣助はわが子の無事である姿を見て、これは、これは、と言った。困ったとも言えなかったし、よかったとも言えなかった。母者人はそんなに取り乱していなかった。太郎を抱きあげ、蕨取りの娘の手籠には太郎のかわりに手拭地を一反《たん》いれてやって、それから土間へ大きな盥《たらい》を持ち出しお湯をなみなみといれ、太郎のからだを静かに洗った。太郎のからだはちっとも汚れていなかった。丸々と白くふとっていた。惣助は盥のまわりをはげしくうろついて歩き、とうとう盥に蹴躓《けつまず》いて盥のお湯を土間いちめんにおびただしくぶちまけ母者人に叱られた。惣助はそれでも盥の傍から離れず母者人の肩越しに太郎の顔を覗《のぞ》き、太郎、なに見た、太郎、なに見た、と言いつづけた。太郎はあくびをいくつもいくつもしてからタアナカムダアチイナエエというかたことを叫んだ。

惣助は夜、寝てからやっとこのかたことの意味をさとった。たみのかまどはにぎわいにけり。発見！　惣助は寝たままぴしゃっと膝頭《ひざがしら》を打とうとしたが、重い掛蒲団《かけぶとん》に邪魔され、臍《へそ》のあたりを打って痛い思いをした。惣助は考える。庄屋のせがれは庄屋の親だわ。三歳にしてもうはや民のかまどに心をつかう。あら有難の光明や。この子は湯流山のいただきから神棚木村の朝の景色を見おろしたにちがいない。そのとき家々のかまどから立ちのぼる煙は、ほやほやとにぎわっていたとな。あら殊勝《しゆしよう》の超世の本願や。この子はなんと授かりものじゃ。御大切にしなければ。惣助はそっと起きあがり、腕をのばして隣りの床にひとりで寝ている太郎の掛蒲団をていねいに直してやった。それからもっと腕をのばしてそのまた隣りの床に寝ている母者人の掛蒲団を少しばかり乱暴に直してやった。母者人は寝相がわるかった。惣助は母者人の寝相を見ないようにして、わざと顔をきつくそむけながら呟《つぶや》いた。これは太郎の産みの親じゃ。御大切にしなければ。

太郎の予言は当った。そのとしの春には村のことごとくの林檎畑にすばらしく大きい薄紅の花が咲きそろい、十里はなれた御城下町にまで匂いを送った。秋にはもっとよいことが起った。林檎の果実が手毬《てまり》くらいに大きく珊瑚《さんご》くらいに赤く、桐《きり》の実みたいに鈴成りに成ったのである。こころみにそのひとつをちぎりとり歯にあてると、果実の肉がはち切れるほど水気を持っていることとて歯をあてたとたんにぽんと音高く割れ冷い水がほとばしり出て鼻から頬までびしょ濡《ぬ》れにしてしまうほどであった。あくるとしの元旦には、もっとめでたいことが起った。千羽の鶴が東の空から飛来し、村のひとたちが、あれよ、あれよと口々に騒ぎたてているまに、千羽の鶴は元旦の青空の中をゆったりと泳ぎまわりやがて西のかたに飛び去った。そのとしの秋にもまた稲の穂に穂がみのり林檎も前年に負けずに枝のたおたおするほどかたまって結実したのである。村はうるおいはじめた。惣助は予言者としての太郎の能力をしかと信じた。けれどもそれを村のひとたちに言いふらしてあるくことは控えていた。それは親馬鹿という嘲笑を得たくない心からであろうか。ひょっとすると何かもっと軽はずみな、ひともうけしようという下心からであったかも知れぬ。

幼いころの神童は、二三年してようやく邪道におちた。いつしか太郎は、村のひとたちからなまけものという名前をつけられていた。惣助もそう言われるのを仕方がないと思いはじめたのである。太郎は六歳になっても七歳になってもほかの子供たちのように野原や田圃《たんぼ》や河原へ出て遊ぼうとはしなかった。夏ならば、部屋の窓べりに頬杖ついて外の景色を眺めていた。冬ならば、炉辺に坐って燃えあがる焚火《たきび》の焰《ほのお》を眺めていた。なぞなぞが好きであった。或る冬の夜、太郎は炉辺に行儀わるく寝そべりながら、かたわらの惣助の顔を薄目つかって見あげ、ゆっくりした口調でなぞなぞを掛けた。水のなかにはいっても濡れないものはなんじゃろ。惣助は首を三度ほど振って考えて、判らぬの、と答えた。太郎はものうそうに眼をかるくとじてから教えた。影じゃがのう。惣助はいよいよ太郎をいまいましく思いはじめた。これは馬鹿ではないか。阿呆なのにちがいない。村のひとたちの言うように、やっぱしただのなまけものじゃったわ。

　太郎が十歳になったとしの秋、村は大洪水に襲われた。村の北端をゆるゆると流れていた三間ほどの幅の神梛木川が、ひとつき続いた雨のために怒りだしたのである。水源の濁り水は大渦小渦を巻きながらそろそろふくれあがって六本の支流を合せてたちまち太り、身を躍らせて山を韋駄天《いだてん》ばしりに駈け下りみちみち何百本もの材木をかっさらい川岸の樫《かし》や樅《もみ》や白楊《やなぎ》の大木を根こそぎ抜き取り押し流し、麓《ふもと》の淵で澱《よど》んで澱んでそれから一挙に村の橋に突きあたって平気でそれをぶちこわし土手を破って大海のようにひろがり、家々の土台石を舐《な》め豚《ぶた》を泳がせ刈りとったばかりの一万にあまる稲坊主を浮かせてだぶりだぶりと浪打った。それから五日目に雨がやんで、十日目にようやく水がひきはじめ、二十日目ころには神梛木川は三間ほどの幅で村の北端をゆるゆると流れていた。

村のひとたちは毎夜毎夜あちこちの家にひとかたまりずつになって相談し合った。相談の結論はいつも同じであった。おらは餓え死したくねえじゃ。その結論はいつも相談の出発点になった。村のひとたちは翌《あく》る夜また同じ相談をはじめなければいけなかった。そうしてまたまた餓え死したくねえという結論を得て散会した。翌る夜は更に相談をし合った。そうして結論は同じであった。相談は果つるところなかったのである。村が乱れて義民があらわれた。十歳の太郎が或る日、両腕で頭をかかえこみ溜息をついている父親の惣助にむかって、意見を述べた。これは簡単に解決がつくと思う。お城へ行ってじきじき殿様へ救済をお願いすればいいのじゃ。おれが行く。惣助は、やあ、と突拍子もない歓声をあげた。それからすぐ、これはかるはずみなことをしたと気づいたらしく一旦ほどきかけた両手をまた頭のうしろに組み合せてしかめつらをして見せた。お前は子供だからそう簡単に考えるけれども、大人はそうは考えない。直訴《じきそ》はまかりまちがえば命とりじゃ。めっそうもないこと。やめろ。やめろ。その夜、太郎はふところ手してぶらっと外へ出て、そのまますたすたと御城下町へ急いだ。誰も知らなかった。

直訴は成功した。太郎の運がよかったからである。命をとられなかったばかりかごほうびをさえ貰《もら》った。ときの殿様が法律をきれいに忘れていたからでもあろう。村はおかげで全滅をのがれ、あくる年からまたうるおいはじめたのである。

村のひとたちは、それでも二三年のあいだは太郎をほめていた。二三年がすぎると忘れてしまった。庄屋の阿呆様とは太郎の名前であった。太郎は毎日のように蔵の中にはいって惣助の蔵書を手当り次第に読んでいた。ときどき怪《け》しからぬ絵本を見つけた。それでも平気な顔して読んでいった。

そのうちに仙術の本を見つけたのである。これを最も熱心に読みふけった。縦横十文字に読みふけった。蔵の中で一年ほども修行して、ようやく鼠と鷲《わし》と蛇《へび》になる法を覚えこんだ。鼠になって蔵の中をかけめぐり、ときどき立ちどまってちゅうちゅうと鳴いてみた。鷲になって、蔵の窓から翼をひろげて飛びあがり、心ゆくまで大空を逍遥《しょうよう》した。蛇になって、蔵の床下にしのびいり蜘蛛《くも》の巣をさけながら、ひやひやした日蔭の草を腹のうろこで踏みわけ踏みわけして歩いてみた。ほどなく、かまきりになる法をも体得したけれど、これはただその姿になるだけのことであって、べつだん面白くもなんともなかった。

惣助はもはやわが子に絶望していた。それでも負け惜みしてこう母者人に告げたのである。な、余りできすぎたのじゃよ。太郎は十六歳で恋をした。相手は隣りの油屋の娘で、笛を吹くのが上手であった。太郎は蔵の中で鼠や蛇のすがたをしたままその笛の音を聞くことを好んだ。あわれ、あの娘に惚《ほ》れられたいものじゃ。津軽いちばんのよい男になりたいものじゃ。太郎はおのれの仙術でもって、よい男になるようになるように念じはじめた。十日目にその念願を成就《じょうじゅ》することができたのである。

太郎は鏡の中をおそるおそる覗いてみて、おどろいた。色が抜けるように白く、頰はしもぶくれでもち肌であった。眼はあくまでも細く、口鬚《くちひげ》がたらりと生えていた。天平時代の仏像の顔であって、しかも股間の逸物《いちもつ》まで古風にだらりとふやけていたのである。太郎は落胆した。仙術の本が古すぎたのであった。天平のころの本であったのである。このような有様では詮ないことじゃ。やり直そう。ふたたび法のよりをもどそうとしたのだが駄目であった。おのれひとりの慾望から好き勝手な法を行った場合には、よかれあしかれ身体にくっついてしまって、どうしようもなくなるものだ。太郎は三日も四日も空しい努力をして五日目にあきらめた。このような古風な顔では、どうせ女には好かれまいが、けれども世の中には物好きが居らぬものでもあるまい。仙術の法力を失った太郎は、しもぶくれの顔に口鬚をたらりと生やしたままで蔵から出て来た。

あいた口のふさがらずにいる両親へ一ぶしじゅうの訳をあかし、ようやく納得させてその口を閉じさせた。このようなあさましい姿では所詮、村にも居られませぬ。旅に出ます。そう書き置きをしたためて、その夜、飄然《ひょうぜん》と家を出た。満月が浮んでいた。満月の輪廓は少しにじんでいた。空模様のせいではなかった。太郎の眼のせいであった。ふらりふらり歩きながら太郎は美男というものの不思議を考えた。むかしむかしのよい男が、どうしていまでは間抜けているのだろう。そんな筈《はず》はないのじゃがのう。これはこれでよいのじゃないか。けれどもこのなぞなぞはむずかしく、隣村の森を通り抜けても御城下町へたどりついても、また津軽の国ざかいを過ぎてもなかなかに解決がつかないのであった。

ちなみに太郎の仙術の奥義《おうぎ》は、懐手《ふところで》して柱か塀によりかかりぼんやり立ったままで、面白くない、面白くない、面白くない、面白くないという呪文を何十ぺん何百ぺんとなくくりかえしくりかえし低音でとなえ、ついに無我の境地にはいりこむことにあったという。

喧嘩次郎兵衛

むかし東海道三島の宿に、鹿間屋逸平という男がいた。曾祖父の代より酒の醸造をもって業としていた。酒はその醸造主のひとがらを映すものと言われている。鹿間屋の酒はあくまでも澄み、しかもなかなかに辛口であった。酒の名は、水車《みずぐるま》と呼ばれた。子供が十四人あった。男の子が六人。女の子が八人。長男は世事に鈍く、したがって逸平の指図どおりに商売を第一として生きていた。おのれの思想に自信がなく、それでもときどきは父親にむかって何か意見を言いだすことがあったけれども、言葉のなかばでもうはや丸っきり自信を失い、そうかとも思われますが、しかしこれとても間違いだらけであるとしか思われませんし、きっと間違っていると思いますが父上はどうお考えでしょうか、なんだか間違っているようでございます、とやはり言いにくそうにその意見を打ち消すのであった。逸平は簡単に答える。間違っとるじゃや。

けれども次男の次郎兵衛となると少し様子がちがっていた。彼の気質の中には政治家の泣き言の意味でない本来の意味の是々非々の態度を示そうとする傾向があった。それがために彼は三島の宿のひとたちから、ならずもの、と呼ばれて不潔がられていた。次郎兵衛は商人根性というものをきらった。世の中はそろばんでない。価のないものこそ貴いのだ、と確信して毎日のように酒を呑んだ。酒を呑むにしても、不当の利益をむさぼっているのをこの眼でたしかにいままで見て来た彼の家の酒を口にすることは御免であった。もしあやまって呑みくだした場合にはすぐさま喉《のど》へ手をつっこみ無理にもそれを吐きだした。来る日も来る日も次郎兵衛は三島のまちをひとりして呑みあるいていたのであったが、父親の逸平は別段それをとがめだてしようとしなかった。頭の澄んだ男であったからである。あまたの子供のなかにひとりくらいの馬鹿がいたほうが、かえって生彩があってよいと思っていた。それに逸平は三島の火消しの頭《かしら》をつとめていたので、ゆくゆくは次郎兵衛にこの名誉職をゆずってやろうというたくらみもあり、次郎兵衛がこれからもますます馬のように暴れまわってくれたならそれだけ将来の火消し頭としての資格もそなわって来ることだという遠い見透しから、次郎兵衛の放埒《ほうらつ》を見て見ぬふりをしてやったわけであった。

次郎兵衛は、二十二歳の夏にぜひとも喧嘩の上手になってやろうと決心したのであったが、それはこんな訳からであった。

三島大社では毎年、八月の十五日にお祭りがあり、宿場のひとたちは勿論《もちろん》、沼津の漁村や伊豆の山々から何万というひとがてんでに団扇《うちわ》を腰にはさみ大社さしてぞろぞろ集って来るのであった。三島大社のお祭りの日には、きっと雨が降るとむかしのむかしからきまっていた。三島のひとたちは派手好きであるから、その雨の中で団扇を使い、踊屋台がとおり山車《だし》がとおり花火があがるのを、びっしょり濡れて寒いのを堪えに堪えながら見物するのである。

次郎兵衛が二十二歳のときのお祭りの日は、珍らしく晴れていた。青空には鳶《とび》が一羽ぴょろぴょろ鳴きながら舞っていて、参詣《さんけい》のひとたちは大社様を拝んでからそのつぎに青空と鳶を拝んだ。ひる少しすぎたころ、だしぬけに黒雲が東北の空の隅からむくむくあらわれ二三度またたいているうちにもうはや三島は薄暗くなってしまい、水気をふくんだ重たい風が地を這《は》いまわるとそれが合図とみえて大粒の水滴が天からぽたぽたこぼれ落ち、やがてこらえかねたかひと思いに大雨となった。次郎兵衛は大社の大鳥居のまえの居酒屋で酒を呑みながら、外の雨脚と小走りに走って通る様様の女の姿を眺めていた。そのうちにふと腰を浮かしかけたのである。知人を見つけたからであった。彼の家のおむかいに住まっている習字のお師匠《ししょう》の娘であった。赤い花模様の重たげな着物を着て五六歩はしってはまたあるき五六歩はしってはまたあるきしていた。次郎兵衛は居酒屋ののれんをぱっとはじいて外へ出て、傘をお持ちなさい、と言葉をかけた。着物が濡れると大変です。娘は立ちどまって細い頸をゆっくりねじ曲げ、次郎兵衛の姿を見るとやわらかいまっ白な頬をあからめた。お待ち。そう言い置いて次郎兵衛は居酒屋へ引返して亭主を大声で叱りつけながら番傘を一ぽん借りたのである。やいお師匠さんの娘。おまえの親爺にしろおふくろにしろ、またおまえにしろ、おれをならずものの呑んだくれのわるいわるい悪者と思っているにちがいない。ところがどうじゃ。おれはああ気の毒なと思ったならこうして傘でもなんでもめんどうしてやるほどの男なのだ。ざまを見ろ。ふたたびのれんをはじいて外へ出てみると、娘はいなくていっそうさかんな雨脚と、押し合いへし合いしながら走って通るひとの流れとだけであった。よう、よう、ようと居酒屋のなかから嘲弄《ちようろう》の声が聞えた。六七人のならずものの声なのである。番傘を右手にささげ持ちながら次郎兵衛は考える。あああ。喧嘩の上手になりたいな。人間、こんな莫迦《ばか》げた目にあったときには理窟もくそもないものだ。人に触れたら、人を斬る。馬に触れたら、馬を斬る。それがよいのだ。その日から三年のあいだ次郎兵衛はこっそり喧嘩の修行をした。

喧嘩は度胸である。次郎兵衛は度胸を酒でこしらえた。次郎兵衛の酒はいよいよ量がふえて、眼はだんだんと死魚の眼のように冷くかすみ、額には三本の油ぎった横皺《よこじわ》が生じ、どうやらふてぶてしい面貌になってしまった。煙管《きせる》を口元へ持って行くのにも、腕をうしろから大廻しに廻して持っていって、やがてすぱりと一服すうのである。度胸のすわった男に見えた。

つぎにはものの言いようである。奥のしれぬようなぼそぼそ声で言おうと思った。喧嘩のまえには何かしら気のきいた台詞《せりふ》を言わないといけないことになっているが、次郎兵衛はその台詞の選択に苦労をした。型でものを言っては実際の感じがこもらぬ。こういう型はずれの台詞をえらんだ。おまえ、間違ってはいませんか。冗談じゃないかしら。おまえのその鼻の先が紫いろに腫《は》れあがるとおかしく見えますよ。なおすのに百日もかかる。なんだか間違っていると思います。これをいつでもすらすら言い出せるように、毎夜、寝てから三十ぺんずつひくく誦した。またこれを言っているあいだ口をまげたり、必要以上に眼をぎらぎらさせたりせずにほとんど微笑《ほほえ》むようにしていたいものだと、その練習をも怠らなかった。

これで準備はできた。いよいよ喧嘩の修行であった。次郎兵衛は武器を持つことをきらった。武器の力で勝ったとてそれは男でない。素手の力で勝たないことには、おのれの心がすっきりしない。まずこぶしの作りかたから研究した。親指をこぶしの外へ出して置くと親指をくじかれるおそれがある。次郎兵衛はいろいろと研究したあげく、こぶしの中に親指をかくしてほかの四本の指の第一関節の背をきっちりすきまなく並べてみた。ひどく頑丈そうなこぶしができあがった。このきっちり並んだ第一関節の背で自分の膝頭をとんとついてみると、こぶしは少しも痛くなくてそのかわりに膝頭のほうがあっと飛びあがるほど痛かった。これは発見であった。次郎兵衛はつぎにその第一関節の背の皮を厚く固くすることを計画した。朝、眼をさますとすぐに彼の新案のこぶしでもって枕元の煙草盆をひとつ殴《なぐ》った。まちを歩きながら、みちみちの土塀や板塀を殴った。居酒屋の卓を殴った。家の炉縁を殴った。この修行に一年を費やした。煙草盆がばらばらにこわれ土塀や板塀に無数の大小の穴があき、居酒屋の卓に罅《ひび》ができ、家の炉縁がハイカラなくらいでこぼこになったころ、次郎兵衛はやっとおのれのこぶしの固さに自信を得た。この修行のあいだに次郎兵衛は殴りかたにもこつのあることを発見した。すなわち腕を、横から大廻しに廻して殴るよりは腋下からピストンのようにまっすぐに突きだして殴ったほうが約三倍の効果があるということであった。まっすぐに突きだす途中で腕を内側に半廻転ほどひねったなら更に四倍くらいの効力があるということをも知った。腕が螺旋《らせん》のように相手の肉体へきりきり食いいるというわけであった。

つぎの一年は家の裏手にあたる国分寺跡の松林の中で修行をした。人の形をした五尺四五寸の高さの枯れた根株を殴るのであった。次郎兵衛はおのれのからだをすみからすみまで殴ってみて、眉間《みけん》と水落《みぞお》ちが一番いたいという事実を知らされた。尚、むかしから言い伝えられている男の急所をも一応は考えてみたけれども、これはやはり下品な気がして、傲邁《ごうまい》な男の覘《ねら》うところではないと思った。むこうずねもまた相当に痛いことを知ったが、これは足で蹴《け》るのに都合のよいところであって、次郎兵衛は喧嘩に足を使うことは卑怯《ひきょう》でもありうしろめたくもあると思い、もっぱら眉間と水落ちを覘うことにきめたのである。枯れた根株の、眉間と水落ちに相当する高さの個処へ小刀で三角の印をつけ、毎日毎日、ぽかりぽかりと殴りつけた。おまえ、間違ってはいませんか。冗談じゃないかしら。おまえのその鼻の先が紫いろに腫れあがるとおかしく見えますよ。なおすのに百日もかかる。なんだか間違っていると思います。とたんにぽかりと眉間を殴る。左手は水落ちを。

一年の修行ののち、枯木の三角の印は椀くらいの深さに丸くくぼんだ。次郎兵衛は考えた。いまは百発百中である。けれどもまだまだ安心はできない。相手はこの根株のようにいつもだまって立ちつくしてはいない。動いているのだ。次郎兵衛は三島のまちのほとんどどこの曲りかどにでもある水車へ眼をつけた。富士の麓《ふもと》の雪が溶けて数十条の水量のたっぷりな澄んだ小川となり、三島の家々の土台下や縁先や庭の中をとおって流れていて苔《こけ》の生えた水車がそのたくさんの小川の要処要処でゆっくりゆっくり廻っていた。次郎兵衛は夜、酒を呑んでのかえりみち必ずひとつの水車を征伐した。廻りめぐっている水車の十六枚の板の舌を、順々にぽかりぽかりと殴るのである。はじめは見当がむずかしくてなかなかうまく行かなかったのであるが、しだいに三島のまちで破れた舌をだらりとさげたまま休んでいる水車を見かけることが多くなった。

次郎兵衛はしばしば小川で水を浴びた。底ふかくもぐってじっとしていることもあった。喧嘩さいちゅうに誤って足をすべらし小川へ転落した場合のことを考慮したのであった。小川がまちじゅうを流れているのだから、あるいはそんな場合もあるであろう。さらし木綿の腹帯を更にぎゅっと強く巻きしめた。酒を多く腹へいれさせまいという用心からであった。酔いどれたならば足がふらつき思わぬ不覚をとることもあろう。三年経った。大社のお祭りが三度来て、三度すぎた。修行がおわった。次郎兵衛の風貌はいよいよどっしりとして鈍重になった。首を左か右へねじむけてしまうのにさえ一分間かかった。

肉親は血のつながりのおかげで敏感である。父親の逸平は、次郎兵衛の修行を見抜いた。何を修行したかは知らなかったけれど、何かしら大物になったらしいということにだけは感づいた。逸平はまえからのたくらみを実行した。次郎兵衛に火消し頭の名誉職を受けつがせたのである。次郎兵衛はそのなんだか訳のわからぬ重々しげなものごしによって多くの火消したちの信頼を得た。かしら、かしら、かしらとうやまわれるばかりで喧嘩の機会はとんとなかった。ひょっとしたらもうこれは生涯、喧嘩をせずにこのまま死んで行くのかも知れないと若いかしらは味気ない思いをしていた。ねりにねりあげた両腕は夜ごとにむずかゆくなり、わびしい気持ちでぽりぽりひっ掻《か》いた。力のやり場に困って身もだえの果、とうとうやけくそな悪《いた》戯心《ずらごころ》を起し背中いっぱいに刺青《いれずみ》をした。直径五寸ほどの真紅の薔薇《ばら》の花を、鯖《さば》に似た細長い五匹の魚が尖《とが》ったくちばしで四方からつついている模様であった。背中から胸にかけて青い小波《さざなみ》がいちめんにうごいていた。この刺青のために次郎兵衛はいよいよ東海道にかくれなき男となり、火消したちは勿論、宿場のならずものにさえうやまわれ、もうはや喧嘩の望みは絶えてしまった。次郎兵衛は、これはやりきれないと思った。

けれども機会は思いがけなくやって来た。そのころ三島の宿に、鹿間屋と肩を並べてともにともに酒つくりを競っていた陣州屋丈六という金持ちがいた。ここの酒はいくぶん舌ったるく、色あいが濃厚であった。丈六もまた酒によく似て、四人の妾《めかけ》を持っているのにそれでも不足で五人目の妾を持とうとして様様の工夫をしていた。鷹《たか》の白羽の矢が次郎兵衛の家の屋根を素通りしてそのおむかいの習字のお師匠の詫住《わびずま》いしている家の屋根のぺんぺん草をかきわけてぐさとつきささったのである。お師匠はかるがるとは返事をしなかった。二度、切腹をしかけては家人に見つけられて失敗したほどであった。次郎兵衛はその噂を聞いて腕の鳴るのを覚えた。機会を狙ったのである。

三月目《みつき》に機会がやって来た。十二月のはじめ、三島に珍らしい大雪が降った。日の暮れかたからちらちらしはじめ間もなくおおきい牡丹雪《ぼたんゆき》にかわり三寸くらい積ったころ、宿場の六個の半鐘《はんしょう》が一時に鳴った。火事である。次郎兵衛はゆったりゆったり家を出た。陣州屋の隣りの畳屋が気の毒にも燃えあがっていた。数千の火の玉小僧が列をなして畳屋の屋根のうえで舞い狂い、火の粉が松の花粉のように噴出してはひろがりひろがっては四方の空に遠く飛散した。ときたま黒煙が海坊主のようにのっそりあらわれ屋根全体をおおいかくした。降りしきる牡丹雪は焔《ほのお》にいろどられ、いっそう重たげにもったいなげに見えた。火消したちは、陣州屋と議論をはじめていた。陣州屋は自分の家へ水をいれるのはまっぴらであると言い張り、はやく隣りの畳屋の棟をたたき落して火をしずめたらよいと命令した。火消したちはそれは火消しの法にそむくと言って反駁《はんばく》したのである。そこへ次郎兵衛があらわれた。陣州屋さん。次郎兵衛はできるだけ低い声で、しかもほとんど微笑むようにして言いだした。おまえ、間違ってはいませんか。冗談じゃないかしら。陣州屋はだしぬけに言葉をはさんだ。これは鹿間屋の若旦那、へっへ、冗談です、まったくの酔興《すいきょう》です、ささ、ぞんぶんに水をおいれ下さい。喧嘩にはならなかった。次郎兵衛は仕方なく火事を眺めた。喧嘩にはならなかったけれどこのことで次郎兵衛はまたまた男をあげてしまった。火事のあかりにてらされながら陣州屋をたしなめていたときの次郎兵衛のまっかな両頬には十片《ひら》あまりの牡丹雪が消えもせずにへばりついていてその有様は神様のように恐ろしかったというのは、その後ながいあいだの火消したちの語り草であった。

その翌《あく》る年の二月のよい日に、次郎兵衛は宿場のはずれに新居をかまえた。六畳と四畳半と三畳と三畳と三間あるほかに八畳の裏二階がありそこから富士がまっすぐに眺められた。三月の更によい日に習字のお師匠の娘が花嫁としてこの新居にむかえられた。その夜、火消したちは次郎兵衛の新居にぎっしりつまって祝い酒を呑み、ひとりずつ順々に隠し芸をして夜を更《ふか》しいよいよ翌朝になってやっとおしまいのひとりが二枚の皿の手品をやって皆の泥酔と熟睡の眼をごまかし或る一隅からのぱちぱちという喝采《かっさい》でもって報いられ、祝賀の宴はおわった。

次郎兵衛は、これはまたこれで結構なことにちがいないのだろう、となま悟りしてきょとんとした一日一日を送っていた。父親の逸平もまた、これで一段落、と呟《つぶや》いてはぽんと煙管《きせる》を吐月峯《とげつぽう》にはたいていた。けれども逸平の澄んだ頭脳でもってしてさえ思い及ばなかった悲しいことがらが起った。結婚してかれこれ二月目の晩に、次郎兵衛は花嫁の酌《しやく》で酒を呑みながら、おれは喧嘩が強いのだよ、喧嘩をするにはの、こうして右手で眉間を殴りさ、こうして左手で水落ちを殴るのだよ。ほんのじゃれてやってみせたことであったが、花嫁はころりところんで死んだ。やはり打ちどころがよかったのであろう。次郎兵衛は重い罪にとわれ、牢屋へいれられた。ものの上手のすぎた罰である。次郎兵衛は牢屋へはいってからもそのどこやら落ちつきはらった様子のために役人から馬鹿にはされなかったし、また同室の罪人たちからは牢名主としてあがめられた。ほかの罪人たちよりは一段と高いところに坐らされながら、次郎兵衛は彼の自作の都々逸《どどいつ》とも念仏ともつかぬ歌を、あわれなふしで口ずさんでいた。

岩に囁《ささや》く
頰をあからめつつ
おれは強いのだよ
岩は答えなかった

嘘の三郎

むかし江戸深川に原宮黄村という男やもめの学者がいた。支那の宗教にくわしかった。一子があり、三郎と呼ばれた。ひとり息子なのに三郎と名づけるとは流石《さすが》に学者らしくひねったものだと近所の取沙汰であった。どうしてそれが学者らしいひねりかたであるかは誰にも判らなかった。そこが学者であるということになっていた。近所での黄村の評判はあまりよくなかった。極端に吝嗇《りんしょく》であるとされていた。ごはんをたべてから必ずそれをきっちり半分もどして、それでもって糊《のり》をこしらえるという噂さえあった。

三郎の嘘《うそ》の花はこの黄村の吝嗇から芽生えた。八歳になるまでは一銭の小使いも与えられず、支那の君子人の言葉を暗誦《あんしょう》することだけを強いられた。三郎はその支那の君子人の言葉を水洟《みずばな》すすりあげながら呟《つぶや》き呟き、部屋部屋の柱や壁の釘《くぎ》をぷすぷすと抜いて歩いた。釘が十本たまれば、近くの屑屋へ持って行って一銭か二銭で売却した。花林糖《かりんとう》を買うのである。あとになって父の蔵書がさらに十倍くらいのよい値で売れることを屑屋から教わり、一冊二冊と持ち出し、六冊目に父に発見された。父は涙をふるってこの盗癖のある子を折檻《せっかん》した。こぶしでつづけさまに三つほど三郎の頭を殴り、それから言った。これ以上の折檻は、お前のためにもわしのためにもいたずらに空腹を覚えさせるだけのことだ。それゆえ折檻はこれだけにしてやめる。そこへ坐れ。三郎は泣く泣く悔悟《かいご》をちかわされた。三郎にとって、これが嘘のしはじめであった。

そのとしの夏、三郎は隣家の愛犬を殺した。愛犬は狆《ちん》であった。夜、狆はけたたましく吠えたてた。ながい遠吠えやら、きゃんきゃんというせわしない悲鳴やら、苦痛に堪えかねたような大げさな唸《うな》り声やら、様様の鳴き声をまぜて騒ぎたてた。一時間くらい鳴きつづけたころ、父の黄村は、傍に寝ている三郎へ声をかけた。見て来い。三郎は先刻より頭をもたげ眼をぱちぱちさせながら聞き耳をたてていたのであった。起きあがって雨戸を繰りあけ、見ると隣りの家の竹垣にむすびつけられている狆が、からだを土にこすりつけて身悶《みもだ》えしていた。三郎は、騒ぐな、と言って叱った。狆は三郎の姿をみとめて、これ見よがしに土にまろび竹垣を噛み、ひとしきり狂乱の姿をよそおい、きゃんきゃんと一そう高く鳴き叫んだ。三郎は狆の甘ったれた精神にむかむか憎悪を覚えたのである。騒ぐな、騒ぐな、と息をつめたような声で言ってから、庭へ飛び降り小石を拾い、はっしとぶっつけた。狆の頭部に命中した。きゃんと一声するどく鳴いてから狆の白い小さいからだがくるくると独楽《こま》のように廻って、ぱたとたおれた。死んだのである。雨戸をしめて寝床へはいってから、父は眠たげな声でたずねた。どうしたのじゃ。三郎は蒲団《ふとん》を頭からかぶったままで答えた。鳴きやみました。病気らしゅうございます。あしたあたり死ぬかも知れません。

そのとしの秋、三郎はひとを殺した。言問橋《ことといばし》から遊び仲間を隅田川へ突き落したのである。直接の理由はなかった。ピストルを自分の耳にぶっ放したい発作とよく似た発作におそわれたのであった。突きおとされた豆腐屋の末っ子は落下しながら細長い両脚で家鴨《あひる》のように三度ゆるく空気を掻くようにうごかして、ぼしゃっと水面へ落ちた。波紋が流れにしたがって一間ほど川下のほうへ移動してから波紋のまんなかに片手がひょいと出た。こぶしをきつく握っていた。すぐひっこんだ。波紋は崩れながら流れた。三郎はそれを見とどけてしまってから、大声をたてて泣き叫んだ。人々は集り、三郎の泣き泣き指す箇処を見て事のなりゆきをさとった。よく知らせてくれた。お前の朋輩《ほうばい》が落ちたのか。泣くでない、すぐ助けてやる。

よく知らせてくれた。ひとりの合点の早い男がそう言って三郎の肩を軽くたたいた。そのうちに人々の中の泳ぎに自信のある男が三人、競争して大川へ飛び込み、おのおの自分の泳ぎの型を誇りながら豆腐屋の末っ子を捜しはじめた。三人ともあまり自分の泳ぎの姿を気にしすぎて、そのために子供を捜しあるくのがおろそかになり、ようやく捜しあてたものは全くの死骸《しがい》であった。

三郎はなんともなかった。豆腐屋の葬儀には彼も父の黄村とともに参列した。十歳十一歳となるにつれて、この誰にも知られぬ犯罪の思い出が三郎を苦しめはじめた。こういう犯罪が三郎の嘘の花をいよいよ美事にひらかせた。ひとに嘘をつき、おのれに嘘をつき、ひたすら自分の犯罪をこの世の中から消し、またおのれの心から消そうと努め、長ずるに及んでいよいよ嘘のかたまりになった。

二十歳の三郎は神妙な内気な青年になっていた。お盆の来るごとに亡き母の思い出を溜息《ためいき》つきながらひとに語り、近所近辺の同情を集めた。三郎は母を知らなかった。彼が生れ落ちるとすぐ母はそれと交代に死んだのである。いまだかつて母を思ってみたことさえなかったのである。いよいよ嘘が上手になった。黄村のところへ教えを受けに来ている二三の書生たちに手紙の代筆をしてやった。親元へ送金を願う手紙を最も得意としていた。例えばこんな工合いであった。謹啓、よもの景色云々と書きだして、御尊父様には御変りもこれなく候《そうろう》や、と虚心にお伺い申しあげ、それからすぐ用事を書くのであった。はじめお世辞たらたら書き認《したた》めて、さて、金を送って下されと言いだすのは下手なのであった。はじめのたらたらのお世辞がその最後の用事の一言でもって瓦解《がかい》し、いかにもさもしく汚く見えるものである。それゆえ、勇気を出して少しも早くひと思いに用事にとりかかるのであった。なるべく簡明なほうがよい。このたびわが塾に於いて詩経の講義がはじまるのであるが、この教科書は坊間《ぼうかん》の書肆《しょし》より求むれば二十二円である。けれども黄村先生は書生たちの経済力を考慮し直接に支那へ注文して下さることと相成った。実費十五円八十銭である。この機を逃がすならば少しの損をするゆえ早速に申し込もうと思う。大急ぎで十五円八十銭を送っていただきたいというような案配《あんばい》であった。そのつぎにおのれの近況のそれも些々《ささ》たる茶飯事を告げる。昨日わが窓より外を眺めていたら、たくさんの烏《からす》が一羽の鳶《とび》とたたかい、まことに勇壮であったとか、一昨日、墨堤を散歩し奇妙な草花を見つけた、花弁は朝顔に似て小さく豌豆《えんどう》に似て大きくいろ赤きに似て白く珍らしきものゆえ、根ごと抜きとり持ちかえってわが部屋の鉢に移し植えた、とかいうようなことを送金の請求もなにも忘れてしまったかのようにのんびりと書き認めるのであった。尊父はこの便りに接して、わが子の平静な心境を思いおのれのあくせくした心を恥じ、微笑んで送金をするのである。三郎の手紙は事実そのようにうまくいった。書生たちは、われもわれもと三郎に手紙の代筆、もしくは口述をたのんだのである。金が来ると書生たちは三郎を誘って遊びに出かけ、一文もあますところなく使った。黄村の塾はそろそろと繁栄しはじめた。噂を聞いた江戸の書生たちは、若先生から手紙の書きかたをこっそり教わりたい心から黄村に教えを求めたのである。

三郎は思案した。こんなに日に幾十人ものひとに手紙の代筆をしてやったり口述をしてやったりしていたのではとても煩に堪えぬ。いっそ上梓《じようし》しようか。どうしたなら親元からたくさんの金を送ってもらえるか、これを一冊の書物にして出版しようと考えたのである。けれどもこの出版に当ってはひとつのさしさわりがあることに気づいた。その書物を親元が購《あがな》い熟読したなら、どういうことになるであろう。なにやら罪ふかい結果が予想できるのであった。三郎はこの書物の出版をやめなければならなかった。書生たちの必死の反対があったからでもあった。それでも三郎は著述の決意だけはまげなかった。そのころ江戸で流行の洒落本《しやれぼん》を出版することにした。ほほ、うやまってもおす、というような書きだしで能《あた》うかぎりの悪ふざけとごまかしを書くことであって、三郎の性格に全くぴたりと合っていたのである。彼が二十二歳のとき酔い泥屋滅茶滅茶先生という筆名で出版した二三の洒落本は思いのほかに売れた。或る日、三郎は父の蔵書のなかに彼の洒落本中の傑作「人間万事嘘は誠」一巻がまじっているのを見て、何気なさそうに黄村に尋ねた。滅茶滅茶先生の本はよい本ですか。黄村はにがり切って答えた。よくない。三郎は笑いながら教えた。あれは私の匿名《とくめい》ですよ。黄村は狼狽《ろうばい》を見せまいとして高いせきばらいを二つ三つして、それからあたりをはばかるような低い声で問うた。なんぼもうかったかの。

傑作「人間万事嘘は誠」のあらましの内容は、嫌厭《けんえん》先生という年わかい世のすねものが面白おかしく世の中を渡ったことの次第を叙したものであって、たとえば嫌厭先生が花柳《かりゅう》の巷《ちまた》に遊ぶにしても或いは役者といつわり或いはお大尽を気取り或いはお忍びの高貴のひとのふりをする。そのいかさまごとがあまりにも工夫に富みほとんど真に近く芸者末社もそれを疑わず、はては彼自身も疑わず、それは決して夢ではなく現在たしかに、一夜にして百万長者になりまた一朝めざむれば世にかくれなき名優となり面白おかしくその生涯を終るのである。死んだとたんにむかしの無一文の嫌厭先生にかえるというようなことが書かれていた。これは謂《い》わば三郎の私小説であった。二十二歳をむかえたときの三郎の嘘はすでに神に通じ、おのれがこうといつわるときにはすべて真実の黄金に化していた。黄村のまえではあくまで内気な孝行者に、塾に通う書生のまえでは恐ろしい訳知りに、花柳の巷では即ち団十郎、なにがしのお殿様、なんとか組の親分、そうしてその辺に些少《さしょう》の不自然も嘘もなかった。

そのあくるとしに父の黄村が死んだ。黄村の遺書にはこういう意味のことがらが書かれていた。わしは嘘つきだ。偽善者だ。支那の宗教から心が離れれば離れるほど、それに心服した。それでも生きて居れたのは、母親のないわが子への愛のためであろう。わしは失敗したが、この子を成功させたかったが、この子も失敗しそうである。わしはこの子にわしが六十年間かかってためた粒々の小銭、五百文を全部のこらず与えるものである。三郎はその遺書を読んでしまってから顔を蒼《あお》くして薄笑いを浮べ、二つに引き裂いた。それをまた四つに引き裂いた。さらに八つに引き裂いた。空腹を防ぐために子への折檻《せっかん》をひかえた黄村、子の名声よりも印税が気がかりでならぬ黄村、近所からは土台下に黄金の一ぱいつまった甕《かめ》をかくしていると囁《ささや》かれた黄村が、五百文の遺産をのこして大往生をした。嘘の末路だ。三郎は嘘の最後っ屁《ぺ》の我慢できぬ悪臭をかいだような気がした。

三郎は父の葬儀を近くの日蓮宗のお寺でいとなんだ。ちょっと聞くと野蛮なリズムのように感ぜられる和尚のめった打ちに打ち鳴らす太鼓の音も、耳傾けてしばらく聞いていると、そのリズムの中にどうしようもない憤怒と焦慮とそれを茶化そうというやけくそなお道化とを聞きとることができたのである。紋服を来て珠数《じゅず》を持ち十人あまりの塾生のまんなかに背を丸くして坐って、三尺ほど前方の畳のへりを見つめながら三郎は考える。嘘は犯罪から発散する音無しの屁だ。自分の嘘も、幼いころの人殺しから出発した。父の嘘も、おのれの信じきれない宗教をひとに信じさせた大犯罪から絞り出された。重苦しくてならぬ現実を少しでも涼しくしようとして嘘をつくのだけれども、嘘は酒とおなじようにだんだんと適量がふえて来る。次第次第に濃い嘘を吐いていって、切磋琢磨《せっさたくま》され、ようやく真実の光を放つ。これは私ひとりの場合に限ったことではないようだ。人間万事嘘は誠。ふとその言葉がいまはじめて皮膚にべっとりくっついて思い出され、苦笑した。ああ、これは滑稽の頂点である。黄村の骨をていねいに埋めてやってから三郎はひとつ今日より嘘のない生活をしてやろうと思いたった。みんな秘密な犯罪を持っているのだ。びくつくことはない。ひけめを感ずることはない。

嘘のない生活。その言葉からしてすでに嘘であった。美《よ》きものを美《よ》しと言い、悪《あ》しきものを悪《あ》しという。それも嘘であった。だいいち美きものを美しと言いだす心に嘘があろう。あれも汚い、これも汚い、と三郎は毎夜ねむられぬ苦しみをした。三郎はやがてひとつの態度を見つけた。無意志無感動の痴呆《ちほう》の態度であった。風のように生きることである。三郎は日常の行動をすべて暦にまかせた。暦のうらないにまかせた。たのしみは、夜夜、夢を見ることであった。青草の景色もあれば、胸のときめく娘もいた。

或る朝、三郎はひとりで朝食をとっていながらふと首を振って考え、それからぱちっと箸《はし》をお膳のうえに置いた。立ちあがって部屋をぐるぐる三度ほどめぐり歩き、それから懐手して外へ出た。無意志無感動の態度がうたがわしくなったのである。これこそ嘘の地獄の奥山だ。意識して努めた痴呆がなんで嘘でないことがあろう。つとめればつとめるほど私は嘘の上塗りをして行く。勝手にしやがれ。無意識の世界。三郎は朝っぱらから居酒屋へ出かけたのである。

縄のれんをはじいて中へはいると、この早朝に、もうはや二人の先客があった。驚くべし、仙術太郎と喧嘩次郎兵衛の二人であった。太郎は卓の東南の隅にいて、そのしもぶくれのもち肌の頬を酔いでうす赤く染め、たらりと下った口鬚《くちひげ》をひねりひねり酒を呑んでいた。次郎兵衛はそれと相対して西北の隅に陣どり、むくんだ大きい顔に油をぎらぎら浮かせ、杯を持った左手をうしろから大廻しにゆっくり廻して口もとへ持っていって一口のんでは杯を目の高さにささげたまましばらくぼんやりしているのである。三郎は二人のまんなかに腰をおろして酒を呑みはじめた。三人はもとより旧知の間柄ではない。太郎は細い眼を半分とじながら、次郎兵衛は一分間ほどかかってゆったりと首をねじむけながら、三郎はきょろきょろ落ちつかぬ狐の眼つきを使いながら、それぞれほかの二人の有様を盗み見していたわけである。酔いがだんだん発して来るにつれて三人は少しずつ相寄った。三人のこらえにこらえた酔いが一時に爆発したとき三郎がまず口を切った。こうして一緒に朝から酒を呑むのも何かの縁だと思います。ことにも江戸は半丁あるくと他郷だと言われるほどの籠《こ》みあったところなのに、こうしてせまい居酒屋に同日同時刻に落ち合せたというのは不思議なくらいです。太郎は大きいあくびをしてから、のろのろ答えた。おれは酒が好きだから呑むのだよ。そんなに人の顔を見るなよ。そう言って手拭いで頬被《ほおかむ》りした。次郎兵衛は卓をとんとたたいて卓のうえにさしわたし三寸くらい深さ一寸くらいのくぼみをこしらえてから答えた。そうだ。縁と言えば縁じゃ。おれはいま牢屋から出て来たばかりだよ。三郎は尋ねた。どうして牢屋へはいったのです。それは、こうじゃ。次郎兵衛は奥のしれぬようなぼそぼそ声でおのれの半生を語りだした。語り終えてから涙を一滴、杯の酒のなかに落してぐっと呑みほした。三郎はそれを聞いてしばらく考えごとをしてから、なんだか兄者人《あにじゃびと》のような気がすると前置きをして、それから自身の半生を嘘にならないように嘘にならないように気にしいしい一節ずつ口切って語りだしたのである。それをしばらく聞いているうちに次郎兵衛は、おれにはどうも判らんじゃ、と言ってうとうと居眠りをはじめた。けれども太郎は、それまでは退屈そうにあくびばかりしていたのを、やがて細い眼をはっきりひらいて聞き耳をたてはじめたのである。話が終ったとき、太郎は頬被りをたいぎそうにとって、三郎さんとか言ったが、あなたの気持ちはよく判る。おれは太郎と言って津軽のもんです。二年まえからこうして江戸へ出てぶらぶらしています。聞いて下さるか、とやはり眠たそうな口調で自分のいままでの経歴をこまごまと語って聞《き》かせた。だしぬけに三郎は叫んだ。判ります、判ります。次郎兵衛はその叫び声のために眼をさましてしまった。濁った眼をぼんやりあけて、何事ですか、と三郎に尋ねた。三郎はおのれの有頂天に気づいて恥かしく思った。有頂天こそ嘘の結晶だ、ひかえようと無理につとめたけれど、酔いがそうさせなかった。三郎のなまなかの抑制心がかえって彼自身にはねかえって来て、もうはややけくそになり、どうにでもなれと口から出まかせの大嘘を吐いた。私たちは芸術家だ。そういう嘘を言ってしまってから、いよいよ嘘に熱が加って来たのであった。私たち三人は兄弟だ。きょうここで逢ったからには、死ぬるとも離れるでない。いまにきっと私たちの天下が来るのだ。私は芸術家だ。仙術太郎氏の半生と喧嘩次郎兵衛氏の半生とそれから僭越《せんえつ》ながら私の半生と三つの生きかたの模範を世人に書いて送ってやろう。かまうものか。嘘の三郎の嘘の火焔《かえん》はこのへんからその極点に達した。私たちは芸術家だ。王侯といえども恐れない。金銭もまたわれらに於いて木葉の如く軽い。

満願

これは、いまから、四年まえの話である。私が伊豆の三島の知り合いのうちの二階で一夏を暮し、ロマネスクという小説を書いていたころの話である。或る夜、酔いながら自転車に乗りまちを走って、怪我《けが》をした。右足のくるぶしの上のほうを裂《さ》いた。疵《きず》は深いものではなかったが、それでも酒をのんでいたために、出血がたいへんで、あわててお医者に駆けつけた。まち医者は三十二歳の、大きくふとり、西郷隆盛に似ていた。たいへん酔っていた。私と同じくらいにふらふら酔って診察室に現われたので、私は、おかしかった。治療を受けながら、私がくすくす笑ってしまった。するとお医者もくすくす笑い出し、とうとうたまりかねて、ふたり声を合せて大笑いした。

その夜から私たちは仲良くなった。お医者は、文学よりも哲学を好んだ。私もそのほうを語るのが、気が楽で、話がはずんだ。お医者の世界観は、原始二元論ともいうべきもので、世の中の有様をすべて善玉悪玉の合戦と見て、なかなか歯切れがよかった。私は愛という単一神を信じたく内心つとめていたのであるが、それでもお医者の善玉悪玉の説を聞くと、うっとうしい胸のうちが、一味爽涼《そうりよう》を覚えるのだ。たとえば、宵《よい》の私の訪問をもてなすのに、ただちに奥さんにビールを命ずるお医者自身は善玉であり、今宵はビールでなくブリッジ

（トランプ遊戯の一種）いたしましょう、と笑いながら提議する奥さんこそは悪玉である、というお医者の例証には、私も素直に賛成した。奥さんは、小がらの、おたふくがおであったが、色が白く上品であった。子供はなかったが、奥さんの弟で沼津の商業学校にかよっているおとなしい少年がひとり、二階にいた。

お医者の家では、五種類の新聞をとっていたので、私はそれを読ませてもらいにほとんど毎朝、散歩の途中に立ち寄って、三十分か一時間お邪魔した。裏口からまわって、座敷の縁側に腰をかけ、奥さんの持って来る冷い麦茶を飲みながら、風に吹かれてぱらぱら騒ぐ新聞を片手でしっかり押えつけて読むのであるが、縁側から二間と離れていない、青草原のあいだを水量たっぷりの小川がゆるゆる流れていて、その小川に沿った細い道を自転車で通る牛乳配達の青年が、毎朝きまって、おはようございます、と旅の私に挨拶した。その時刻に、薬をとりに来る若い女のひとがあった。簡単服に下駄をはき、清潔な感じのひとで、よくお医者と診察室で笑い合っていて、ときたまお医者が、玄関までそのひとを見送り、

「奥さま、もうすこしのご辛棒《しんぼう》ですよ。」と大声で叱咤《しった》することがある。

お医者の奥さんが、或るとき私に、そのわけを語って聞かせた。小学校の先生の奥さまで、先生は、三年まえに肺をわるくし、このごろずんずんよくなった。お医者は一所懸命で、その若い奥さまに、いまがだいじのところと、固く禁じた。奥さまは言いつけを守った。それでも、ときどき、なんだか、ふびんに伺うことがある。お医者は、その都度、心を鬼にして、

奥さまもうすこしのご辛棒ですよ、と言外に意味をふくめて叱咤するのだそうである。

八月のおわり、私は美しいものを見た。朝、お医者の家の縁側で新聞を読んでいると、私の傍に横坐りに坐っていた奥さんが、

「ああ、うれしそうね。」と小声でそっと囁《ささや》いた。

ふと顔をあげると、すぐ眼のまえの小道を、簡単服を着た清潔な姿が、さっさっと飛ぶようにして歩いていった。白いパラソルをくるくるっとまわした。

「けさ、おゆるしが出たのよ。」奥さんは、また、囁く。

三年、と一口にいっても、――胸が一ぱいになった。年つき経つほど、私には、あの女性の姿が美しく思われる。あれは、お医者の奥さんのさしがねかも知れない。

畜犬談

――伊馬鵜平君に与える。

私は、犬に就《つ》いては自信がある。いつの日か、必ず喰《く》いつかれるであろうという自信である。私は、きっと噛《か》まれるにちがいない。自信があるのである。よくぞ、きょうまで喰いつかれもせず無事に過して来たものだと不思議な気さえしているのである。諸君、犬は猛獣である。馬を斃《たお》し、たまさかには獅子と戦ってさえ之《これ》を征服するとかいうではないか。さもありなむと私はひとり淋しく首肯《しゅこう》しているのだ。あの犬の、鋭い牙《きば》を見るがよい。ただものでは無い。いまは、あのように街路で無心のふうを装い、とるに足らぬものの如く自ら卑下して、芥箱《ちりばこ》を覗《のぞ》きまわったりなどして見せているが、もともと馬を斃すほどの猛獣である。いつなんどき、怒り狂い、その本性を曝露《ばくろ》するか、わかったものでは無い。犬は必ず鎖に固くしばりつけて置くべきである。少しの油断もあってはならぬ。世の多くの飼い主は、自ら恐ろしき猛獣を養い、之に日々わずかの残飯を与えているという理由だけにて、全くこの猛獣に心をゆるし、エスや、エスやなど、気楽に呼んで、さながら家族の一員の如く身辺に近づかしめ、三歳のわが愛子をして、その猛獣の耳をぐいと引っぱらせて大笑いしている図にいたっては、戦慄《せんりつ》、眼を蓋《おお》わざるを得ないのである。不意に、わんと言って喰いついたら、どうする気だろう。気をつけなければならぬ。飼い主でさえ、噛みつかれぬとは保証でき難い猛獣を、(飼い主だから、絶対に喰いつかれぬということは愚かな気のいい迷信に過ぎない。あの恐ろしい牙のある以上、必ず噛む。決して噛まないということは、科学的に証明できる筈《はず》は無いのである。)その猛獣を、放し飼いにして、往来をうろうろ徘徊《はいかい》させて置くとは、どんなものであろうか。昨年の晩秋、私の友人が、ついに之の被害を受けた。いたましい犠牲者である。友人の話に依《よ》ると、友人は何もせず横丁を懐《ふところ》手《で》してぶらぶら歩いていると、犬が道路上にちゃんと坐っていた。友人は、やはり何もせず、その犬の傍を通った。犬はその時、いやな横目を使ったという。何事もなく通りすぎた、とたん、わんと言って右の脚に喰いついたという。災難である。一瞬のことである。友人は、呆然《ぼうぜん》自失したという。ややあって、くやし涙が沸《わ》いて出た。さもありなむ、と私は、やはり淋しく首肯している。そうなってしまったら、ほんとうに、どうしようも、無いではないか。友人は、痛む脚をひきずって病院へ行き手当を受けた。それから二十一日間、病院へ通《かよ》ったのである。三週間である。脚の傷がなおっても、体内に恐水病といういまわしい病気の毒が、あるいは注入されて在るかも知れぬという懸念から、その防毒の注射をしてもらわなければならぬのである。飼い主に談判するなど、その友人の弱気を以《もっ》てしては、とてもできぬことである。じっと堪えて、おのれの不運に溜息《ためいき》ついているだけなのである。しかも、注射代など決して安いものでなく、そのような余分の貯えは失礼ながら友人に在る筈もなく、いずれは苦しい算段をしたにちがいないので、とにかく之は、ひどい災難である。大災難である。また、うっかり注射でも怠ろうものなら、恐水病といって、発熱悩乱《はつねつのうらん》の苦しみ在って、果ては貌《かお》が犬に似て来て、四つ這《ば》いになり、只《ただ》わんわんと吠ゆるばかりだという、そんな凄惨《せいさん》な病気になるかも知れないということなのである。注射を受けながらの、友人の憂慮、不安は、どんなだったろう。友人は苦労人で、ちゃんとできた人であるから、醜く取り乱すことも無く、三七、二十一日病院に通い、注射を受けて、いまは元気に立ち働いているが、もし之が私だったら、その犬、生かして置かないだろう。私は、人の三倍も四倍も復讐心の強い男なのであるから、また、そうなると人の五倍も六倍も残忍性を発揮してしまう男なのであるから、たちどころにその犬の頭蓋骨を、めちゃめちゃに粉砕し、眼玉をくり抜き、ぐしゃぐしゃに噛んで、べっと吐き捨て、それでも足りずに近所近辺の飼い犬ことごとくを毒殺してしまうであろう。こちらが何もせぬのに、突然わんと言って噛みつくとはなんという無礼、狂暴の仕草であろう。いかに畜生といえども許しがたい。畜生ふびんの故を以て、人は之を甘やかしているからいけないのだ。容赦なく酷刑に処すべきである。昨秋、友人の遭難を聞いて、私の畜犬に対する日頃の憎悪は、その極点に達した。青い焰が燃え上るほどの、思いつめたる憎悪である。

ことしの正月、山梨県、甲府のまちはずれに八畳、三畳、一畳という草庵を借り、こっそり隠れるように住み込み、下手《へた》な小説あくせく書きすすめていたのであるが、この甲府のまち、どこへ行っても犬がいる。おびただしいのである。往来に、或《あ》るいは佇《たたず》み、或いはながながと寝そべり、或いは疾駆し、或いは牙を光らせて吠え立て、ちょっとした空地でもあると必ずそこは野犬の巣の如く、組んずほぐれつ格闘の稽古《けいこ》にふけり、夜など無人の街路を風の如く野盗の如く、ぞろぞろ大群をなして縦横に駈け廻っている。甲府の家毎、家毎、少くとも二匹くらいずつ養っているのではないかと思われるほどに、おびただしい数である。山梨県は、もともと甲斐犬の産地として知られている様であるが、街頭で見かける犬の姿は、決してそんな純血種のものではない。赤いムク犬が最も多い。採るところ無きあさはかな駄犬ばかりである。もとより私は畜犬に対しては含むところがあり、また友人の遭難以来一そう嫌悪の念を増し、警戒おさおさ怠るものではなかったのであるが、こんなに犬がうようよいて、どこの横丁にでも跳梁《ちょうりょう》し、或いはとぐろを巻いて悠然と寝ているのでは、とても用心し切れるものでなかった。私は実に苦心をした。できることなら、すね当《あて》、こて当、かぶとをかぶって街を歩きたく思ったのである。けれども、そのような姿は、いかにも異様であり、風紀上からいっても、決して許されるものでは無いのだから、私は別の手段をとらなければならぬ。私は、まじめに、真剣に、対策を考えた。私は、まず犬の心理を研究した。人間に就《つ》いては、私もいささか心得があり、たまには的確に、あやまたず指定できたことなどもあったのであるが、犬の心理は、なかなかむずかしい。人の言葉が、犬と人との感情交流にどれだけ役立つものか、それが第一の難問である。言葉が役に立たぬとすれば、お互いの素振り、表情を読み取るより他に無い。しっぽの動きなどは、重大である。けれども、この、しっぽの動きも、注意して見ていると仲々《なかなか》に複雑で、容易に読み切れるものでは無い。私は、ほとんど絶望した。そうして、甚《はなは》だ拙劣な、無能きわまる一法を案出した。あわれな窮余の一策である。私は、とにかく、犬に出逢うと、満面に微笑を湛《たた》えて、いささかも害心のないことを示すことにした。夜は、その微笑が見えないかも知れないから、無邪気に童謡を口ずさみ、やさしい人間であることを知らせようと努めた。之等《これら》は、多少、効果があったような気がする。犬は私には、いまだ飛びかかって来ない。けれどもあくまで油断は禁物である。犬の傍を通る時は、どんなに恐ろしくても、絶対に走ってはならぬ。にこにこ卑しい追従《ついしょう》笑いを浮べて、無心そうに首を振り、ゆっくりゆっくり、内心、背中に毛虫が十匹這っているような窒息せんばかりの悪寒《おかん》にやられながらも、ゆっくりゆっくり通るのである。つくづく自身の卑屈がいやになる。泣きたいほどの自己嫌悪を覚えるのであるが、これを行わないと、たちまち嚙みつかれるような気がして、私は、あらゆる犬にあわれな挨拶を試みる。髪をあまりに長く伸していると、或いはウロンの者として吠えられるかも知れないから、あれほどいやだった床屋へも精出して行くことにした。ステッキなど持って歩くと、犬のほうで威嚇《いかく》の武器と感ちがいして、反抗心を起すようなことがあってはならぬから、ステッキは永遠に廃棄することにした。犬の心理を計りかねて、ただ行き当りばったり、無闇矢鱈《むやみやたら》に御機嫌とっているうちに、ここに意外の現象が現われた。私は、犬に好かれてしまったのである。尾を振って、ぞろぞろ後について来る。私は、地団駄《じだんだ》踏んだ。実に皮肉である。かねがね私の、こころよからず思い、また最近にいたっては憎悪の極点にまで達している、その当の畜犬に好かれるくらいならば、いっそ私は駱駝《らくだ》に慕われたいほどである。どんな悪女にでも、好かれて気持の悪い筈はない、というのはそれは浅薄の想定である。プライドが、虫が、どうしてもそれを許容できない場合がある。堪忍ならぬのである。私は、犬をきらいなのである。早くからその狂暴の猛獣性を看破し、こころよからず思っているのである。たかだか日に一度や二度の残飯の投与にあずからむが為に、友を売り、妻を離別し、おのれの身ひとつ、その家の軒下に横たえ、忠義顔して、かつての友に吠え、兄弟、父母をも、けろりと忘却し、ただひたすらに飼主の顔色を伺い、阿諛追従《あゆついしよう》てんとして恥じず、ぶたれても、きゃんと言い尻尾《しっぽ》まいて閉口して見せて家人を笑わせ、その精神の卑劣、醜怪、犬畜生とは、よくも言った。日に十里を楽々と走破し得る健脚を有し、獅子をも斃す白光鋭利の牙を持ちながら、懶惰無頼《らんだぶらい》の腐り果てたいやしい根性をはばからず発揮し、一片の矜持《きようじ》無く、てもなく人間界に屈服し、隷属し、同族互いに敵視して、顔つき合せると吠え合い、噛み合い、もって人間の御機嫌を取り結ぼうと努めている。雀《すずめ》を見よ。何ひとつ武器を持たぬ繊弱《せんじやく》の小禽《しようきん》ながら、自由を確保し、人間界とは全く別個の小社会を営み、同類相親しみ、欣然《きんぜん》日々の貧しい生活を歌い楽しんでいるではないか。思えば、思うほど、犬は不潔だ。犬はいやだ。なんだか自分に似ているところさえあるような気がして、いよいよ、いやだ。たまらないのである。その犬が、私を特に好んで、尾を振って親愛の情を表明して来るに及んでは、狼狽《ろうばい》とも、無念とも、なんとも、言いようがない。あまりに犬の猛獣性を畏敬し、買いかぶり、節度もなく媚笑を撒《ま》きちらして歩いたゆえ、犬は、かえって知己を得たものと誤解し、私を組し易しと見てとって、このような情ない結果に立ちいたったのであろうが、何事によらず、ものには節度が大切である。私は、未だに、どうも、節度を知らぬ。

　早春のこと。夕食の少しまえに、私はすぐ近くの四十九聯隊の練兵場へ散歩に出て、二、三の犬が私のあとについて来て、いまにも踵《かかと》をがぶりとやられはせぬかと生きた気もせず、けれども毎度のことであり、観念して無心平静を装い、ぱっと脱兎《だっと》の如く走り逃げたい衝動を懸命に抑え抑え、ぶらりぶらり歩いた。犬は私について来ながら、途々《みちみち》お互いに喧嘩などはじめて、私は、わざと振りかえって見もせず、知らぬふりして歩いているのだが、内心、実に閉口であった。ピストルでもあったなら、躊躇《ちゅうちょ》せずドカンドカンと射殺してしまいたい気持であった。犬は、私にそのような、外面如菩薩《げめんにょぼさつ》、内心如夜叉《にょやしゃ》的の奸佞《かんねい》の害心があるとも知らず、どこまでもついて来る。練兵場をぐるりと一廻りして、私はやはり犬に慕われながら帰途についた。家へ帰りつくまでには、背後の犬もどこかへ雲散霧消しているのが、これまでの、しきたりであったのだが、その日に限って、ひどく執拗《しつよう》で馴れ馴れしいのが一匹いた。真黒の、見るかげもない小犬である。ずいぶん小さい。胴の長さ五寸の感じである。けれども、小さいからと言って油断はできない。歯は、既にちゃんと生えそろっている筈である。嚙まれたら病院に三、七、二十一日間通わなければならぬ。それにこのような幼少なものには常識がないから、したがって気まぐれである。一そう用心をしなければならぬ。小犬は後になり、さきになり、私の顔を振り仰ぎ、よたよた走って、とうとう私の家の玄関まで、ついて来た。

「おい。へんなものが、ついて来たよ。」

「おや、可愛い。」

「可愛いもんか。追っ払って呉《く》れ。手荒くすると喰いつくぜ。お菓子でもやって。」れいの私の軟弱外交である。小犬は、たちまち私の内心畏怖の情を見抜き、それにつけ込み、図々しくもそれから、ずるずる私の家に住みこんでしまった。そうしてこの犬は、三月、四月、五月、六、七、八、そろそろ秋風吹きはじめて来た現在にいたるまで、私の家に居るのである。私は、この犬には、幾度泣かされたかわからない。どうにも始末ができないのである。私は仕方なく、この犬を、ポチなどと呼んでいるのであるが、半年も共に住んでいながら、いまだに私は、このポチを、一家のものとは思えない。他人の気がするのである。しっくり行かない。不和である。お互い心理の読み合いに火花を散らして戦っている。そうしてお互い、どうしても釈然と笑い合うことができないのである。

はじめこの家にやって来たころは、まだ子供で、地べたの蟻《あり》を不審そうに観察したり、蝦《が》蟇《ま》を恐れて悲鳴を挙げたり、その様《さま》には私も思わず失笑することがあって、憎いやつであるが、これも神様の御心に依ってこの家へ迷い込んで来ることになったのかも知れぬと、縁の下に寝床を作ってやったし、食い物も乳幼児むきに軟かく煮て与えてやったし、蚤取粉《のみとりこ》などからだに振りかけてやったものだ。けれども、ひとつき経つと、もういけない。そろそろ駄犬の本領を発揮して来た。いやしい。もともと、この犬は練兵場の隅に捨てられて在ったものにちがいない。私のあの散歩の帰途、私にまつわりつくようにしてついて来て、その時は、見るかげも無く痩せこけて、毛も抜けていてお尻の部分は、ほとんど全部禿《は》げていた。私だからこそ、之に菓子を与え、おかゆを作り、荒い言葉一つ掛けるではなし、腫《は》れものにさわるように鄭重《ていちょう》にもてなして上げたのだ。他の人だったら、足蹴《あしげ》にして追い散らしてしまったにちがいない。私のそんな親切なもてなしも、内実は、犬に対する愛情からではなく、犬に対する先天的な憎悪と恐怖から発した老獪《ろうかい》な駈け引きに過ぎないのであるが、けれども私のおかげで、このポチは、毛並もととのい、どうやら一人まえの男の犬に成長することを得たのではないか。私は恩を売る気はもうとう無いけれども、少しは私たちにも何か楽しみを与えてくれてもよさそうに思われるのであるが、やはり捨犬は駄目なものである。大《おお》めし食《くら》って、食後の運動のつもりであろうか、下駄をおもちゃにして無残に嚙み破り、庭に干して在る洗濯物を要らぬ世話して引きずりおろし、泥まみれにする。

「こういう冗談はしないでおくれ。実に、困るのだ。誰が君に、こんなことをしてくれとたのみましたか？」と、私は、内に針を含んだ言葉を、精一ぱい優しく、いや味をきかせて言ってやることもあるのだが、犬は、きょろりと眼を動かし、いや味を言い聞かせている当の私にじゃれかかる。なんという甘ったれた精神であろう。私はこの犬の鉄面皮には、ひそかに呆《あき》れ、之を軽蔑さえしたのである。長ずるに及んで、いよいよこの犬の無能が曝露《ばくろ》された。だいいち、形がよくない。幼少のころには、も少し形の均斉もとれていて、或いは優れた血が雑《まじ》っているのかも知れぬと思わせるところ在ったのであるが、それは真赤ないつわりであった。胴だけが、にょきにょき長く伸びて、手足がいちじるしく短い。亀のようである。見られたものでなかった。そのような醜い形をして、私が外出すれば必ず影の如くちゃんと私につき従い、少年少女までが、やあ、へんてこな犬じゃと指さして笑うこともあり、多少見《み》栄坊《えぼう》の私は、いくら澄まして歩いても、なんにもならなくなるのである。いっそ他人のふりをしようと足早に歩いてみても、ポチは私の傍を離れず、私の顔を振り仰ぎ振り仰ぎ、あとになり、さきになり、からみつくようにしてついて来るのだから、どうしたって二人は他人のようには見えまい。気心の合った主従としか見えまい。おかげで私は外出のたびごとに、ずいぶん暗い憂鬱な気持にさせられた。いい修行になったのである。ただ、そうして、ついて歩いていたころは、まだよかった。そのうちにいよいよ隠して在った猛獣の本性を曝露して来た。喧嘩格闘を好むようになったのである。私のお伴《とも》をして、まちを歩いて行き逢う犬、行き逢う犬、すべてに挨拶して通るのである。つまり、かたっぱしから喧嘩して通るのである。ポチは足も短く、若年でありながら、喧嘩は相当強いようである。空地の犬の巣に踏みこんで、一時に五匹の犬を相手に戦ったときは流石《さすが》に危く見えたが、それでも巧みに身をかわして難を避けた。非常な自信を以《もっ》て、どんな犬にでも飛びかかって行く。たまには勢負《いきおいま》けして、吠えながらじりじり退却することもある。声が悲鳴に近くなり、真黒い顔が蒼黒《あおぐろ》くなって来る。いちど小牛のようなシェパアドに飛びかかっていって、あのときは、私が蒼くなった。果して、ひとたまりも無かった。前足でころころポチをおもちゃにして、本気につき合ってくれなかったのでポチも命が助かった。犬は、いちどあんなひどいめに逢うと、大へん意気地がなくなるものらしい。ポチは、それからは眼に見えて、喧嘩を避けるようになった。それに私は、喧嘩を好まず、否、好まぬどころではない、往来で野獣の組打ちを放置し許容しているなどは、文明国の恥辱と信じているので、かの耳を聾《ろう》せんばかりのけんけんごうごう、きゃんきゃんの犬の野蛮のわめき声には、殺してもなおあき足らない憤怒と憎悪を感じているのである。私はポチを愛してはいない。恐れ、憎んでこそいるが、みじんも愛してはいない。死んで呉れたらいいと思っている。私にのこのこついて来て、何かそれが飼われているものの義務とでも思っているのか、途で逢う犬、逢う犬、必ず凄惨に吠え合って、主人としての私は、そのときどんなに恐怖にわななき震えていることか。自動車呼びとめて、それに乗ってドアをばたんと閉じ、一目散に逃げ去りたい気持なのである。犬同志の組打ちで終るべきものなら、まだしも、もし敵の犬が血迷って、ポチの主人の私に飛びかかって来るようなことがあったら、どうする。ないとは言わせぬ。血に飢えたる猛獣である。何をするか、わかったものでない。私はむごたらしく嚙み裂かれ、三七、二十一日間病院に通わなければならぬ。犬の喧嘩は、地獄である。私は、機会あるごとにポチに言い聞かせた。

「喧嘩しては、いけないよ。喧嘩をするなら、僕からはるか離れたところで、してもらいたい。僕は、おまえを好いてはいないんだ。」

少し、ポチにもわかるらしいのである。そう言われると多少しょげる。いよいよ私は犬を、薄気味わるいものに思った。その私の繰り返し繰り返し言った忠告が効を奏したのか、あるいは、かのシェパアドとの一戦にぶざまな惨敗を喫したせいか、ポチは、卑屈なほど柔弱な態度をとりはじめた。私と一緒に路を歩いて、他の犬がポチに吠えかけると、ポチは、

「ああ、いやだ、いやだ。野蛮ですねえ。」

と言わんばかり、ひたすら私の気に入られようと上品ぶって、ぶるっと胴震いさせたり、相手の犬を、仕方のないやつだね、とさもさも憐れむように流し目で見て、そうして、私の顔色を伺い、へっへっへっと卑《いや》しい追従笑いするかの如く、その様子のいやらしいったら無かった。

「一つも、いいところないじゃないか、こいつは。ひとの顔色ばかり伺っていやがる。」

「あなたが、あまり、へんにかまうからですよ。」家内は、はじめからポチに無関心であった。洗濯物など汚されたときはぶつぶつ言うが、あとはけろりとして、ポチポチと呼んで、めしを食わせたりなどしている。「性格が破産しちゃったんじゃないかしら。」と笑っている。

「飼い主に、似て来たというわけかね。」私は、いよいよ、にがにがしく思った。

七月にはいって、異変が起った。私たちは、やっと、東京の三鷹村に、建築最中の小さい

のである。

家を見つけることができて、それの完成し次第、一カ月二十四円で貸してもらえるように、家主と契約の証書交《かわ》して、そろそろ移転の仕度をはじめた。家ができ上ると、家主から速達で通知が来ることになっていたのである。ポチは、勿論、捨てて行かれることになっていたのである。

「連れて行ったって、いいのに。」家内は、やはりポチをあまり問題にしていない。どちらでもいいのである。

「だめだ。僕は、可愛いから養っているんじゃないんだよ。犬に復讐されるのが、こわいから、仕方なくそっとして置いてやっているのだ。わからんかね。」

「でも、ちょっとポチが見えなくなると、ポチはどこへ行ったろう、どこへ行ったろうと大騒ぎじゃないの。」

「いなくなると、一そう薄気味が悪いからさ。僕に隠れて、ひそかに同志を糾合《きゅうごう》しているのかもわからない。あいつは、僕に軽蔑されていることを知っているんだ。復讐心が強いそうだからなあ、犬は。」

いまこそ絶好の機会であると思っていた。この犬をこのまま忘れたふりして、ここへ置いて、さっさと汽車に乗って東京へ行ってしまえば、まさか犬も、笹子峠を越えて三鷹村まで追いかけて来ることはなかろう。私たちは、ポチを捨てたのではない。全くうっかりして連れて行くことを忘れたのである。罪にはならない。またポチに恨《うら》まれる筋合も無い。復讐されるわけはない。

「大丈夫だろうね。置いていっても、飢え死するようなことはないだろうね。死霊の祟《たた》りということもあるからね。」

「もともと、捨犬だったんですもの。」家内も、少し不安になった様子である。

「そうだね。飢え死することはないだろう。なんとか、うまくやって行くだろう。あんな犬、東京へ連れて行ったんじゃ、僕は友人に対して恥かしいんだ。胴が長すぎる。みっともないねえ。」

ポチは、やはり置いて行かれることに、確定した。すると、ここに異変が起った。ポチが、皮膚病にやられちゃった。これが、またひどいのである。さすがに形容をはばかるが、惨状、眼をそむけしむるものがあったのである。折からの炎熱と共に、ただならぬ悪臭を放つようになった。こんどは家内が、まいってしまった。

「ご近所にわるいわ。殺して下さい。」女は、こうなると男よりも冷酷で、度胸がいい。

「殺すのか？」私は、ぎょっとした。「も少しの我慢じゃないか。」

私たちは、三鷹の家主からの速達を一心に待っていた。七月末には、できるでしょうという家主の言葉であったのだが、七月もそろそろおしまいになりかけて、きょうか明日かと、引越しの荷物もまとめてしまって待機していたのであったが、仲々、通知が来ないのである。問い合せの手紙を出したりなどしている時に、ポチの皮膚病がはじまったのである。見れば、見るほど、酸鼻《さんび》の極である。ポチも、いまは流石《さすが》に、おのれの醜い姿を恥じている様子で、とかく暗闇の場所を好むようになり、たまに玄関の日当りのいい敷石の上で、ぐったり寝そべっていることがあっても、私が、それを見つけて、

「わあ、ひでえなあ。」と罵倒《ばとう》すると、いそいで立ち上って首を垂れ、閉口したようにこそこそ縁の下にもぐり込んでしまうのである。

　それでも私が外出するときには、どこからともなく足音忍ばせて出て来て、私について来ようとする。こんな化け物みたいなものに、ついて来られて、たまるものか、とその都度、私は、だまってポチを見つめてやる。あざけりの笑いを口角にまざまざと浮べて、なんぼでも、ポチを見つめてやる。これは大へん、ききめがあった。ポチは、おのれの醜い姿にハッと思い当る様子で、首を垂れ、しおしおどこかへ姿を隠す。

「とっても、我慢ができないの。私まで、むず痒《がゆ》くなって。」家内は、ときどき私に相談する。「なるべく見ないように努めているんだけれど、いちど見ちゃったら、もう駄目ね。夢の中にまで出て来るんだもの。」

「まあ、もうすこしの我慢だ。」がまんするより他はないと思った。たとえ病んでいるとはいっても、相手は一種の猛獣である。下手に触ったら噛みつかれる。「明日にでも、三鷹から、返事が来るだろう。引越してしまったら、それっきりじゃないか。」

　三鷹の家主から返事が来た。読んで、がっかりした。雨が降りつづいて壁が乾かず、また

人手も不足で、完成までには、もう十日くらいかかる見込み、というのであった。うんざりした。ポチから逃れるためだけでも、早く、引越してしまいたかったのだ。私は、へんな焦躁感で、仕事も手につかず、雑誌を読んだり、酒を呑んだりした。ポチの皮膚病は一日一日ひどくなっていって、私の皮膚も、なんだか、しきりに痒くなって来た。深夜、戸外でポチが、ばたばたばたばた痒さに身悶えしている物音に、幾度ぞっとさせられたかわからない。たまらない気がした。いっそ、ひと思いにと、狂暴な発作に駆られることも、しばしばあった。家主からは、更に二十日待て、と手紙が来て、私のごちゃごちゃの忿懣《ふんまん》が、たちまち手近のポチに結びついて、こいつ在るがために、このように諸事円滑にすすまないのだ、と何もかも悪いことは皆、ポチのせいみたいに考えられ、奇妙にポチを呪詛《じゅそ》し、或る夜、私の寝巻に犬の蚤《のみ》が伝播《でんぱ》されて在ることを発見するに及んで、ついにそれまで堪えに堪えて来た怒りが爆発し、私は、ひそかに重大の決意をした。

殺そうと思ったのである。相手は恐るべき猛獣である。常の私だったら、こんな乱暴な決意は、逆立ちしたって為し得なかったところのものなのであったが、盆地特有の酷暑で、少しへんになっていた矢先であったし、また、毎日、何もせず、ただぽかんと家主からの速達を待っていて、死ぬほど退屈な日々を送って、むしゃくしゃいらいら、おまけに不眠も手伝って発狂状態であったのだから、たまらない。その犬の蚤を発見した夜、ただちに家内をして牛肉の大片を買いに走らせ、私は、薬屋に行き或る種の薬品を少量、買い求めた。これで用意はできた。家内は少からず興奮していた。私たち鬼夫婦は、その夜、鳩首《きゅうしゅ》して小声で相談した。

翌《あく》る朝、四時に私は起きた。目覚時計を掛けて置いたのであるが、それの鳴り出さぬうちに、眼が覚めてしまった。しらじらと明けていた。肌寒いほどであった。私は竹の皮包をさげて外へ出た。

「おしまいまで見ていないですぐお帰りになるといいわ。」家内は玄関の式台に立って見送り、落ち付いていた。

「心得ている。ポチ、来い！」

ポチは尾を振って縁の下から出て来た。

「来い、来い！」私は、さっさと歩き出した。きょうは、あんな、意地悪くポチの姿を見つめるようなことはしないので、ポチも自身の醜さを忘れて、いそいそ私について来た。霧が深い。まちはひっそり眠っている。私は、練兵場へいそいだ。途中、おそろしく大きい赤毛の犬が、ポチに向って猛烈に吠えたてた。ポチは、れいに依《よ》って上品ぶった態度を示し、何を騒いでいるのかね、とでも言いたげな蔑視をちらとその赤毛の犬にくれただけで、さっさとその面前を通過した。赤毛は、卑劣である。無法にもポチの背後から、風の如く襲いかかり、ポチの寒しげな睾丸をねらった。ポチは、咄嗟《とっさ》にくるりと向き直ったが、ちょっと躊躇し、私の顔色をそっと伺った。

「やれ！」私は大声で命令した。「赤毛は卑怯だ！　思う存分やれ！」

ゆるしが出たのでポチは、ぶるんと一つ大きく胴震いして、弾丸の如く赤犬のふところに飛び込んだ。たちまち、けんけんごうごう、二匹は一つの手毬《てまり》みたいになって、格闘した。赤毛は、ポチの倍ほども大きい図体《ずうたい》をしていたが、だめであった。ほどなく、きゃんきゃん悲鳴を挙げて敗退した。おまけにポチの皮膚病までうつされたかもわからない。ばかなやつだ。

喧嘩が終って、私は、ほっとした。文字どおり手に汗して眺めていたのである。一時は、二匹の犬の格闘に巻きこまれて、私も共に死ぬるような気さえしていた。おれは嚙み殺されたっていいんだ。ポチよ、思う存分、喧嘩をしろ！　と異様に力《りき》んでいたのであった。ポチは、逃げて行く赤毛を少し追いかけ、立ちどまって、私の顔色をちらと伺い、急にしょげて、首を垂れすごすご私のほうへ引返して来た。

「よし！　強いぞ。」ほめてやって私は歩き出し、橋をかたかた渡って、ここはもう練兵場である。

むかしポチは、この練兵場に捨てられた。だからいま、また、この練兵場へ帰って来たのだ。おまえのふるさとで死ぬがよい。

私は立ちどまり、ぽとりと牛肉の大片を私の足もとへ落して、

「ポチ、食え。」私は、ポチを見たくなかった。ぼんやりそこに立ったまま、「ポチ、食え。」

足もとで、ぺちゃぺちゃ食べている音がする。一分《いっぷん》たたぬうちに死ぬ筈だ。

私は猫背になって、のろのろ歩いた。霧が深い。ほんのちかくの山が、ぼんやり黒く見えるだけだ。南アルプス連峯も、富士山も、何も見えない。朝露で、下駄がびしょぬれである。私は一そうひどい猫背になって、のろのろ帰途についた。橋を渡り、中学校のまえまで来て、振り向くとポチが、ちゃんといた。面目無げに、首を垂れ、私の視線をそっとそらした。

私も、もう大人である。いたずらな感傷は無かった。すぐ事態を察知した。薬品が効かなかったのだ。うなずいて、もうすでに私は、白紙還元である。家へ帰って、

「だめだよ。薬が効かないのだ。ゆるしてやろうよ。あいつには、罪が無かったんだぜ。芸術家は、もともと弱い者の味方だった筈なんだ。」私は、途中で考えて来たことをそのまま言ってみた。「弱者の友なんだ。芸術家にとって、これが出発で、また最高の目的なんだ。こんな単純なこと、僕は忘れていた。僕だけじゃない。みんなが、忘れているんだ。僕は、ポチを東京へ連れて行こうと思うよ。友達がもしポチの恰好を笑ったら、ぶん殴ってやる。卵あるかい？」

「ええ。」家内は、浮かぬ顔をしていた。

「ポチにやれ。二つ在るなら、二つやれ。おまえも我慢しろ。皮膚病なんてのは、すぐなおるよ。」

「ええ。」家内は、やはり浮かぬ顔をしていた。

親友交歓

昭和二十一年の九月のはじめに、私は、或《あ》る男の訪問を受けた。

この事件は、ほとんど全く、ロマンチックではないし、また、いっこうに、ジャアナリスチックでも無いのであるが、しかし、私の胸に於《お》いて、私の死ぬるまで消し難い痕跡《こんせき》を残すのではあるまいか、と思われる、そのような妙に、やりきれない事件なのである。

事件。

しかし、やっぱり、事件といっては大袈裟《おおげさ》かも知れない。私は或る男と二人で酒を飲み、別段、喧嘩《けんか》も何も無く、そうして少くとも外見に於いては和気藹々《わきあいあい》裡に別れたというだけの出来事なのである。それでも、私にはどうしても、ゆるがせに出来ぬ重大事のような気がしてならぬのである。

とにかくそれは、見事な男であった。あっぱれな奴《やつ》であった。好いところが一つもみじんも無かった。

私は昨年罹災《りさい》して、この津軽の生家に避難して来て、ほとんど毎日、神妙らしく奥の部屋に閉じこもり、時たまこの地方の何々文化会とか、何々同志会とかいうところから講演しに来い、または、座談会に出席せよなどと言われる事があっても、「他にもっと適当な講師がたくさんいる筈《はず》です」と答えて断り、こっそりひとりで寝酒など飲んで寝る、というやや贋《にせ》隠者《いんじゃ》のあけくれにも似たる生活をしているのだけれども、それ以前の十五年間の東京生活に於いては、最下等の居酒屋に出入りして最下等の酒を飲み、所謂《いわゆる》最下等の人物たちと語り合っていたものであって、たいていの無頼漢には驚かなくなっているのである。しかし、あの男には呆《あき》れた。とにかく、ずば抜けていやがった。

九月のはじめ、私は昼食をすませて、母屋《おもや》の常居《じょい》という部屋で、ひとりぼんやり煙草を吸っていたら、野良《のら》着姿の大きな親爺《おやじ》が玄関のたたきにのっそり立って、

「やあ。」と言った。

それがすなわち、問題の「親友」であったのである。

(私はこの手記に於いて、ひとりの農夫の姿を描き、かれの嫌悪《けんお》すべき性格を世人に披露《ひろう》し、以《もっ》て階級闘争に於ける所謂「反動勢力」に応援せんとする意図などは、全く無いのだという事を、ばからしいけど、念のために言い添えて置きたい。それはこの手記のおしまいまでお読みになったら、たいていの読者には自明の事で、こんな断り書きは興覚めに違いないのであるが、ちかごろ甚《はなは》だ頭の悪い、無感覚の者が、しきりに何やら古くさい事を言って騒ぎ立て、とんでもない結論を投げてよこしたりするので、その頭の古くて悪い(いや、かえって利口なのかも知れないが)その人たちのために一言、言わでもの説明を附け加えさせていただく次第なのだ。どだい、この手記にあらわれる彼は、百姓のような姿をしているけれど

も、決してあの「イデオロギスト」たちの敬愛の的たる農夫では無い。彼は実に複雑な男であった。とにかく私は、あんな男は、はじめて見た。不可解といってもいいくらいであった。私はそこに、人間の新しいタイプをさえ予感した。善い悪いという道徳的な審判を私はそれに対して試みようとしているのでなく、そのような新しいタイプの予感を、読者に提供し得たならば、それで私は満足なのである。）

彼は私と小学校時代の同級生であったところの平田だという。その顔には、幽《かす》かに見覚えがあった。

「忘れたか。」と言って、白い歯を出して笑っている。

「知っている。あがらないか。」私はその日、彼に対してたしかに軽薄な社交家であった。

彼は、藁草履《わらぞうり》を脱いで、常居にあがった。

「久しぶりだなあ。」と彼は大声で言う。「何年振りだ？　いや、何十年振りだ？　おい、二十何年振りだよ。お前がこっちに来ているという事は、前から聞いていたが、なかなか俺も畑仕事がいそがしくてな、遊びに来れないでいたのだよ。お前もなかなかの酒飲みになったそうじゃないか。うわっはっはっは。」

私は苦笑し、お茶を注いで出した。

「お前は俺と喧嘩した事を忘れたか？　しょっちゅう喧嘩をしたものだ。」

「そうだったかな。」

「そうだったかなじゃない。これ見ろ、この手の甲に傷がある。これはお前にひっかかれた傷だ。」

私はその差し伸べられた手の甲を熟視したが、それらしい傷跡はどこにも無かった。

「お前の左の向う脛《ずね》にも、たしかに傷がある筈だ。あるだろう？ たしかにある筈だよ。それは俺がお前に石をぶっつけた時の傷だ。いや、よくお前とは喧嘩をしたものだ。しかし、私の左の向う脛にも、また、右の向う脛にも、そんな傷は一つも無いのである。

私はただあいまいに微笑して、かれの話を傾聴していた。

「ところで、お前に一つ相談があるんだがな。クラス会だ。どうだ、いやか。大いに飲もうじゃないか。出席者が十人として、酒を二斗、これは俺が集める。」

「それは悪くないけど、二斗はすこし多くないか。」

「いや、多くない。ひとりに二升無くては面白くない。」

「しかし、二斗なんてお酒が集まるか？」

「集まらない、かも知れん。わからないが、やってみる。心配するな。しかし、いくら田舎《いなか》だってこの頃は酒も安くはないんだから、お前にそこは頼む。」

私は心得顔で立ち上り、奥の部屋へ行って大きい紙幣を五枚持って来て、

「それじゃ、さきにこれだけあずかって置いてくれ。あとはまた、あとで。」

「待ってくれ。」とその紙幣を私に押し戻し、「それは違う。きょうは俺は金をもらいに来たのではない。ただ相談に来たのだ。お前の意見を聞きに来たのだ。どうせそれあ、お前から

は、千円くらいは出してもらわないといけない事になるだろうが、しかし、きょうは相談かたがた、昔の親友の顔を見たくて来たのだ。まあ、いいから、俺にまかせて、そんな金なんか、ひっこめてくれ。」

「そうか。」私は、紙幣を上衣のポケットに収めた。

「酒は無いのか。」と突然かれは言った。

私はさすがに、かれの顔を見直した。かれも、一瞬、工合《ぐあ》いの悪そうな、まぶしそうな顔をしたが、しかし、つっぱった。

「お前のところには、いつでも二升や三升は、あると聞いているんだ。飲ませろ。かかは、いないのか。かかのお酌《しゃく》で一ぱい飲ませろ。」

私は立ち上り、

「よし。じゃ、こっちへ来い。」

つまらない思いであった。

私は彼を奥の書斎に案内した。

「散らかっているぜ。」

「いや、かまわない。文学者の部屋というのは、みんなこんなものだ。俺も東京にいた頃、いろんな文学者と附き合いがあったからな。」

しかし、私にはとてもそれは信じられなかった。

「やっぱり、でも、いい部屋だな。さすがに、立派な普請《ふしん》だ。庭の眺めもいい。柊《ひいらぎ》がある な。柊のいわれを知っているか。」

「知らない。」

「知らないのか？」と得意になり、「そのいわれは、大にして世界的、小にしては家庭、ま たお前たちの書く材料になる。」

さっぱり言葉が、意味をなして居らぬ。足りないのではないか、とさえ思われた。しかし、 そうではなかった。なかなか、ずるくて達者な一面も、あとで見せてくれたのである。

「なんだろうね、そのいわれは。」

にやりと笑って、

「こんど教える。柊のいわれ。」ともったい振る。

私は押入れから、半分ほどはいっているウィスキイの角瓶を持ち出し、

「ウィスキイだけど、かまわないか。」

「いいとも。かかがいないか。お酌をさせろよ。」

永い間、東京に住み、いろんな客を迎えたけれども、私に対してこんな事を言った客は、 ひとりも無かった。

「女房は、いない。」と私は嘘《うそ》を言った。

「そう言わずに、」と彼は、私の言う事などてんで問題にせず、「ここへ呼んで来て、お酌を

させろよ。お前のかかのお酌で一ぱい飲んでみたくてやって来たのだ。」

都会の女、あか抜けて愛嬌《あいきょう》のいい女、そんなのを期待して来たのならば、彼にもお気の毒だし、女房もみじめだと思った。女房は、都会の女ではあるが、頗《すこぶ》る野暮《やぼ》ったい不器量の、そうして何のおあいそも無い女である。私は女房を出すのは気が重かった。

「いいじゃないか。女房のお酌だと、かえって酒がまずくなるよ。このウィスキイは、」と言いながら机の上の茶呑茶碗《ちゃのみぢゃわん》にウィスキイを注ぎ、「昔なら三流品なんだけど、でも、メチルではないから。」

彼はぐっと一息に飲みほし、それからちょっちょっと舌打ちをして、

「まむし焼酎《しょうちゅう》に似ている。」と言った。

私はさらにまた注いでやりながら、

「でも、あんまりぐいぐいやると、あとで一時に酔いが出て来て、苦しくなるよ。」

「へえ？　おかど違いでしょう。俺は東京でサントリイを二本あけた事だってあるのだ。このウィスキイは、そうだな、六〇パーセントくらいかな？　まあ、普通だ。たいして強くない。」と言って、またぐいと飲みほす。なんの風情《ふぜい》も無い。

そうしてこんどは、彼が私に注いでくれて、それからまた彼自身の茶碗にもなみなみと一ぱい注いで、

「もう無い。」と言った。

「ああ、そう。」と私は上品なる社交家の如く、心得顔に気軽そうに立ち、またもや押入れからウィスキイを一本取り出し、栓をあける。

彼は平然と首肯《しゅこう》して、また飲む。

さすがに私も、少しいまいましくなって来た。私には幼少の頃から浪費の悪癖があり、ものを惜しむという感覚は、（決して自慢にならぬ事だが）普通の人に較《くら》べてやや鈍いように思っている。けれども、そのウィスキイは、謂《い》わば私の秘蔵のものであったのである。昔なら三流品でも、しかし、いまではたしかに一流品に違いなかったのである。値段も大いに高いけれども、しかし、それよりも、之《これ》を求める手蔓《てづる》が、たいへんだったのである。お金さえ出せば買えるというものでは無かったのである。私はこのウィスキイを、かなり前にやっと一ダアスゆずってもらい、そのために破産したけれども後悔はせず、ちびちび嘗《な》めて楽しみ、お酒の好きな作家の井伏《いぶせ》さんなんかやって来たら飲んでもらおうとかなり大事にしていたのである。しかし、だんだん無くなって、その時には、押入れに、二本半しか残っていなかったのである。

飲ませろ、と言われた時には、あいにく日本酒も何も無かったので、その残り少なの秘蔵のウィスキイを出したのであるが、しかし、こんなにがぶがぶ鯨飲《げいいん》されるとは思っていなかった。甚だケチ臭い愚痴を言うようだが、（いや、はっきり言おう。私はこのウィスキイに関しては、ケチである。惜しいのである）まるで何か当然の事のように、大威張りでぐいぐい飲まれては、さすがに、いまいましい気が起らざるを得なかったのである。

それにまた、彼の談話たるや、すこしも私の共感をそそってはくれないのである。それは何も私が教養ある上品な人物で相手は無学な田舎親爺だからというわけではなかった。そんな事は、絶対に無い。私は全然無教養な淫売婦《いんばいふ》と、「人生の真実」とでもいったような事を大まじめで語り合った経験をさえ持っている。無学な老職人に意見せられて涙を流した事だってある。私は世に言う「学問」を懐疑さえしている。彼の談話が、少しも私に快くなかったのは、たしかに他の理由からである。それは何か。私はそれをここで、二、三語を用いて断定するよりも、彼のその日のさまざまの言動をそのまま活写し、以て読者の判断にゆだねたほうが、作者として所謂健康な手段のように思われる。

彼は「俺の東京時代は」という事を、さいしょから、しきりに言っていたが、酔うにしたがって、いよいよ頻繁にそれが連発せられて来た。

「お前も、しかし、東京では女でしくじったが、」と大声で言って、にやりと笑い、「俺だって、実は、東京時代に、あぶないところまでいった事があるんだ。もう少しで、お前と同じような大しくじりをするところまでいったんだ。本当だよ。じっさい、そこまでいったんだ。しかし、俺は逃げたよ。うん、逃げた。それでも、女というものは、いったん思い込んだ男を忘れかねると見えるな。うわっはっは。いまでも手紙を寄こすのだよ。うふふ。こないだも、餅《もち》を送ってよこした。女は、馬鹿なものだよ、まったく。女に惚《ほ》れられようとしたら、顔でも駄目だ、金でも駄目だ、気持だよ、心だよ。じっさい俺も東京時代は、あばれたものだ。考えてみると、あの頃は無論お前も東京にいて、芸者を泣かせたりなんかして遊んでいた筈だが、いちども俺と逢《あ》わなかったのは不思議だな。お前は、いったいあの頃は、おもにどの方面で遊んでいたのだ。」

あの頃とは、私には、どの頃かわからない。それに私は東京に於いて、彼の推量の如くそんな、芸者を泣かせたりして遊んだ覚えは一度だって無い。おもに屋台のヤキトリ屋で、泡盛《あわもり》や焼酎《しょうちゅう》を飲み、管《くだ》を巻いていたのである。私は東京に於いて、彼の所謂「女で大しくじり」をして、それも一度や二度でない、たび重なる大しくじりばかりして、親兄弟の肩身をせまくさせたけれども、しかし、せめて、これだけは言えると思う、「ただ金のあるにまかせて、色男ぶって、芸者を泣かせて、やにさがっていたのではない！」みじめなプロテストではあるが、これをさえ私は未だに信じてもらえない立場にいるらしいのを、彼の言葉に依《よ》って知らされ、うんざりした。

しかし、その不愉快は、あながちこの男に依って、はじめて嘗《な》めさせられたものではなく、東京の文壇の批評家という形になっている人物に依ってさえも嘗めさせられている苦汁であるから、それはもう笑って聞き流す事も出来るようになっていたのであるが、もう一つ、この百姓姿の男が、何かそれを私の大いなる弱味の如く考えているらしく、それに附け込むという気配が感ぜられて、そのような彼の心情がどうにも、あさましく、つまらないものに思われた。

しかし、その日は、私は極めて軽薄なる社交家であった。毅然《きぜん》たるところが一つも無かった。なんといったって、私は、ほとんど無一物の戦災者であって、妻子を引き連れ、さほど豊かでもないこの町に無理矢理割り込ませてもらって、以てあやうく露命をつなぐを得ているという身の上に違いないのであるから、この町の昔からの住民に対しては、いきおい、軽薄なる社交家たらざるを得なかった。

私は母屋へ行って水菓子をもらって来て彼にすすめ、

「たべないか。くだものを食べると、酔いがさめて、また大いに飲めるようになるよ。」

私は彼がこの調子で、ぐいぐいウィスキイを飲み、いまに大酔いを発し、乱暴を働かないまでも、前後不覚になっては、始末に困ると思い、少し彼を落ちつかせる目的を以て、梨《なし》の皮などをむいてすすめたのである。

しかし、彼は酔いを覚ます事は好まない様子で、その水菓子には眼もくれず、ウィスキイの茶呑茶碗にだけ手をかける。

「俺は政治はきらいだ。」と突如、話題は政治に飛ぶ。「われわれ百姓は、政治なんて何も知らなくていいのだ。実際の俺たちの暮しに、少しでも得《とく》になる事をしてくれたら、そっちへつく。それでいいだろう。現物を眼の前に持って来て、俺たちの手に握らせたら、そっちへつく。それでいいわけではないか。われわれ百姓には野心は無いんだ。受けた恩は、きっと、それだけかえしてやる。それはもう、われわれ百姓の正直なところだ。進歩党も社会党も、どうだっていいんだ。われわれ百姓は田を作り、畑を耕やしていたら、それでいいのだ。」

私は、はじめ、なぜ彼が突如としてこんな妙な事を言い出したのか、わけがわからなかった。けれども、次の言葉で、真意が判明し苦笑した。

「しかし、こないだの選挙では、お前も兄貴のために運動したろう。」

「いや、何も、ひとつも、しなかった。この部屋で毎日、自分の仕事をしていた。」

「嘘だ。いかにお前が文学者で、政治家でないとしても、そこは人情だ。兄貴のために、大いにやったに違いない。俺はな、学問も何も無い百姓だが、しかし、人情というものは持っている。俺は、政治はきらいだ。野心も何も無い。社会党だの進歩党だのと言ったって、おそれるところは無いと思っているのだが、しかし、人情は持っている。俺はな、お前の兄貴とは、別に近づきでも何でもないが、しかし、少くともお前は、俺と同級生でもあり、親友だろう。ここが人情だ。俺は誰にたのまれなくても、お前の兄貴に一票いれた。われわれ百姓は、政治も何も知らなくていい。この、人情一つだけを忘れなければ、それでいいと思うが、どうだ。」

その一票が、ウィスキイの権利という事になるのだろうか。あまりにも見え透いて、私はいよいよ興覚めるばかりであった。

しかし、彼だって、なかなか、単純な男ではない。敏感に、ふっと何か察するらしい。

「俺は、しかし何も、お前の兄貴の家来になりたがっている、というわけじゃないんだよ。そんなに、この俺を見下げ果ててもらっては困るよ。お前の家だって、先祖をただせば油売りだったんだ。知っているか。俺は、俺の家の婆から聞いた。油一合買ってくれた人には、飴玉《あめだま》一つ景品としてやったんだ。それが当った。また川向うの斎藤だって、いまこそあんな大地主で威張りかえっているけれども、三代前には、川に流れている柴《しば》を拾い、それを削って串《くし》を作り、川からとった雑魚《ざこ》をその串にさして焼いて、一文とか二文とかで売ってもうけたものなんだ。また、大池さんの家なんか、路傍《みちばた》に桶《おけ》を並べて路行く人に小便をさせて、その小便が桶一ぱいになると、それを百姓たちに売ってもうけたのが、いまの財産のはじまりだ。金持ちなんて、もとをただせば、皆こんなものだ。俺の一族は、いいか、この地方では一ばん古い家柄という事になっているんだ。何でも、祖先は、京都の人で、」と言いかけて、さすがに、てれくさそうに、ふふんと笑い、「婆の話だから、あてにはならんが、とにかくちゃんとした系図は在るのだ。」

私はまじめに、

「それでは、やはり、公卿の出かも知れない。」と言って、彼の虚栄心を満足させてやった。

「うん、まあ、それは、はっきりはわからないが、たいてい、その程度のところなのだ。俺だけはこんな、汚い身なりで毎日、田畑に出ているが、しかし、俺の兄は、お前も知っているだろう、大学を出た。大学の野球の選手で新聞にしょっちゅう名前が出ていたではないか。

弟もいま、大学へはいっている。俺は、感ずるところがあって、百姓になったが、しかし、兄でも弟でも、いまではこの俺に頭があがらん。なにせ、東京は食糧が無いんで、兄は大学を出て課長をしているが、いつも俺に米を送ってよこせという手紙だ。しかし、送るのがたいへんでな。兄が自分で取りに来たら、そうしたら、俺はいくらでも背負わせてやるんだが、やっぱり東京の役所の課長ともなれば、米を背負いに来るわけにもいかんらしいな。お前だって、いま何か不自由なものがあったら、いつでも俺の家へ来い。俺はな、お前に、ただで酒を飲ませてもらおうとは思ってないよ。百姓というものは、正直なもんだ。受けた恩は、かならず、きっちりとそれだけ返す。いや、もうお前のお酌では、飲まん！　かかを呼んで来い。かかのお酌でなければ、俺は飲まん！」私は一種奇妙な心持がした。別に私は、そんなに彼に飲ませたいと思ってもいないのに。「もう俺は飲まんよ。かかを連れて来い！お前が連れて来なければ、俺が行って引っぱって来る。かかは、どこにいるんだ。寝室か？寝る部屋か？　俺は天下の百姓だ。平田一族を知らないかあ。」次第に酔って、くだらなく騒ぎ、よろよろと立ち上る。

私は笑いながら、それをなだめて坐らせ、

「よし、そんなら連れて来る。つまらねえ女だよ。いいか。」

と言って女房と子供のいる部屋へ行き、

「おい、昔の小学校時代の親友が遊びに見えているから、ちょっと挨拶《あいさつ》に出てくれ。」

と、もっともらしい顔をして言いつけた。

私は、やはり、自分の客人を女房にあなどらせたくなかった。自分のところへ来た客人が、それはどんな種類の客人でも、家の者たちにあなどられている気配が少しでも見えると、私は、つらくてかなわないのだ。

女房は小さいほうの子供を抱いて書斎にはいって来た。

「このかたは、僕の小学校時代の親友で、平田さんというのだ。小学校時代には、しょっちゅう喧嘩して、このかたの右だか左だかの手の甲に僕のひっ搔《か》いた傷跡がまだ残っていてね、だからきょうはその復讐《ふくしゅう》においでなすったというわけだ。」

「まあ、こわい。」と女房は笑って言って、「どうぞよろしく。」とていねいにお辞儀をした。私たち夫婦のこんな軽薄きわまる社交的な儀礼も、彼にとってまんざらでもなかったらしく、得意満面で、

「やあ、固苦しい挨拶はごめんんだ。奥さん、まあ、こっちへずっと寄ってお酌をしてください。」彼もまた、抜けめのない社交家であった。蔭では、かかと呼び、めんと向えば、奥さん、などと言っている。

女房のお酌で、ぐいと飲み、

「奥さん。いまも、修治（私の幼名）に言っていたのだが、何か不自由なものがあったら、俺の家へ来なさい。なんでもある。芋《いも》でも野菜でも米でも、卵でも、鶏でも。馬肉はどうで

す、たべますか、俺は馬の皮をはぐのは名人なんだ、たべるなら、取りに来なさい、馬の脚一本背負わせてかえします。雉《きじ》はどうです、山鳥のほうがおいしいかな？　俺は鉄砲撃ちなんだ。鉄砲撃ちの平田といえば、このへんでは、知らない者は無いんだ。お好みに応じて何でも撃ってあげますよ。鴨《かも》はどうです。鴨なら、あすの朝でも田圃《たんぼ》へ出て十羽くらいすぐ落して見せる。朝めし前に、五十八羽撃ち落した事さえあるんだ。嘘だと思うなら、橋のそばの鍛冶屋《かじや》の笠井三郎のところへ行って聞いて見ろ。あの男は、俺の事なら何でも知っている。鉄砲撃ちの平田と言えば、この地方の若い者は、絶対服従だ。そうだ、あしたの晩、おい文学者、俺と一緒に八幡様の宵宮《よみや》に行ってみないか。俺が誘いに来る。若い者たちの大喧嘩があるかも知れないのだ。どうもなあ、不穏な形勢なんだ。そこへ俺が飛び込んで行って、待った！　と言うのだ。ちょうど幡随院《ばんずいいん》の長兵衛というところだ。俺はもう命も何も惜しくねえ。俺が死んだって、俺には財産があるんだからな、かかや子供は困る事がない。おい、文学者。あしたの晩は、ぜひ、一緒に行こうじゃないか。俺の偉いところを見せてやる。毎日、こんな奥の部屋でまごまごしていたって、いい文学は出来ない。大いに経験をひろくしなければいけない。いったい、お前は、どういうものを書いているのだ。うふふ。芸者小説か。お前は苦労を知らないから駄目だ。俺はもう、かかを三度とりかえた。あとのかかほど、可愛いもんだ。お前は、どうだ。お前だって、二人か？　三人か？　奥さん、どうです、修治は、あなたを可愛がるか？　俺は、これでも東京で暮した事のある男でね。」

甚だ、まずい事になって来た。私は女房に、母屋へ行って何か酒のさかなをもらって来なさい、と言いつけ、席をはずさせた。

彼は悠然《ゆうぜん》と腰から煙草入れを取り出し、そうして、その煙草入れに附属した巾着《きんちゃく》の中から、ホクチのはいっている小箱だの火打石だのを出し、カチカチやって煙管《きせる》に火をつけようとするのだが、なかなかつかない。

「煙草は、ここにたくさんあるからこれを吸い給え。煙管は、めんどうくさいだろう。」

と私が言うと、彼は私のほうを見て、にやりと笑い、煙草入れをしまい込み、いかにも自慢そうに、

「われわれ百姓は、こんなものを持っているのだよ。お前たちは馬鹿にするだろうが、しかし、便利なものだ。雨の降る中でも、火打石は、カチカチとやりさえすれば火が出る。こんど俺は東京へ行く時、これを持参して銀座のまんなかで、カチカチとやってやろうと思うんだ。お前ももうすぐ東京へ帰るのだろう？　遊びに行くよ。お前の家は、東京のどこにあるのだ。」

「罹災《りさい》してね、どこへ行ったらいいか、まだきまっていないよ。」

「そうか、罹災したのか。はじめて聞いた。それじゃ、いろいろ特配をもらったろう。こないだ罹災者に毛布の配給があったようだが、俺にくれ。」

私はまごついた。彼の真意を解するに苦しんだ。しかし、彼は、まんざら冗談でも無いら

しく、しつこくそれを言う。

「くれよ。俺は、ジャンパーを作るのだ。わりにいい毛布らしいじゃないか。くれよ。どこにあるのだ。俺は帰りに持って行くぞ。これは、俺の流儀でな。ほしいものがあったら、これ持って行く！ と言って、もらってしまう。そのかわり、お前が俺のところへ来たら、お前もそうするとよい。俺は平気だ。何を持って行ったって、かまわないよ。俺は、そんな流儀の男だ。礼儀だの何だの、めんどうくさい事はきらいなのだ。いいか、毛布は、もらって行くぞ。」

そのたった一枚の毛布は、女房が宝物のように大事にしているものなのだ。所謂「立派な」家にいま住んでいるから、私たちには何でもあり余っているように、彼に思われているのだろうか。私たちは、不相応の大きい貝殻の中に住んでいるヤドカリのようなもので、すぽりと貝殻から抜け出ると、丸裸のあわれな虫で、夫婦と二人の子供は、特配の毛布と蚊帳《かや》をかかえて、うろうろ戸外を這《は》いまわらなければならなくなるのだ。家の無い家族のみじめさは、田舎の家や田畠を持っている人たちにはわかるまい。このたびの戦争で家を失った人たちの大半は、(きっとそうだと思うのだが) いつか一たびは一家心中という手段を脳裡《のうり》に浮べたに違いない。

「毛布は、よせよ。」

「ケチだなあ、お前は。」

とさらにしつこく、ねばろうとしていた時に、女房はお膳《ぜん》を運んで来た。

「やあ、奥さん、」と矛先《ほこさき》は、そちらに転じて、「手数をかけるなあ。食うものなんか何も要《い》りませんから、さあここへ来てお酌をしてください。修治のお酌では、もう飲む気がしない。ケチくさくて、いけない。殴《なぐ》ってやろうか。奥さん、俺はね、東京時代にね、ずいぶん喧嘩が強かったですよ。柔道もね、ちょっと、やりました。いまだって、こんな、修治みたいなのは一ひねりですよ。いつでもね、修治があなたに威張ったら、俺に知らせなさい。思いきりぶん殴ってやりますから。どうです、奥さん、東京にいた時も、こっちへ来てからも、修治に対して俺ほどこんな無遠慮に親しく口をきける男は無かったろう。何せ昔の喧嘩友達だから、修治も俺には、気取る事が出来やしない。」

ここに於いて、彼の無遠慮も、あきらかに意識的な努力であった事を知るに及んで、ますます私は味気無い思いを深くした。ウィスキイをおごらせて大あばれにあばれて来た、と馬鹿な自慢話の種にするつもりなのであろうか。

私は、ふと、木村重成《しげなり》と茶坊主の話を思い出した。それからまた神崎与五郎《かんざきよごろう》と馬子の話も思い出した。韓信《かんしん》の股《また》くぐりさえ思い出した。元来、私は、木村氏でも神崎氏でも、また韓信の場合にしても、その忍耐心に対して感心するよりは、あのひとたちが、それぞれの無頼漢に対して抱いていた無言の底知れぬ軽蔑感を考えて、かえってイヤミなキザなものしか感じる事が出来なかったのである。よく居酒屋の口論などで、ひとりが悲憤してたけり立っているのに、ひとりは余裕ありげに、にやにやして、あたりの人に、「こまった酒乱さ」と言わぬばかりの色眼をつかい、そうして、その激昂《げっこう》の相手に対し、「いや、わるかったよ、あやまるよ、お辞儀をします」など言ってるのを見かけることがあるけれども、あれは、まことにイヤミなものである。卑怯《ひきょう》だと思う。あんな態度に出られたら、悲憤の男はさらに物狂おしくあばれ廻らざるを得ないだろうと思われる。木村氏や神崎氏、または韓信などは、さすがにそんな観衆に対していやらしい色眼をつかい、「わるかったよ、あやまるよ」の露骨なスタンドプレイを演ずる事なく、堂々と、それこそ誠意おもてにあらわれる態《てい》の詫《わ》び方をしたに違いないが、しかし、それにしても、之等《これら》の美談は、私のモラルと反撥する。私は、そこに忍耐心というものは感ぜられない。忍耐とは、そんな一時的な、ドラマチックなものでは無いような気がする。アトラスの忍耐、プロメテの忍苦、そのようななかなり永続的な姿であらわされる徳のように思われる。しかも前記三氏の場合、その三偉人はおのおの、その時、奇妙に高い優越感を抱いていたらしい節《ふし》がほの見えて、あれでは茶坊主でも、馬子でも、ぶん殴りたくなるのも、もっともだと、かえってそれらの無頼漢に同情の心をさえ寄せていたのである。殊《こと》に神崎氏の馬子など、念入りに詫び証文まで取ってみたが、いっこうに浮かぬ気持で、それから四、五日いよいよ荒《すさ》んでやけ酒をくらったであろうと思われる。そのように私は元来、あの美談の偉人の心懐には少しも感服せず、かえって無頼漢どもに対して大いなる同情と共感を抱いていたつもりであったが、しかし、いま眼前に、この珍客を迎え、従来の私の木村神崎韓信観に、重大なる訂正をほどこさざるを得なくなって来たようであった。

卑怯だって何だってかまわない。荒れ馬は避くべし、というモラルに傾きかけて来たのである。忍耐だの何だの、そんな美徳について思いをひそめている余裕は無い。私は断言する。木村神崎韓信は、たしかにあのやけくその無頼の徒より弱かったのだ、圧倒せられていたのだ。勝目が無かったのだ。キリストだって、時われに利あらずと見るや、「かくして主《しゅ》は、のがれ去り給《たま》えり」という事になっているではないか。

のがれ去るより他は無い。いまここで、この親友を怒らせ、戸障子《しょうじ》をこわすような活劇を演じたら、これは私の家では無し、甚だ穏やかでない事になる。そうでなくても、子供が障子を破り、カーテンを引きちぎり、壁に落書などして、私はいつも冷や冷やしているのだ。ここは何としても、この親友の御機嫌《ごきげん》を損じないように努めなければならぬ。あの三氏の伝説は、あれは修身教科書などで、「忍耐」だの、「大勇と小勇」だのという題《テマ》でもってあつかわれているから、われら求道《ぐどう》の人士をこのように深く惑わす事になるのである。私がもし、あの話を修身の教科書に採用するとしたなら、題を「孤独」とするであろう。

私は、いまこそあの三氏の、あの時の孤独感を知った、と思った。

彼の気焔《きえん》を聞きながら、私はひそかにそのような煩悶《はんもん》をしているうちに、突如、彼は、「うわあっ！」というすさまじい叫声を発した。

ぎょっとして、彼を見ると、彼は、

「酔って来たあっ！」と喚《わめ》き、さながら仁王の如く、不動の如く、眼を固くつむってううむと唸《うな》って、両腕を膝《ひざ》につっぱり、満身の力を発揮して、酔いと闘っている様子である。酔う筈である。ほとんど彼ひとりで、すでに新しい角瓶の半分以上もやっているのだ。額には油汗がぎらぎら浮いて、それはまことに金剛あるいは阿修羅《あしゅら》というような形容を与えるにふさわしい凄《すさ》まじい姿であった。私たち夫婦はそれを見て、実に不安な視線を交したが、しかし、三十秒後には、彼はけろりとなり、

「やっぱり、ウィスキイはいいな。よく酔う。奥さん、さあお酌をしてくれ。もっとこっちへ来なさいよ。俺はね、どんなに酔っても正気は失わん。きょうはお前たちのごちそうになったが、こんどは是非ともお前たちにごちそうする。俺のうちに来いよ。しかし、俺の家には何も無いぞ。鶏は、養ってあるが、あれは絶対につぶすわけにいかん。ただの鶏じゃないのだ。シャモと言ってな、喧嘩をさせる鶏だ。ことしの十一月に、シャモの大試合があって、その試合に全部出場させるつもりで、ただいま訓練中なんだが、ぶざまな負けかたをしたやつだけをひねりつぶして食うつもりだ。だから、十一月まで待つんだね。まあ、大根の二、三本くらいはあげますよ。」だんだん話が小さくなって来た。「酒も無い、何も無い。だから、こうして飲みに来たんだ。鴨一羽、そのうち、とったら進呈するがね、しかし、それには条件がある。その鴨を、俺と修治と奥さんと三人で食って、その時に修治は、ウィスキイを出

して、そうして、その鴨の肉をだな、まずいなんて言ったら承知しねえぞ。こんなまずいもの、なんて言ったら承知しねえ。俺がせっかく苦心して撃ちとった鴨だ。おいしい、と言ってもらいたい。いいか約束したぞ。おいしい！　うまい！　と言うのだぞ。うわっはっはっは。奥さん、百姓というものはこういうものだ。馬鹿にされたら、もう、縄きれ一本だって、くれてやるのはいやだ。百姓とつき合うには、こつがある。いいか、奥さん。気取ってはいかん、気取っては。なあに、奥さんだって、俺のかかと同じ事で、夜になれば、……」

女房は笑いながら、

「子供が奥で泣いているようですから。」

と言って逃げてしまった。

「いかん！」と彼は呶鳴《どな》って、立ち上り、「お前のかかは、いかん！　俺のかかは、あんなじゃないよ。俺が行って、ひっぱって来る。馬鹿にするな。俺の家庭は、いい家庭なんだ。子供は六人あるが、夫婦円満だぞ。嘘だと思うなら、橋のそばの鍛冶屋の三郎のところへ行って聞いてみろ。かかの部屋はどこだ。寝室を見せろ。お前たちの寝る部屋を見せろよ。」

ああ、このひとたちに大事なウィスキイを飲ませるのは、つまらん事だ！

「よせ、よせ。」私も立ち上って、彼の手をとり、さすがに笑えなくなって、「あんな女を相手にするな。久し振りじゃないか。たのしく飲もう。」

彼は、どたりと腰を下し、

「お前たちは、夫婦仲が悪いな？　俺はそうにらんだ。へんだぞ。何かある。俺は、そうにらんだ。」

にらむもにらまぬも無い。その「へん」な原因は、親友の滅茶な酔い方に在るのだ。

「面白くない。ひとつ歌でもやらかそうか。」

と彼が言ったので私は二重に、ほっとした。

一つには、歌に依ってこの当面の気まずさが解消されるだろうという事と、もう一つは、それは私の最後のせめてもの願いであったのだが、とにかく私はお昼から、そろそろ日が暮れて来るまで五、六時間も、この「全く附き合いの無かった」親友の相手をして、いろいろと彼の話を聞き、そのあいだ、ほんの一瞬たりともこの親友を愛すべき奴だとも、また偉い男だとも思う事が出来ず、このままわかれては、私は永遠にこの男を恐怖と嫌悪の情だけで追憶するようになるだろうと思うと、彼のためにも私のためにもこんなつまらない事はない、一つだけでいい、何か楽しくなつかしい思い出になる言動を示してくれ、どうか、わかれ際に、かなしい声で津軽の民謡か何か歌って私を涙ぐませてくれという願望が、彼の歌をやらかそうという動議に依ってむらむらと胸中に湧《わ》き起って来たのである。

「それあ、いい。ぜひ一つ、たのむ。」

それは、もはや、軽薄なる社交辞令ではなかった。私は、しんからそれ一つに期待をかけた。

しかし、その最後のものまで、むざんに裏切られた。

山川草木うたたあ荒涼
十里血なまあぐさあし新戦場

しかも、後半は忘れたという。

「さ、帰るぞ、俺は。お前のかかには逃げられたし、お前のお酌では酒がまずいし、そろそろ帰るぞ。」

私は引きとめなかった。

彼は立ち上って、まじめくさり、

「クラス会は、それじゃ、仕方が無い、俺が奔走してやるからな、後はよろしくたのむよ。きっと、面白いクラス会になると思うんだ。きょうは、ごちそうになったな。ウィスキイは、もらって行く。」

それは、覚悟していた。私は、四分の一くらいはいっている角瓶に、彼がまだ茶呑茶碗に飲み残して在るウィスキイを、注ぎ足してやっていると、

「おい、おい。それじゃないよ。ケチな真似をするな。新しいのがもう一本押入れの中にあるだろう。」

「知っていやがる。」私は戦慄《せんりつ》し、それから、いっそ痛快になって笑った。あっぱれ、というより他は無い。東京にもどこにも、これほどの男はいなかった。

もうこれで、井伏さんが来ても誰が来ても、共にたのしむ事が出来なくなった。私は押入れから最後の一本を取り出して、彼に手渡し、よっぽどこのウイスキイの値段を知らせてやろうかと思った。それを言っても、彼は平然としているか、または、それじゃ気の毒だから要らないと言うか、ちょっと知りたいと思ったが、やめた。ひとにごちそうして、その値段を言うなど、やっぱり出来なかった。

「煙草は？」と言ってみた。

「うむ、それも必要だ。俺は煙草のみだからな。」

小学校時代の同級生とは言っても、私には、五、六人の本当の親友はあったけれども、しかし、このひとに就いての記憶はあまり無いのだ。彼だって、その頃の私に就いての思い出は、そのれいの喧嘩したとかいう事の他には、ほとんど無いのではあるまいか。しかも、たっぷり半日、親友交歓をしたのである。私には、強姦《ごうかん》という極端な言葉さえ思い浮んだ。

けれども、まだまだこれでおしまいでは無かったのである。さらに有終の美一点が附加せられた。まことに痛快とも、小気味よしとも言わんかた無い男であった。玄関まで彼を送って行き、いよいよわかれる時に、彼は私の耳元で烈《はげ》しく、こう囁《ささや》いた。

「威張るな！」

黄村先生言行録

（はじめに、黄村先生が山椒魚《さんしょううお》に凝《こ》って大損をした話をお知らせしましょう。逸事の多い人ですから、これからも時々、こうして御紹介したいと思います。三つ、四つと紹介をしているうちに、読者にも、黄村先生の人格の全貌《ぜんぼう》が自然とおわかりになるだろうと思われますから、先生に就いての抽象的な解説は、いまは避けたいと思います。）

黄村先生が、山椒魚なんて変なものに凝りはじめた事に就いては、私にも多少の責在《あ》りとせざるを得ない。早春の或る日、黄村先生はれいのハンチング（ばかに派手な格子縞《こうしじま》のハンチングであるが、先生には少しも似合わない。私は見かねて、およしになったらどうですか、と失礼をもかえりみず言った事があるが、その時先生は、私も前からそう思っている、と重く首肯せられたが、いまだにおよしにならない）そのハンチングを、若者らしくあみだにかぶって私の家へ遊びに来て、それから、家のすぐ近くの井《い》の頭《かしら》公園に一緒に出かけて、私はこんな時、いつも残念に思うのだが、先生は少しも風流ではないのである。私は、よほど以前からその事を看破していたのであるが、

「先生、梅。」私は、花を指差す。

「ああ、梅。」ろくに見もせず、相槌《あいづち》を打つ。

「やっぱり梅は、紅梅よりもこんな白梅のほうがいいようですね。」

「いいものだ。」すたすた行き過ぎようとなさる。私は追いかけて、

「先生、花はおきらいですか。」

「たいへん好きだ。」

けれども、私は看破している。先生には、みじんも風流心が無いのである。公園を散歩しても、ただすたすた歩いて、梅にも柳にも振向かず、そうして時々、「美人だね。」などと、けしからぬ事を私に囁《ささや》く。すれちがう女にだけは、ばかに目が早いのである。私は、にがにがしくてたまらない。

「美人じゃありませんよ。」

「そうかね、二八《にはち》と見えたが。」

呆《あき》れるばかりである。

「疲れたね、休もうか。」

「そうですね。向うの茶店は、見はらしがよくていいだろうと思うんですけど。」

「同じ事だよ。近いほうがいい。」

一ばん近くの汚い茶店にのこのこはいって行って、腰をおろす。

「何か、たべたいね。」

「そうですね。甘酒かおしるこか。」

「何か、たべたいね。」

「さあ、ほかに何も、おいしいものなんて、ないでしょう？」

「親子どんぶりのようなものが、ないだろうか。」老人の癖に大食なのである。

私は赤面するばかりである。先生は、親子どんぶり。私は、おしるこ。たべ終って、

「どんぶりも大きいし、ごはんの量も多いね。」

「でも、まずかったでしょう？」

「まずいね。」

また立ち上って、すたすた歩く。先生には、少しも落ちつきがない。中の島の水族館にはいる。

「先生、見事な緋鯉《ひごい》でしょう？」

「見事だね。」すぐ次にうつる。

「先生、これ、鮎《あゆ》。やっぱり姿がいいですね。」

「ああ、泳いでるね。」次にうつる。少しも見ていない。

「こんどは鰻《うなぎ》です。面白いですね。みんな砂の上に寝そべっていやがる。先生、どこを見ているんですか？」

「うん、鰻。生きているね。」とんちんかんな事ばかり言って、どんどん先へ歩いて行く。

突然、先生はけたたましい叫び声を上げた。

「やあ！　君、山椒魚だ！　山椒魚。たしかに山椒魚だ。生きているじゃないか、君、おそるべきものだねえ。」前世の因縁とでも言うべきか、先生は、その水族館の山椒魚をひとめ見たとたんに、のぼせてしまったのである。

「はじめてだ。」先生は唸《うな》るようにして言うのである。「はじめて見た。いや、前にも幾度か見たことがあるような気がするが、こんなに真近かに、あからさまに見たのは、はじめてだ。君、古代のにおいがするじゃないか。深山の巒気《らんき》が立ちのぼるようだ。ランキのランは、言うという字に糸を二つに山だ。深山の精気といってもいいだろう。おどろくべきものだ。うむ。」やたらに唸るのである。私は恥ずかしくてたまらない。

「山椒魚がお気にいったとは意外です。どこが、そんなにいいんでしょう。もっとも、僕たちの先輩で、山椒魚の小説をお書きになった方もあるにはありますけど。」

「そうだろう。」先生は、しさいらしく首肯して、「必ずやそれは、傑作でしょう。君たちには、まだまだ、この幽玄な、けもの、いや、魚類、いや、」ひどくあわてはじめた。顔をあからめ、髭《ひげ》をこすり、「これは、なんといったものかな？　水族、つまり、おっとせいの類《たぐい》だね、おっとせい、——」全然、だめになった。

先生には、それがひどく残念だったらしい。動物学に於ける自分の造詣《ぞうけい》の浅薄さが、いかん無く暴露せられたという事が、いかにも心外でならなかったらしく、私がそれから一つきほど経って阿佐ヶ谷の先生のお宅へ立寄ってみたら、先生は已《すで》に一ぱしの動物学者になりすましていた。何事に於いても負けたくない先生のことだから、あの水族館に於ける恥辱をすすごうとして、暮夜ひそかに動物学の書物など、ひもどいてみた様子である。私の顔を見るなり、

「なんだ、こないだの一物は、あれは両棲類《りょうせいるい》中の有尾類。」わかり切ったような事を、いかにも得意そうに言うのである。「わからんかな。それ、読んで字の如しじゃないか。しっぽがあるから、有尾類さ。あははは。」さすがに、てれくさくなったらしい。笑った。私も笑った。

「しかし、」と先生は、まじめになって、「あれは興味の深い動物、そうじゃ、まさしく珍動物とでも称すべきでありましょう。」いよいよ鹿爪《しかつめ》らしくなった。私は縁側に腰をかけ、しぶしぶ懐中から手帖を出した。このように先生が鹿爪らしい調子でものを言い出した時には、私がすぐに手帖を出してそれを筆記しなければならぬ習慣になっていた。いちど私が、よせばいいのに、先生のご機嫌をとろうと思って、先生の座談はとても面白い、ちょっと筆記させていただきます、と言って手帖を出したら、それが、いたく先生のお気に召して、それからは、ややもすれば、坐り直してゆっくりした口調でものを言いたがり、私が手帖を出さないと、なんともいえない渋いまずい顔をなさって、そうしてチクリチクリと妙な皮肉めいた事を言いはじめるので、どうしても私は手帖を出さざるを得なくなるのである。私はこの習慣については、実は内心大いに閉口しているのだが、しかし、これとても、私のつまらぬお

べっかの報いに違いないのだから、誰をも恨む事が出来ない。以下はその日の、座談筆記の全文である。括弧《かっこ》の中は、速記者たる私のひそかな感懐である。

さて、きょうは、何をお話いたしましょうかな。何も別にお話する程の珍らしい事もございませぬが、（こんなに気取らないと、いい先生なんだが）本当に、いつもいつも似たような話で、皆様も（誰もいやしない）うんざりしたでございましょうから、きょうは一つ、山椒魚という珍動物に就いて、浅学の一端を御披露《ひろう》しましょう。先日私は、素直な書生にさそわれまして（いやな事を言う）井の頭公園の梅見としゃれたのでありますが、紅梅、白梅、ほつほつと咲きほころび（紅梅は咲いていなかった）つつましく艶《えん》を競《きそ》い、まことに物静かな、仙境とはかくの如きかと、あなた、こなた、夢に夢みるような思いにてさまよい歩き、ほとんど俗世間に在るを忘却いたし（親子どんぶり、親子どんぶり）ふと眼前にあらわれたるは、幽玄なる太古の動物、深山の（言うという字に糸二つか）巒気《らんき》たゆとう尊いお姿、ごそりごそりとうごめいていました。いや、驚かなくともよろしい。これが、その、れいの山椒魚であったというわけなのであります。私たちは、梅が香に酔いしれ、ふらふら歩いて、知らず識らずのうちに公園の水族館にはいっていたのであります。山椒魚。私はその姿を見て直観いたしました。これだ！　これこそ私の長年さがし求めていたところの恋人だ。古代そのままのにおい。純粋の、やまと。（ちょっと、こじつけ）これは、全く日本のものだ。

私は、おもむろに、かの同行の書生に向い、この山椒魚の有難さを説いて聞かせようと思ったとたんに、かの書生は突如狂人の如く笑い出しましたので、私は実に不愉快になり、説明を中止して匆々《そうそう》に帰宅いたしたのでございます。きょうは皆様に、まずこの山椒魚の学理上の説明を少しお聞かせ致しましょう。日本の大きい山椒魚は、これは世界中でたいへん名高いものだそうでございまして、私が最近、石川千代松博士の著書などで研究いたしましたところに依《よ》れば、いまから二百年ばかり前に独逸《ドイツ》の南の方で、これまで見た事も無い奇妙な形の化石が出まして、或るそそっかしい学者が、これこそは人間の骨だ、人間は昔、こんな醜い姿をして這《は》って歩いていたのだ、恥を知れ、などと言って学界の紳士たちをおどかしたので、その石は大変有名になりまして、貴婦人はこれを憎み、醜男は喝采《かっさい》し、宗教家は狼狽《ろうばい》し、牛太郎は肯定し、捨てて置かれぬ一大社会問題にさえなりかけて来ましたので、当時の学界の権威たちが打ち寄り研究の結果、安心せよ、これは人間の骨ではない、しかしなんだかわからない、亜米利加《アメリカ》の谷川に棲《す》むサンショウウオという小動物に形がよく似ているが、けれども、亜米利加にいるそのサンショウウオは、こんなに大きくはない、両者の間には、その大きさに於いて馬と兎くらいの相違がある。結局、なんだかわからないが、まあ、大サンショウウオとでもいうものであろう、と気のきいたごまかしかたをして、いまはこの大サンショウウオなるものは死滅して世界中のどこにもいない、居らん！と大声で言って衆口を閉じさせ、ひとまず落ちつく事にいたしましたが、さてその後、シーボルトという人が日本にまいりまして、或る偶然の機会にれいの一件がのそりのそり歩いているのを見つけて腰を抜かした。何千年も前に、既に地球上から影を消したものとばかり思われていた古代の怪物が、生きてのそのそ歩いている、ああ、ニッポンに大サンショウウオ生存す、と世界中の学界に打電いたしました。世界中の学者もこれには、めんくらった。うそだろう、シーボルトという奴は、もとから、ほら吹きであった、などと分別臭い顔をして打ち消す学者もございましたが、どうも、そのニッポンの大サンショウウオの骨格が、欧羅巴《ヨーロッパ》で発見せられた化石とそっくりだという事が明白になってまいりましたので、知らぬ振りをしているわけにもゆかず、ここに日本の山椒魚が世界中の学者の重要な研究課目と相なりまして、いやしくも古代の動物に関心を持つほどの者は、ぜひとも一度ニッポンの大サンショウウオにお目にかからなければ話にならぬとまで言われるようになって、なんとも実に痛快無比、御同慶のいたりに堪えません。思っても見よ（また気取りはじめた）太古の動物が太古そのままの姿で、いまもなお悠然とこの日本の谷川に棲息《せいそく》し繁殖し、また静かにものを思いつつある様は、これぞまさしく神ながら、万古不易の豊葦原瑞穂国《とよあしはらみずほのくに》、かの高志《こし》の八岐《やまた》の遠呂智《おろち》、または稲羽《いなば》の兎の皮を剝《は》ぎし和邇《わに》なるもの、すべてこの山椒魚ではなかったかと（脱線、脱線）私は思惟《しい》つかまつるのでありますが、反対の意見をお持ちの学者もあるかも知れません。別段、こだわるわけではありませんが、作州の津山から九里ばかり山奥へはいったところに向湯原村というところがありまして、そこにハンザキ大明神という神様を祀《まつ》っている社《やしろ》があるそうです。ハンザキというのは山椒魚の方言のようなものでありまして、半分に引き裂かれてもなお生きているほど生活力が強いという意味があるのではなかろうかと思いますが、そのハンザキ大明神としてまつられてある山椒魚も、おそろしく強く荒々しいものであったそうで、さかんに人間をとって食べたという口碑《こうひ》がありまして、それは作陽誌という書物にも出ているようでございます。あんまり人間をとって食べるので、或《あ》る勇士がついに之《これ》を退治して、あとの祟《たた》りの無いように早速、大明神として祀り込めてうまい具合におさめたという事が、その作陽誌という書物に詳しく書かれているのでございます。いまは、ささやかなお宮ですが、その昔は非常に大きい神社だったそうで、なんだか、八岐《やまた》の大蛇《おろち》の話に似ているようなところもあるではございませんか。決して、こだわるわけではありませぬが、作陽誌によりますると、そのハンザキの大きさが三丈もあったというのですが、それは学者たちにとっては疑わしい事かも知れませんが、どうも私は人の話を疑う奴はまことにきらいで、三丈と言ったら三丈と信じたらいいではないか。（何も速記者に向って怒る必要はない）とにかく昔は、ほうぼうに山椒魚がいて、そうしてなかなか大きいのも居ったという事を私は信じたいのでございます。いったいあの動物は、からだが扁平《へんぺい》で、そうして年を経ると共に、頭が異様に大きくなります。そうして口が大きくなって、いまの若い人たちなどがグロテスクとか何とかいって敬遠したがる種類の風貌を呈してまいりますので、昔の人がこれを、ただものでないとして畏怖《いふ》したろうという事も想像に難くないのであります。実際また、いま日本の谷川に棲息している二尺か二尺五寸くらいの山椒魚でも、くらいついたり何かすると酷《ひど》いそうです。鋭い歯はありませんけれども何せ力が強うございますから、人間の指の一本や二本は、わけなく食いちぎるそうで、どうも、いやになります。（失言）その点に就いても私は山椒魚に対して常に十分の敬意を怠らぬつもりでございます。割合におとなしい動物でありますけれど、あれで、怒ると非常にこわいものだそうで、稲羽《いなば》の兎も、あるいはこいつにやられたのではなかろうかと私はにらんでいるのでございますが、これに就いてはなお研究の余地もあるようでございます。妙なもので、あのように鈍重に見えていても、ものを食う時には実に素早いそうで、静かに瞑想《めいそう》にふけっている時でも自分の頭の側に他の動物が来ると、パッと頭を曲げて食いつく、是《これ》がどうも実に素早いものだそうで、話に聞いてさえ興醒《きょうざ》めがするくらいで、突如として頭を曲げて、ぱくりとやって、また静かに瞑想にふける。日本の山椒魚は、あのヤマメという魚を食っているのですが、どうしてあんな敏捷な魚をとって食えるか、不思議なくらいであります。それにはあの山椒魚の皮膚の色がたいへん役立っているようであります。かれが谷川の岩の下に静かに身を沈めていると、泥だか何だかさっぱりわからぬ。それでかれは、岩穴の出口のところに大きい頭を置いておきまして、深くものを思うておりまするると、ヤマメがちょいとその岩の下に寄って来る、と突如ぱくりと大きな口をあけてそれを食べる、遠くまで追いかけて行くという事はからだが重くてとても出来ない、そのかわり自分の頭のすぐそばに来たなら決して逃がさずぱくりと食べる、それは非常に素早いものだそうであります。昼はたいてい岩の下などにもぐっているのですが、夜はのそのそ散歩に出かける。そうしてずいぶん遠く下流にまでやって来る様子で、たいへん大きな河の河口で網を打っていたら、その網の中にはいっていたなどの話もあるようでございます。だいたい日本のどの辺に多くいるのか、それはあのシーボルトさんの他にも、和蘭《オランダ》人のハンデルホーメン、独逸《ドイツ》人のライン、地理学者のボンなんて人も、ちょいちょい調べていましたそうで、また日本でも古くは佐々木忠次郎とかいう人、石川博士など実地に深山を歩きまわって調べてみて、その結果、岐阜の奥の郡上《ぐじょう》郡に八幡《はちまん》というところがありまして、その八幡が、まあ、東の境になっていて、その以東には山椒魚は見当らぬ、そうして、その八幡から西、中央山脈を伝わって本州の端まで山椒魚はいる、という事にただいまのところではなっているようでございます。周防長門《すおうながと》にもいるそうですし、石州あたりにもいるそうです。それから、もう一つは、琵琶湖の近所から伊勢、伊賀、大和、あの辺に山脈がありますが、あの山脈にもちょいちょい居るそうでございます。その他は、四国にも九州にもいまのところ見当らぬそうで、箱根サンショウウオというのが関東地方に棲息して居りますけれども、あれはまた全く違った構造を持っているもので、せいぜい蠑螈《いもり》くらいの大きさでありまして、それ以上は大きくなりませぬ。日本の山椒魚が、とにかく古代の化石と同じくらいに大きいというところに有難さがある訳でありまして、文句無しに世界一ばん、ここに私の情熱もおのずから湧いて来て、力こぶもはいってまいります次第でございます。最近、日本で発見せられた山椒魚の中で一ばん大きいのは、四尺五寸、まず一メートル半というところで、それ以上のものは、ちょっと見当らぬそうでございます。けれども、伯耆国《ほうきのくに》の淀江《よどえ》村というところに住んでいる一老翁が、自分の庭の池に子供の時分から一匹の山椒魚を飼って置いた、それが六十年余も経って、いまでは立派に一丈以上の大山椒魚になって、時々水面に頭を出すが、その頭の幅だけでも大変なもので、幅三尺、荘厳ですなあ、身のたけ一丈、もっとも、この老翁は、実にずるいじいさんで、池の水を必要以上に濁らせて、水面には睡蓮《すいれん》をいっぱいはびこらせて、その山椒魚の姿を誰にも見せないようにたくらんで、そうして自分ひとりで頭の幅三尺、身のたけ一丈、と力んでいるのだそうで、それは或る学者の報告書にも見えていた事でございますが、その学者は、わざわざ伯耆国淀江村まで出かけて行ってその老翁に逢い、もし本当に一丈あるんだったら、よほど高い金を出して買ってもよろしい、ひとめ見せてくれ、と懇願したが、老翁はにやりと笑って、いれものを持って来たか、と言ったそうで、実に不愉快、その学者も「面妖《めんよう》の老頭にして、いかぬ老頭なり」とその報告書にしてありますくらいで、地団駄《じだんだ》踏んでくやしがった様が、その一句に依《よ》っても十分に察知できるのであります。その山椒魚は、その後どうなったか、私も実は、それほどの大きい山椒魚を一匹欲しいものだと思っているのでありますが、どうも、いれものを持って来たか、と言われると窮します。バケツぐらいでは間に合いません。けれども、私は、いつの日か、一丈ほどの山椒魚を、わがものにしたい、そうして日夕相親しみ、古代の雰囲気にじかに触れてみたい、深山幽谷のいぶきにしびれるくらい接してみたい、頃日《けいじつ》、水族館にて二尺くらいの山椒魚を見て、それから思うところあってあれこれと山椒魚に就《つ》いて諸文献を調べてみましたが、調べて行くうちに、どうにかして、日本一ばん、いや日本一ばんは即ち世界一ばんという事になりますが、一ばん大きな山椒魚を私の生きて在るうちに、ひとめ見たいものだという希望に胸を焼かれて、これまた老いの物好きと、かの貧書生（ひどい）などに笑われるのは必定と存じますが、神よ、私はただ、大きい山椒魚を見たいのです、人間、大きいものを見たいというのはこれ天性にして、理窟も何もありやせん！（本音に近し）それは、どのように見事なものだろう、一丈でなくとも六尺でもいい、想像するだに胸がつぶれる。まず今日は、これくらいにして置きましょう。（ばかばかしい）

その日の談話は以上の如く、はなはだ奇異なるものであった。いくら黄村先生が変人だといっても、こんな奇怪な座談をこころみた事は、あまり例が無い。日によっては速記者も、おのずから襟《えり》を正したくなるほど峻厳な時局談、あるいは滋味掬《きく》すべき人生論、ちょっと笑わせる懐古談、または諷刺《ふうし》、さすがにただならぬ気質の片鱗《へんりん》を見せる事もあるのだが、きょうの話はまるで、どうもいけない。一つとして教えられるところが無かった。紅梅白梅が艶を競ったの、夢に夢みる思いをしたのといい加減な大嘘ばかり並べて、それからいよいよ山椒魚だ、巒気《らんき》たゆとう尊いお姿が、うごめいていて、そうして夜網にひっかかったの、ぱくりと素早くたべるとか何とか言って、しまいには声をふるわせて、一丈の山椒魚を見たい、せめて六尺でもいい、それはどのように見事だろう、なんて言い出す始末なので、私は、がっかりした。先生も山椒魚の毒気にあてられて、とうとう駄目になってしまったのではなかろうかと私は疑い、これからはもうこんなつまらぬ座談筆記は、断然おことわりしようと、心中かたく決意したのである。その日は私もあまりの事に呆《あき》れて、先生のお顔が薄気味わるくさえ感じられ、筆記がすむとすぐにおいとましたのであるが、それから四、五日経って私は甲州へ旅行した。甲府市外の湯村温泉、なんの変哲もない田圃《たんぼ》の中の温泉であるが、東京に近いわりには鄙《ひな》びて静かだし、宿も安直なので、私は仕事がたまると、ちょいちょいそこへ行って、そこの天保館という古い旅館の一室に自らを閉じこめて仕事をはじめるということにしていたのである。けれども、その時の旅行は、完全に失敗であった。それは二月の末の事で、毎日大風が吹きすさび、雨戸が振動し障子《しょうじ》の破れがハタハタ囁《ささや》き、夜もよく眠れず、私は落ちつかぬ気持で一日一ぱい火燵《こたつ》にしがみついて、仕事はなんにも出来ず、腐りきっていたら、こんどは宿のすぐ前の空地に見世物小屋がかかってドンジャンドンジャンの大騒ぎをはじめた。悪い時に私はやって来たのだ。毎年、ちょうどその頃、湯村には、厄除《やくよけ》地蔵《ぞう》のお祭りがあるのだ。たいへん御利益のある地蔵様だそうで、信濃《しなの》、身延《みのぶ》のほうからも参詣人が昼も夜もひっきりなしにぞろぞろやって来るのだ。見せ物は、その参詣人にドンジャンドンジャン大騒ぎの呼びかけを開始したのである。私は地団駄踏んだ。厄除地蔵のお祭りが二月の末に湯村にあるという事は前から聞いて知っていたのに、うっかりしていた。ばかばかしい事になったものだ。私は仕事を断念した。そうして宿の丹前《たんぜん》に羽織をひっかけ、こうなれば一つその地蔵様におまいりでもして、そうしてここを引き上げようと覚悟をきめた。宿を出ると、すぐ目の前に見世物小屋。テントは烈風にはためき、木戸番は声をからして客を呼んでいる。ふと絵看板を見ると、大きな沼で老若男女が網を曳《ひ》いているところがかかれていて、ちょっと好奇心のそそられる絵であった。私は立ちどまった。

「伯耆国は淀江村の百姓、太郎左衛門が、五十八年間手塩にかけて、――」木戸番は叫ぶ。伯耆国淀江村。ちょっと考えて、愕然《がくぜん》とした。全身の血が逆流したといっても誇張でない。あれだ！　あの一件だ。

「身のたけ一丈、頭の幅は三尺、――」木戸番は叫びつづける。私の血はさらに逆流し荒れ狂う。あれだ！　たしかに、あれだ。伯耆国淀江村。まちがいない。この絵看板の沼は、あの「いかぬ老頭」の庭の池を神秘めかしてかいたのだろう。それでは、事実、あれが「いかぬ老頭」の池に棲息していたのに違いない。身のたけ一丈、頭の幅三尺というのには少し誇張もあるだろうが、とにかく、あの、大――山椒魚がいたのだ！　そうしていま、この私の目の前の、薄汚い小屋の中にその尊いお身を横たえているのだ。なんというチャンス！　黄村先生があのように老いの胸の内を焼きこがして恋いしたっていた日本一の、いや世界一の魔物、いや魔物ではない、もったいない話だ、霊物が、思わざりき、湯村の見世物になっているとは、それこそ夢に夢みるような話だ。誰もこの霊物の真価を知るまい。これは、なんとしても黄村先生に教えてあげなければならぬ、とあの談話筆記をしている時には、あんなに先生のお話の内容を冷笑し、主題の山椒魚なる動物にもてんで無関心、声をふるわせて語る先生のお顔を薄気味わるがったりなど失礼な感情をさえ抱いていた癖に、いま眼前に、事実、その伯耆国淀江村の身のたけ一丈が現出するに及んで、俄然《がぜん》てんてこ舞いをはじめてしまった。やはり先生のお言葉のとおり、人間は形の大きな珍動物に対しては、理窟もクソもありやしない、とても冷静な気持なんかで居られるものでない。

私は十銭の木戸銭を払って猛然と小屋の中に突入し勢いあまって小屋の奥の荒むしろの壁を突き破り裏の田圃へ出てしまった。また引きかえし、荒むしろを掻《か》きわけて小屋へはいり、見た、小屋の中央に一坪《つぼ》ほどの水たまりがあって、その水たまりは赤く濁って、時々水がだぶりと動く。一坪くらいの小さい水たまりに一丈の霊物がいるというのは、ちょっと不審であったが、併《しか》し霊物も身をねじ曲げて、旅の空の不自由を忍んでいるのかも知れない。正確に一丈は無くとも、伯耆国淀江村のあの有名な山椒魚だとすると、どうしたって七尺、あるいは八尺くらいはあるであろう。とにかくあの淀江村の山椒魚は、世界の学界に於いても有名なものなのである。知る人ぞ知る、である。文献にちゃんと記載されてあるのだ。だぶりと水が動く。暗褐色のぬらりとしたものが、わずかに見えた。たしかだ。淀江村だ。いま見えたのは幅三尺の頭の一部にちがいない。私は窒息せんばかりに興奮した。見世物小屋から飛び出して、寒風に吹きまくられ、よろめきながら湯村の村はずれの郵便局にたどりつく。肩で烈しく息をしながら、電文をしたためた。

サンショウミツケタ」テンポウカン」ヨドエムラノヤツ」ユムラニテ

何が何やらわからない電文になった。その頼信紙は引き裂いて、もう一枚、頼信紙をもらい受けて、こんどは少し考えて、まず私の居所姓名をはっきり告げて、それからダイサンシヨウミツケタとだけ記して発信する事にした。スグコイと言わなくても、先生は足を宙にして飛んでくる筈《はず》だと考えた。果してその夜、先生はどたばたと宿の階段をあがって来て私の部屋の襖《ふすま》をがらりとあけて、

「山椒魚はどれ、どこに。」と云って、部屋の中を見廻した。宿の部屋をのぞのそ這いまわっていたのを私が見つけて、電報で知らせたとでも思っていたらしい。やっぱり先生は、私などとは、けた違いの非常識人である。

「見世物になっているのです。」私は事情をかいつまんで報告した。

「淀江村！　それならたしかだ。いくらだ。」

「一丈です。」

「何を言っている。ねだんだよ。」

「十銭です。」

「安いね。嘘《うそ》だろう。」

「いいえ、軍人と子供は半額ですけど。」

「軍人と子供？　それは入場料ではないか。私はその山椒魚を買うつもりなんだよ。お金も準備して来た。」先生は大きい紙いれを懐中から出して火燵の上に載せてにやりと笑った。

私はその顔を見て、なんだかまた薄気味が悪くなって来た。

「先生、大丈夫ですか？」

「大丈夫だ。一尺二十円として、六尺あれば百二十円、七尺あれば百四十円、一丈あったら二百円、と私は汽車の中で考えて来た。君、すまないが、見世物の大将をここへ連れて来てくれないか。それから宿の者に、お酒を言いつけて、やあ、この部屋は汚いなあ、君はよくこんな部屋で生活が出来るね、まあ我慢しよう、ここでその大将とお酒を飲みながら、ゆっくり話合ってみようじゃないか、商談には饗応《きょうおう》がつきものだ。君、たのむ。」

私はしぶしぶ立って下の帳場へ行き、お酒を言いつけて、それから、「前の見世物のね、大将を、僕の部屋に連れて来てくれませんか。いや、実はね、あの見せ物の怪魚をね（見せ物の看板では、天然自然の大怪魚という事になっていた）あいつをね、ぜひとも買いたいという人があるんです。それは僕の先生なんだが、しっかりした人ですから信用してもらいたい、とにかくそう言って大将をね、連れて来て下さいませんか。お願いします。相当の高い値で買ってもいいような事も、その先生は言っておりますからね。とにかく、ちょっと、ひとつ、お願いします。」こんな妙な依頼は、さすがに私も生れてこのかた、はじめての事であった。言いながら、顔が真赤になって行くのを意識した。まさに冷汗ものであったのである。宿の番頭は、妙な顔をしてにこりともせず、下駄《げた》をつっかけて出て行った。

私は部屋で先生と黙って酒をくみかわしていた。あまりの緊張にお互い不機嫌になり、そっぽを向きたいような気持で、黙ってただお酒ばかり飲んでいたのである。襖があいて実直そうな小柄の四十男が、腰をかがめてはいって来た。木戸で声をからして叫んでいた男である。

「君、どうぞ、君、どうぞ。」先生は立って行って、その男の肩に手を掛け、むりやり火燵にはいらせ、「まあ一つ飲み給え。遠慮は要《い》りません。さあ。」

「はあ。」男は苦笑して、「こんな恰好《かっこう》で、ごめん下さい。」見ると、木戸にいる時と同様、紺《こん》の股引《ももひき》にジャケツという風采《ふうさい》であった。

「なには？　あの、店のほうは？」私は気がかりになったので尋ねた。

「ちょっといま、休ませて来ました。」ドンジャンの鐘太鼓《かねたいこ》も聞えず、物売りの声と参詣人の下駄の足音だけが風の音にまじって幽《かす》かに聞える。

「君は大将でしょうね。見せ物の大将に違いないでしょうね。」先生は、何事も意に介さぬという鷹揚《おうよう》な態度で、その大将にお酌をなされた。

「は、いや、」大将は、左手で盃を口に運びながら、右手の小指で頭を搔いた。「委《まか》せられております。」

「うむ。」先生は深くうなずいた。

それから先生と大将との間に頗《すこぶ》る珍妙な商談がはじまった。私は、ただ、はらはらして聞いていた。

「ゆずってくれるでしょうね。」

「は？」

「あれは山椒魚でしょう？」

「おそれいります。」

「実は、私は、あの山椒魚を長い間さがしていました。伯耆国淀江村。うむ。」

「失礼ですが、旦那《だんな》がたは、学校関係の？」

「いや、どこにも関係は無い。そちらの書生さんは文士だ。未だ無名の文士だ。私は、失敗者だ。小説も書いた、画もかいた、政治もやった、女に惚《ほ》れた事もある。けれどもみんな失敗、まあ隠者、そう思っていただきたい。大隠《たいいん》は朝市《ちょうし》に隠る、と。」先生は少し酔って来たようである。

「へへ、」大将はあいまいに笑った。「まあ、ご隠居で。」

「手きびしい。一つ飲み給え。」

「もうたくさん。」大将は会釈をして立ち上りかけた。「それでは、これで失礼します。」

「待った、待った。」先生は極度にあわてて大将を引きとめ、「どうしたという事だ。話は、これからです。」

「その話が、たいていわかったもんで、失礼しようと思ったのです。旦那、間《ま》が抜けて見えますぜ。」

「手きびしい。まあ坐り給え。」

「私には、ひまがないのです。旦那、山椒魚を酒のさかなにしようたって、それあ無理です。」

「気持の悪い事をおっしゃる。それは誤解です。山椒魚を焼いてたべる人があるという事は書物にも出ていたが、私は食べない。食べて下さいと言われても、私は箸《はし》をつけないでしょう。山椒魚の肉を酒のさかなにするなんて、私はそんな豪傑でない。私は、山椒魚を尊敬している。出来る事なら、わが庭の池に迎え入れてそうして朝夕これと相親しみたいと思っているのですがね。」懸命の様子である。

「だから、それが気にくわないというのです。医学の為とか、あるいは学校の教育資料とか何とか、そんな事なら話はわかるが、道楽隠居が緋鯉《ひごい》にも飽きた、ドイツ鯉もつまらぬ、山椒魚はどうだろう、朝夕相親しみたい、まあ一つ飲め、そんなふざけたお話に、まともにつき合っておられますか。酔狂もいい加減になさい。こっちは大事な商売をほったらかして来ているんだ。唐変木《とうへんぼく》め。ばかばかしいのを通り越して腹が立ちます。」

「これは弱った。有閑階級に対する鬱憤積怨《うっぷんせきえん》というやつだ。なんとか事態をまるくおさめる工夫は無いものか。これは、どうも意外の風雲。」

「ごまかしなさんな。見えすいていますよ。落ちついた振りをしていても、火燵の中の膝頭が、さっきからがくがく震えているじゃありませんか。」

「けしからぬ。これはひどく下品になって来た。よろしい。それではこちらも、ざっくばらんにぶっつけましょう。一尺二十円、どうです。」

「一尺二十円、なんの事です。」

「まことに伯耆国淀江村の百姓の池から出た山椒魚ならば、身のたけ一丈ある筈だ。それは書物にも出ている事です。一尺二十円、一丈ならば二百円。」

「はばかりながら三尺五寸だ。一丈の山椒魚がこの世に在ると思い込んでいるところが、いじらしいじゃないか。」

「三尺五寸！ 小さい。小さすぎる。伯耆国淀江村の、――」

「およしなさい。見世物の山椒魚は、どれでもこれでもみんな伯耆国は淀江村から出たという事になっているんだ。昔から、そういう事になっているんだ。小さすぎる？ 悪かったね。あれでも、私ら親子三人を感心に養ってくれているんだ。一万円でも手放しやしない。一尺二十円とは、笑わせやがる。旦那、間が抜けて見えますぜ。」

「すべて、だめだ。」

「口の悪いのは、私の親切さ。突飛な慾は起さぬがようござんす。それでは、ごめんこうむります。」まじめに言って一礼した。

「お送りする。」

先生は、よろよろと立ち上った。私のほうを見て、悲しそうに微笑《ほほえ》んで、

「君、手帖に書いて置いてくれ給え。趣味の古代論者、多忙の生活人に叱咤《しった》せらる。そもそも南方の強か、北方の強か。」

酒の酔いと、それから落胆のために、足もとがあぶなっかしく見えた。見世物の大将を送って部屋から出られて、たちまち、ガラガラドシンの大音響、見事に階段を踏みはずしたのである。腰部にかなりの打撲傷を作った。私はその翌《あく》る日、信州の温泉地に向って旅立ったが、先生はひとり天保館に居残り、傷養生のため三週間ほど湯治《とうじ》をなさった。持参の金子は、ほとんどその湯治代になってしまった模様であった。

以上は、先生の山椒魚事件の顚末《てんまつ》であるが、こんなばかばかしい失敗は、先生に於いてもあまり例の無い事であって、山椒魚の毒気にやられたものと私は単純に解したいのであるが、「趣味の古代論者、多忙の生活人に叱咤せらる。南方の強か、北方の強か。」とかいう先生の謎のような一言を考えると、また奇妙にくすぐったくなって来るのも事実である。ご存じであろうけれども、南方の強、北方の強、という言葉は、中庸第十章にも見えているようであるが、それとこれとの間に於いては別段、深い意味もないように、私には思われる。とにか

く黄村先生は、ご自分で大いなる失敗を演じて、そうしてその失敗を私たちへの教訓の材料になさるお方のようでもある。

『井伏鱒二選集』後記

第一巻——所収「朽助のいる谷間」「炭鉱地帯病院」「山椒魚」「埋憂記」「休憩時間」「シグレ島叙景」「鯉」「生きたいという」「遅い訪問」「寒山拾得」「夜ふけと梅の花」「屋根の上のサワン」「谷間」

ことしの夏、私はすこしからだ具合いを悪くして寝たり起きたり、そのあいだ私の読書は、ほとんど井伏さんの著書に限られていた。筑摩書房の古田氏から、井伏さんの選集を編むことを頼まれていたからでもあったのだが、しかし、また、このような機会を利用して、私がほとんど二十五年間かわらずに敬愛しつづけて来た井伏鱒二という作家の作品全部を、あらためて読み直してみる事も、太宰という愚かな弟子の身の上にとって、ただごとに非ざる良薬になるかも知れぬという、いささか利己的な期待も無いわけでは無かったのである。

二十五年間？　活字のあやまりではないだろうか。太宰は、まだ三十九歳の筈である。三十九から二十五を引くと、十四だ。

しかし、それは、決して活字のあやまりではないのである。私は十四のとしから、井伏さんの作品を愛読していたのである。二十五年前、あれは大震災のとしではなかったかしら、井伏さんは或るささやかな同人雑誌に、はじめてその作品を発表なさって、当時、北の端の青森の中学一年生だった私は、それを読んで、坐っておられなかったくらいに興奮した。それは、「山椒魚」という作品であった。童話だと思って読んだのではない。当時すでに私は、かなりの小説通を以てひそかに自任していたのである。そうして、「山椒魚」に接して、私は埋もれたる無名不遇の天才を発見したと思って興奮したのである。

嘘ではないか？　太宰は、よく法螺を吹くぜ。東京の文学者たちにさえ気づかなかった小品を、田舎の、それも本州北端の青森なんかの、中学一年生が見つけ出すなんて事は、まず無い、と井伏さんの創作集が五、六冊も出てからやっと、井伏鱒二という名前を発見したというような「人格者」たちは言うかもしれないが、私は少しも嘘をついてはいないのである。

私の長兄も次兄も三兄もたいへん小説が好きで、暑中休暇に東京のそれぞれの学校から田舎の生家に帰って来る時、さまざまの新刊本を持参し、そうして夏の夜、何やら文学論みたいなものをたたかわしていた。

久保万、吉井勇、菊池寛、里見、谷崎、芥川、みな新進作家のようであった。私はそれこそ一村童に過ぎなかったのだけれども、兄たちの文学書はこっそり全部読破していたし、また兄たちの議論を聞いて、それはちがう、など口に出しては言わなかったが腹の中でひそかに思っていた事もあった。そうして、中学校にはいる頃には、つまり私は、自分の文学の鑑識眼にかなりの自信を持っていたというわけなのである。

たしかに、あれは、関東大震災のとしではなかったかしら、と思うのであるが、そのとしの一夏を、私は母や叔母や姉やら従姉やらその他なんだか多勢で、浅虫温泉の旅館で遊び暮した事があって、その時、一番下のおしゃれな兄が、東京からやって来て、しばらく私たちと一緒に滞在し、東京の文壇のありさまなど、ところどころに嘘をまぜて（この兄は、冗談がうまかった）私たちに語って聞かせたのである。かれは上野の美術学校の彫刻科にはいっていたのであるが、彫刻よりも文学のほうが好きなようで、「十字街」という同人雑誌の同人になって、その表紙の絵をかいたり、また、創作も発表していた。しかし、私は、兄の彫刻も絵も、また創作も、あまり上手だとは思っていなかった。絵なども、ただ高価ないい絵具を使っているというだけで、他に感服すべきところを発見できなかった。その兄が、その夏に、東京の同人雑誌なるものを、三十種類くらい持って来て、そうしてその頃はやりの、突如活字を大きくしたり、またわざと活字をさかさにしたり、謂わば絵画的手法とでもいったようなものを取りいれた奇妙な作品に、やたらに興じて、「これからは、このような作品を理解できないと、文学を語る資格が無いのだ」というような意味の事を言って、私たちをおどかしたのである。しかし私は、そのような作品には全然、無関心であった。そんな作品に打ち興じる兄を、軽薄だとさえ思った。

そうして私はその時、一冊の同人雑誌の片隅から井伏さんの作品を発見して、坐っておられないくらいに興奮し、「こんなのが、いいんです」と言って、兄に読ませたが、兄は浮かぬ顔をして、何だかぼやけた事を（何と言ったのか、いまは記憶に無いけれども）ムニャムニャ言っただけだった。しかし、私は確信していた。その三十種類くらいの同人雑誌に載っている全部の作品の中で、天才の作品は井伏さんのその「山椒魚」と、それから坪田譲治氏の、題は失念したけれども、子供を主題にした短篇小説だけであると思った。

私は自分が小説を書く事に於いては、昔から今まで、からっきし、まったく、てんで自信が無くて生きて来たが、しかし、ひとの作品の鑑賞に於いては、それだけに於いては、ぐらつく事なく、はっきり自信を持ちつづけて来たつもりなのである。

私はそのとき以来、兄たちが夏休み毎に東京から持って来るさまざまの文学雑誌の中から、井伏さんの作品を捜し出して、読み、その度毎に、実に、快哉を叫んだ。

やがて、井伏さんの最初の短篇集「夜ふけと梅の花」が新潮社から出版せられて、私はその頃もう高等学校にはいっていたろうか、何でも夏休みで、私は故郷の生家でそれを読み、また、その短篇集の巻頭の著者近影に依って、井伏さんの渋くてこわくて、にこりともしない風貌にはじめて接し、やはり私のかねて思いはかっていた風貌と少しも違っていないのを知り、全く安心した。

私はいまでも、はっきり記憶しているが、私はその短篇集を読んで感慨に堪えず、その短篇集を懐にいれて、故郷の野原の沼のほとりに出て、うなだれて徘徊し、その短篇集の中の全部の作品を、はじめから一つ一つ、反すうしてみて、何か天の啓示のように、本当に、何だか肉体的な実感みたいに、「大丈夫だ」という確信を得たのである。もう誰が、どんなところから突いて来たって、この作家は大丈夫なのだという安心感を得て、実に私は満足であった。

それ以来である。私は二十五年間、井伏さんの作品を、信頼しつづけた。たしか私が高等学校にはいったとしの事であったと思うが、私はもはやたまりかねて、井伏さんに手紙をさし上げた。そうしてこれは実に苦笑ものであるが、私は井伏さんの作品から、その生活のあまりお楽でないように拝察せられたので、まことに少額の為替など封入した。そうして井伏さんから、れいの律儀な文面の御返事をいただき、有頂天になり、東京の大学へはいるとすぐに、袴をはいて井伏さんのお宅に伺い、それからさまざま山ほど教えてもらい、生活の事までたくさんの御面倒をおかけして、そうしてただいま、その井伏さんの選集を編むことを筑摩書房から依頼されて、無量の思いも存するのである。

ばかに自分の事ばかり書きすぎたようにも思うが、しかし、作家が他の作家の作品の解説をするに当り、殊にその作家同士が、ほとんど親戚同士みたいな近い交際をしている場合、甚だ微妙な、それこそ飛石伝いにひょいひょい飛んで、庭のやわらかな苔を踏まないように気をつけるみたいな心遣いが必要なもので、正面切った所謂井伏鱒二論は、私は永遠にしないつもりなのだ。出来ないのではなくて、しないのである。

それゆえ、これから私が、この選集の全巻の解説をするに当っても、その個々の作品にまつわる私自身の追憶、或いは、井伏さんがその作品を製作していらっしゃるところに偶然私がお伺いして、その折の井伏さんの情景など記すにとどめるつもりであって、そのほうが高飛車に押しつける井伏論よりも、この選集の読者の素直な鑑賞をさまたげる事すくないのではないかと思われる。

さて、選集のこの第一巻には、井伏さんのあの最初の短篇集「夜ふけと梅の花」の中の作品のほとんど全部を収録し、それから一つ「谷間」をいれた。「谷間」は、その「夜ふけと梅の花」には、はいっていないのであるが、ほぼ同時代の作品ではあり、かつまたページ数の都合もあって、この第一巻にいれて置いた。

これらの作品はすべて、私自身にとっても思い出の深い作品ばかりであり、いまその目次を一つ一つ書き写していたら、世にめずらしい宝石を一つ一つ置き並べるような気持がした。

朽助は、乳母車を押しながら、しばしば立ちどまって帯をしめなおす癖があり、山椒魚は、「俺にも相当な考えがあるんだ」とあたかも一つの決心がついたかのごとく呟くが、しかし、何一つとしてうまい考えは無く、谷間の老人は馬に乗って威厳のある演説をしようとするが、馬は老人の意志を無視してどこまでも一直線に歩き、彼は演説をしながら心ならずも旅人の如く往還に出て、さらに北へ向って行ってしまわなければならないのである。

思わず、一言、私は批評めいた感懐を述べたくなるが、しかし、読者の鑑賞を、ただ一面に固定させる事を私は極度におそれる。何も言うまい。ゆっくり何度も繰りかえして読んで下さい。いい芸術とは、こんなものなのだから。

昭和二十二年、晩秋。

第二巻――所収「丹下氏邸」「悪い仲間」「晩春」「女人来訪」「喪章のついている心懐」「掏摸の桟三郎」「使徒アンデレの手紙」「冷凍人間」「青ヶ島大概記」「岩田君のクロ」『槌ツァ』と『九郎ツァン』は喧嘩して私は用語について煩悶すること」「湯島風俗」「中島の柿の木」

この「井伏鱒二選集」は、だいたい、発表の年代順に、その作品の配列を行い、この第二巻は、それ故、第一巻の諸作品に直ぐつづいて発表せられたものの中から、特に十三篇を選んで編纂せられたのである。

ところで、私の最初の考えでは、この選集の巻数がいくら多くなってもかまわぬ、なるべく、井伏さんの作品の全部を収録してみたい、そんな考えでいたのであるが、井伏さんはそれに頑固に反対なさって、巻数が、どんなに少くなってもかまわぬ、駄作はこの選集から絶対に排除しなければならぬという御意見で、私と井伏さんとは、その後も数度、筑摩書房の石井君を通じて折衝を重ね、とうとう第二巻はこの十三篇というところで折合がついたのである。

第一巻の後記にも書いておいたはずであるが、私はこの選集の毎巻の末尾に少しずつ何か書くことになっているとはいうものの、それは読者の自由な鑑賞を妨げないように、出しゃばった解説はできるだけ避け、おもに井伏さんの作品にまつわる私自身の追憶を記すにとどめるつもりなので、今回もこの巻の「青ヶ島大概記」などを中心にして、昔のことを物語ろうと思う。

井伏さんは、今でもそれは、お苦しいにはちがいないだろうが、この「青ヶ島大概記」などをお書きになっていらした頃は、文学者の孤独または小説の道の断橋を、凄惨な程、強烈に意識なされていたのではなかろうか。

四十歳近い頃の作品と思われるが、その頃に突きあたる絶壁は、作家をして呆然たらしめるものがあるようで、私のような下手な作家でさえ、少しは我が身に思い当るところもないではない。たしか、その頃のことと記憶しているが、井伏さんが銀座からの帰りに荻窪のおでんやに立寄り、お酒を呑んで、それから、すっと外へ出て、いきなり声を挙げて泣かれたことがあった。ずいぶん泣いた。途中で眼鏡をはずしてお泣きになった。私も四十歳近くなって、或る夜、道を歩きながら、ひとりでひどく泣いたことがあったけれども、その時、私には井伏さんのあの頃のつらさが少しわかりかけたような気がした。

しかし、つらい時の作品にはまた、異常な張りがあるものらしく、この「青ヶ島大概記」などは井伏さんの作品には珍らしく、がむしゃらな、雄渾とでもいうべき気配が感ぜられるようである。

私は、第一巻のあとがきにも書いておいたように、井伏さんとはあまりにも近くまた永いつきあいなので、いま改って批評など、てれくさくて、とても出来やしないが、しかし、井伏さんの同輩の人たちから、井伏さんの小説に就いての、いろいろまちまちの論を、酒の座などで聞いたことはある。

「井伏の小説は、井伏の将棋と同じだ。槍を歩のように一つずつ進める。」

「井伏の小説は、決して攻めない。巻き込む。吸い込む。遠心力よりも求心力が強い。」

「井伏の小説は、泣かせない。読者が泣こうとすると、ふっと切る。」

「井伏の小説は、実に、逃げ足が早い。」

また、或る人は、ご叮嚀にも、モンテーニュのエッセエの「古人の吝嗇《つましさ》に就いて」という章を私に見せて、これが井伏の小説の本質だなどと言った。すなわち、

「アフリカに於ける羅馬軍の大将アッチリウス・レグルスは、カルタゴ人に打ち勝って光栄の真中にあったのに、本国に書を送って、全体で僅か七アルペントばかりにしかならぬ自分の地処の管理を頼んでおいた小作人が、農具を奪って遁走したことを訴え、且つ、妻

子が困っているといけないから帰国してその始末を致したいと、暇を乞うた。

老いたるカトンは、サルジニア総督時代には、徒歩で巡視をした。お供と云えば唯国の役人を一人つれたきりで、いや最も屢々、自分で行李を持って歩いた。彼は、一エキュ以上する着物を着たことがない、一日に一文以上市場に払ったことがない、と自慢した。また、田舎にある自分の家は、外側に壁土をつけないものばかりだと、自慢した。また、伝うる所によれば、ホメロスは、唯一人しか下僕を持ったことがなかった。プラトンは三人。ストワ派の頭ゼノンは、唯の一人も持たなかった。

チベリウス・グラックスは、国のために任に赴いた時、羅馬最高位の人であったのに、一日に唯の五文半しか支給せられなかった。」

しかし、そのような諸先輩のいろいろまちまちの論は、いずれもこの「青ヶ島大概記」に於てだけは、当るといえども甚だ遠いものではなかろうかと私には思われるのだ。

井伏さんが「青ヶ島大概記」をお書きになった頃には、私も二つ三つ、つたない作品を発表していて、或る朝、井伏さんの奥様が、私の下宿に訪ねてこられ、井伏が締切に追われて弱っているとおっしゃったので、私が様子を見にすぐかけつけたところが、井伏さんは、その前夜も徹夜し、その日も徹夜の覚悟のように見受けられた。

「手伝いましょう。どんどんお書きになってください。僕がそれを片はしから清書いたしますから。」

井伏さんも、少し元気を取り戻したようで、握り飯など召し上りながら、原稿用紙の裏にこまかい字でくしゃくしゃと書く。私はそれを一字一字、別な原稿用紙に清書する。

「ここは、どう書いたらいいものかな。」

井伏さんはときどき筆をやすめて、ひとりごとのように呟く。

「どんなところですか?」

私は井伏さんに少しでも早く書かせたいので、そんな出しゃばった質問をする。

「うん、噴火の所なんだがね。君は、噴火でどんな場合が一ばんこわいかね。」

「石が降ってくるというじゃありませんか。石の雨に当ったらかなわねえ。」

「そうかね。」

井伏さんは、浮かぬ顔をしてそう答え、即座に何やらくしゃくしゃと書き、私の方によこす。

「島山鳴動して猛火は炎々と右の火穴より噴き出だし火石を天空に吹きあげ、息をだにつく隙間もなく火石は島中へ降りそそぎ申し候。大石の雨も降りしきるなり。大なる石は虚空より唸りの風音をたて隕石のごとく速かに落下し来り直ちに男女を打ちひしぎ候。小なるものは天空たかく舞いあがり、大虚を二三日とびさまよい候。」

私はそれを一字一字清書しながら、天才を実感して戦慄した。私のこれまでの生涯に於て、日本の作家に天才を実感させられたのは、あとにも先にも、たったこの一度だけであった。

「おれは、勉強しだいでは、谷崎潤一郎には成れるけれども、井伏鱒二には成れない。」

私は、阿佐ヶ谷のピノチオという支那料理店で酔っ払い、友人に向ってそう云ったのを記憶している。

「青ヶ島大概記」が発表せられて間もなく、私が井伏さんのお宅へ遊びに行き、例によって将棋をさし、ふいと思い出したように井伏さんがおっしゃった。

「あのね。」

機嫌のよいお顔だった。

「何ですか。」

「あのね、谷崎潤一郎がね、僕の青ヶ島を賞めていたそうだ。佐藤（春夫）さんがそう云ってた。」

「うれしいですか。」

「うん。」

私には不満だった。

第三巻——所収 「雞肋集」「川」「集金旅行」

この巻には、井伏さんの所謂円熟の、悠々たる筆致の作品三つを集めてみた。どの作品に於ても、読者は、充分にたんのうできる筈である。例によって、個々の作品の批評がましいことは避けて、こんども私自身の思い出を語るつもりである。

この巻の作品を、お読みになった人には、すぐにおわかりのことと思うが、井伏さんと下宿生活というものの間には、非常な深い因縁があるように思われる。青春、その実体はなんだか私にもわからないが、若い頃という言葉に言い直せば、多少はっきりして来るだろう。その、青春時代、或いは、若い頃、どんな雰囲気の生活をして来たか、それに依って人間の生涯が、規定せられてしまうものの如く、思わせるのは、実に、井伏さんの下宿生活のにおいである。

井伏さんは、所謂「早稲田界隈」をきらいだと言っていらしたのを、私は聞いている。あのにおいから脱けなければダメだ、とも言っていらした。

けれども、井伏さんほど、そのにおいに哀しい愛着をお持ちになっていらっしゃる方を私は知らない。学生時代にボートの選手をしていたひとは、五十六十になっても、ボートを見ると、なつかしいという気持よりは、ぞっとするものらしいが、しかし、また、それこそ我知らず、食い入るように見つめているもののようである。

早稲田界隈。

下宿生活。

井伏さんの青春は、そこに於て浪費せられたかの如くに思われる。汝を愛し、汝を憎む。井伏さんの下宿生活に対する感情も、それに近いのではないかと考えられる。

いつか、私は、井伏さんと一緒に、(何の用事だったか、いま正確には思い出せないが、とにかく、何かの用事があったのだ)所謂早稲田界隈に出かけたことがあったけれども、その時の下宿屋街を歩いている井伏さんの姿には、金魚鉢から池に放たれた金魚の如き面影があった。

私は、その頃まだ学生であった。しかし、早稲田界隈の下宿生活には縁が薄かった。謂わば、はじめて見たといってもよい。それは、遠慮なく言って、異様なものであった。

井伏さんが、歩いていると、右から左から後から、所謂「後輩」というものが、いつのまにやら十人以上もまつわりついて、そうかと言って、別に井伏さんに話があるわけでも無いようで、ただ、磁石に引き寄せられる釘みたいに、ぞろぞろついて来るのである。いま思えば、その釘の中には、後年の流行作家も沢山いたようである。髪を長く伸ばして、背広、或いは着流し、およそ学生らしくない人たちばかりであったが、それでも皆、早稲田の文科生であったらしい。

どこまでも、ついて来る。じっさい、どこまでも、ついて来る。

そこで井伏さんも往生して、何とかという、名前は忘れたが、或る小さいカフェに入った。どやどやと、つきものも入って来たのは勿論である。

失礼ながら、井伏さんは、いまでもそうにちがいないが、当時はなおさら懐中貧困であった。私も、もちろん貧困だった。二人のアリガネを合わせても、とてもその「後輩」たちに酒肴を供するに足りる筈は無かったのである。

しかし、事態は、そこまで到っている。皆、呑むつもりなのだ。早稲田界隈の親分を思いがけなく迎えて、当然、呑むべきだと思っているらしい気配なのだ。

私は井伏さんの顔を見た。皆に囲まれて籐椅子に坐って、ああ、あの時の井伏さんの不安の表情。私は忘れることが出来ない。それから、どうなったか、私には、正確な記憶が無い。井伏さんも酔わず、私も酔わず、浅く呑んで、どうやら大過なく、引き上げたことだけはたしかである。

井伏さんと早稲田界隈。私には、怪談みたいに思われる。

井伏さんも、その日、よっぽど当惑した御様子で、私と一緒に省線で帰り、阿佐ヶ谷で降り、(阿佐ヶ谷には、井伏さんの、借りのきく飲み屋があった)改札口を出て、井伏さんは立ち止り、私の方にくるりと向き直って、こうおっしゃった。

「よかったねえ。どうなることかと思った。よかったねえ。」

早稲田界隈の下宿街は、井伏さんに一生つきまとい、井伏さんは阿佐ヶ谷方面へお逃げになっても、やっぱり追いかけて行くだろう。井伏さんと下宿生活。

けれども、日本の文学が、そのために、一つの重大な収穫を得たのである。

第四巻――所収「庭つくり」「一風俗」「山を見て老人の語る」「ミツギモノ」「掛け持ち」「お濠に関する話」「川井騒動」「へんろう宿」「円心の行状」「小間物屋」「猿」「御神火」「鐘供養の日」「隠岐別府村の守吉」「吹越の城」「防火水槽」

これいに依って、発表の年代順に、そうして著者みずからのその作品に対する愛着の程をも考慮し、この巻には以上の如き作品を収録することにした。

気がついてみると、その作品の大部分は、「旅」に於ける収穫のように見受けられるのだ。第三巻の後記に於て、私は井伏さんと早稲田界隈との因果関係に触れたが、その早稲田界隈に優るとも劣らぬ程のそれこそ「宿命的」と言ってもいいくらいの、縁が、井伏さんの文学と「旅」とにつながっていると言いたい気持にさえなるのである。

人間の一生は、旅である。私なども、女房の傍に居ても、子供と遊んで居ても、恋人と街を歩いても、それが自分の所謂「ついに」落ち着くことを得ないのであるが、この旅にもまた、旅行上手というものと、旅行下手というものと両者が存するようである。

旅行下手というものは、旅行の第一日に於て、既に旅行をいやになるほど満喫し、二日目は、旅費の殆んど全部を失っていることに気がつき、旅の風景を享楽するどころか、まことに俗な、金銭の心配だけで、へとへとになり、旅行も地獄、這うようにして女房の許に帰り、そうして女房に怒られて居るものである。

旅行上手の者に到っては、事情がまるで正反対である。

ここで、具体的に井伏さんの旅行のしかたを紹介しよう。

第一に、井伏さんは釣道具を肩にかついで旅行なされる。井伏さんが本心から釣が好きということについては、私にもいささか疑念があるのだが、旅行に釣竿をかついで出掛けるということは、それは釣の名人というよりは、旅行の名人といった方が、適切なのではなかろうかと考えて居る。

旅行は元来（人間の生活というものも、同じことだと思われるが）手持ち無沙汰なものである。朝から晩まで、温泉旅館のヴェランダの籐椅子に腰掛けて、前方の山の紅葉を眺めてばかり暮すことの出来る人は、阿呆ではなかろうか。

何かしなければならぬ。

釣。

将棋。

そこに井伏さんの全霊が打ち込まれているのだかどうだか、それは私にもわからないが、しかし、旅の姿として最高のもののように思われる。金銭の浪費がないばかりでなく、情熱の浪費もそこにない。井伏さんの文学が十年一日の如く、その健在を保持して居る秘密の鍵も、その辺にあるらしく思われる。

旅行の上手な人は、生活に於ても絶対に敗れることは無い。謂わば、花札の「降《お》りかた」を知って居るのである。

旅行に於て、旅行下手の人の最も閉口するのは、目的地へ着くまでの乗物に於ける時間であろう。すなわちそれは、数時間、人生から「降《お》りて」居るのである。それに耐え切れず、車中でウイスキイを呑み、それでもこらえ切れず途中下車して、自身の力で動き廻ろうともがくのである。

けれども、所謂「旅行上手」の人は、その乗車時間を、楽しむ、とまでは言えないかも知れないが、少なくとも、観念出来る。

この観念出来るということは、恐ろしいという言葉をつかってもいいくらいの、たいした能力である。人はこの能力に戦慄することに於て、はなはだ鈍である。

動きのあること。それは世のジャーナリストたちに屢〻好評を以て迎えられ、動きのないこと、その努力、それについては不感症では無かろうかと思われる程、盲目である。

重ねて言う。井伏さんは旅の名人である。目立たない旅をする。旅の服装も、お粗末である。

いつか、井伏さんが釣竿をかついで、南伊豆の或る旅館に行き、そこの女将から、

「お部屋は一つしか空いて居りませんが、それは、きょう、東京から井伏先生という方がおいでになるから、よろしく頼むと或る人からお電話でしたからすみませんけど。」

と断わられたことがある。その南伊豆の温泉に達するには、東京から五時間ちかくかかるようだったが、井伏さんは女将にそう言われて、ただ、

「はあ。」

とおっしゃっただけで、またも釣竿をかつぎ、そのまま真直に東京の荻窪のお宅に帰られたことがある。

なかなか出来ないことである。いや、私などには、一生、どんなに所謂「修行」をしても出来っこない。

不敗。井伏さんのそのような態度にこそ、不敗の因子が宿っているのではあるまいか。

井伏さんと旅行。このテーマについては、私はもっともっと書きたく、誘惑せられる。次々と思い出が蘇える。井伏さんは時々おっしゃる。

「人間は、一緒に旅行をすると、その旅の道連れの本性がよくわかる。」

旅は、徒然の姿に似て居ながら、人間の決戦場かも知れない。

この巻の井伏さんの、ゆるやかな旅行見聞記みたいな作品をお読みになりながら、以上の私の注進も、読者はその胸のどこかの片隅に湛えておいて頂けたら、うれしい。

井伏さんと私と一緒に旅行したことのさまざまの思い出は、また、のちの巻の後記に書くことがあるだろうと思われる。

猿面冠者

　どんな小説を読ませても、はじめの二三行をはしり読みしたばかりで、もうその小説の楽屋裏を見抜いてしまったかのように、鼻で笑って巻を閉じる傲岸不遜《ごうがんふそん》の男がいた。ここに露西亜《ロシヤ》の詩人の言葉がある。「そもさん何者。されば、わずかにまねごと師。気にするがものもない幽霊か。ハロルドのマント羽織った莫斯科《モスクワ》ッ子。他人の癖の飜案か。はやり言葉の辞書なのか。いやさて、もじり言葉の詩とでもいったところじゃないかよ。」いずれそんなところかも知れぬ。この男は、自分では、すこし詩やら小説やらを読みすぎたと思って悔いている。この男は、思案するときにでも言葉をえらんで考えるのだそうである。心のなかで自分のことを、彼、と呼んでいる。酒に酔いしれて、ほとんど我をうしなっているように見えるときでも、もし誰かに殴《なぐ》られたなら、落ちついて呟《つぶや》く。「あなた、後悔しないように。」ムイシュキン公爵の言葉である。恋を失ったときには、どう言うであろう。そのときには、口に出しては言わぬ。胸のなかを駈けめぐる言葉。「だまって居れば名を呼ぶし、近寄って行けば逃げ去るのだ。」これはメリメのつつましい述懐ではなかったか。夜、寝床にもぐってから眠るまで、彼は、まだ書かぬ彼の傑作の妄想にさいなまれる。そのときには、ひくくこう叫ぶ。「放してくれ！」これはこれ、芸術家のコンフィテオール。それでは、ひとりで何もせずにぼんやりしているときには、どうであろう。口をついて出るというのである、“Nevermore”という独白が。

そのような文学の糞から生れたような男が、もし小説を書いたとしたなら、いったいどんなものができるだろう。だいいちに考えられることは、その男は、きっと小説を書けないだろうと言うことである。一行書いては消し、いや、その一行も書けぬだろう。彼には、いけない癖があって、筆をとるまえに、もうその小説に謂《い》わばおしまいの磨きまでかけてしまうらしいのである。たいてい彼は、夜、蒲団《ふとん》のなかにもぐってから、眼をぱちぱちさせたり、にやにや笑ったり、せきをしたり、ぶつぶつわけのわからぬことを呟いたりして、夜明けちかくまでかかってひとつの短篇をまとめる。傑作だと思う。それからまた彼は、書きだしの文章を置きかえてみたり、むすびの文字を再吟味してみたりして、その胸のなかの傑作をゆっくりゆっくり撫でまわしてみるのである。そのへんで眠れたらいいのであるが、いままでの経験からしてそんなに工合いがよくいったことはいちどもなかったという。そのつぎに彼は、その短篇についての批評をこころみるのである。誰々は、このような言葉でもってほめて呉《く》れる。誰々は、判らぬながらも、この辺の一箇所をぽつんと突いて、おのれの慧眼《けいがん》を誇る。けれども、おれならば、こう言う。男は、自分の作品についてのおそらくはいちばん適確な評論を組みたてはじめる。この作品の唯一の汚点は、などと心のなかで呟くようになると、もう彼の傑作はあとかたもなく消えうせている。男は、なおも眼をぱちぱちさせながら、雨戸のすきまから漏れて来る明るい光線を眺めて、すこし間抜けづらになる。そのうちにうつらうつらまどろむのである。

けれども、これは問題に対してただしく答えていない。問題は、もし書いたとしたなら、というのである。ここにあります、と言って、ぽんと胸をたたいて見せるのは、なにやら水際《みずぎわ》だっていいようであるが、聞く相手にしては、たちのわるい冗談としか受けとれまい。まして、この男の胸は、扁平胸といって生れながらに醜くおしつぶされた形なのであるから、傑作は胸のうちにありますという彼のそのせいいっぱいの言葉も、いよいよ芸がないことになる。こんなことからしても、彼が一行も書けぬだろうという解答のどんなに安易であるかが判るのである。もし書いたとしたなら、というのである。問題をもっと考えよくするために、彼のどうしても小説を書かねばならぬ具体的な環境を簡単にこしらえあげてみてもよい。たとえばこの男は、しばしば学校を落第し、いまは彼のふるさとのひとたちに、たからもの、という蔭口をきかれている身分であって、ことし一年で学校を卒業しなければ、彼の家のほうでも親戚《しんせき》のものたちへの手前、月々の送金を停止するというあんばいになっていたとする。また仮にその男が、ことし一年で卒業できそうもないばかりか、どだい卒業しようとする腹がなかったとしたなら、どうであろう。問題をさらに考えよくするために、この男がいま独身でないということにしよう。四五年もまえからの妻帯者である。しかも彼のその妻というのは、とにかく育ちのいやしい女で、彼はこの結婚によって、叔母ひとりを除いたほかのすべての肉親に捨てられたという、月並みのロマンスを匂わせて置いてもよい。さて、このような境遇の男が、やがて来る自鬻《じいく》の生活のために、どうしても小説を書かねばいけなくなったとする。しかし、これも唐突である。乱暴でさえある。生活のためには、必ずしも小説を書かねばいけないときまって居らぬ。牛乳配達にでもなればいいじゃないか。しかし、それは簡単に反駁《はんばく》され得る。乗りかかった船、という一言でもって充分であろう。

いま日本では、文芸復興とかいう訳のわからぬ言葉が声高く叫ばれていて、いちまい五十銭の稿料でもって新作家を捜しているそうである。この男もまた、この機を逃さず、とばかりに原稿用紙に向った、とたんに彼は書けなくなっていたという。ああ、もう三日、早かったならば。或いは彼も、あふれる情熱にわななきつつ十枚二十枚を夢のうちに書き飛ばしたかも知れぬ。毎夜、毎夜、傑作の幻影が彼のうすっぺらな胸を騒がせては呉れるのであったが、書こうとすれば、みんなはかなく消えうせた。だまって居れば名を呼ぶし、近寄って行けば逃げ去るのだ。メリメは猫と女のほかに、もうひとつの名詞を忘れている。傑作の幻影という重大な名詞を！

男は奇妙な決心をした。彼の部屋の押入をかきまわしたのである。その押入の隅には、彼が十年このかた、有頂天な歓喜をもって書き綴《つづ》った千枚ほどの原稿が曰《いわ》くありげに積まれてあるのだそうである。それを片っぱしから読んでいった。ときどき頬をあからめた。二日かかって、それを全部読みおえて、それから、まる一日ぼんやりした。そのなかの「通信」という短篇が頭にのこった。それは、二十六枚の短篇小説であって、主人公が困っているとき、どこからか差出人不明の通信が来てその主人公をたすける、という物語であった。男が、この短篇にことさら心をひかれたわけは、いまの自分こそ、そんなよい通信を受けたいものだと思ったからであろう。これを、なんとかしてうまく書き直してごまかそうと決心したのである。

まず書き直さねばいけないところは、この主人公の職業である。いやはや。主人公は新作家なのである。こう直そうと思った。さきに文豪をこころざして、失敗して、そのとき第一の通信。つぎに革命家を夢みて、敗北して、そのとき第二の通信。いまは、サラリイマンになって家庭の安楽ということにつき疑い悩んで、そのとき第三の通信。こんなふうに、だいたいの見とおしをつけて置く。主人公を、できるだけ文学臭から遠ざけること。そうして革命家をこころざしてからは、文学のブの字も言わせぬこと。自分がそのような境遇にあったとき、心から欲しいと思った手紙なり葉書なり電報なりを、事実、主人公が受けとったことにして書くのだ。これは楽しみながら書かねば損である。甘さを恥かしがらずに平気な顔をして書こう。男は、ふと、「ヘルマンとドロテア」という物語を思い合せた。つぎつぎと彼を襲うあやしい妄念を、はげしく首振って追い払いつつ、男はいそいで原稿用紙にむかった。もっと小さい小さい原稿用紙だったらいいなと思った。自分にも何を書いているのか判らぬくらいにくしゃくしゃと書けたらいいなと思った。題を「風の便り」とした。書きだしもあたらしく書き加えた。こう書いた。
——諸君は音信をきらいであろうか。諸君が人生の岐路に立ち、哭泣《こつきゆう》すれば、どこか知らないところから風とともにひらひら机上へ舞い来って、諸君の前途に何か光を投げて呉れる、そんな音信をきらいであろうか。彼は仕合せものである。いままで三度も、そのような胸のときめく風の便りを受けとった。いちどは十九歳の元旦。いちどは二十五歳の早春。いまいちどは、つい昨年の冬。ああ。ひとの幸福を語るときの、ねたみといつくしみの交錯したこの不思議なよろこびを、君よ知るや。十九歳の元旦のできごとから物語ろう。

そこまで書いて、男は、ひとまずペンを置いた。やや意に満ちたようであった。そうだ、この調子で書けばいいのだ。やはり小説というものは、頭で考えてばかりいたって判るものではない。書いてみなければ。男は、しみじみそう心のうちで呟き、そうしてたいへんたのしかったという。発見した、発見した。小説は、やはりわがままに書かねばいけないものだ。試験の答案とは違うのである。よし。この小説は唄いながら少しずつすすめてゆこう。きょうは、ここまでにして置くのだ。男は、もいちどそっと読みかえしてみてから、その原稿を押入のなかに仕舞い込み、それから、大学の制服を着はじめた。男は、このごろたえて学校へ行かないのであるが、それでも一週間に一二度ずつ、こうして制服を着て、そわそわ外出するのである。彼等夫婦は或る勤人の二階の六畳と四畳半との二間を借りて住いしているのであって、男はその勤人の家族への手前をつくろい、ときどきこんなふうに登校をよそうのであった。男には、こんな世間ていを気にする俗な一面もあったわけである。またこの男は、どうやら自分の妻にさえ、ていさいをとりつくろっているようである。その証拠には、彼の妻は、彼がほんとうに学校へ出ているものだと信じているらしいのだ。妻は、まえにも仮定して置いたように、いやしい育ちの女であるから、まず無学だと推測できる。男は、その妻の無学につけこみ、さまざまの不貞を働いていると見てよい。けれども、だいたいは愛妻家の部類なのである。なぜと言うに、彼は妻を安心させるために、ときたま嘘を吐《つ》くのである。輝かしい未来を語る。

その日、彼は外出して、すぐ近くの友人の家を訪れた。この友人は、独身者の洋画家であって、彼とは中学校のとき同級であったとか。うちが財産家なので、ぶらぶら遊んでいる。人と話をしながら眉をしじゅうぴりぴりとそよがせるのが自慢らしい。よくある型の男を想像してもらいたい。その友人の許《もと》へ、彼は訪れたのである。彼は、もともとこの友人をあまり好きではないのである。そう言えば、彼は、彼のほかの二三の友人たちをもたいして好いてはいないのであるが、ことにこの友人が、相手をいらいらさせる特種の技倆《ぎりよう》を持っているので、彼はことにも好きになれないのだそうである。彼がでもこの友人を、きょう訪問したのは、まず手近なところから彼の歓喜をわけてやろうという心からにちがいない。この男は、いま、幸福の予感にぬくぬくと温まっているらしいが、そんなときには、人は、どこやら慈悲深くなるものらしい。洋画家は在宅していた。彼は、この洋画家と対座して、開口一番、彼の小説のことを話して聞かせた。おれはこういう小説を書きたいと思っている、とだいたいのプランを語って、うまく行けば売れるかも知れないよ、書きだしはこんな工合いだ、と彼はたったいま書いて来た五六行の文章を、頰をあからめながらひくく言いだしたのである。彼は、いつでも自分の文章をすべて暗記しているのだそうである。洋画家は、れいの眉をふるわせつつ、それはいいと吃《ども》るようにして言った。それだけでたくさんなのに、要らないことをせかせか、つぎからつぎとしゃべりはじめた。虚無主義者の神への揶揄《やゆ》であるとか、小人の英雄への反抗であるとか、それから、彼にはいまもってなんのことやら訳がわからぬのであるが、観念の幾何学的構成であるとさえ言った。彼にとっては、ただこの友人が、それはいい、おれもそんな風の便りが欲しいよ、と言って呉れたら満足だったのである。批評を忘れようとして、ことさらに、「風の便り」などというロマンチックな題材をえらんだ筈《はず》である。それを、この心なき洋画家に観念の幾何学的構成だとかなんだとか、新聞の一行知識めいた妙な批評をされて、彼はすぐ、これは危いと思った。まごまごして、彼もその批評の遊戯に誘いこまれたなら、「風の便り」も、このあと書きつづけることができなくなる。危い。男は、その友人の許《もと》からそこそこにひきあげたという。

そのまま、すぐうちへ帰るのも工合いがわるいし、彼はその足で、古本屋へむかった。みちみち男は考える。うんといい便りにしよう。第一の通信は、葉書にしよう。少女からの便りである。短い文章で、そのなかには、主人公をいたわりたい心がいっぱいにあふれているようなそんな便りにしたい。「私、べつに悪いことをするのではありませんから、わざと葉書にかきます。」という書きだしはどうだろう。主人公が元旦にそれを受けとるのだから、いちばんおしまいに、「忘れていました。新年おめでとうございます。」と小さく書き加えてあることにしよう。すこし、とぼけすぎるかしら。

男は夢みるような心地で街をあるいている。自動車に二度もひかれそこなった。

第二の通信は、主人公がひところはやりの革命運動をして、牢屋《ろうや》にいれられたとき、そのとき受けとることにしよう。「彼が大学へはいってからは、小説に心をそそられなかった。」とはじめから断って置こう。主人公はもはや第一の通信を受けとるまえに、文豪になりそこねて痛い目に逢っているのだから。男は、もう、そのときの文章を胸のなかに組立てはじめた。「文豪として名高くなることは、いまの彼にとって、ゆめのゆめだ。小説を書いて、たとえばそれが傑作として世に喧伝《けんでん》され、有頂天の歓喜を得たとしても、それは一瞬のよろこびである。おのれの作品に対する傑作の自覚などあり得ない。はかない一瞬間の有頂天がほしくて、五年十年の屈辱の日を送るということは、彼には納得できなかった。」どうやら演説くさくなったな。男はひとりで笑いだした。「彼にはただ、情熱のもっとも直截《ちょくせつ》なはけ口が欲しかったのである。考えることよりも、唄うことよりも、だまってのそのそ実行したほうがほんとうらしく思えた。ゲエテよりもナポレオン。ゴリキイよりもレニン。」やっぱり少し文学臭い。この辺の文章には、文学のブの字もなくしなければいけないのだ。まあ、いいようになるだろう。あまり考えすごすと、また書けなくなる。つまり、この主人公は、銅像になりたく思っているのである。このポイントさえはずさないようにして書いたなら、しくじることはあるまい。それから、この主人公が牢屋で受けとる通信であるが、これは長い長い便りにするのだ。われに策あり。たとえ絶望の底にいる人でも、それを読みさえすれば、もういちど陣営をたて直そうという気が起らずにはすまぬ。しかも、これは女文字で書かれた手紙だ。「ああ。様という字のこの不器用なくずしかたに、彼は見覚えがあったのである。五年前の賀状を思い出したのであった。」

第三の通信は、こうしよう。これは葉書でも手紙でもない、まったく異様な風の便りにしよう。通信文のおれの腕前は、もう見せてあるから、なにか目さきの変ったものにするのだ。銅像になりそこねた主人公は、やがて平凡な結婚をして、サラリイマンになるのであるが、これは、うちの勤人の生活をそのまま書いてやろう。主人公が家庭に倦怠《けんたい》を感じはじめている矢先。冬の日曜の午後あたり、主人公は縁側へ出て、煙草《たばこ》をくゆらしている。そこへ、ほんとうに風とともに一葉の手紙が、彼の手許へひらひら飛んで来た。「彼はそれに眼をとめた。妻がふるさとの彼の父へ林檎《りんご》が着いたことを知らせにしたためた手紙であった。投げて置かないで、すぐ出すといい。そう呟きつつ、ふと首をかしげた。ああ。様という字のこの不器用なくずしかたに彼は見覚えがあったのである。」このような空想的な物語を不自然でなく書くのには、燃える情熱が要るらしい。こんな奇遇の可能を作者自身が、まじめに信じていなければいけないのだ。できるかどうか、とにかくやってみよう。男は、いきおいこんで古本屋にはいったのである。

ここの古本屋には、「チエホフ書翰《しょかん》集」と「オネーギン」がある筈だ。この男が売ったのだから。彼はいま、その二冊を読みかえしたく思って、この古本屋へ来たわけである。「オネーギン」にはタチアナのよい恋文がある。二冊とも、まだ売れずにいた。さきに「チエホフ書翰集」を棚からとりだして、そちこち頁をひっくりかえしてみたが、あまり面白くなかった。劇場とか病気とかいう言葉にみちみちているのであった。これは「風の便り」の文献になり得ない。傲岸不遜のこの男は、つぎに「オネーギン」を手にとって、その恋文の条を捜した。すぐ捜しあてた。彼の本であったのだから。「わたしがあなたにお手紙を書くそのうえ何をつけたすことがいりましょう。」なるほど、これでいいわけだ。簡明である。タチアナは、それから、神様のみこころ、夢、おもかげ、囁《ささや》き、憂愁、まぼろし、天使、ひとりぼっち、などという言葉を、おくめんもなく並べたてている。そうしてむすびには、「もうこれで筆をおきます。読み返すのもおそろしい、羞恥《しゅうち》の念と、恐怖の情で、消えもいりたい思いがします。けれども私は、高潔無比のお心をあてにしながら、ひと思いに私の運を、あなたのお手にゆだねます。タチアナより。オネーギン様。」こんな手紙がほしいのだ。はっと気づいて巻を閉じた。危険だ。影響を受ける。いまこれを読むと害になる。はて。また書けなくなりそうだ。男は、あたふたと家へかえって来たのである。

家へ帰り、いそいで原稿用紙をひろげた。安楽な気持で書こう。甘さや通俗を気にせず、らくらくと書きたい。ことに彼の旧稿「通信」という短篇は、さきにも言ったように、謂《い》わば新作家の出世物語なのであるから、第一の通信を受けとるまでの描写は、そっくり旧稿を書きうつしてもいいくらいなのであった。男は、煙草を二三本つづけざまに吸ってから、自信ありげにペンをつまみあげた。にやにやと笑いだしたのである。これはこの男のひどく困ったときの仕草らしい。彼はひとつの難儀をさとったのである。文章についてであった。旧稿の文章は、たけりたけって書かれている。これはどうしたって書き直さねばなるまい。こんな調子では、ひともおのれも楽しむことができない。だいいち、ていさいがわるい。めんどうくさいが、これは書き改めよう。虚栄心のつよい男はそう思って、しぶしぶ書き直しはじめた。

わかい時分には、誰しもいちどはこんな夕を経験するものである。彼はその日のくれがた、街にさまよい出て、突然おどろくべき現実を見た。彼は、街を通るひとびとがことごとく彼の知合いだったことに気づいた。師走《しわす》ちかい雪の街は、にぎわっていた。彼はせわしげに街を往き来するひとびとへいちいち軽い会釈《えしやく》をして歩かねばならなかった。とある裏町の曲り角で思いがけなく女学生の一群と出逢ったときなど、彼はほとんど帽子をとりそうにしたほどであった。

彼はそのころ、北方の或る城下まちの高等学校で英語と独逸《ドイツ》語とを勉強していた。彼は英語の自由作文がうまかった。入学して、ひとつきも経たぬうちに、その自由作文でクラスの生徒たちをびっくりさせた。入学早々、ブルウル氏という英人の教師が、What is Real Happiness? ということについて生徒へその所信を書くよう命じたのである。ブルウル氏は、その授業はじめに、My Fairyland という題目でいっぷう変った物語をして、その翌《あく》る週には、The Real Cause of War について一時間主張し、おとなしい生徒を戦慄《せんりつ》させ、やや進歩的な生徒を狂喜させた。文部省がこのような教師を雇いいれたことは手柄であった。ブルウル氏は、チエホフに似ていた。鼻眼鏡を掛け短い顎鬚《あごひげ》を内気らしく生やし、いつもまぶしそうに微笑《ほほえ》んでいた。英国の将校であるとも言われ、名高い詩人であるとも言われ、老けているようであるが、あれでまだ二十代だとも言われ、軍事探偵であるとも言われていた。そのように何やら神秘めいた雰囲気が、ブルウル氏をいっそう魅惑的にした。新入生たちはすべて、この美しい異国人に愛されようとひそかに祈った。そのブルウル氏が、三週間目の授業のとき、だまってボオルドに書きなぐった文字が What is Real Happiness? であった。いずれはふるさとの自慢の子、えらばれた秀才たちは、この輝かしい初陣に、腕によりをかけた。彼もまた、罫紙《けいし》の塵《ちり》をしずかに吹きはらってから、おもむろにペンを走らせた。Shakespeare said,“——流石《さすが》におおげさすぎると思った。顔をあからめながら、ゆっくり消した。右から左から前から後から、ペンの走る音がひくく聞えた。彼は頬杖ついて思案にくれた。彼は書きだしに凝るほうであった。どのような大作であっても、書きだしの一行で、もはやその作品の全部の運命が決するものだと信じていた。よい書きだしの一行ができると、彼は全部を書きおわったときと同じようにぼんやりした間抜け顔になるのであった。彼はペン先をインクの壺にひたらせた。なおすこし考えて、それからいきおいよく書きまくった。Zenzo Kasai, one of the most unfortunate Japanese novelists at present, said,“——葛西《かさい》善蔵は、そのころまだ生きていた。いまのように有名ではなかった。一週間すぎて、ふたたびブルウル氏の時間が来た。お互いにまだ友人になりきれずにいる新入生たちは、教室のおのおのの机に坐ってブルウル氏を待ちつつ、敵意に燃える瞳《ひとみ》を煙草のけむりのかげからひそかに投げつけ合った。寒そうに細い肩をすぼませて教室へはいって来たブルウル氏は、やがてほろにがく微笑みつつ、不思議なアクセントでひとつの日本の姓名を呟《つぶや》いた。彼の名であった。彼はたいぎそうにのろのろと立ちあがった。頬がまっかだった。ブルウル氏は、彼の顔を見ずに言った。Most Excellent! 教壇をあちこち歩きまわりながらうつむいて言いつづけた。Is this essay absolutely original? 彼は眉をあげて答えた。Of course. クラスの生徒たちは、どっと奇怪な喚声をあげた。ブルウル氏は蒼白の広い額をさっとあからめて彼のほうを見た。すぐ眼をふせて、鼻眼鏡を右手で軽くおさえ、If it is, then it shows great promise and not only this, but shows some brain behind it. と一語ずつ区切ってはっきり言った。彼は、ほんとうの幸福とは、外から得られぬものであって、おのれが英雄になるか、受難者になるか、その心構えこそほんとうの幸福に接近する鍵《かぎ》である、という意味のことを言い張ったのであった。彼のふるさとの先輩葛西善蔵の暗示的な述懐をはじめに書き、それを敷衍《ふえん》しつつ筆をすすめた。彼は葛西善蔵といちども逢ったことがなかったし、また葛西善蔵がそのような述懐をもらしていることも知らなかったのであるが、たとえ嘘《うそ》でも、それができてあるならば、葛西善蔵はきっと許してくれるだろうと思ったのである。そんなことから、彼はクラスの寵《ちょう》を一身にあつめた。わかい群集は英雄の出現に敏感である。ブルウル氏は、それからも生徒へつぎつぎとよい課題を試みた。Fact and Truth. The Ainu. A Walk in the Hills in Spring. Are We of Today Really Civilised? 彼は力いっぱいに腕をふるった。そうしていつもかなりに報いられるのであった。若いころの名誉心は飽《あ》くことを知らぬものである。そのとしの暑中休暇には、彼は見込みある男としての誇りを肩に示して帰郷した。彼のふるさとは本州の北端の山のなかにあり、彼の家はその地方で名の知られた地主であった。父は無類のおひとよしの癖に悪辣《あくらつ》ぶりたがる性格を持っていて、そのひとりむすこである彼にさえ、わざと意地わるくかかっていた。彼がどのようなしくじりをしても、せせら笑って彼を許した。そしてわきを向いたりなどしながら言うのであった。人間、気のきいたことをせんと。そう呟いてから、さも抜け目のない男のようにふいと全くちがった話を持ちだすのである。彼はずっと前からこの父をきらっていた。虫が好かないのだった。幼いときから気のきかないことばかりやらかしていたからでもあった。母はだらしのないほど彼を尊敬していた。いまにきっとえらいものになると信じていた。彼が高等学校の生徒としてはじめて帰郷したときにも、母はまず彼の気むずかしくなったのにおどろいたのであったけれど、しかし、それを高等教育のせいであろうと考えた。ふるさとに帰った彼は、怠けてなどいなかった。蔵から父の古い人名辞典を見つけだし、世界の文豪の略歴をしらべていた。バイロンは十八歳で処女詩集を出版している。シルレルもまた十八歳、「群盗」に筆を染めた。ダンテは九歳にして「新生」の腹案を得たのである。彼もまた。小学校のときからその文章をうたわれ、いまは智識ある異国人にさえ若干の頭脳を認められている彼もまた。家の前庭のおおきい栗の木のしたにテエブルと椅子を持ちだし、こつこつと長編小説を書きはじめた。彼のこのようなしぐさは、自然である。それについては諸君にも心あたりがないとは言わせぬ。題を「鶴」とした。天才の誕生からその悲劇的な末路にいたるまでの長編小説であった。彼は、このようにおのれの運命をおのれの作品で予言することが好きであった。書きだしには苦労をした。こう書いた。――男がいた。四つのとき、彼の心のなかに野性の鶴が巣くった。鶴は熱狂的に高慢であった。云々《うんぬん》。暑中休暇がおわって、十月のなかば、みぞれの降る夜、ようやく脱稿した。すぐまちの印刷所へ持って行った。父は、彼の要求どおりに黙って二百円送ってよこした。彼はその書留を受けとったとき、やはり父の底意地のわるさを憎んだ。叱るなら叱るでいい、太腹らしく黙って送って寄こしたのが気にくわなかった。十二月のおわり、「鶴」は菊半裁判、百余頁の美しい本となって彼の机上に高く積まれた。表紙には、鷲《わし》に似た妙な鳥がところせましと翼をひろげていた。まず、その県のおもな新聞社へ署名して一部ずつ贈呈した。一朝めざむればわが名は世に高いそうな。彼には、一刻が百年千年のように思われた。五部十部と街じゅうの本屋にくばって歩いた。ビラを貼《は》った。鶴を読め、鶴を読めと激しい語句をいっぱい刷り込んだ五寸平方ほどのビラを、糊《のり》のたっぷりはいったバケツと一緒に両手で抱え、わかい天才は街の隅々まで駈けずり廻った。そんな訳ゆえ、彼はその翌日から町中のひとたちと知合いになってしまったのに何の不思議もなかった筈である。

彼はなおも街をぶらぶら歩きながら、誰かれとなくすべてのひとと目礼を交した。運わるく彼の挨拶がむこうの不注意からそのひとに通じなかったときや、彼が昨晩ほね折って貼りつけたばかりの電柱のビラが無慙《むざん》にも剝《は》ぎとられているのを発見するときには、ことさらに仰山《ぎょうさん》なしかめつらをするのであった。やがて彼は、そのまちでいちばん大きい本屋にはいって、鶴が売れるかと、小僧に聞いた。小僧は、まだ一部も売れんです、とぶあいそに答えた。小僧は彼こそ著者であることを知らぬらしかった。彼はしょげずに、いやこれから売れると思うよ、となにげなさそうに予言して置いて、本屋を立ち去った。その夜、彼は、流石《さすが》に幾分わずらわしくなった例の会釈《えしやく》を繰り返しつつ、学校の寮に帰って来たのである。

それほど輝かしい人生の門出の、第一夜に、鶴は早くも辱かしめられた。

彼が夕食をとりに寮の食堂へ、ひとあし踏みこむや、わっという寮生たちの異様な喚声を聞いた。彼等の食卓で「鶴」が話題にされていたにちがいないのである。彼はつつましげに伏目をつかいながら、食堂の隅の椅子に腰をおろした。それから、ひくくせきばらいしてカツレツの皿をつついたのである。彼のすぐ右側に坐っていた寮生がいちまいの夕刊を彼のほうへのべて寄こした。五六人さきの寮生から順々に手わたしされて来たものらしい。彼はカツレツをゆっくり嚙み返しつつ、その夕刊へぼんやり眼を転じた。「鶴」という一字が彼の眼を射た。ああ。おのれの処女作の評判をはじめて聞く、このつきさされるようなおののき。彼は、それでも、あわててその夕刊を手にとるようなことはしなかった。ナイフとフオクでもってカツレツを切り裂きながら、落ちついてその批評を、ちらちらはしり読みするのであった。批評は紙面のひだりの隅に小さく組まれていた。

――この小説は徹頭徹尾、観念的である。肉体のある人物がひとりとして描かれていない。すべて、すり硝子《ガラス》越しに見えるゆがんだ影法師である。殊に主人公の思いあがった奇々怪々の言動は、落丁の多いエンサイクロペジアと全く似ている。この小説の主人公は、あしたにはゲエテを気取り、ゆうべにはクライストを唯一の教師とし、世界中のあらゆる文豪のエッセンスを持っているのだそうで、その少年時代にひとめ見た少女を死ぬほどしたい、青年時代にふたたびその少女とめぐり逢い、げろの出るほど嫌悪するのであるが、これはいずれバイロン卿あたりの飜案であろう。しかも稚拙《ちせつ》な直訳である。だいいち作者は、ゲエテをもクライストをもただ型としての概念でだけ了解しているようである。作者は、ファウストの一頁も、ペンテズイレエアの一幕も、おそらくは、読んだことがないのではあるまいか。失礼。ことにこの小説の末尾には、毛をむしられた鶴のばさばさした羽ばたきの音を描写しているのであるが、作者は或いはこの描写に依って、読者に完璧《かんぺき》の印象を与え、傑作の眩惑《げんわく》を感じさせようとしたらしいが、私たちは、ただ、この畸形《きけい》的な鶴の醜さに顔をそむける許《ばか》りである。

彼はカツレツを切りきざんでいた。平気に、平気に、と心掛ければ心掛けるほど、おのれの動作がへまになった。完璧の印象。傑作の眩惑。これが痛かった。声たてて笑おうか。ああ。顔を伏せたままの、そのときの十分間で、彼は十年も年老いた。

この心なき忠告は、いったいどんな男がして呉れたものか、彼にもいまもって判らぬのだが、彼はこの屈辱をくさびとして、さまざまの不幸に遭遇しはじめた。ほかの新聞社もやっぱり「鶴」をほめては呉れなかったし、友人たちもまた、世評どおりに彼をあしらい、彼を呼ぶに鶴という鳥類の名で以てしてした。わかい群集は、英雄の失脚にも敏感である。本は恥かしくて言えないほど僅少の部数しか売れなかった。街をとおる人たちは、もとよりあかの他人にちがいなかった。彼は毎夜毎夜、まちの辻々のビラをひそかに剝いで廻った。

長編小説「鶴」は、その内容の物語とおなじく悲劇的な結末を告げたけれど、彼の心のなかに巣くっている野性の鶴は、それでも、なまなまと翼をのばし、芸術の不可解を嘆じたり、生活の倦怠《けんたい》を託《かこ》ったり、その荒涼の現実のなかで思うさま懊悩呻吟《おうのうしんぎん》することを覚えたわけである。

ほどなく冬季休暇にはいり、彼はいよいよ気むずかしくなって帰郷した。眉根に寄せられた皺《しわ》も、どうやら彼に似合って来ていた。母はそれでも、れいの高等教育を信じて、彼をほればれと眺めるのであった。父はその悪辣ぶった態度でもって彼を迎えた。善人どうしは、とかく憎しみ合うもののようである。彼は、父の無言のせせら笑いのかげに、あの新聞の読者を感じた。父も読んだにちがいなかった。たかが十行か二十行かの批評の活字がこんな田舎にまで毒を流しているのを知り、彼は、おのれのからだを岩か牝牛にしたかった。

そんな場合、もし彼が、つぎのような風の便りを受けとったとしたなら、どうであろう。やがて、ふるさとで十八の歳を送り、十九歳になった元旦、眼をさましてふと枕元に置かれてある十枚ほどの賀状に眼をとめたというのである。そのうちのいちまい、差出人の名も記されてないこれは葉書。

——私、べつに悪いことをするのでないから、わざと葉書に書くの。またそろそろおしょげになって居られるころと思います。あなたは、ちょっとしたことにでも、すぐおしょげなさるから、私、あんまり好きでないの。誇りをうしなった男のすがたほど汚いものはないと思います。でもあなたは、けっして御自身をいじめないで下さいませ。あなたには、わるものへ手むかう心と、情にみちた世界をもとめる心とがおありです。それは、あなたがだまっていても、遠いところにいる誰かひとりがきっと知って居ります。あなたは、ただすこし弱いだけです。弱い正直なひとをみんなでかばってだいじにしてやらなければいけないと思います。あなたはちっとも有名でありませんし、また、なんの肩書をもお持ちでございません。でも私、おとといギリシャの神話を二十ばかり読んで、たのしい物語をひとつ見つけたのです。おおむかし、まだ世界の地面は固って居らず、海は流れて居らず、空気は透きとおって居らず、みんなまざり合って渾沌《こんとん》としていたころ、それでも太陽は毎朝のぼるので、或る朝、ジューノーの侍女の虹《にじ》の女神アイリスがそれを笑い、太陽どの、太陽どの、毎朝ごくろうね、下界にはあなたを仰ぎ見たてまつる草一本、泉ひとつないのに、と言いました。太陽は答えました。わしはしかし太陽だ。太陽だから昇るのだ。見ることのできるものは見るがよい。私、学者でもなんでもないの。これだけ書くのにも、ずいぶん考えたし、なんどもなんども下書しました。あなたがよい初夢とよい初日出をごらんになって、もっともっと生きることに自信をお持ちなさるよう祈っているもののあることを、お知らせしたくて一生懸命に書きました。こんなことを、だしぬけに男のひとに書いてやるのは、たしなみなくて、わるいことだと思います。でも私、恥かしいことは、なんにも書きませんでした。私、わざと私の名前を書かないの。あなたはいまにきっと私をお忘れになってしまうだろうと思います。お忘れになってもかまわないの。おや、忘れていました。新年おめでとうございます。元旦。

（風の便りはここで終らぬ。）

あなたは私をおだましなさいました。あなたは私に、第二、第三の風の便りをも書かせると約束して置きながら、たっぷり葉書二枚ぶんのおかしな賀状の文句を書かせたきりで、私を死なせてしまうおつもりらしゅうございます。れいのご深遠なご吟味をまたおはじめになったのでございましょうか。私、こんなになるだろうということは、はじめから知っていました。でも私、ひょっとするとあの霊感とやらがあらわれて、どうやら私を生かしきることができるのではないかしら、とあなたのためにも私のためにもそればかりを祈っていました。やっぱり駄目なのね。まだお若いからかしら。いいえ、なんにもおっしゃいますな。いくさに負けた大将は、だまっているものだそうでございます。人の話に依りますと「ヘルマンとドロテア」も「野鴨《のがも》」も「あらし」も、みんなその作者の晩年に書かれたものだそうでございます。ひとに憩《いこ》いを与え、光明を投げてやるような作品を書くのに才能だけではいけないようです。もしも、あなたがこれから十年二十年とこのにくさげな世のなかにどうにかして炬火きどりで生きとおして、それから、もいちど忘れずに私をお呼びくだされたなら、私、どんなにうれしいでしょう。きっときっと参ります。約束してよ。さようなら。あら、あなたはこの原稿を破るおつもり？　およしなさいませ。このような文学に毒された、もじり言葉の詩とでもいったような男が、もし小説を書いたとしたなら、まずざっとこんなものだと素知らぬふりして書き加えでもして置くと、案外、世のなかのひとたちは、あなたの私を殺しっぷりがいいと言って、喝采《かっさい》を送るかも知れません。あなたのよろめくおすがたがさだめし大受けでございましょう。そしておかげで私の指さきもそれから脚も、もう三秒とたたぬうちに、みるみる冷くなるでございましょう。ほんとうは怒っていないの。だってあなたはわるくないし、いいえ、理窟はないんだ。ふっと好きなの。ああああ。あなた、仕合せは外から？　さようなら、坊ちゃん。もっと悪人におなり。

　男は書きかけの原稿用紙に眼を落してしばらく考えてから、題を猿面冠者とした。それはどうにもならないほどしっくり似合った墓標である、と思ったからであった。

女の決闘

第一

一回十五枚ずつで、六回だけ、私がやってみることにします。こんなのは、どうだろうかと思っている。たとえば、ここに、鷗外《おうがい》の全集があります。勿論《もちろん》、よそから借りて来たものである。私には、蔵書なんて、ありやしない。私は、世の学問というものを軽蔑して居ります。たいてい、たかが知れている。ことに可笑《おか》しいのは、全く無学文盲の徒に限って、この世の学問にあこがれ、「あの、鷗外先生のおっしゃいまするこ とには、」などと、おちょぼ口して、いつ鷗外から弟子《でし》のゆるしを得たのか、先生、先生を連発し、「勉強いたして居ります。」と殊勝《しゆしよう》らしく、眼を伏せて、おそろしく自己を高尚に装《よそお》い切ったと信じ込んで、澄ましている風景のなかなかに多く見受けられることである。あさましく、かえって鷗外のほうでまごついて、赤面するにちがいない。勉強いたして居ります。というのは商人の使う言葉である。安く売る、という意味で、商人がもっぱらこの言葉を使用しているようである。なお、いまでは、役者も使うようになっている。曾我廼家《そがのや》五郎とか、また何とかいう映画女優などが、よくそんな言葉を使っている。どんなことをするのか見当もつかないけれども、とにかく、「勉強いたして居ります。」とさかんに神妙がっている様子である。彼等には、それでよいのかも知れない。すべて、生活の便法である。非難すべきではない。けれども、いやしくも作家たるものが、鷗外を読んだからと言って、急に、なんだか真面目くさくなって、「勉強いたして居ります。」などと、澄まし込まなくてもよさそうに思われる。それでは一体、いままで何を読んでいたのだろう。甚《はなは》だ心細い話である。ここに鷗外の全集があります。私が、よそから借りて来たものであります。これを、これから一緒に読んでみます。きっと諸君は、「面白い、面白い、」とおっしゃるにちがいない。鷗外は、ちっとも、むずかしいことは無い。いつでも、やさしく書いて在る。かえって、漱石のほうが退屈である。鷗外を難解な、深遠のものとして、衆俗のむやみに触れるべからずと、いかめしい禁札を張り出したのは、れいの「勉強いたして居ります。」女史たち、あるいは、大学の時の何々教授の講義ノオトを、学校を卒業して十年のちまで後生大事に隠し持って、機会在る毎にそれをひっぱり出し、ええと、美は醜ならず、醜は美ならず、などと他愛ない事を呟《つぶや》き、やたらに外国人の名前ばかり多く出て、はてしなく長々しい論文をしたため、なむ学問なくては、かなうまい、としたり顔して落ちついている謂《い》わば、あの、研究科の生徒たち。そんな人たちは、窮極に於いて、あさましい無学者にきまっているのであるが、世の中は彼等を、「智慧ある人」として、畏敬するのであるから、奇妙である。

鷗外だって、嘲《あざけ》っている。鷗外が芝居《しばい》を見に行ったら、ちょうど舞台では、色のあくまでも白い侍《さむらい》が、部屋の中央に端坐《たんざ》し、「どれ、書見《しょけん》なと、いたそうか。」と言ったので、鷗外も、これには驚き閉口したと笑って書いて在った。

諸君は、いま私と一緒に、鷗外全集を読むのであるが、ちっとも固くなる必要は無い。だいいち私が、諸君よりもなお数段劣る無学者である。書見など、いたしたことの無い男である。いつも寝ころんで読み散らしている、甚《はなは》だ態度が悪い。だから、諸君もそのまま、寝ころんだままで、私と一緒に読むがよい。端坐されては困るのである。

ここに、鷗外の全集があります。これが、よそから借りて来たものであるということは、まえに言いました。鄭重《ていちょう》に取り扱いましょう。感激したからと言って、文章の傍に赤線ひっぱったりなんかは、しないことにしましょう。借りて来た本ですから、大事にしなければなりません。飜訳篇、第十六巻を、ひらいてみましょう。いい短篇小説が、たくさん在ります。目次を見ましょう。

「玉を懐いて罪あり」HOFFMANN
「悪因縁」KLEIST
「地震」KLEIST

それにつづいて、四十篇くらい、みんな面白そうな題の短篇小説ばかり、ずらりと並んでいます。巻末の解説を読むと、これは、ドイツ、オーストリア、ハンガリーの巻であることがわかります。いちども名前を聞いたことの無いような原作者が、ずいぶん多いですね。けれども、そんなことに頓着《とんじゃく》せず、めくらめっぽう読んで行っても、みんなそれぞれ面白いのです。みんな、書き出しが、うまい。書き出しの巧いというのは、その作者の「親切」であります。また、そんな親切な作者の作品ばかり選んで飜訳したのは、訳者、鷗外の親切であります。鷗外自身の小説だって、みんな書き出しが巧いですものね。すらすら読みいいように書いて在ります。ずいぶん読者に親切で、愛情持っていた人だと思います。二つ、三つ、この第十六巻から、巧い書き出しを拾ってみましょう。みんな巧いので、選出するのに困難です。四十余篇、全部の書き出しを、いま、ここに並べてみたいほどです。けれども、それよりは、諸君が鷗外全集を買うなり、または私のように、よそから借りるなりして親しくお読みになれば、それは、ちゃんとお判りになることなのですから、わざと堪《こら》えて、七つ、いや、八つだけ、おめにかけます。

「埋木」OSSIP SCHUBIN

「アルフォンス・ド・ステルニイ氏は十一月にブルクセルに来て、自ら新曲悪魔の合奏を指揮すべし」と白耳義《ベルギー》独立新聞の紙上に出でしとき、府民は目を側《そば》だてたり。

「父」WILHELM SCHAEFER

私の外《ほか》には此話《このはなし》は誰も知らぬ。それを知って居た男は関係者自身で去年の秋死んでしまった。

「黄金杯」JACOB WASSERMANN
千七百三十二年の暮に近い頃であった。英国はジョージ第二世の政府を戴いて居た。或晩夜廻りが倫敦《ロンドン》の町を廻って居ると、テンプルバアに近い所で、若い娘が途《みち》に倒れているのを見付けた。
「一人者の死」SCHNITZLER
戸を敲《たた》いた。そっとである。
「いつの日か君帰ります」ANNA CROISSANT-RUST
一群の鷗が丁度《ちょうど》足許から立って、鋭い、貪《むさぼ》るような声で鳴きながら、忙しく湖水を超えて、よろめくように飛んで行った。
「玉を懐いて罪あり」AMADEUS HOFFMANN
路易《ルイ》第十四世の寵愛が、メントノン公爵夫人の一身に萃《あつ》まって世人の目を驚かした頃、宮中に出入をする年寄った女学士にマドレエヌ・ド・スキュデリイと云う人があった。
「労働」KARL SCHOENHERR
二人共若くて丈夫である。男はカスパル、女はレジイと云う。愛し合っている。
以上、でたらめに本をひらいて、行きあたりばったり、その書き出しの一行だけを、順不同に並べてみましたが、どうです。うまいものでしょう。あとが読みたくなるでしょう。物語を創るなら、せめて、これくらいの書き出しから説き起してみたいものですね。最後に、ひとつ、これは中でも傑出しています。

「地震」KLEIST

チリー王国の首府サンチャゴに、千六百四十七年の大地震将《まさ》に起らんとするおり、囹圄《れいぎょ》の柱に倚《よ》りて立てる一少年あり。名をゼロニモ・ルジエラと云いて、西班牙《スペイン》の産なるが、今や此世に望《のぞみ》を絶ちて自ら縊《くび》れなんとす。

いかがです。この裂帛《れっぱく》の気魄《きはく》は如何《いかん》。いかさまクライストは大天才ですね。その第一行から、すでに天にもとどく作者の太い火柱の情熱が、私たち凡俗のものにも、あきらかに感取できるように思われます。訳者、鷗外も、ここでは大童《おおわらわ》で、その訳文、弓のつるのように、ピンと張って見事であります。そうして、訳文の末に訳者としての解説を附して在りますが、曰《いわ》く、「地震の一篇は尺幅《せきふく》の間に無限の煙波を収めたる千古の傑作なり。」

けれども、私は、いま、他に語りたいものを持っているのです。この第十六巻一冊でも、以上のような、さまざまの傑作あり、宝石箱のようなものであって、まだ読まぬ人は、大急ぎで本屋に駈けつけ買うがよい、一度読んだ人は、二度読むがよい、二度読んだ人は、三度読むがよい、買うのがいやなら、借りるがよい、その第十六巻の中の、「女の決闘」という、わずか十三ページの小品について、私は、これから語ろうと思っているのです。

これは、いかにも不思議な作品であります。作者は、HERBERT EULENBERG. もちろん無学の私は、その作者を存じて居りません。巻末の解説にも、その作者に就《つ》いては、何も記されて在りません。もっとも解説者は小島政二郎氏であって、小島氏は、小説家としては私たちの先輩であり、その人の「新居」という短篇集を、私が中学時代に愛読いたしました。誠実にこの鷗外全集を編纂《へんさん》なされて居られるようですが、如何にせんドイツ語ばかりは苦手の御様子で、その点では、失礼ながら私と五十歩百歩の無学者のようであります。なんにも解説して居りません。これがまた小島氏の謙遜の御態度であることは明らかで、へんに「書見いたそうか」式の学者の態度をおとりにならないところに、この編纂者のよさもあるのですが、やはり、ちょっと字典でも調べて原作者の人となりを伝えて下さったほうが、私のような不勉強家には、何かと便利なように思われます。とにかく、そんなに名高くない作者にちがいない。十九世紀、ドイツの作家。それだけ、覚えて置けばいいのでしょう。友人で、ドイツ文学の教授がありますけれど、この人に尋ねたら、知らんという。ALBERT EULENBERG ではないか、あるいは、ALBRECHT EULENBERG の間違いではないかという。いや、たしかに HERBERT だ、そんなに有名な作家でもないようだから、ちょっと人名字典か何かで調べてみて呉《く》れ、と重ねてたのみました。手紙で返事を寄こして、僕、寡聞《かぶん》にして、ヘルベルト・オイレンベルグを知りませず、恥じている。マイヤーの大字典にも出て居りませぬし、有名な作家ではないようだ。文学字典から次の事を知りました、と親切に、その人の著作年表をくわしく書いて送って下さったが、どうも、たいしたことは無い。いつこうに聞いたことも無いような作品ばかり書いている。つまり、こういうことになります。

「女の決闘」の作者、HERBERT EULENBERGは、十九世紀後半のドイツの作家、あまり有名でない。日本のドイツ文学の教授も、字典を引かなければ、その名を知る能《あた》わず、むかし森鷗外が、かれの不思議の才能を愛して、その短篇、「塔の上の鶏」および「女の決闘」を訳述せり。

作者に就いては、それくらいの知識でたくさんでしょう。もっとくわしく書いたって、すぐ忘れてしまうのでは、なんにもなりませんから。この作品は、鷗外に依《よ》って訳され、それから、なんという雑誌に発表されたかは、一切不明であるという。のち「蛙《かえる》」という単行本に、ひょいと顔を出して来たのである。鷗外全集の編纂者も、ずいぶん尋ねまわられた様子であるが、「どうしても分らない。御垂教を得れば幸甚《こうじん》である。」と巻末に附記して在る。私が、それを知っていると面白いのであるが、知る筈がない。君だって知るまい。笑っちゃいけない。

不思議なのは、そんなことに在るのでは無い。不思議は、作品の中に在るのである。私は、これから六回、このわずか十三ページの小品をめぐって、さまざまの試みをしてみるつもりなのであるが、これが若《も》しHOFFMANNやKLEISTほどの大家なら、その作品に対して、どんな註釈もゆるされまい。日本にも、それら大家への熱愛者が五万といるのであるから、私が、その作品を下手にいじくりまわしたならば、たちまち殴り倒されてしまうであろう。めったなことは言われぬ。それがHERBERTさんだったら、かえって私が、埋もれた天才を掘り出したなどと、ほめられるかも知れないのだから、ヘルベルトさんも気の毒である。この作家だって、当時本国に於いては、大いに流行した人にちがいない。こちらが無学で、それを知らないだけの話である。

事実、作品に依れば、その描写の的確、心理の微妙、神への強烈な凝視、すべて、まさしく一流中の一流である。ただ少し、構成の投げやりな点が、かれを第二のシェクスピアにさせなかった。とにかく、これから、諸君と一緒に読んでみましょう。

女の決闘

古来例の無い、非常な、この出来事には、左の通りの短い行掛りがある。

ロシヤの医科大学の女学生が、或晩の事、何の学科やらの、高尚な講義を聞いて、下宿へ帰って見ると、卓の上にこんな手紙があった。宛名《あてな》も何も書いて無い。「あなたの御関係なすってお出でになる男の事を、或る偶然の機会で承知しました。その手続はどうでも好いことだから、申しません。わたくしはその男の妻だと、只今まで思っていた女です。わたくしはあなたの人柄を推察して、こう思います。あなたは決して自分のなすった事の成行《なりゆき》がどうなろうと、その成行のために、前になすった事の責《せめ》を負わない方ではありますまい。又あなたは御自分に対して侮辱を加えた事の無い第三者を侮辱して置きながら、その責を逃れようとなさる方でも決してありますまい。わたくしはあなたが、たびたび拳銃で射撃をなさる事を承っています。わたくしはこれまで武器と云うものを手にした事がありませんから、あなたのお腕前がどれだけあろうとも、拳銃射撃は、わたくしよりあなたの方がお上手だと信じます。

だから、わたくしはあなたに要求します。それは明日午前十時に、下に書き記してある停車場へ拳銃御持参で、お出で下されたいと申す事です。この要求を致しますのに、わたくしの方で対等以上の利益を有しているとは申されません。わたくしも立会人を連れて参りませんから、あなたもお連れにならないように希望いたします。序《つい》でながら申しますが、この事件に就いて、前以《もっ》て問題の男に打明ける必要は無いと信じます。その男にはわたくしが好い加減な事を申して、今明日の間、遠方に参っていさせるように致しました。」

この文句の次に、出会う筈の場所が明細に書いてある。名前はコンスタンチェとして、その下に書いた苗字《みょうじ》を読める位に消してある。

第　二

前回は、「その下に書いた苗字を読める位に消してある。」というところ迄でした。その一句に、匂《にお》わせて在る心理の微妙を、私は、くどくどと説明したくないのですが、読者は各々勝手に味わい楽しむがよかろう。なかなか、ここは、いいところなのであります。また、劈《へき》頭《とう》の手紙の全文から立ちのぼる女の「なま」な憎悪感に就いては、原作者の芸術的手腕に感服させるよりは、直接に現実の生《なま》ぐさい迫力を感じさせるように出来ています。このような趣向が、果して芸術の正道であるか邪道であるか、それについてはおのずから種々の論議の発生すべきところでありますが、いまはそれに触れず、この不思議な作品の、もう少しさきまで読んでみることに致しましょう。どうしても、この原作者が、目前に遂行されつつある怪事実を、新聞記者みたいな冷い心でそのまま書き写しているとしか思われなくなって来るのであります。すぐつづけて、

『この手紙を書いた女は、手紙を出してしまうと、直ぐに町へ行って、銃を売る店を尋ねた。そして笑《じょう》談《だん》のように、軽い、好い拳銃を買いたいと云った。それから段々話し込んで、嘘《うそ》に尾《お》鰭《ひれ》を付けて、賭《かけ》をしているのだから、拳銃の打方を教えてくれと頼んだ。そして店の主人と一しょに、裏の陰気な中庭へ出た。そのとき女は、背後から拳銃を持って付いて来る主人と同じように、笑談らしく笑っているように努力した。

中庭の側には活版所がある。それで中庭に籠《こも》っている空気は鉛の匂いがする。この辺の家の窓は、ごみで茶色に染まっていて、その奥には人影が見えぬのに、女の心では、どこの硝子《ガラス》の背後にも、物珍らしげに、好い気味だと云うような顔をして、覗《のぞ》いている人があるように感ぜられた。ふと気が付いて見れば、中庭の奥が、古木の立っている園に続いていて、

そこに大きく開いた黒目のような、的《まと》が立ててある。それを見たとき女の顔は火のように赤くなったり、灰のように白くなったりした。店の主人は子供に物を言って聞かせるように、引金や、弾丸を込める所や、筒や、照尺をいちいち見せて、射撃の為方《しかた》を教えた。弾丸を込める所は、一度射撃するたびに、おもちゃのように、くるりと廻るのである。それから女に拳銃を渡して、始めての射撃をさせた。

女は主人に教えられた通りに、引金を引こうとしたが、動かない。一本の指で引けと教えられたのに、内内二本の指を掛けて、力一ぱいに引いて見た。そのとき耳が、がんと云った。弾丸は三歩ほど前の地面に中《あた》って、弾《はじ》かれて、今度は一つの窓に中った。窓が、がらがらと鳴って壊れたが、その音は女の耳には聞えなかった。どこか屋根の上に隠れて止まっていた一群の鳩が、驚いて飛び立って、唯さえ暗い中庭を、一刹那《せつな》の間、一層暗くした。

聾《つんぼ》になったように平気で、女はそれから一時間程の間、矢張り二本の指を引金に掛けて引きながら射撃の稽古《けいこ》をした。一度打つたびに臭い煙が出て、胸が悪くなりそうなのを堪えて、その癖その匂いを好きな匂いででもあるように吸い込んだ。余り女が熱心なので、主人も吊り込まれて熱心になって、女が六発打ってしまうと、直ぐ跡の六発の弾丸を込めて渡した。

夕方であったが、夜になって、的の黒白の輪が一つの灰色に見えるようになった時、女はようよう稽古を止《や》めた。今まで逢った事も無いこの男が、女のためには古い親友のように思われた。

「この位稽古しましたら、そろそろ人間の猟をしに出掛けられますでしょうね。」と笑談のようにこの男に言ったらこの場合に適当ではないかしら、と女は考えたが、手よりは声の方が余計に顫《ふる》えそうなのでそんな事を言うのは止しにした。そこで金を払って、礼を云って店を出た。

例の出来事を発明してからは、まだ少しも眠らなかったので、女はこれで安心して寝ようと思って、六連発の拳銃を抱いて、床の中へ這入《はい》った。』

ここらで私たちも一休みしましょう。どうです。少しでも小説を読み馴れている人ならば、すでに、ここまで読んだだけでこの小説の描写の、どこかしら異様なものに、気づいたことと思います。一口で言えば、「冷淡さ」であります。失敬なくらいの、「そっけなさ」であります。何に対して失敬なのであるか、と言えば、それは、「目前の事実」に対してであります。目前の事実に対して、あまりにも的確の描写は、読むものにとっては、かえって、いやなものであります。殺人、あるいはもっとけがらわしい犯罪が起り、其の現場の見取図が新聞に出ることがありますけれど、奥の六畳間のまんなかに、その殺された婦人の形が、てるてる坊主の姿で小さく描かれて在ることがあります。ご存じでしょう？　あれは、実にいやなものであります。やめてもらいたい、と言いたくなるほどであります。あのような赤裸々が、この小説の描写の、どこかに感じられませんか。この小説の描写は、はッと思うくらいに的確であります。もう、いちど読みかえして下さい。中庭の側には活版所があるのです。私の貧しい作家の勘で以てすれば、この活版所は、たしかに、そこに在ったのです。この原作者の空想でもなんでもないのです。そうして、たしかに、その辺の家の窓は、ごみで茶色に染まっているのであります。抜きさしならぬ現実であります。そうして一群の鳩が、驚いて飛び立って、唯さえ暗い中庭を、一刹那の間、一層暗くしたというのも、まさに、そのとおりで、原作者は、女のうしろに立ってちゃんと見ていたのであります。なんだか、薄気味悪いことになりました。その小説の描写が、怪《け》しからぬくらいに直截《ちょくせつ》である場合、人は感《かん》服《ぷく》と共に、一種不快な疑惑を抱くものであります。うま過ぎる。淫する。神を冒す。いろいろの言葉があります。描写に対する疑惑は、やがて、その的確すぎる描写を為した作者の人《ひと》柄《がら》に対する疑惑に移行いたします。そろそろ、この辺から私（DAZAI）の小説になりかけて居りますから、読者も用心していて下さい。

私は、この「女の決闘」という、ほんの十頁ばかりの小品をここまで読み、その、生きてびくびく動いているほどの生臭い、抜きさしならぬ描写に接し、大いに驚くと共に、なんだか我慢できぬ不愉快さを覚えた。描写に対する不愉快さは、やがて、直接に、その原作者に対する不愉快となった。この小品の原作者は、この作品を書く時、特別に悪い心境に在ったのでは無いかと、頗《すこぶ》る失礼な疑惑をさえ感じたのであります。悪い心境ということについては二つの仮説を設けることが出来ます。一つは原作者がこの小説を書くとき、たいへん疲れて居られたのではないかという臆測《おくそく》であります。人間は肉体の疲れたときには、人生に対して、また現実生活に対して、非常に不機嫌に、ぶあいそになるものであります。この「女の決闘」という小説の書き出しはどんなであったでしょうか。私はここでそれを繰返すことは致しませんが、前回の分をお読みになった読者はすぐに思い出すことが出来るだろうと思います。いわば、ぶんなぐる口調で書いてあります。ふところ手をして、おめえに知らせてあげようか、とでもいうようなたいへん思いあがった書き出しでありました。だいいち、この事件の起ったとき、すなわち年号、（外国の作家はどんなささやかな事件を叙述するにあたっても必ず年号をいれる傾向があるように思われます。）それから、場所、それについても何も語っていなかったではありませんか。「ロシヤの医科大学の女学生が、或晩の事、何の学科やらの、」というような頗る不親切な記述があったばかりで、他はどの頁をひっくり返してみても、地理的なことはなんにも書かれてありません。実にぶっきらぼうな態度であります。作者が肉体的に疲労しているときの描写は必ず人を叱りつけるような、場合によっては、怒鳴りつけるような趣きを呈するものでありますが、それと同時に実に辛辣《しんらつ》無残の形相をも、ふいと表白してしまうものであります。人間の本性というものは或いはもともと冷酷無残のものなのかも知れません。肉体が疲れて意志を失ってしまったときには、鎧袖一触《がいしゅういっしょく》、修辞も何もぬきにして、袈裟《けさ》がけに人を抜打ちにしてしまう場合が多いように思われます。悲しいことですね。この「女の決闘」という小品の描写に、時々はッと思うほどの、憎々しいくらいの容赦なき箇所の在ることとは、慧眼《けいがん》の読者は、既にお気づきのことと思います。作者は疲れて、人生に対して、また現実のつつましい営みに対して、たしかに乱暴の感情表示をなして居るという事は、あながち私の過言でもないと思います。

もう一つ、これは甚だロマンチックの仮説でありますけれども、この小説の描写に於いて見受けられる作者の異常な憎悪感は、(的確とは、憎悪の一変形でありますから、)直接に、この作中の女主人公に対する抜きさしならぬ感情から出発しているのではないか。すなわち、この小説は、徹底的に事実そのままの資料に拠《よ》ったもので、しかも原作者はその事実発生したスキャンダルに決して他人ではなかった、という興味ある仮説を引き出すことが出来るのであります。更に明確にぶちまけるならば、この小品の原作者HERBERT EULENBERGさん御自身こそ、作中の女房コンスタンチェさんの御亭主であったという恐るべき秘密の匂いを嗅《か》ぎ出すことが出来るのであります。すれば、この作品の描写に於ける、(殊《こと》にもその女主人公のわななきの有様を描写するに当っての、)冷酷きわまる、それゆえにまざまざ的確の、作者の厭な眼の説明が残りなく出来ると私は思います。

もとよりこれは嘘であります。ヘルベルト・オイレンベルグさんは、そんな愚かしい家庭のトラブルなど惹き起したお方では無いのであります。この小品の不思議なほどに的確な描写の拠って来るところは、恐らくは第一の仮説に尽くされてあるのではないかと思います。それは間違いないのでありますが、けれども、ことさらに第二の嘘の仮説を設けたわけは、私は今のこの場合、しかつめらしい名作鑑賞を行おうとしているのではなく、ヘルベルトさんには失礼ながら眼をつぶって貰って、この「女の決闘」という小品を土台にして私が、全く別な物語を試みようとしているからであります。ヘルベルトさんには全く失礼な態度であるということは判っていながら、つまり「尊敬しているからこそ甘えて失礼もするのだ。」という昔から世に行われているあのくすぐったい作法のゆえに、許していただきたいと思うのであります。

さて、それでは今回は原作をもう少し先まで読んでみて、それから原作に足りないところを私が、傲慢《ごうまん》のようでありますが、たしかに傲慢のわざなのでありますが、少し補筆してゆき、いささか興味あるロマンスに組立ててみたいと思っています。この原作に於《お》てはこれからさき少しお読みになれば判ることでありますが、女房コンスタンチェひとり、その人についての描写に終始して居り、その亭主ならびに、その亭主の浮気の相手のロシヤ医科大学の女学生については、殆んど言及して在りません。私は、その亭主を、（乱暴な企てでありますが〕仮にこの小品の作者御自身と無理矢理きめてしまって、いわば女房コンスタンチェの私は唯一の味方になり、原作者が女房コンスタンチェを、このように無残に冷たく描写している、その復讐として、若輩ちから及ばぬながら、次回より能《あた》う限り意地わるい描写を、やってみるつもりなのであります。それでは今回は次に一頁ほど原作者の記述をコピイして、それからまた私の、亭主と女学生についての描写をもせいぜい細かくお目に懸けることに致しましょう。女房コンスタンチェが決闘の前夜、冷たいピストルを抱いて寝て、さてその翌朝、いよいよ前代未聞の女の決闘が開始されるのでありますが、それについて原作者EULENBERGが、れいの心憎いまでの怜悧《れいり》無情の心で次のように述べてあります。これを少し読者に読んでいただき、次回から私（DAZAI）のばかな空想も聞いていただきたく思います。女房は、六連発の拳銃を抱いて、床の中へ這入《はい》りました。さて、その翌朝、原作は次のようになって居ります。

『翌朝約束の停車場で、汽車から出て来たのは、二人の女の外には、百姓二人だけであった。停車場は寂しく、平地に立てられている。定木で引いた線のような軌道がずっと遠くまで光って走っていて、その先の地平線のあたりで、一つになって見える。左の方の、黄いろみ掛かった畑を隔てて村が見える。停車場には、その村の名が付いているのである。右の方には沙地に草の生えた原が、眠そうに広がっている。

二人の百姓は、町へ出て物を売った帰りと見えて、停車場に附属している料理店に坐り込んで祝杯を挙げている。

そこで女二人だけ黙って並んで歩き出した。女房の方が道案内をする。その道筋は軌道を越して野原の方へ這入り込む。この道は暗緑色の草が殆ど土を隠す程茂っていて、その上に荷車の通った輪の跡が二本走っている。

薄ら寒い夏の朝である。空は灰色に見えている。道で見た二三本の立木は、大きく、不細工に、この陰気な平地に聳《そび》えている。丁度森が歩哨《ほしょう》を出して、それを引っ込めるのを忘れたように見える。そここに、低い、片羽のような、病気らしい灌木《かんぼく》が、伸びようとして伸びずにいる。

二人の女は黙って並んで歩いている。まるきり言語の通ぜぬ外国人同士のようである。いつも女房の方が一足先に立って行く。多分そのせいで、女学生の方が、何か言ったり、問うて見たりしたいのを堪《こら》えているかと思われる。

遠くに見えている白樺《しらかば》の白けた森が、次第にゆるゆると近づいて来る。手入をせられた事の無い、銀鼠色《ぎんねずいろ》の小さい木の幹が、勝手に曲りくねって、髪の乱れた頭のような枝葉を戴いて、一塊になっている。そして小さい葉に風を受けて、互に囁《ささや》き合っている。』

第三

女学生は一こと言ってみたかった。「私はあの人を愛していない。あなたはほんとに愛しているの。」それだけ言ってみたかった。腹がたってたまらなかった。ゆうべ学校から疲れて帰り、さあ、けさ冷しておいたミルクでも飲みましょう、と汗ばんだ上衣《うわぎ》を脱いで卓のうえに置いた、そのとき、あの無智な馬鹿らしい手紙が、その卓のうえに白くひっそり載っているのを見つけたのだ。私の室に無断で入って来たのに違いない。ああ、この奥さんは狂っている。手紙を読み終えて、私はあまりの馬鹿らしさに笑い出した。まったく黙殺ときめてしまって、手紙を二つに裂き、四つに裂き、八つに裂いて紙屑入れに、ひらひら落した。そのとき、あの人が異様に蒼《あお》ざめて、いきなり部屋に入って来たのだ。

「どうしたの。」

「見つかった、感づかれた。」あの人は無理に笑ってみせようと努めたようだが、ひくひく右の頬がひきつって、あの人の特徴ある犬歯がにゅっと出ただけのことである。

私はあさましく思い、「あなたよりは、あなたの奥さんの方が、きっぱりして居るようです。私に決闘を申込んで来ました。」あの人は、「そうか、やっぱりそうか。」と落ちつきなく部屋をうろつき、「あいつはそんな無茶なことをやらかして、おれの声名に傷つけ、心からの復讐をしようとしている。変だと思っていたのだ。ゆうべ、おれに、いつにないやさしい口調で、あなたも今月はずいぶん、お仕事をなさいましたし、気休めにどこか田舎《いなか》へ遊びにいらっしゃい。お金も今月はどっさり余分にございます。あなたのお疲れのお顔を見ると、私までなんだか苦しくなります。この頃、私にも少しずつ、芸術家の辛苦《しんく》というものが、わかりかけてまいりました。と、そんなことをぬかすので、おれも、ははあ、これは何かあるな、と感づき、何食わぬ顔して、それに同意し、今朝、旅行に出たふりしてまた引返し、家の中庭の隅にしゃがんで看視していたのだ。夕方あいつは家を出て、何時何処《いつどこ》で、誰から聞いて知っていたのか、お前のこの下宿へ真直にやって来て、おかみと何やら話していたが、やがて出て来て、こんどは下町へ出かけ、ある店の飾り窓の前に、ひたと吸いついて動かなんだ。その飾り窓には、野鴨《のがも》の剝製《はくせい》やら、鹿の角やら、いたちの毛皮などあり、私は遠くから見ていたのであるが、はじめは何の店やら判断がつかなかった。そのうちに、あいつはすっと店の中へ入ってしまったので、私も安心して、その店に近づいて見ることが出来たのだが、なんと驚いた、いや驚いたというのは嘘で、ああそうか、というような合点の気持だったのかな？　野鴨の剝製やら、鹿の角やら、いたちの毛皮に飾られて、十数挺の猟銃が黒い銃身を鈍く光らせて、飾り窓の下に沈んで横になっていた。拳銃もある。私には皆わかるのだ。人生が、このような黒い銃身の光と、じかに結びつくなどは、ふだんはとても考えられぬことであるが、その時の私のうつろな絶望の胸には、とてもリリカルにしみて来たのだ。銃身の黒い光は、これは、いのちの最後の詩だと思った。パアンと店の裏で拳銃の音がする。つづいて、又一発。私は危く涙を落しそうになった。そっと店の扉を開け、内を窺《うかが》っても、店はがらんとして誰もいない。私は入った。相続く銃声をたよりに、ずんずん奥へすすんだ。みると薄暮の中庭で、女房と店の主人が並んで立って、今しも女房が主人に教えられ、最初の一発を的に向ってぶっ放すところであった。女房の拳銃は火を放った。けれども弾丸は、三歩程前の地面に当り、はじかれて、窓に当った。窓ガラスはがらがらと鳴ってこわれ、どこか屋根の上に隠れて止っていた一群の鳩が驚いて飛立って、ただささえ暗い中庭を、さっと一層暗くした。私は再び涙ぐむのを覚えた。あの涙は何だろう。憎悪の涙か、恐怖の涙か。

いやいや、ひょっとしたら女房への不憫《ふびん》さの涙であったかも知れないね。とにかくこれでわかった。あれはそんな女だ。いつでも冷たく忍従して、そのくせ、やるとなったら、世間を顧慮せずやりのける。ああ、おれはそれを頼もしい性格と思ったことさえある！　芋《いも》の煮付《につけ》が上手でね。今は危い。お前さんが殺される。おれの生れてはじめての恋人が殺される。もうこれが、私の生涯で唯一の女になるだろう、その大事な人を、その人をあれがいま殺そうとしている。おれは、そこまで見届けて、いま、お前さんのとこへ駈込んで来た。お前は――」

「それは御苦労さまでした。生れてはじめての恋人だの、唯一の宝だの、それは一体なんのことです。所詮は、あなた芸術家としてのひとり合点、ひとりでほくほく享楽しているだけのことではないの。気障《きざ》だねえ。お止しなさい。私はあなたを愛していない。あなたはどだい美しくないもの。私が少しでも、あなたに関心を持っているとしたら、それはあなたの特異な職業に対してであります。市民を嘲《あざけ》って芸術を売って、そうして、市民と同じ生活をしているというのは、なんだか私には、不思議な生物のように思われ、私はそれを探求してみたかったという、まあ、理窟《りくつ》を言えばそうなるのですが、でも結局なんにもならなかった。なんにも無いのね。めちゃめちゃだけが在るのね。私は科学者ですから、不可解なもの、わからないものには惹《ひ》かれるの。それを知り極めないと死んでしまうような心細さを覚えます。だから私はあなたに惹かれた。私には芸術がわからない。私には芸術家がわからない。何かあると思っていたの。あなたを愛していたんじゃないわ。私は今こそ芸術家というものを知りました。芸術家というものは弱い、てんでなっちゃいない大きな低能児ね。それだけのもの、つまり智能の未発育な、いくら年とっても、それ以上は発育しない不具者なのね。純粋とは白痴のことなの？　無垢《むく》とは泣虫のことなの？　あああ、何をまた、そんな蒼《あお》い顔をして、私を見つめるの。いやだ。帰って下さい。あなたは頼りにならないお人だ。いまそれがわかった。驚いて度を失い、ただうろうろして見せるだけで、それが芸術家の純粋な、所以《ゆえん》なのですか。おそれいりました。」と、私は自分ながら、あまり、筋の通ったことも思えないような罵言《ばげん》をわめき散らして、あの人をむりやり、扉の外へ押し出し、ばたんと扉をしめて錠をおろした。

粗末な夕食の支度にとりかかりながら、私はしきりに味気なかった。男というものの、のほほん顔が、腹の底から癪《しゃく》にさわった。一体なんだというのだろう。私は、たまには、あの人からお金を貰った。冬の手袋も買ってもらった。もっと恥ずかしい内輪のものをさえ買ってもらった。けれどもそれが一体どうしたというのだ。私は貧しい医学生だ。私の研究を助けてもらうために、ひとりのパトロンを見つけたというのは、これはどうしていけないことなのか。私には父も無い、母も無い。けれども、血筋は貴族の血だ。いまに叔母が死ねば遺産も貰える。私には私の誇《ほこり》があるのだ。私はあの人を愛していない。愛するとは、もっと別な、母の気持も含まれた、血のつながりを感じさせるような、特殊の感情なのではなかろうか。私は、あの人を愛していない。科学者としての私の道を、はじめからひとりで歩いていたつもりなのに、どうしてこう突然に、失敬な、いまわしい決闘の申込状やら、また四十を越した立派な男子が、泣きべそをかいて私の部屋にとびこんで来たり、まるで、私ひとりがひどい罪人であるかのように扱われている。私にはわからない。

ひとりで貧しい食事をしたため、葡萄酒を二杯飲んだ。食後の倦怠《けんたい》は、人を、「どうとも勝手に」という、ふてぶてしい思いに落ちこませるものである。決闘ということが、何だか、食後の運動くらいの軽い動作のように思われて来た。やってみようかなあ。私は殺される筈《はず》がない。あの男の話によれば、先方の女は、今日はじめて、拳銃の稽古をしていたというではないか。私は学生倶楽部《クラブ》で、何時でも射撃の最優勝者ではなかったか。馬に乗りながらでも十発九中。殺してやろう、私は侮辱を受けたのだ。この町では決闘は、若《も》し、それが正当のものであったなら、役人から受ける刑罰もごく軽く、別に名誉を損ずるほどのことにならぬと聞いていた。私の歩いている道に、少しでも、うるさい毛虫が這い寄ったら、私はそれを杖でちょいと除去するのが当然の事だ。私は若くて美しい。いや美しくはないけれど、でも、ひとりで生き抜こうとしている若い女性は、あんな下らない芸術家に恋々とぶら下り、私に半狂乱の決闘状など突きつける女よりは、きっと美しいに相違ない。そうだ、それは瞳の問題だ。いやもう、これはなかなか大変な奢《おご》りの気持になったものだ。どれ、公園を散歩して来ましょう。私の下宿のすぐ裏が、小さい公園で、亀の子に似た怪獣が、天に向って一筋高く水を吹上げ、その噴水のまわりは池で、東洋の金魚も泳いでいる。ペエトル一世が、王女アンの結婚を祝う意味で、全国の町々に、このような小さい公園を下賜《かし》せられた。この東洋の金魚も、王女アンの貰い玩具であったそうな。私はこの小さい公園が好きだ。瓦斯燈《ガスとう》に大きい蛾《が》がひとつ、ピンで留められたようについている。ふと見ると、ベンチにあの人がいる。私の散歩の癖を知っているから、ここで待ち伏せていたのであろう。私は、いまは気楽に近寄り、「さきほどは御免なさい。大きな白痴。」お馬鹿さんなどという愛称は、私には使えない。「あした決闘を見においで。私が奥さんを殺してあげる。いやなら、あなたのお家にじっとひそんで、奥さんのお帰りを待っていなさい。見に来なければ、奥さんを無事に帰してあげるわよ。」そう言ったとき、あの人はなんと答えたか。世にもいやしい笑いを満面に湛《たた》え、ふいとその笑いをひっこめ、しらじらしい顔して、「え、なんだって？　わけの分らんことをお前さんは言ったね。」そう言い捨てて、立ち去ったのである。私にはわかっている。あの人は、私に、自分の女房を殺して貰いたいのだ。けれども、それを、すこしも口に出して言いたくなし、また私の口からも聞いたことがないというようにして置きたかった。それは、あとあと迄、あの人の名誉を守るよすがともなろう。女二人に争われて、自分は全く知らぬ間に、女房は殺され、情婦は生きた。ああ、そのことは、どんなに芸術家の白痴の虚栄を満足させる事件であろう。あの人は、生き残った私に、そうして罪人の私に、こんどは憐憫《れんびん》をもって、いたわりの手をさしのべるという形にしたいのだ。見え透いている。あんな意気地無しの卑屈な怠けものには、そのような醜聞が何よりの御自慢なのだ。そうして顔をしかめ、髪をかきむしって、友人の前に告白のポオズ。ああ、おれは苦しい、と。あの人の夜霧に没する痩せたうしろ姿を見送り、私は両肩をしゃくって、くるりと廻れ右して、下宿に帰って来た。なにがなしに悲しい。女性とは、所詮、ある窮極点に立てば、女性同士で抱きあって泣きたくなるものなのか。私は自身を不憫なものとは思わない。けれども、あの人の女房が急に不憫になって来た。いたわり合わなければならぬ間柄ではなかろうか。まだ見ぬ相手の女房への共感やら、憐憫やら、同情やら、何やらが、ばたばた、大きい鳥の翼のように、私の胸を叩くのだ。私は窓を開け放ち、星空を眺めながら、五杯も六杯も葡萄酒を飲んだ。ぐるぐる眼が廻って、ああ、星が降るようだ。そうだ。あの人はきっと決闘を見に来る。私達のうしろについて来る。見に来たらば、女房を殺してあげると私は先刻言ったのだから。あの人は樹の幹に隠れて見ているに違いない。そうして私に、ここで見ているという知らせのつもりで軽く咳《せき》ばらいなどするかも知れない。いきなり、その幹のかげの男に向って発砲しよう。愚劣な男は死ぬがよい。それにきまった。私はどさんと、ぶっ倒れるようにベッドに寝ころがった。おやすみなさい、コンスタンチェ。(コンスタンチェとは女房の名である。)

あくる日、二人の女は、陰鬱な灰色の空の下に小さく寄り添って歩いている。黙って並んで歩いている。女学生はさっきから、一言聞いてみたかった。あなたはあの人を愛しているの？　ほんとうに愛しているの？　けれども、相手の女は、まるで一匹のたくましい雌馬のように、鼻孔をひろげて、荒い息を吐き吐き、せっせと歩いて、それに追いすがる女学生を振払うように、ただ急ぎに急ぐのである。女学生は、女房のスカアトの裾《すそ》から露出する骨張った脚を見ながら、次第にむかむか嫌悪が生じる。「あさましい。理性を失った女性の姿は、どうしてこんなに動物の臭いがするのだろう。汚い。下等だ。毛虫だ。助けまい。あの男を撃つより先に、やはりこの女と、私は憎しみをもって勝敗を決しよう。あの男が此所《こ こ》へ来ているか、どうか、私は知らない。見えないようだ。どうでもよい。いまは目前の、このあさはかな、取乱した下等な雌馬だけが問題だ。」二人の女は黙ってせっせと歩いている。女学生がどんなに急いで歩いても、いつも女房の方が一足先に立って行く。遠くに見えている白樺の森が次第にゆるゆると近づいて来る。あの森が、約束の地点だ。（以上DAZAI）

すぐつづけて原作は、

『この森の直ぐ背後で、女房は突然立ち留まった。その様子が今まで人に追い掛けられていて、この時決心して自分を追い掛けて来た人に向き合うように見えた。

「お互に六発ずつ打つ事にしましょうね。あなたがお先へお打ちなさい。」

「ようございます。」

二人の交えた会話はこれだけであった。

女学生ははっきりした声で数を読みながら、十二歩歩いた。そして女房のするように、一番はずれの白樺の幹に並んで、相手と向き合って立った。

周囲の草原はひっそりと眠っている。停車場から鐸《すず》の音が、ぴんぱんぴんぱんと云うように聞える。丁度時計のセコンドのようである。セコンドや時間がどうなろうと、そんな事は、もうこの二人には用が無いのである。女学生の立っている右手の方に浅い水溜《みずたまり》があって、それに空が白く映っている。それが草原の中に牛乳をこぼしたように見える。白樺の木どもは、これから起って来る、珍らしい出来事を見ようと思うらしく、互に摩《す》り寄って、頸《くび》を長くして、声を立てずに見ている。』見ているのは、白樺の木だけではなかった。二人の女の影のように、いつのまにか、白樺の幹の蔭《かげ》にうずくまっている、れいの下等の芸術家。

　ここで一休みしましょう。最後の一行は、私が附け加えました。

おそろしく不器用で、赤面しながら、とにかく私が、女学生と亭主の側からも、少し書いてみました。甚だ概念的で、また甘ったるく、原作者オイレンベルグ氏の緊密なる写実を汚すこと、おびただしいものであることは私も承知して居ります。けれども、原作は前回の結尾からすぐに、『この森の直ぐ背後で、女房は突然立ち留まった。云々。』となっているのでありますが、その間に私の下手《へた》な蛇足《だそく》を挿入すると、またこの「女の決闘」という小説も、全く別な廿世紀の生々しさが出るのではないかと思い、実に大まかな通俗の言葉ばかり大胆に採用して、書いてみたわけであります。廿世紀の写実とは、あるいは概念の肉化にあるのかも知れませんし、一概に、甘い大げさな形容詞を排斥《はいせき》するのも当るまいと思います。人は世俗の借金で自殺することもあれば、また概念の無形の恐怖から自殺することだってあるのです。決闘の次第は次回で述べます。

第　四

決闘の勝敗の次第をお知らせする前に、この女ふたりが拳銃を構えて対峙《たいじ》した可憐陰惨、また奇妙でもある光景を、白樺《しらかば》の幹の蔭にうずくまって見ている、れいの下等の芸術家の心懐に就《つ》いて考えてみたいと思います。私はいま仮にこの男の事を下等の芸術家と呼んでいるのでありますが、それは何も、この男ひとりを限って、下等と呼んでいるのでは無くして、芸術家全般がもとより下等のものであるから、この男も何やら著述をしているらしいその罰で、下等の仲間に無理矢理、参加させられてしまったというわけなのであります。この男は、芸術家のうちではむしろ高貴なほうかも知れません。第一に、このひとは紳士であります。服装正しく、挨拶《あいさつ》も尋常で、気弱い笑顔は魅力的であります。散髪を怠らず、学問ありげな、れいの虚無的なるぶらりぶらりの歩き方をも体得して居た筈でありますし、それに何よりも泥酔《でいすい》する程に酒を飲まぬのが、決定的にこの男を上品な紳士の部類に編入させているのであります。けれども、悲しいかな、この男もまた著述をなして居るとすれば、その外面の上品さのみを見て、油断することは出来ません。何となれば、芸術家には、殆ど例外なく、二つの哀れな悪徳が具わって在るものだからであります。その一つは、好色の念であります。この男は、よわい既に不惑《ふわく》を越え、文名やや高く、可憐無邪気の恋物語をも創り、市井《しせい》婦女子をうっとりさせて、汚れない清潔の性格のように思われている様子でありますが、内心はなかなか、そんなものではなかったのです。初老に近い男の、好色の念の熾烈《しれつ》さに就いて諸君は考えてみたことがおありでしょうか。或る程度の地位も得た、名声さえも得たようだ、得てみたら、つまらない、なんでもないものだ、日々の暮しに困らぬ程の財産もできた、自分のちからの限度もわかって来た、まあ、こんなところかな？　この上むりして努めてみたって、たいしたことにもなるまい、こうして段々老いてゆくのだ、と気がついたときは、人は、せめて今いちどの冒険に、あこがれるようにならぬものであろうか。ファウストは、この人情の機微に就いて、わななきつつ書斎で独語しているようであります。ことにも、それが芸術家の場合、黒煙濛々《もうもう》の地団駄《じだんだ》踏むばかりの焦躁でなければなりません。芸術家というものは、例外なしに生れつきの好色人であるのでありますから、その渇望も極度のものがあるのではないかと、笑いごとでは無しに考えられるのであります。殊にも、この男は紅毛人であります。紅毛人の I love you には、日本人の想像にも及ばぬ或る種の直接的な感情が含まれている様子で、「愛します」という言葉は、日本に於いてこそ綺麗《きれい》な精神的なものと思われているようですが、紅毛人に於いては、もっと、せっぱつまった意味で用いられているようであります。よろずに奔放で熾烈であります。いいとしをして思慮分別も在りげな男が、内実は、中学生みたいな甘い詠歎《えいたん》にひたっていることもあるのだし、たかが女学生の生意気なのに惹かれて、家も地位も投げ出し、狂乱の姿態を示すことだってあるのです。それは、日本でも、西欧でも同じことであるのですが、ことにも紅毛人に於いては、それが甚だしいように思われます。この哀れな、なんだか共感を誘う弱点に依《よ》って、いまこの男は、二人の女の後《うしろ》について来て、そうして、白樺の幹の蔭に身をかくし、息を殺して、二人の女の決闘のなりゆきを見つめていなければならなくなった。もう一つ、この男の、芸術家の通弊として避けられぬ弱点、すなわち好奇心、言葉を換えて言えば、誰も知らぬものを知ろうという虚栄、その珍らしいものを見事に表現してやろうという功名心、そんなものが、この男を、ふらふら此の決闘の現場まで引きずり込んで来たものと思われます。どうしても一匹、死なない虫がある。自身、愛慾に狂乱していながら、その狂乱の様をさえ描写しようと努めているのが、これら芸術家の宿命であります。本能であります。諸君は、藤十郎の恋、というお話をご存じでしょうか。あれは、坂田藤十郎が、芸の工夫のため、いつわって人妻に恋を仕掛けた、ということになっていますが、果して全部が偽りの口説《くぜつ》であったかどうか、それは、わかったものじゃ無いと私は思って居ります。本当の恋を囁《ささや》いている間に自身の芸術家の虫が、そろそろ頭をもたげて来て、次第にその虫の喜びのほうが増大して、満場の喝采《かっさい》が眼のまえにちらつき、はては、愛慾も興覚めた、という解釈も成立し得ると思います。まことに芸術家の、表現に対する貪婪《どんらん》、虚栄、喝采への渇望は、始末に困って、あわれなものであります。今、この白樺の幹の蔭に、雀《すずめ》を狙う黒い猫みたいに全身緊張させて構えている男の心境も、所詮《しょせん》は、初老の甘ったるい割り切れない「恋情」と、身中の虫、芸術家としての「虚栄」との葛藤である、と私には考えられるのであります。

ああ、決闘やめろ。拳銃からりと投げ出して二人で笑え。止《よ》したら、なんでも無いことだ。ささやかなトラブルの思い出として残るだけのことだ。誰にも知られずにすむのだ。私は二人を愛している。おんなじように愛している。可愛い。怪我《けが》しては、いけない。やめて欲しい、とも思うのだが、さて、この男には幹の蔭から身を躍らせて二人の間に飛び込むほどの決断もつかぬのです。もう少し、なりゆきを見たいのです。男は更に考える。

発砲したからといっても、必ず、どちらかが死ぬるとはきまっていない。死ぬるどころか、双方かすり疵《きず》一つ受けないことだって在り得る。たいてい、そんなところだろう。死ぬるなんて、並たいていの事ではない。どうして私は、事態の最悪の場合ばかり考えたがるのだろう。ああ、けさは女房も美しい。ふびんな奴だ。あいつは、私を信じすぎていたのだ。私も悪い。女房を、だましすぎていた。だますより他はなかったのだ。家庭の幸福なんて、お互い嘘の上でも無けれあ成り立たない。いままで私は、それを信じていた。女房なんて、謂《い》わば、家の道具だと信じていた。いちいち真実を吐露《とろ》し合っていたんじゃ、やり切れない。私は、いつもだましていた。それだから女房は、いつも私を好いてくれた。真実は、家庭の敵。嘘こそ家庭の幸福の花だ、と私は信じていた。この確信に間違い無いか。私は、なんだか、ひどい思いちがいしていたのでは無いか。このとしになるまで、知らずにいた厳粛な事実が在ったのでは無いか。女房は、あれは、道具にちがいないけれど、でも、女房にとって、私は道具でなかったのかも知れぬ。もっと、いじらしい、懸命な思いで私の傍にいてくれたのかも知れない。女房は私を、だましていなかった。私は悪い。けれども、それだけの話だ。私は女房に、どんな応答をしたらいいのか。私はおまえを愛していない。けれども、それは素知らぬ振りして、一生おまえとは離れまい決心だった。平和に一緒に暮して行ける確信が私に在ったのだが、もう、今は、だめかも知れない。決闘なんて、なんという無智なことを考えたものだ！　やめろ！　と男は、白樺の蔭から一歩踏み出し、あやうく声を出しかけて、見ると、今しも二人の女が、拳銃持つ手を徐々に挙げて、発砲一瞬まえの姿勢に移りつつあったので、はっと声を呑んでしまいました。もとより、この男もただものでない。当時流行の作家であります。謂わば、眼から鼻に抜けるほどの才智を持った男であります。普通、好人物の如く醜く動転、とり乱すようなことは致しません。やるなら、やれ、と糞度胸《くそどきょう》を据え、また白樺の蔭にひたと身を隠して、事のなりゆきを凝視しました。

やるならやれ。私の知った事でない。もうこうなれば、どっちが死んだって同じ事だ。二人死んだら尚更《なおさら》いい。ああ、あの子は殺される。私の、可愛い不思議な生きもの。私はおまえを、女房の千倍も愛している。たのむ、女房を殺せ！　あいつは邪魔だ！　賢夫人だ。賢夫人のままで死なせてやれ。ああ、もうどうでもいい。私の知ったことか。せいぜい華やかにやるがいい、と今は全く道義を越えて、目前の異様な戦慄《せんりつ》の光景をむさぼるように見つめていました。誰も見た事の無いものを私はいま見ている、このプライド。やがてこれを如実に描写できる、この仕合せ。ああ、この男は、恐怖よりも歓喜を、五体しびれる程の強烈な歓喜を感じている様子であります。神を恐れぬこの傲慢、痴夢、我執、人間侮辱。芸術とは、そんなに狂気じみた冷酷を必要とするものであったでしょうか。男は、冷静な写真師になりました。芸術家は、やっぱり人ではありません。その胸に、奇妙な、臭い一匹の虫がいます。その虫を、サタン、と人は呼んでいます。

発砲せられた。いまは、あさましい芸術家の下等な眼だけが動く。男の眼は、その決闘のすえ始終を見とどけました。そうして後日、高い誇りを以て、わが見たところを誤またず描写しました。以下は、その原文であります。流石《さすが》に、古今の名描写であります。背後の男の、貪婪な観察の眼をお忘れなさらぬようにして、ゆっくり読んでみて下さい。

女学生が最初に打った。自分の技倆に信用を置いて相談に乗ったのだと云う風で、落ち着いてゆっくり発射した。弾丸《たま》は女房の立っている側の白樺の幹をかすって力が無くなって地に落ちて、どこか草の間に隠れた。

その次に女房が打ったが、矢張り中《あた》らなかった。

それから二人で交る代る、熱心に打ち合った。銃の音は木精《こだま》のように続いて鳴り渡った。そのうち女学生の方が先に逆《のぼ》せて来た。そして弾丸が始終高い所ばかりを飛ぶようになった。

女房も矢張り気がぼうっとして来て、なんでももう百発も打ったような気がしている。その目には遠方に女学生の白いカラが見える。それをきのう的を狙ったように狙って打っている。その白いカラの外《ほか》には、なんにも目に見えない。消えてしまったようである。自分の踏んでいる足下の土地さえ、あるか無いか覚えない。

突然、今自分は打ったか打たぬか知らぬのに、前に目に見えた白いカラが地に落ちた。そして外国語で何か一言云うのが聞えた。

その刹那《せつな》に周囲のものが皆一塊になって見えて来た。灰色の、じっとして動かぬ大空の下の暗い草原、それから白い水潦《みずたまり》、それから側のひょろひょろした白樺の木などである。白樺の木の葉は、この出来事をこわがっているように、風を受けて囁き始めた。

女房は夢の醒《さ》めたように、堅い拳銃を地に投げて、着物の裾《すそ》をまくって、その場を逃げ出した。

女房は人げの無い草原を、夢中になって駆けている。唯自分の殺した女学生のいる場所から成《な》る丈け遠く逃げようとしているのである。跡には草原の中には赤い泉が湧き出したように、血を流して、女学生の体が横《よこた》わっている。

女房は走れるだけ走って、草臥《くたび》れ切って草原のはずれの草の上に倒れた。余り駆けたので、体中の脈がぴんぴん打っている。そして耳には異様な囁きが聞える。「今血が出てしまって死ぬるのだ」と云うようである。

こんな事を考えている内に、女房は段段に、しかも余程手間取って、落ち着いて来た。それと同時に草原を物狂わしく走っていた間感じていた、旨《うま》く復讐を為遂《しと》げたと云う喜も、次第につまらぬものになって来た。丁度《ちょうど》向うで女学生の頸の創《きず》から血が流れて出るように、胸に満ちていた喜が逃げてしまうのである。「これで敵《かたき》を討った」と思って、物に追われて途方に暮れた獣のように、夢中で草原を駆けた時の喜は、いつか消えてしまって、自分の上を吹いて通る、これまで覚えた事のない、冷たい風がそれに代ったのである。なんだか女学生が、今死んでいるあたりから、冷たい息が通って来て、自分を凍えさせるようである。たった今まで、草原の中をよろめきながら飛んでいる野の蜜蜂《みつばち》が止まったら、羽を焦《こが》してしまっただろうと思われる程、赤く燃えていた女房の顳顬《こめかみ》が、大理石のように冷たくなった。大きい為事《しごと》をして、ほてっていた小さい手からも、血が皆どこかへ逃げて行ってしまった。「復讐と云うものはこんなに苦《にが》い味のものか知ら」と、女房は土の上に倒れていながら考えた。そして無意識に唇を動かして、何か渋いものを味わったように頬をすぼめた。併《しか》し此《この》場を立ち上がって、あの倒れている女学生の所へ行って見るとか、それを介抱《かいほう》して遣《や》るとか云う事は、どうしても遣りたくない。女房はこの出来事に体を縛り付けられて、手足も動かされなくなっているように、冷淡な心持をして時の立つのを待っていた。そして此間に相手の女学生の体からは血が流れて出てしまう筈だと思っていた。

夕方になって女房は草原で起き上がった。体の節節が狂っていて、骨と骨とが旨く食い合わないような気がする。草臥れ切った頭の中では、まだ絶えず拳銃を打つ音がする。頭の狭い中で、決闘が又しても繰返されているようである。此辺の景物が低い草から高い木まで皆黒く染まっているように見える。そう思って見ている内に、突然自分の影が自分の体を離れて、飛んで出たように、目の前を歩いて行く女が見えて来た。黒い着物を着て、茶色な髪をして白く光る顔をして歩いている。女房はその自分の姿を見て、丁度《ちょうど》他人を気の毒に思うように、その自分の影を気の毒に思って、声を立てて泣き出した。

きょうまで暮して来た自分の生涯は、ばったり断ち切られてしまって、もう自分となんの関係も無い、白木の板のようになって自分の背後から浮いて流れて来る。そしてその上に乗る事も、それを拾い上げる事も出来ぬのである。そしてこれから先き生きているなら、どんなにして生きていられるだろうかと想像して見ると、その生活状態の目の前に建設せられて来たのが、如何《いか》にもこれまでとは違った形をしているので、女房はそれを見ておののき恐れた。譬《たと》えば移住民が船に乗って故郷の港を出る時、急に他郷がこわくなって、これから知らぬ新しい境へ引き摩《ず》られて行くよりは、寧《むし》ろ此海の沈黙の中へ身を投げようかと思うようなものである。

そこで女房は死のうと決心して、起ち上がって元気好く、項《うなじ》を反《そら》せて一番近い村をさして歩き出した。

女房は真っ直に村役場に這入《はい》って行ってこう云った。「あの、どうぞわたくしを縛って下さいまし、わたくしは決闘を致しまして、人を一人殺しました。」

第五

決闘の次第は、前回に於いて述べ尽しました。けれども物語は、それで終っているのではありません。火事は一夜で燃え尽しても、火事場の騒ぎは、一夜で終るどころか、人と人との間の疑心、悪罵《あくば》、奔走《ほんそう》、駈引《かけひ》きは、そののち永く、ごたついて尾を引き、人の心を、生涯とりかえしつかぬ程に歪曲《わいきょく》させてしまうものであります。この、前代未聞の女同士の決闘も、とにかく済んだ。意外にも、女房が勝って、女学生が殺された。その有様を、ずるい、悪徳の芸術家が、一つあまさず見とどけて、的確の描写を為し、成功して写実の妙手と称《たた》えられた。さて、それから事件は、どうなったのでしょう。まず、原文を読んでみましょう。原文も、この辺から、調子が落ちて、決闘の場面の描写ほど、張りが無いようであります。それは、その訳です。今迄は、かの流行作家も、女房の行く跡を、飢餓《かが》の狼《おおかみ》のようについて歩いて、女房が走ると自分も走り、女房が立ちどまると、自分も踞み、女房の姿態と顔色と、心の動きを、見つめ切りに見つめていたので、従ってその描写も、どきりとするほどの迫真の力を持つことが出来たのでありますが、いま決闘も終結し、女房は真っ直に村役場に這入って行ってしまったので、もはや観察の手段が無くなりました。下手《へた》に村役場のまわりに、うろついていたら、人に見られて、まずい事になります。この芸術家は、神の審判よりも、人の審判を恐れているたちの男でありますから、女房につづいて村役場に飛び込み、自分の心の一切を告白する勇気など持ち合せが無かったのであります。正義よりも、名声を愛して居ります。致しかたの無い事かも知れません。敢《あ》えて責めるべき事で無いかも知れない。人間は、もともとそんな、くだらないものであります。この利巧な芸術家も、村役場に這入って行く女房の姿を見て、ちょっと立ちどまり、それから、ばかな事はしたくない、という頗《すこぶ》る当り前の考えから、くるりと廻れ右して、もと来た道をさっさと引き返し、汽車に乗り、何食わぬ顔してわが家に帰り、ごろりとソファに寝ころがった。それから、いろいろ人から聞いて、女房のその後の様子を、次の如く知ることが出来たのであります。以下は、勿論、芸術家が直接に見て知ったことでは無く、さまざまの人達から少しずつ聞いたところのものを綜合して、それに自分の空想をもたくみに案配《あんばい》して綴った、謂《い》わば説明の文章でありますす。描写の文章では無いようであります。すなわち、女房が村役場に這入って行って、人を一人殺しました、と自首する。

『それを聞いて役場の書記二人はこれまで話に聞いた事も無い出来事なので、女房の顔を見て微笑《ほほえ》んだ。少し取り乱しているが、上流の奥さんらしく見える人が変な事を言うと思ったのである。書記等は多分これはどこかから逃げて来た女気違だろうと思った。

女房は是非縛って貰いたいと云って、相手を殺したと云う場所を精《くわ》しく話した。

それから人を遣って調べさせて見ると、相手の女学生はおおよそ一時間前に、頸の銃創から出血して死んだものらしかった。それから二本の白樺の木の下の、寂しい所に、物を言わぬ証拠人として拳銃が二つ棄ててあるのを見出した。拳銃は二つ共、込めただけの弾丸を皆打ってしまってあった。そうして見ると、女房の持っていた拳銃の最後の一弾が気まぐれに相手の体に中《あた》ろうと思って、とうとうその強情を張り通したものと見える。

女房は是非この儘《まま》抑留して置いて貰いたいと請求した。役場では、その決闘と云うものが正当な決闘であったなら、女房の受ける処分は禁獄に過ぎぬから、別に名誉を損ずるものではないと、説明して聞かせたけれど、女房は飽《あ》くまで留めて置いて貰おうとした。

女房は自分の名誉を保存しようとは思っておらぬらしい。たったさっきまで、その名誉のために一命を賭《と》したのでありながら、今はその名誉を有している生活と云うものが、そこに住《すま》う事も、そこで呼吸をする事も出来ぬ、雰囲気の無い空間になったように、どこへか押し除《の》けられてしまったように思われるらしい。丁度死んでしまったものが、もう用が無くなったので、これまで骨を折って覚えた言語その外の一切の物を忘れてしまうように、女房は過去の生活を忘れてしまったものらしい。

女房は市へ護送せられて予審に掛かった。そこで未決檻《みけつかん》に入れられてから、女房は監獄長や、判事や、警察医や僧侶に、繰り返して、切に頼み込んで、これまで夫としていた男に衝《つ》き合せずに置いて貰う事にした。それればかりでは無い。その男の面会に来ぬようにして貰った。それから色色な秘密らしい口供《こうきょう》をしたり、又わざと矛盾する口供をしたりして、予審を二三週間長引かせた。その口供が故意にしたのであったと云う事は、後になって分かった。

　或る夕方、女房は檻房《かんぼう》の床の上に倒れて死んでいた。それを見附けて、女の押丁《おうてい》が抱いて寝台の上に寝かした。その時女房の体が、着物だけの目方しかないのに驚いた。女房は小鳥が羽の生えた儘《まま》で死ぬように、その着物を着た儘で死んだのである。跡から取調べたり、周囲の人を訊問して見たりすると、女房は檻房に入れられてから、絶食して死んだのであった。渡された食物を食わぬと思われたり、又無理に食わせられたりすまいと思って、人の見る前では呑み込んで、直ぐそれを吐き出したこともあったらしい。丁度相手の女学生が、頸の創《きず》から血を出して萎《しな》びて死んだように絶食して、次第に体を萎びさせて死んだのである。』

　女房も死んでしまいました。はじめから死ぬるつもりで、女学生に決闘を申込んだ様子で、その辺の女房のいじらしい、また一筋の心理に就いては、次回に於いて精細に述べることにして、今は専《もっぱ》ら、女房の亭主すなわち此の短いが的確の「女の決闘」の筆者、卑怯《ひきょう》千万の芸術家の、その後の身の上に就いて申し上げる事に致します。女学生は、何やら外国語を一言叫んで、死んでいった。女房も、ほとんど自殺に等しい死にかたをして、この世から去っていった。けれども、三人の中で最も罪の深い、この芸術家だけは、死にもせずペンを握って、「小鳥が羽の生えた儘で死ぬように、その着物を着た儘で死んだのである。」などと、自分の女房のみじめな死を、よそごとのように美しく形容し、その棺に花束一つ投入してやったくらいの慈善を感じてすましている。これは、いかにも不思議であります。果して、芸術家というものは、そのように冷淡、心の奥底まで一個の写真機に化しているものでしょうか。私は、否、と答えたいのでありますが、とにかく今、諸君と共に、この難問に就いて、尚《なお》しばらく考えてみることに致しましょう。この悪徳の芸術家は、女房の取調べと同時に、勿論、市の裁判所に召喚され、予審検事の皮肉極まる訊問を受けた筈であります。

――どうも、とんだ災難でございましたね。（と検事は芸術家に椅子を薦《すす》めて言いました。）奥さんのおっしゃる事は、ちっとも筋道がとおりませんので、私ども困って居ります。一体、どういう原因に拠る決闘だか、あなたは、ご存じなんですね。

――存じません。

――私の言いかたが下手《へた》だったのかしら。失礼いたしました。何か、お心当りは在る筈なんですね。

――心当り？

――相手の女学生を、ご存じなんですね。

――相手の？

――いいえ、奥さんの相手です。失礼いたしました。奥さんの決闘の相手です。お互い紳士ですものね。

――存じて居ります。

――え？　何をご存じなんです。煙草《たばこ》はいかがです。ずいぶん煙草を、おやりのようですね。煙草は、思索の翼と言われていますからね。あなたの作品を、うちの女房と娘が奪い合いで読んでいますよ。「法師の結婚」という小説です。私も、そのうち読ませていただくつもりですけれど、天才の在るおかたは羨やましいですね。この部屋は、少し暑過ぎますね。私はこの部屋がきらいなんですよ。窓を開けましょう。さぞ、おいやでしょうね。

——何を申し上げればいいのでしょう。

——いいえ、そういうわけじゃ無いんです。私は、そんな、失礼な事は考えて居りません。お互い、このとしになると、世の中が馬鹿げて見えて来ますね。どうだっていいんです。お互い、弱い者同士ですものね。馬鹿げていますよ。私は、この裁判所と自宅との間を往復して、ただ並木路を往復して歩いて、ふと気がついたら二十年経っていました。いちどは冒険を。いいえ、あなたのことじゃ無いんです。いろいろの事がありましたものね。おや、聞えますね。囚人たちの唱歌ですよ。シオンのむすめ、……

——語れかし！

——わが愛の君に。私は讃美歌をさえ忘れてしまいました。いいえ、そういう謎《なぞ》のつもりでは無かったのです。あなたから、何もお伺《うかが》いしようと思いません。そんなに気を廻さないで下さい。どうも、私も、きょうはなんだか、いやになりました。もう、止しにしましょうか。

——そうお願いできれば、……

――ふん。あなたを罰する法律が無いので、いやになったのですよ。お帰りなさい。

――ありがとう存じます。

――あ、ちょっと。一つだけ、お伺いします。奥さんが殺されて、女学生が勝った場合は、どうなりますか？

――どうもこうもなりません。そいつは残った弾丸で、私をも撃ち殺したでしょう。

――ご存じですね。奥さんは、すると、あなたの命の恩人ということになりますね。

――女房は、可愛げの無い女です。好んで犠牲になったのです。エゴイストです。

――もう一つお伺いします。あなたは、どちらの死を望みましたか？　あなたは、隠れて見ていましたね。旅行していたというのは嘘ですね。あの前夜も、女学生の下宿に訪ねて行きましたね。あなたは、どちらの死を望んでいたのですか？　奥さんでしょうね。

――いいえ、私は、(と芸術家は威厳のある声で言いました。) どちらも生きてくれ、と念じていました。

――そうです。それでいいのです。私はあなたの、今の言葉だけを信頼します。(と検事は、はじめて白い歯を出して微笑《ほほえ》み、芸術家の肩をそっと叩いて、) そうで無ければ、私は今すぐあなたを、未決檻に送るつもりでいたのですよ。殺人幇助《ほうじょ》という立派な罪名があります。

以上は、かの芸術家と、いやらしく老獪《ろうかい》な検事との一問一答の内容でありますが、ただ、これだけでは私も諸君も不満であります。「いいえ、私は、どちらも生きてくれ、と念じていました。」という一言を信じて、検事は、この男を無罪放免という事にした様子でありますが、私たちの心の中に住んでいる小さい検事は、なかなか疑い深くて、とてもこの男を易々と放免することが出来ないのであります。この男は、予審の検事を、だましたのではないでしょうか。「どちらも生きてくれ、と念じていました。」というのは、嘘ではないか。この男は、あの決闘のとき、白樺の木の蔭に隠れて、ああ、どっちも死ね！　両方死ね、いやいや、女房だけ死ね！　女房を殺してくれ、と全身に油汗を流して念じていた瞬間が、在ったじゃないか。確かに在った。この男は、あれを忘れているのであろうか。或いはちゃんと覚えている癖《くせ》に、成長した社会人特有の厚顔無恥の、謂わば世馴れた心から、けろりと忘れた振りして、平気で嘘を言い、それを取調べる検事も亦《また》、そこのところを見抜いていながら、その追究を大人気《おとなげ》ないものとして放棄し、とにかく話の筋が通って居れば、それで役所の書類作成に支障は無し、自分の勤めも大過無し、正義よりも真実よりも自分の職業の無事安泰が第一だと、そこは芸術家も検事も、世馴れた大人同士の暗黙の裏の了解ができて、そこで、「どちらも生きてくれと念じていました。」「よろしい、信頼しましょう。」ということになったのでは無いでしょうか。けれども、その疑惑は、間違っています。私は、それに就いて、いま諸君に、僭越《せんえつ》ながら教えなければなりません。その時の、男の答弁は正しいのです。また、その一言を信頼し、無罪放免した検事の態度も正しいのです。決してお互い妥協しているのではありません。男は、あの決闘の時、女房を殺せ！　と願いました。と同時に、決闘やめろ！　拳銃からりと投げ出して二人で笑え、と危く叫ぼうとしたのであります。人は、念々と動く心の像すべてを真実と見做《みな》してはいけません。自分のものでも無い或る卑しい想念を、自分の生れつきの本性の如く誤って思い込み、悶々している気弱い人が、ずいぶん多い様子であります。卑しい願望が、ちらと胸に浮ぶことは、誰にだってあります。時々刻々、美醜さまざまの想念が、胸に浮んでは消え、浮んでは消えて、そうして人は生きています。その場合に、醜いものだけを正体として信じ、美しい願望も人間には在るという事を忘れているのは、間違いであります。念々と動く心の像は、すべて「事実」として存在はしても、けれども、それを「真実」として指摘するのは、間違いなのであります。真実は、常に一つではありませんか。他は、すべて信じなくていいのです。忘れていていいのです。多くの浮遊の事実の中から、たった一つの真実を拾い出して、あの芸術家は、権威を以《もっ》て答えたのです。検事も、それを信じました。二人共に、真実を愛し、真実を触知し得る程の立派な人物であったのでしょう。

あの、あわれな、卑屈な男も、こうして段々考えて行くに連れて、少しずつ人間の位置を持ち直して来た様子であります。悪いと思っていた人が、だんだん善くなって来るのを見る事ほど楽しいことはありません。弁護のしついでに、この男の、身中の虫、「芸術家」としての非情に就いても、ちょっと考えてみることに致しましょう。この男ひとりに限らず、芸術家というものは、その腹中に、どうしても死なぬ虫を一匹持っていて、最大の悲劇をも冷酷の眼で平気で観察しているものだ、と前回に於いても、前々回に於いても非難して来た筈でありますが、その非難をも、ちょっとついでに取り消してお目に掛けたくなりました。何も、人助けの為であります。慈善は、私の本性かも知れません。「醜いものだけを正体として信じ、美しい願望も人間には在るということを忘れているのは、間違いであります。」とD先生が教えて居ります。何事も、自分を、善いほうに解釈して置くのがいいようだ。さて、芸術家には、人で無い部分が在る、芸術家の本性は、サタンである、という私の以前の仮説に対して、私は、もう一つの反立法を持ち合せているのであります。それを、いま、お知らせ致します。

――リュシエンヌよ、私は或る声楽家を知っていた。彼が許嫁《いいなずけ》の死の床に侍して、その臨終に立会った時、傍らに、彼の許嫁の妹が身を慄《ふる》わせ、声をあげて泣きむせぶのを聴きつつ、彼は心から許嫁の死を悲しみながらも、許嫁の妹の涕泣《ていきゅう》に発声法上の欠陥のある事に気づいて、その涕泣に迫力を添えるには適度の訓練を必要とするのではなかろうか。と不図《ふと》考えたのであった。而《しか》もこの声楽家は、許嫁との死別の悲しみに堪えずしてその後間もなく死んでしまったが、許嫁の妹は、世間の掟に従って、忌の果てには、心置きなく喪服を脱いだのであった。

これは、私の文章ではありません。辰野隆先生訳、仏人リイル・アダン氏の小話であります。この短い実話を、もう一度繰りかえして読んでみて下さい。ゆっくり読んでみて下さい。薄情なのは、世間の涙もろい人たちの間にかえって多いのであります。芸術家は、めったに泣かないけれども、ひそかに心臓を破って居ります。人の悲劇を目前にして、目が、耳が、手が冷いけれども、胸中の血は、再び旧にかえらぬ程に激しく騒いでいます。芸術家は、決してサタンではありません。かの女房の卑劣な亭主も、こう考えて来ると、あながち非難するにも及ばなくなったようであります。眼は冷く、女房の殺人の現場を眺め、手は平然とそれを描写しながらも、心は、なかなか悲愁断腸のものが在ったのではないでしょうか。次回に於いて、すべてを述べます。

第　六

いよいよ、今回で終りであります。一回、十五、六枚ずつにて半箇年間、つまらぬ事ばかり書いて来たような気が致します。私にとっては、その間に様々の思い出もあり、また自身の体験としての感懐も、あらわにそれと読者に気づかれ無いように、こっそり物語の奥底に流し込んで置いた事でもありますから、私一個人にとっては、之《これ》は、のちのちも愛着深い作品になるのではないかと思って居ります。読者には、あまり面白くなかったかも知れませんが、私としては、少し新しい試みをしてみたような気もしているので、もう、この回、一回で読者とおわかれするのは、お名残り惜しい思いであります。所詮、作者の、愚かな感傷ではありますが、殺された女学生の亡霊、絶食して次第に体を萎《しな》びさせて死んだ女房の死顔、ひとり生き残った悪徳の夫の懊悩《おうのう》の姿などが、この二、三日、私の背後に影法師のように無言で執拗《しつよう》に、つき従っていたことも事実であります。説明は、その後ですさて、今回は、原文を、おしまいまで全部、読んでしまいましょう。る事に致します。

――遺物を取り調べて見たが、別に書物も無かった。夫としていた男に別《わかれ》を告げる手紙も無く、子供等に暇乞《いとまごい》をする手紙も無かった。唯一度檻房へ来た事のある牧師に当てて、書き掛けた短い手紙が一通あった。牧師は誠実に女房の霊を救おうと思って来たのか、物珍らしく思って来て見たのか、それは分からぬが、兎《と》に角《かく》一度来たのである。この手紙は牧師の二度と来ぬように、謂《い》わば牧師を避けるために書く積りで書き始めたものらしい。煩悶《はんもん》して、こんな手紙を書き掛けた女の心を、その文句が幽《かす》かに照しているのである。

「先日お出《い》でになった時、大層御尊信なすってお出での様子で、お話になった、あのイエス・クリストのお名に掛けて、お願致します。どうぞ二度とお尋下さいますな。わたくしの申す事を御信用下さい。わたくしの考では若《も》しイエスがまだ生きてお出でなされたなら、あなたがわたくしの所へお出でなさるのを、お遮《さえぎ》りなさる事でしょう。昔天国の門に立たせて置かれた、あの天使のように、イエスは燃える抜身を手にお持になって、わたくしのいる檻房へ這入《はい》ろうとする人をお留《とめ》なさると存じます。わたくしはこの檻房から、わたくしの逃げ出して来た、元の天国へ帰りたくありません。よしや天使が薔薇《ばら》の綱をわたくしの体に巻いて引入れようとしたとて、わたくしは帰ろうとは思いません。なぜと申しますのに、わたくしがそこで流した血は、決闘でわたくしの殺した、あの女学生の創《きず》から流れて出た血のようにもう元へは帰らぬのでございます。わたくしはもう人の妻でも無ければ人の母でもありません。もうそんなものには決してなられません。永遠になられません。ほんにこの永遠と云う、たっぷり涙を含んだ二字を、あなた方どなたでも理解して尊敬して下されば好《よ》いと存じます。」

「わたくしはあの陰気な中庭に入り込んで、生れてから初めて、拳銃と云うものを打って見ました時、自分が死ぬる覚悟で致しまして、それと同時に自分の狙《ねら》っている的《まと》は、即ち自分の心《しん》の臓《ぞう》だと云う事が分かりました。それから一発一発と打つたびに、わたくしは自分で自分を引き裂くような愉快を味いました。この心の臓は、もとは夫や子供の側で、セコンドのように打っていて、時を過ごして来たものでございます。それが今は数知れぬ弾丸《たま》に打ち抜かれています。こんなになった心の臓を、どうして元の場所へ持って行かれましょう。よしやあなたが主御自身であっても、わたくしを元へお帰しなさる事はお出来になりますまい。よし神様でも、鳥よ虫になれとは仰《おつし》ゃる事が出来ますまい。先にその鳥の命をお断ちになってからでも、そう仰ゃる事は出来ますまい。わたくしを生きながら元の道へお帰らせなさることのお出来にならないのも、同じ道理でございます。幾らあなたでも人間のお詞《ことば》で、そんな事を出来《でか》そうとは思召《おぼしめ》しますまい。」

「わたくしは、あなたの教で禁じてある程、自分の意志の儘に進んで参って、跡を振り返っても見ませんでした。それはわたくし好く存じています。併《しか》しどなただって、わたくしに、お前の愛しようは違うから、別な愛しようをしろと仰ゃる事は出来ますまい。あなたの心の臓はわたくしの胸には嵌《は》まりますまい。又わたくしのはあなたのお胸には嵌まりますまい。あなたはわたくしを、謙遜を知らぬ、我慾の強いものだと仰ゃるかも知れませんが、それと同じ権利で、わたくしはあなたを、気の狭い卑屈な方だと申す事も出来ましょう。あなたの尺度でわたくしをお測りになって、その尺度が足らぬからと言って、わたくしを度はずれだと仰ゃる訳には行きますまい。あなたとわたくしとの間には、対等の決闘は成り立ちません。お互に手に持っている武器が違います。どうぞもうわたくしの所へ御出で下さいますな。切にお断申します。」

「わたくしの為には自分の恋愛が、丁度自分の身を包んでいる皮のようなものでございました。若しその皮の上に一寸《ちょっと》した染《しみ》が出来るとか、一寸した創《きず》が付くとかしますと、わたくしはどんなにしてでも、それを癒《い》やしてしまわずには置かれませんでした。わたくしはその恋愛が非常に傷けられたと存じました時、その為に、長煩いで腐って行くように死なずに、意識して、真っ直ぐに立った儘で死のうと思いました。わたくしは相手の女学生の手で殺して貰おうと思いました。そうしてわたくしの恋愛を潔く、公然と相手に奪われてしまおうと存じました。」

「それが反対になって、わたくしが勝ってしまいました時、わたくしは唯名誉を救っただけで、恋愛を救う事が出来なかったのに気が付きました。総《すべ》ての不治の創の通りに、恋愛の創も死ななくては癒えません。それはどの恋愛でも傷けられると、恋愛の神が侮辱せられて、その報いに犠牲を求めるからでございます。決闘の結果は予期とは相違していましたが、兎《と》に角《かく》わたくしは自分の恋愛を相手に渡すのに、身を屈めて、余儀なくせられて渡すのでは無く、名誉を以て渡そうとしたのだと云うだけの誇を持っています。」

「どうぞ聖者の毫光《ごうこう》を御尊敬なさると同じお心持で、勝利を得たものの額の月桂冠を御尊敬なすって下さいまし。」

「どうぞわたくしの心の臓をお労《いた》わりなすって下さいまし。あなたの御尊信なさる神様と同じように、わたくしを大胆に、偉大に死なせて下さいまし。わたくしは自分の致した事を、一人で神様の前へ持って参ろうと存じます。名誉ある人妻として持って参ろうと存じます。わたくしは十字架に釘付けにせられたように、自分の恋愛に釘付けにせられて、数多の創から血を流しています。こんな恋愛がこの世界で、この世界にいる人妻のために、正当な恋愛でありましたか、どうでしたか、それはこれから先の第三期の生活に入ったなら、分かるだろうと存じます。わたくしが、この世に生れる前と、生れてからとで経験しました、第一期、第二期の生活では、それが教えられずにしまいました。」

ここまで書いて来て、かの罪深き芸術家は、筆を投じてしまいました。女房の遺書の、強烈な言葉を、ひとつひとつ書き写している間に、異様な恐怖に襲われた。背骨を雷に撃たれたような気が致しました。実人生の、暴力的な真剣さを、興覚めする程に明確に見せつけられたのであります。たかが女、と多少は軽蔑を以て接して来た、あの女房が、こんなにも恐ろしい、無茶なくらいの燃える祈念で生きていたとは、思いも及ばぬ事でした。女性にとって、現世の恋情が、こんなにも焼き焦げる程ひとすじなものとは、とても考えられぬ事でした。命も要らぬ、神も要らぬ、ただ、ひとりの男に対する恋情の完成だけを祈って、半狂乱で生きている女の姿を、彼は、いまはじめて明瞭に知る事が出来たのでした。彼は、もともと女性軽蔑者でありました。女性の浅間《あさま》しさを知悉《ちしつ》しているつもりでありました。女性は男に愛撫されたくて生きている。称讃されたくて生きている。我利我利。淫蕩《いんとう》。無智。虚栄。死ぬまで怪しい空想に身悶《みもだ》えしている。貪慾《どんよく》。無思慮。ひとり合点。意識せぬ冷酷。無恥厚顔。吝嗇《りんしょく》。打算。相手かまわぬ媚態《びたい》。ばかな自惚《うぬぼ》れ。その他、女性のあらゆる悪徳を心得ているつもりでいたのであります。女で無ければわからぬ気持、そんなものは在り得ない。ばかばかしい。女は、決して神秘でない。ちゃんとわかっている。あれだ。猫だ。と此《こ》の芸術家は、心の奥底に、そのゆるがぬ断定を蔵していて、表面は素知らぬ振りしてわが女房にも、また他の女にも、当らず触らずの愛想のいい態度で接していました。また、この不幸の芸術家は、女の芸術家というものをさえ、てんで認めていませんでした。当時の甘い批評家たちが、女の作家の二、三の著書に就いて、女性特有の感覚、女で無ければ出来ぬ表現、男にはとてもわからぬ此の心理、などと驚歎の言辞を献上するのを見て、彼はいつでも内心、せせら笑って居りました。みんな男の真似ではないか。男の作家たちが空想に拠《よ》って創造した女性を見て、女は、これこそ真の私たちの姿だ、と愚かしく夢中になって、その嘘の女性の型に、むりやり自分を押し込めようとするのだが、悲しい哉《かな》、自分は胴が長すぎて、脚が短い。要らない脂肪が多過ぎる。それでも、自分は、ご存じ無い。実に滑稽奇怪の形で、しゃなりしゃなりと歩いている。男の作家の創造した女性は、所詮、その作家の不思議な女装の姿である。女では無いのだ。どこかに男の「精神」が在る。ところが女は、かえってその不自然な女装の姿に憧《あこが》れて、その毛臑《けずね》の女性の真似をしている。滑稽の極である。もともと女であるのに、その姿態と声を捨て、わざわざ男の粗暴の動作を学び、その太い音声、文章を「勉強」いたし、さてそれから、男の「女音」の真似をして、「わたくしは女でございます。」とわざと嗄《しわが》れた声を作って言い出すのだから、実に、どうにも浅間しく複雑で、何が何だか、わからなくなるのである。女の癖に口鬚《くちひげ》を生やし、それをひねりながら、「そもそも女というものは、」と言い出すのだから、ややこしく、不潔に濁って、聞く方にとっては、やり切れぬ。所謂《いわゆる》、女特有の感覚は、そこには何も無い。女で無ければ出来ぬ表現も、何も無い。男にはとてもわからぬ心理なぞは勿論、在るわけは無い。もともと男の真似なのだ。女は、やっぱり駄目なものだ、というのが此の中年の芸術家の動かぬ想念であったのでありますけれども、いま、自身の女房の愚かではあるが、強烈のそれこそ火を吐くほどの恋の主張を、一字一字書き写しているうちに、彼は、これまで全く知らずにいた女の心理を、いや、女の生理、と言い直したほうがいいかも知れぬくらいに、なまぐさく、また可憐な一筋の思いを、一糸纏《まと》わぬ素はだかの姿で見てしまったような気がして来たのであります。知らなかった。女というものは、こんなにも、せっぱつまった祈念を以て生きているものなのか。愚かには違い無いが、けれども、此の熱狂的に一直線の希求には、何か笑えないものが在る。恐ろしいものが在る。女は玩具、アスパラガス、花園、そんな安易なものでは無かった。この愚直の強さは、かえって神と同列だ。人間でない部分が在る、と彼は、真実、驚倒した。筆を投じて、ソファに寝ころび、彼は、女房とのこれ迄の生活を、また、決闘のいきさつを、順序も無くちらちら思い返してみたのでした。あ、あ、といちいち合点がゆくのです。私は女房を道具と思っていたが、女房にとっては、私は道具で無かった。生きる目あての全部であった、という事が、その時、その時の女房の姿態、無言の行動ではっきりわかるような気がして来たのであります。女は愚かだ。けれども、なんだか懸命だ。とてもロマンスにならない程、むき出しに懸命だ。女の真実というものは、とても、これは小説にならぬ。書いてはならぬ。神への侮辱だ。なるほど、女の芸術家たちが、いちど男に変装して、それからまた女に変装して、女の振りをする、というややこしい手段を採用するのも、無理もない話だ。女の、そのままの実体を、いつわらずぶちまけたら、芸術も何も無い、愚かな懸命の虫一匹だ。人は、息を呑《の》んでそれを凝視するばかりだ。愛も無い、歓びも無い、ただしらじらしく、興覚めるばかりだ。私はこの短篇小説に於いて、女の実体を、あやまち無く活写しようと努めたが、もう止そう。まんまと私は、失敗した。女の実体は、小説にならぬ。書いては、いけないものなのだ。いや、書くに忍びぬものが在る。止そう。この小説は、失敗だ。女というものが、こんなにも愚かな、盲目の、それゆえに半狂乱の、あわれな生き物だとは知らなかった。まるっきり違うものだ。女は、みんな、――いや、言うまい。ああ、真実とは、なんて興覚めなものだろう。男は、ふいと死にたく思いました。なんの感激も無しに立って、「卓に向い、その時たまたま記憶に甦って来た曾遊《そうゆう》のスコットランドの風景を偲《しの》ぶ詩を二三行書くともなく書きとどめ、新刊の書物の数頁を読むともなく読み終ると、『いやに胸騒ぎがするな』と呟《つぶや》きながら、小机の抽斗《ひきだし》から拳銃を取り出したが、傍のソファに悠然と腰を卸《おろ》してから、胸に銃口を当てて引金を引いた。」之《これ》が、かの悪徳の夫の最後でありました、と言えば、かのリイル・アダン氏の有名なる短篇小説の結末にそっくりで、多少はロマンチックな匂いも発して来るのでありますが、現実は、決して、そんなに都合よく割り切れず、此の興覚めの強力な実体を見た芸術家は立って、ふらふら外へ出て、そこらを暫《しばら》く散歩し、やがてまた家へ帰り、部屋を閉め切って、さてソファにごろりと寝ころび、部屋の隅の菖蒲《しょうぶ》の花を、ぼんやり眺め、また徐《おもむ》ろに立ち上り菖蒲の鉢に水差しの水をかけてやり、それから、いや、別に変った事も無く、翌《あく》る日も、その翌る日も、少くとも表面は静かな作家の生活をつづけていっただけの事でありました。失敗の短篇「女の決闘」をも、平気を装って、その後間も無く新聞に発表しました。批評家たちは、その作品の構成の不備を指摘しながらも、その描写の生々しさを、賞讃することを忘れませんでした。どうやら、佳作、という事に落ちついた様子であります。けれども芸術家は、その批評にも、まるで無関心のように、ぼんやりしていました。それから、驚くべきことには、実にくだらぬ通俗小説ばかりを書くようになりました。いちど、いやな恐るべき実体を見てしまった芸術家は、それに拠っていよいよ人生観察も深くなり、その作品も、所謂《いわゆる》、底光りして来るようにも思われますが、現実は、必ずしもそうでは無いらしく、かえって、怒りも、憧《あこが》れも、歓びも失い、どうでもいいという白痴の生きかたを選ぶものらしく、この芸術家も、あれ以来というものは、全く、ふやけた浅墓《あさはか》な通俗小説ばかりを書くようになりました。かつて世の批評家たちに最上級の言葉で賞讃せられた、あの精密の描写は、それ以後の小説の片隅にさえ、見つからぬようになりました。次第に財産も殖《ふ》え、体重も以前の倍ちかくなって、町内の人たちの尊敬も集り、知事、政治家、将軍とも互角の交際をして、六十八歳で大往生いたしました。その葬儀の華やかさは、五年のちまで町内の人たちの語り草になりました。再び、妻はめとらなかったのであります。

というのが、私（DAZAI）の小説の全貌なのでありますが、もとより之は、HERBERT

EULENBERG氏の原作の、許しがたい冒瀆《ぼうとく》であります。原作者オイレンベルグ氏は、決して私のこれまで述べて来たような、悪徳の芸術家では、ありません。それは、前にも、くどく断って置いた筈であります。必ず、よい御家庭の、佳《よ》き夫であり、佳き父であり、つつましい市民としての生活を忍んで、一生涯をきびしい芸術精進にささげたお方であると、私は信じて居ります。前にも、それは申しましたが、「尊敬して居ればこそ、安心して甘えるのだ。」という日本の無名の貧しい作家の、頗《すこぶ》る我儘《わがまま》な言い訳に拠って、いまは、ゆるしていただきます。冗談にもせよ、人の作品を踏台にして、そうして何やら作者の人柄に傷つけるようなスキャンダルまで捏造《ねつぞう》した罪は、決して軽くはありません。けれども、相手が、一八七六年生れ、一昔まえの、しかも外国の大作家であるからこそ、私も甘えて、こんな試みを為したので、日本の現代の作家には、いくら何でも、決してゆるされる事ではありません。それに、この原作は、第二回に於いて、くわしく申して置きましたように、原作者の肉体疲労のせいか、たいへん投げやりの点が多く、単に素材をほうり出したという感じで、私の考えている「小説」というものとは、甚だ遠いのであります。もっとも、このごろ日本でも、素材そのままの作品が、「小説」として大いに流行している様子でありますが、私は時たま、そんな作品を読み、いつも、ああ惜しい、と思うのであります。口はばったい言い方でありますが、私に、こんな素材を与えたら、いい小説が書けるのに、と思う事があります。素材は、小説でありません。素材は、空想を支えてくれるだけであります。私は、今まで六回、たいへん下手で赤面しながらも努めて来たのは、私のその愚かな思念の実証を、読者にお目にかけたかったが為でもあります。私は、間違っているでしょうか。

　これは非常に、こんぐらかった小説であります。私が、わざとそのように努めたのでありますす。その為にいろいろ、仕掛もして置いたつもりでありますから、ひまな読者は、ゆっくりお調べを願います。ほんとうの作者が一体どこにいるのか、わからなくしてしまおうとさえ思いましたが、調子に乗って浮薄な才能を振り廻していると、とんでも無い目に遭います。神に罰せられます。私は、それに就いては、節度を保ったつもりであります。とにかく、この私の「女の決闘」をお読みになって、原作の、女房、女学生、亭主の三人の思いが、原作に在るよりも、もっと身近かに生臭く共感せられたら、成功であります。果して成功しているかどうか、それは読者諸君が、各々おきめになって下さい。

　私の知合いの中に、四十歳の牧師さんがひとり居ります。生れつき優しい人で、聖書に就いての研究も、かなり深いようであります。みだりに神の名を口にせず、私のような悪徳者のところへも度々たずねて来てくれて、私が、その人の前で酒を呑み、大いに酔っても、べつに叱りも致しません。私は教会は、きらいでありますが、でも、この人のお説教は、度々聞きにまいります。先日、その牧師さんが、苺《いちご》の苗をどっさり持って来てくれて、私の家の狭い庭に、ご自身でさっさと植えてしまいました。その後で、私は、この牧師さんに、れいの女房の遺書を読ませて、その感想を問いただしました。

「あなたなら、この女房に、なんと答えますか。この牧師さんは、たいへん軽蔑されてやっつけられているようですが、これは、これでいいのでしょうか。あなたは、この遺書をどう思います。」

牧師さんは顔を赤くして笑い、やがて笑いを収め、澄んだ眼で私をまっすぐに見ながら、

「女は、恋をすれば、それっきりです。ただ、見ているより他はありません。」

私たちは、きまり悪げに微笑《ほほえ》みました。

貧の意地

新釈諸国噺より

むかし江戸品川、藤茶屋のあたり、見るかげも無き草の庵《いおり》に、原田内助というおそろしく鬚《ひげ》の濃い、眼の血走った中年の大男が住んでいた。容貌《ようぼう》おそろしげなる人は、その自身の顔の威厳にみずから恐縮して、かえって、へんに弱気になっているものであるが、この原田内助も、眉《まゆ》は太く眼はぎょろりとして、ただものでないような立派な顔をしていながら、いっこうに駄目な男で、剣術の折には眼を固くつぶって奇妙な声を挙げながらあらぬ方に向って突進し、壁につきあたって、まいった、と言い、いたずらに壁破りの異名を高め、蜆売《しじみう》りのずるい少年から、嘘《うそ》の身上噺《みのうえばなし》を聞いて、おいおい声を放って泣き、蜆を全部買いしめて、家へ持って帰って女房に叱《しか》られ、三日のあいだ朝昼晩、蜆ばかり食べさせられて胃痙攣《いけいれん》を起して転輾《てんてん》し、論語をひらいて、学而《がくじ》第一、と読むと必ず睡魔に襲われるところとなり、毛虫がきらいで、それを見ると、きゃっと悲鳴を挙げて両手の指をひらいてのけぞり、人のおだてに乗って、狐《きつね》にでも憑《つ》かれたみたいにおろおろして質屋へ走って行って金を作ってごちそうし、みそかには朝から酒を飲んで切腹の真似《まね》などして掛取《かけと》りをしりぞけ、草の庵も風流の心からではなく、ただおのずから、そのように落ちぶれたというだけの事で、花も実も無い愚図《ぐず》の貧、親戚《しんせき》の持てあまし者の浪人であった。さいわい、親戚に富裕の者が二、三あったので、せっぱつまるとそのひとたちから合力《ごうりき》を得て、その大半は酒にして、春の桜も秋の紅葉《もみじ》も何が何やら、見えぬ聞えぬ無我夢中の極貧の火の車のその日暮しを続けていた。春の桜や秋の紅葉には面をそむけて生きても行かれるだろうが、年にいちどの大みそかを知らぬ振りして過す事だけはむずかしい。いよいよことしも大みそかが近づくにつれて原田内助、眼つきをかえて、気違いの真似などして、用も無い長刀をいじくり、えへへ、と怪しく笑って掛取りを気味悪がらせ、あさっては正月というに天井の煤《すす》も払わず、鬚もそらず、煎餅蒲団《せんべいぶとん》は敷きっ放し、来るなら来い、などあわれな言葉を譫語《うわごと》の如く力無く呟《つぶや》き、またしても、えへへ、と笑うのである。まいどの事ながら、女房はうつつの地獄の思いに堪《た》えかね、勝手口から走り出て、自身の兄の半井清庵《なからいせいあん》という神田明神の横町に住む医師の宅に駈《か》け込み、涙ながらに窮状を訴え、助力を乞うた。清庵も、たびたびの迷惑、つくづく呆《あき》れながらも、こいつ酒落《しゃれ》た男で、「親戚にひとりくらい、そのような馬鹿がいるのも、浮世の味。」と笑って言って、小判十枚を紙に包み、その上書《うわがき》に「貧病の妙薬、金用丸《きんようがん》、よろずによし。」と記して、不幸の妹に手渡した。

女房からその貧病の妙薬を示されて、原田内助、よろこぶかと思いのほか、むずかしき顔をして、「この金は使われぬぞ。」とかすれた声で、へんな事を言い出した。女房は、こりゃ亭主もいよいよ本当に気が狂ったかと、ぎょっとした。狂ったのではない。駄目な男というものは、幸福を受取るに当ってさえ、下手《へた》くそを極めるものである。突然の幸福のお見舞いにへどもどして、てれてしまって、かえって奇妙な屁《へ》理窟《りくつ》を並べて怒ったりして、折角《せっかく》の幸福を追い払ったり何かするものである。

「このまま使っては、果報負けがして、わしは死ぬかも知れない。」と、内助は、もっともらしい顔で言い、「お前は、わしを殺すつもりか？」と、血走った眼で女房を睨《にら》み、それから、にやりと笑って、「まさか、そのような夜叉《やしゃ》でもあるまい。飲もう。飲まなければ死ぬであろう。おお、雪が降って来た。久し振りで風流の友と語りたい。お前はこれから一走りして、近所の友人たちを呼んで来るがいい。山崎、熊井、宇津木、大竹、磯、月村、この六人を呼んで来い。いや、短慶坊主も加えて、七人。大急ぎで呼んで来い。帰りは酒屋に寄って、さかなは、まあ、有合《ありあわ》せでよかろう。」なんの事は無い。うれしさで、わくわくして、酒を飲みたくなっただけの事なのであった。

山崎、熊井、宇津木、大竹、磯、月村、短慶、いずれも、このあたりの長屋に住んでその日暮しの貧病に悩む浪人である。原田から雪見酒の使いを受けて、今宵《こよい》だけでも大みそかの火宅《かたく》からのがれる事が出来ると地獄で仏の思い、紙衣《かみこ》の皺《しわ》をのばして、傘《かさ》は無いか、足袋《たび》は無いか、押入れに首をつっ込んで、がらくたを引出し、浴衣《ゆかた》に陣羽織《じんばおり》という姿の者もあり、単衣《ひとえ》を五枚重ねて着て頸《くび》に古綿を巻きつけた風邪気味《かぜぎみ》と称する者もあり、女房の小袖《こそで》を裏返しに着て袖の形をごまかそうと腕まくりの姿の者もあり、半襦袢《はんじゅばん》に馬乗袴《うまのりばかま》、それに縫紋の夏羽織という姿もあり、裾《すそ》から綿のはみ出たどてらを尻端折《しりばしょり》して毛臑《けずね》丸出しという姿もあり、ひとりとしてまともな服装の者は無かったが、流石《さすが》に武士の附き合いは格別、原田の家に集って、互いの服装に就《つ》いて笑ったりなんかする者は無く、いかめしく挨拶を交し、座が定ってから、浴衣に陣羽織の山崎老がやおら進み出て主人の原田に、今宵の客を代表して鷹揚《おうよう》に謝辞を述べ、原田も紙衣の破れた袖口を気にしながら、

「これは御一同、ようこそ。大みそかをよそにして雪見酒も一興かと存じ、ごぶさたのお詫《わ》びも兼ね、今夕お招き致しましたところ、さっそくおいで下さって、うれしく思います。どうか、ごゆるり。」と言って、まずしいながら酒肴《しゅこう》を供した。

客の中には盃《さかずき》を手にして、わなわな震える者が出て来た。いかがなされた、と聞かれて、その者は涙を拭《ふ》き、

「いや、おかまい下さるな。それがしは、貧のため、久しく酒に遠ざかり、お恥ずかしいが酒の飲み方を忘れ申した。」と言って、淋《さび》しそうに笑った。

「御同様、」と半糯袢に馬乗袴は膝《ひざ》をすすめ、「それがしも、ただいま、二、三杯つづけさまに飲み、まことに変な気持で、このさきどうすればよいのか、酒の酔い方を忘れてしまいました。」

みな似たような思いと見えて、一座しんみりして、遠慮しながら互いに小声で盃のやりとりをしていたが、そのうちに皆、酒の酔い方を思い出して来たと見えて、笑声も起り、次第に座敷が陽気になって来た頃、主人の原田はれいの小判十両の紙包を取出し、

「きょうは御一同に御披露《ひろう》したい珍物がございます。あなたがたは、御懐中の御都合のわるい時には、いさぎよくお酒を遠ざけ、つつましくお暮しなさるから、大みそかでお困りにはなっても、この原田ほどはお苦しみなさるまいが、わしはどうも、金に困るとなおさら酒を飲みたいたちで、そのために不義理の借金が山積して年の瀬を迎えるたびに、さながら八大地獄を眼前に見るような心地が致す。ついには武士の意地も何も捨て、親戚に泣いて助けを求めるなどという不面目の振舞いに及び、ことしもとうとう、身寄りの者から、このとおり小判十両の合力を受け、どうやら人並の正月を迎える事が出来るようになりましたが、この仕合せをわしひとりで受けると果報負けがして死ぬかも知れませんので、きょうは御一同をお招きして、大いに飲んでいただこうと思い立った次第であります。」と上機嫌《じょうきげん》で言えば、一座の者は思い思いの溜息《ためいき》をつき、

「なあんだ、はじめからそうとわかって居れば、遠慮なんかしなかったのに。あとで会費をとられるんじゃないか、と心配しながら飲んで損をした。」と言う者もあり、

「そう承《うけたまわ》れば、このお酒をうんと飲み、その仕合せにあやかりたい。家へ帰ると、思わぬところから書留が来ているかも知れない。」と言う者もあり、

「よい親戚のある人は仕合せだ。それがしの親戚などは、あべこべにそれがしの懐《ふところ》をねらっているのだから、つまらない。」と言う者もあり、一座はいよいよ明るくにぎやかになり、原田は大恐悦で、鬚の端の酒の雫《しずく》を押し拭《ぬぐ》い、

「しかし、しばらく振りで小判十両、てのひらに載せてみると、これでなかなか重いものでございます。いかがです、順々にこれを、てのひらに載せてやって下さいませんか。お金と思えばいやしいが、これは、お金ではございません。これ、この包紙にちゃんと書いてあります。貧病の妙薬、金用丸、よろずによし、と書いてございます。その親戚の奴が、しゃれてこう書いて寄こしたのですが、さあ、どうぞ、お廻しになって御覧になって下さい。」と、小判十枚ならびに包紙を客に押しつけ、客はいちいちその小判の重さに驚き、また書附けの軽妙に感服して、順々に手渡し、一句浮びましたという者もあり、筆硯《ひっけん》を借りてその包紙の余白に、貧病の薬いただく雪あかり、と書きつけて興を添え、酒盃の献酬《けんしゅう》もさかんになり、小判は一まわりして主人の膝許《ひざもと》にかえった頃に、年長者の山崎は坐り直し、

「や、おかげさまにてよい年忘れ、思わず長座を致しました。」と分別顔してお礼を言い、それでは、と古綿を頸に巻きつけた風邪気味が、胸を、そらして千秋楽をうたい出し、主客共に膝を軽くたたいて手拍子をとり、うたい終って、立つ鳥あとを濁さず、昔も今も武士のたしなみ、燗鍋《かんなべ》、重箱、塩辛壺《しおからつぼ》など、それぞれ自分の周囲の器を勝手口に持ち出して女房に手渡し、れいの小判が主人の膝もとに散らばって在るのを、それも仕舞いなされ、と客にすすめられて、原田は無雑作に掻《か》き集めて、はっと顔色をかえた。一枚足りないのである。けれども原田は、酒こそ飲むが、気の弱い男である。おそろしい顔つきにも似ず、人の気持ばかり、おっかなびっくり、いたわっている男だ。どきりとしたが、素知らぬ振りを装い、仕

舞い込もうとすると、一座の長老の山崎は、

「ちょっと、」と手を挙げて、「小判が一枚足りませんな。」と軽く言った。

「ああ、いや、これは、」と原田は、わが悪事を見破られた者の如く、ひどくまごつき、「これは、それ、御一同のお見えになる前に、わしが酒屋へ一両支払い、さきほどわしが持ち出した時には九両、何も不審はございません。」と言ったが、山崎は首を振り、

「いやいや、そうでない。」と老いの頑固《がんこ》、「それがしが、さきほど手のひらに載せたのは、たしかに十枚の小判。行燈《あんどん》のひかり薄しといえども、この山崎の眼光には狂いはない。」ときっぱり言い放てば、他の六人の客も口々に、たしかに十枚あった筈《はず》と言う。皆々総立ちになり、行燈を持ち廻って部屋の隅々《すみずみ》まで捜したが、小判はどこにも落ちていない。

「この上は、それがし、まっぱだかになって身の潔白を立て申す。」と山崎は老いの一轍、貧の意地、痩《や》せても枯れても武士のはしくれ、あらぬ疑いをこうむるは末代までの恥辱とばかりに憤然、陣羽織を脱いで打ちふるい、さらによれよれの浴衣を脱いで、ふんどし一つになって、投網《とあみ》でも打つような形で大袈裟《おおげさ》に浴衣をふるい、

「おのおのがた、見とどけたか。」と顔を蒼《あお》くして言った。他の客も、そのままではすまされなくなり、次に大竹が立って縫紋の夏羽織をふるい、半襦袢を振って、それから馬乗袴を脱いで、ふんどしをしていない事を暴露し、けれどもにこりともせず、袴をさかさにしてふるって、部屋の雰囲気が次第に殺気立って物凄《ものすご》くなって来た。次にどてらを尻端折して毛臑《けずね》

丸出しの短慶坊が、立ち上りかけて、急に劇烈の腹痛にでも襲われたかのように嶮《けわ》しく顔をしかめて、ううむと一声呻《うめ》き、

「時も時、つまらぬ俳句を作り申した。貧病の薬いただく雪あかり。おのおのがた、それがしの懐に小判一両たしかにあります。いまさら、着物を脱いで打ち振うまでもござらぬ。思いも寄らぬ災難。言い開きも、めめしい。ここで命を。」と言いも終らず、両肌《もろはだ》脱いで脇差《わきざ》しに手を掛ければ、主人はじめ皆々駈け寄って、その手を抑え、

「誰もそなたを疑ってはいない。そなたばかりでなく、自分らも皆、その日暮しのあさましい貧者ながら、時に依《よ》って懐中に、一両くらいの金子《きんす》は持っている事もあるさ。貧者は貧者同志、死んで身の潔白を示そうというそなたの気持はわかるが、しかし、誰ひとりそなたを疑う人も無いのに、切腹などは馬鹿らしいではないか。」と口々になだめると、短慶いよいよわが身の不運がうらめしく、なげきはつのり、歯ぎしりして、

「お言葉は有難いが、そのお情も冥途《めいど》への土産《みやげ》。一両詮議《せんぎ》の大事の時、生憎《あいにく》と一両ふところに持っているというこの間の悪さ。御一同が疑わずとも、このぶざまは消えませぬ。世の物笑い、一期《ご》の不覚。面目なくて生きて居られぬ。いかにも、この懐中の一両は、それがし昨日、かねて所持せし徳乗《とくじょう》の小柄《こづか》を、坂下の唐物屋《からものや》十左衛門方へ一両二分にて売って得た金子には相違なけれども、いまさらかかる愚痴めいた申開きも武士の恥辱。何も申さぬ。死なせ給え。不運の友を、いささか不憫《ふびん》と思召《おぼしめ》さば、わが自害の後に、坂下の唐物屋へ行き、そ

途端、の事たしかめ、かばねの恥を、たのむ！」と強く言い放ち、またも脇差し取直してあがいた
「おや？」と主人の原田は叫び、「そこにあるよ。」

見ると、行燈《あんどん》の下にきらりと小判一枚。

「なんだ、そんなところにあったのか。」

「燈台もと暗しですね。」

「うせ物は、とかく、へんてつもないところから出る。それにつけても、平常の心掛けが大切。」これは山崎。

「いや、まったく人騒がせの小判だ。おかげで酔いがさめました。飲み直しましょう。」と
これは主人の原田。

口々に言って花やかに笑い崩れた時、勝手元に、

「あれ！」と女房の驚く声。すぐに、ばたばたと女房、座敷に走って来て、「小判はここに。」と言い、重箱の蓋《ふた》を差し出した。そこにも、きらりと小判一枚。これはと一同顔を見合せ、女房は上気した顔のおくれ毛を掻きあげて間がわるそうに笑い、さいぜん私は重箱に山の芋の煮しめをつめて差し上げ、蓋は主人が無作法にも畳にべたりと置いたので、私が取って重箱の下に敷きましたが、あの折、蓋の裏の湯気に小判がくっついていたのでございましょう、それを知らずに私の不調法、そのままお下渡しになったのを、ただいま洗おうとし

たら、まあどうでしょう、ちゃりんと小判が、と息せき切って語るのだが、主客ともに、けげんの面持ちで、やっぱり、ただ顔を見合せているばかりである。これでは、小判が十一両。「いや、これも、あやかりもの。」と一座の長老の山崎は、しばらく経って溜息と共に、ちっとも要領の得ない意見を吐《は》いた。「めでたい。十両の小判が時に依って十一両にならぬものでもない。よくある事だ。まずは、お収め。」すこし耄碌《もうろく》しているらしい。

他の客も、山崎の意見の滅茶苦茶なのに呆れながら、しかし、いまのこの場合、原田にお収めを願うのは最も無難と思ったので、

「それがよい。ご親戚のお方は、はじめから十一両つつんで寄こしたのに違いない。」

「左様、なにせ洒落《しゃれ》たお方のようだから、十両と見せかけ、その実は十一両といういたずらをなさったのでしょう。」

「なるほど、それも珍趣向。粋《いき》な思いつきです。とにかく、お収めを。」

てんでにいい加減な事を言って、無理矢理原田に押しつけようとしたが、この時、弱気で酒くらいの、駄目な男の原田内助、おそらくは生涯に一度の異様な頑張《がんば》り方を示した。

「そんな事でわしを言いくるめようたって駄目です。馬鹿にしないで下さい。失礼ながら、みなさん一様に貧乏なのを、わしひとり十両の仕合せにめぐまれて、天道さまにも御一同にも相すまなく、心苦しくて落ちつかず、酒でも飲まなけりゃ、やり切れなくなって、今夕御一同を御招待して、わしの過分の仕合せの厄払《やくばら》いをしようとしたのに、さらにまた降ってわ

いた奇妙な災難、十両でさえ持てあましている男に、意地悪く、もう一両押しつけるとは、御一同も人が悪すぎますぞ。原田内助、貧なりといえども武士のはしくれ、お金も何も欲しくござらぬ。この一両のみならず、こちらの十両も、みなさんお持ち帰り下さい。」と、まことに、へんな怒り方をした。気の弱い男というものは、少しでも自分の得になる事に於いては、極度に恐縮し汗を流してまごつくものだが、自分の損になる場合は、人が変ったように偉そうな理窟を並べ、いよいよ自分に損が来るように努力し、人の言は一切容《い》れず、ただ、ひたすら屁理窟を並べてねばるものである。極度に凹《へこ》むと、裏のほうがふくれて来る。つまり、あの自尊心の倒錯《とうさく》である。原田もここは必死、どもりども首を振って意見を開陳し矢《や》鱈《たら》にねばる。

「馬鹿にしないで下さいよ。十両の金が、十一両に化けるなんて、そんな人の悪い冗談はやめて下さいよ。どなたかが、さっきこっそり、お出しになったのでしょう。それにきまっています。短慶どのの難儀を見るに見かね、その急場を救おうとして、どなたか、所持の一両を、そっとお出しになったのに違いない。つまらぬ小細工をしたものです。わしの小判は、重箱の蓋の裏についていたのです。行燈の傍に落ちていた金は、どなたかの情の一両にきまっています。その一両を、このわしに押しつけるとは、まるですじみちが立っていません。そんなにわしが金を欲しがっていると思召さるか。貧者には貧者の意地があります。くどく言うようだけれども、十両持っているのさえ、わしは心苦しく、世の中がいやになっていた折も折、さらに一両を押しつけられるとは、天道さまにも見放されたか、わしの武運もこれまで、腹かき切ってもこの恥は雪《そそ》がなければならぬ。わしは酒飲みの馬鹿ですが、御一同にだまされて、金が子を産んだと、やにさがるほど耄碌はしていません。さあ、この一両、お出しになった方は、あっさりと収めて下さい。」もともと、おそろしい顔の男であるから、坐り直して本気にものを言い出せば、なかなか凄い。一座の者は頸《くび》をすくめて、何も言わない。

「さあ、申し出て下さい。そのお方は、情の深い立派なお方だ。わしは一生その人の従僕になってもよい。一文の金でも惜しいこの大みそかに、よくぞ一両、そしらぬ振りして行燈の傍に落し、短慶どのの危急を救って下された。貧者は貧者同志、短慶どののつらい立場を見かねて、ご自分の大切な一両を黙って捨てたとは、天晴《あっぱ》れの御人格。原田内助、敬服いたした。その御立派なお方が、この七人の中にたしかにいるのです。名乗って下さい。堂々と名乗って出て下さい。」

そんなにまで言われると、なおさら、その隠れた善行者は名乗りにくくなるであろう。こんなところは、やっぱり原田内助、だめな男である。七人の客は、いたずらに溜息をつき、もじもじしているばかりで、いっこうに埒《らち》があかない。せっかくの酒の酔いも既に醒《さ》め、一座は白け切って、原田ひとりは血走った眼をむき、名乗り給え、名乗り給え、とあせって、そのうちに鶏鳴あかつきを告げ、原田はとうとう、しびれを切らし、

「ながくおひきとめも、無礼と存じます。どうしても、お名乗りが無ければ、いたしかたがない。この一両は、この重箱の蓋に載せて、玄関の隅に置きます。おひとりずつ、お帰り下さい。そうして、この小判の主は、どうか黙って取ってお持ち帰り願います。そのような処置は、いかがでしょう。」

七人の客は、ほっとしたように顔を挙げて、それがよい、と一様に賛意を表した。実際、愚図の原田にしては、大出来の思いつきである。弱気な男というものは、自分の得《とく》にならぬ事をするに当っては、時たま、このような水際立《みずぎわだ》った名案を思いつくものである。

原田は少し得意。皆の見ている前で、重箱の蓋に、一両の小判をきちんと載せ、玄関に置いて来て、

「式台の右の端、最も暗いところへ置いて来ましたから、小判の主でないお方には、あるか無いか見定める事も出来ません。そのままお帰り下さい。小判の主だけ、手さぐりで受取って何気なくお帰りなさるよう。それでは、どうぞ、山崎老から。ああ、いや、襖《ふすま》はぴったりしめて行って下さい。そうして、山崎老が玄関を出て、その足音が全く聞えなくなった時に、次のお方がお立ち下さい。」

七人の客は、言われたとおりに、静かに順々に辞し去った。あとで女房は、手燭《てしょく》をともして、玄関に出て見ると、小判は無かった。理由のわからぬ戦慄《せんりつ》を感じて、

「どなたでしょうね。」と夫に聞いた。

原田は眠そうな顔をして、

「わからん。お酒はもう無いか。」と言った。

落ちぶれても、武士はさすがに違うものだと、女房は可憐《かれん》に緊張して勝手元へ行き、お酒の燗《かん》に取りかかる。


（諸国はなし、巻一の三、大晦日《おおみそか》はあはぬ算用）

破産

新釈諸国噺より

むかし美作《みまさか》の国に、蔵合《ぞうごう》という名の大長者があって、広い屋敷には立派な蔵が九つも立ち並び、蔵の中の金銀、夜な夜な呻《うめ》き出して四隣の国々にも隠れなく、美作の国の人たちは自分の金でも無いのに、蔵合のその大財産を自慢し、薄暗い居酒屋でわずかの濁酒《にごりざけ》に酔っては、

蔵合さまには及びもないが、せめて成りたや万屋《よろずや》に、

という卑屈の唄《うた》をあわれなふしで口ずさんで淋《さび》しそうに笑い合うのである。この唄に出て来る万屋というのは、美作の国で蔵合につづく大金持、当主一代のうちに溜め込んだ金銀、何万両、何千貫とも見当つかず、しかも蔵合の如く堂々たる城郭を構える事なく、近隣の左官屋、炭屋、紙屋の家と少しも変らず軒の低い古ぼけた住居で、あるじは毎朝早く家の前の道路を掃除して馬糞《ばふん》や紐《ひも》や板切れを拾い集めてむだには捨てず、世には何染《なにぞめ》、何縞《なにじま》がはやろうと着物は無地の手織木綿《もめん》一つと定め、元日にも聟入《むこいり》の時に仕立てた麻袴《あさばかま》を五十年このかた着用して礼廻りに歩き、夏にはふんどし一つの姿で浴衣《ゆかた》を大事そうに首に巻いて近所へもらい風呂に出かけ、初生《はつなり》の茄子《なす》一つは二文、二つは三文と近在の百姓が売りに来れば、初物《はつもの》食って七十五日の永生きと皆々三文出して二つ買うのを、あるじの分別はさすがに非凡で、

二文を出して一つ買い、これを食べて七十五日の永生きを願って、あとの一文にて、茄子の出盛りを待ちもっと大きいのをたくさん買いましょうという抜け目のない算用、金銀は殖《ふ》えるばかりで、まさに、それこそ「暗闇に鬼」の如き根強き身代、きらいなものは酒色の二つ、「下戸《げこ》ならぬこそ」とか「色好まざらむ男は」とか書き残した法師を憎む事しきりにて、おのれ、いま生きていたら、訴訟《そしょう》をしても、ただは置かぬ、と十三歳の息子《むすこ》の読みかけの徒《つれ》然草《づれぐさ》を取り上げてばりばり破り、捨てずに紙の皺《しわ》をのばして細長く切り、紙小縒《こより》を作って五十組の羽織紐《はおりひも》を素早く器用に編んで引出しに仕舞い、これは一家の者以後十年間の普段の羽織紐、息子の名は吉太郎というが、かねてその色白くなよなよしたからだつきが気にくわず、十四歳の時、やわらかい鼻紙を懐《ふところ》に入れているのを見て、末の見込み無しと即座に勘当《かんどう》を言い渡し、播州《ばんしゅう》には那波屋《なばや》殿という倹約の大長者がいるから、よそながらそれを見ならって性根をかえよ、と一滴の涙もなく憎々しく言い切って、播州の網干《あぼし》というところにいるその子の乳母《うば》の家に追い遣《や》り、その後、あるじの妹の一子を家にいれて二十五、六まで手代同様にしてこき使い、ひそかにその働き振りを見るに、その仕末のよろしき事、すりきれた草《ぞう》履《り》の藁《わら》は、畑のこやしになるとて手許《てもと》にたくわえ、ついでの人にたのんで田舎の親元へ送ってやる程の珍らしい心掛けの若者であったから、大いに気にいり、これを養子にして家を渡し、さて、嫁はどんなのがいいかと聞かれて、その養子の答えるには、嫁をもらっても、私だとて木石《ぼくせき》ではなし、三十四十になってからふっと浮気をするかも知れない、いや、人間その方面の事はわからぬものです、その時、女房が亭主に気弱く負けていたら、この道楽はやめがたい、私はそんな時の用心に、気違いみたいなやきもち焼きの女房をもらって置きたい、亭主が浮気をしたら出刃庖丁《でばぼうちょう》でも振りまわすくらいの悋気《りんき》の強い女房ならば、私の生涯も安全、この万屋の財産も万歳だろうと思います、という事だったので、あるじは膝《ひざ》を打ち眼を細くして喜び、早速《さっそく》四方に手をまわして、その父親が九十の祖母とすこし長話をしても、いやらし、やめよ、と顔色を変え眼を吊《つ》り上げ立ちはだかってわめき散らすという願ったり叶《かな》ったりの十六のへんな娘を見つけて、これを養子の嫁に迎え、自分ら夫婦は隠居して、家の金銀のこらず養子に心置きなくゆずり渡した。この養子、世に珍らしく仕末の生れつきながら、量り知られぬおびただしき金銀をにわかにわがものにして、さすがに上気し、四十はおろか三十にもならぬうちに、つき合いと称して少し茶屋酒をたしなみ、がらにもなく髪を撫《な》でつけ、足袋《たび》、草履など吟味しはじめたので、女房たちまち顔色を変え眼を吊り上げ、向う三軒両隣りの家の障子《しょうじ》が破れるほどの大声を挙げ、

「あれあれ、いやらし。男のくせに、そんなちぢれ髪に油なんか附けて、鏡を覗《のぞ》き込んで、きゅっと口をひきしめたり、にっこり笑ったり、いやいやをして見たり、馬鹿げたひとり芝居をして、いったいそれは何の稽古《けいこ》のつもりです、どだいあなたは正気ですか、わかっていますよ、あさましい。あたしの田舎の父は、男というものは野良姿《のらすがた》のままで、手足の爪の先には泥をつめて、眼脂《めやに》も拭かず肥桶《こえおけ》をかついでお茶屋へ遊びに行くのが自慢だ、それが出

来ない男は、みんな茶屋女の男めかけになりたくて行くやつだ、とおっしゃっていたわよ、そんなちぢれ髪を撫でつけて、あなたはそれで茶屋の婆芸者の男めかけにでもなる気なのでしょう、わかっていますよ、けちんぼのあなたの事ですから、なるべくお金を使わず、婆芸者にでも泣きついて男めかけにしてもらって、あわよくば向うからお小遣いをせしめてやろうという、いいえ、わかっていますよ、くやしかったら肥桶をかついでお出掛けなさい、出来ないでしょう、なんだいそんな裏だか表だかわからないような顔をして、鏡をのぞき込んでにっこり笑ったりして、ああ、きたない、そんな事をするひまがあったら鼻毛でも剪《つ》んだらどう？　伸びていますよ、くやしかったら肥桶をかついで、」とうるさい事、うるさい事。かねて、こんな時にこそ焼きもちを焼いてもらうために望んでめとった女房ではあったが、さて、実際こんな工合いに騒がしく悋気《りんき》を起されてみると、あまりいい気持のものでない。養父母の気にいられようと思って、悋気の強い女房こそ所望でございます、などと分別顔して言い出したばかりに、これは、とんでもない事になった、と今はひそかに後悔した。ぶん殴《なぐ》ってやろうかとも思うのだが、隠居座敷の老夫婦は、嫁の悋気がはじまるともう嬉しくてたまらないらしく、老夫婦とも母屋《おもや》まで這《は》い出して来て、うふふと笑いながら、まあまあ、などといい加減な仲裁をして、そうして惚《ほ》れ惚《ぼ》れと嫁の顔を眺める仕末なので、ぶん殴るわけにもいかず、さりとて、肥桶をかついで遊びに出掛けるのも馬鹿々々しく思われ、腹いせに銭湯に出かけて、眼まいがするほど永く湯槽《ゆぶね》にひたって、よろめいて出て、世の中にお湯銭くらい安いものはない、今夜あそびに出掛けたら、どうしたって一両失う、お湯に酔うのも茶屋酒に酔うのも結局は同じ事さ、とわけのわからぬ負け惜しみの屁理窟《へりくつ》をつけて痩我慢《やせがまん》の胸をさすり、家へ帰って一合の晩酌を女房の顔を見ないようにしてうつむいて飲み、どうにも面白くないので、やけくそに大めしをくらって、ごろりと寝ころび、出入りの植木屋の太吉爺《じい》を呼んで、美作の国の七不思議を語らせ、それはもう五十ぺんも聞いているので、腕まくらしてきょろきょろと天井板を眺めて別の事を考え、不意に思いついたように小間使いを呼んで足をもませ、女房の顔を見ると、むらむらっとして来て、おい、茶を持って来い、とつっけんどんに言いつけ、女房に茶碗をささげ持たせたまま、自分はやはり寝ながら頭を少しもたげ、手も出さずにごくごく飲んで、熱い、とこごとを言い、八つ当りしても、大将が夜遊びさえしなければ家の中は丸くおさまり、隠居はくすくす笑いながら宵から楽寝、召使いの者たちも、将軍内にいらっしゃるとて緊張して、ちょっと叔母《おば》のところへと怪しい外出をする丁稚《でっち》もなく、裏の井戸端で誰を待つやらうろうろする女中もない。番頭は帳場で神妙を装い、やたらに大福帳をめくって意味も無く算盤《そろばん》をぱちぱちやって、はじめは出鱈目《でたらめ》でも、そのうちに少しの不審を見つけ、本気になって勘定をし直し、長松は傍に行儀よく坐ってあくびを嚙《か》み殺しながら反古紙《ほごがみ》の皺をのばし、手習帳をつくって、どうにも眠くてかなわなくなれば、急ぎ読本を取出し、奥に聞えよがしの大声で、徳は孤ならず必ず隣あり、と読み上げ、下男の九助は、破れた菰《こも》をほどいて銭差《ぜにさし》を綯《な》えば、下女のお竹は、いまのうちに朝のおみおつけの実でも、と重い尻をよいしょとあげ、穴倉へはいって青菜を捜し、お針のお六は行燈《あんどん》の陰で背中を丸くしてほどきものに余念がなさそうな振りをしていて、猫さえ油断なく眼を光らせ、台所にかたりと幽《かす》かな音がしても、にゃあと鳴き、いよいよ財産は殖えるばかりで、この家安泰無事長久の有様ではあったが、若大将ひとり怏々《おうおう》として楽しまず、女房の毎夜の寝物語は味噌漬《みそづけ》がどうしたの塩鮭の骨がどうしたのと呆《あき》れるほど興覚めな事だけで、せっかくお金が唸《うな》るほどありながら悋気《りんき》の女房をもらったばかりに眼まいするほど長湯して、そうして味噌漬の話や塩鮭の話を拝聴していなければならぬ、おのれ、いまに隠居が死んだら、とけしからぬ事を考え、うわべは何気なさそうに立ち働き、内心ひそかによろしき時機をねらっていた。やがて隠居夫婦も寄る年波、紙小縒《こより》の羽織紐がまだ六本引出しの中に残ってあると言い遺《のこ》して老父まず往生すれば、老母はその引出しに羽織紐が四本しか無いのを気に病み、これも程なく後を追い、もはやこの家に気兼ねの者は無く、名実共に若大将の天下、まず悋気の女房を連れて伊勢参宮、ついでに京大阪を廻り、都のしゃれた風俗を見せ、野暮《やぼ》な女房を持ったばかりに亭主《うち》は人殺しをして牢《ろう》へはいるという筋の芝居を見せて、女房の悋気のつつしむべき所以《ゆえん》を無言の裡に教訓し、都のはやりの派手な着物や帯をどっさり買ってやったら女房は、女心のあさましく、国へ帰ってからも都の人に負けじと美しく装い茶の湯、活花《いけばな》など神妙らしく稽古して、寝物語に米味噌の事を言い出すのは野暮とたしなみ、肥桶をかついで茶屋遊びする人は無いものだという事もわかり、殊にも悋気はあさまし

いものと深く恥じ、

「あたしだって、悋気をいい事だとは思っていなかったのですけれど、お父さんやお母さんがお喜びになるので、ついあんな大声を挙げてわるかったわね。」と言葉までさばけた口調になって、「浮気は男の働きと言いますものねえ。」

「そうとも、そうとも。」男はここぞと強く相槌《あいづち》を打ち、「それについて、」ともっともらしい顔つきになり、「このごろ、どうも、養父養母が続いて死に、わしも、何だか心細くて、からだ工合いが変になった。俗に三十は男の厄年《やくどし》というからね、」そんな厄年は無い。「ひとつ、上方《かみがた》へのぼって、ゆっくり気保養でもして来ようと思うよ。」とんでもない「それについて」である。

「あいあい、」と女房は春風駘蕩《しゅんぷうたいとう》たる面持で、「一年でも二年でも、ゆっくり御養生しておいでなさい。まだお若いのですものねえ。いまから分別顔して、けちくさく暮していたら、永生き出来ませんよ。男のかたは、五十くらいから、けちになるといいのですよ。三十のけちんぼうは、早すぎます。見っともないわ。そんなのは、芝居では悪役ですよ。若い時には思い切り派手に遊んだほうがいいの。あたしも遊ぶつもりよ。かまわないでしょう?」と過激な事まで口走る。

亭主はいよいよ浮かれて、

「いいとも、いいとも。わしたちが、いくら遊んだって、ぐらつく財産じゃない。蔵の金銀にも、すこし日のめを見せてやらなくちゃ可哀想《かわいそう》だ。それでは、お言葉に甘えて一年ばかり、京大阪で気保養をして来ますからね。留守中は、せいぜい朝寝でもして、おいしいものを食べていなさい。上方のはやりの着物や帯を、どんどん送ってよこしますからね。」といやに優しい言葉遣いをして腹に一物《いちもつ》、あたふたと上方へのぼる。

留守中は女房、昼頃起きて近所のおかみたちを集めてわいわい騒ぎ、ごちそうを山ほど振舞っておかみたちの見え透いたお世辞に酔い、毎日着物を下着から全部取かえて着て、立ってくにゃりとからだを曲げて一座の称讃《しようさん》を浴びれば、番頭はどさくさまぎれに、おのれの妻子の宅にせっせと主人の金を持ち運び、長松は朝から晩まで台所をうろつき、戸棚に首を突込んでつまみ食い、九助は納屋《なや》にとじこもって濁酒を飲んで眼をどろんとさせて何やらお念仏に似た唄を口ずさみ、お竹は、鏡に向って両肌《もろはだ》を脱ぎ角力取《すもうと》りが狐拳《きつねけん》でもしているような恰好《かっこう》でやっさもっさおしろいをぬたくって、化物のようになり、われとわが顔にあいそをつかしてめそめそ泣き出し、お針のお六は、奥方の古着を自分の行李《こうり》につめ込んで、ぎょろりとあたりを見廻し、きせるを取り出して煙草を吸い、立膝になってぶっと鼻から強く二本の煙を噴出させ、懐手《ふところで》して裏口から出て、それっきり夜おそくまで帰らず、猫は鼠《ねずみ》を取る事をたいぎがって、寝たまま炉傍《ろばた》に糞をたれ、家は蜘蛛《くも》の巣だらけ庭は草蓬々《ぼうぼう》、以前の秩序は見る影も無くこわされて、旦那《だんな》はまた、上方に於いて、はじめは田舎者らしくおっかなびっくり茶屋にあがって、けちくさい遊びをたのしんでいたが、お世辞を言うために生れて来た茶屋の者たちに取りまかれて、ほんに旦那のようなお客ばかりだと私たちの商売ほど楽なものはございません、男振りがようて若うて静かで優しくて思《おもい》やりがあって上品で、口数が少くて鷹揚《おうよう》で喧嘩《けんか》が強そうでたのもしくてお召物が粋《いき》で、何でもよくお気がついて、はたらきがありそうで、その上、おほほほ、お金があってあっさりして、と残りくまなくほめられて流石《さすが》に思慮分別を失い、天下のお大尽《だいじん》とは私の事かも知れないと思い込み、次第に大胆になって豪遊を試み、金というものは使うためにあるものだ、使ってしまえ、と観念して、ばらりばらりと金を投げ捨て、さらにまた国元から莫大《ばくだい》の金銀を取寄せ、こうなると遊びは気保養にも何もならず、都の粋客に負けたくないという苦しい意地だけになって、眼つきは変り、顔も青く痩《や》せて、いたたまらぬ思いで、ただ金を使い、一年経たぬうちに、底知れぬ財力も枯渇して、国元からの使いが、もはやこれだけと旦那の耳元に囁《ささや》けば、旦那は愕然《がくぜん》として、まだ百分の一も使わぬ筈《はず》だが、あああ、小判には羽が生えているのか、無くなる時には早いものだ、ようし、これからが、わしの働きの見せどころだ、養父からゆずられた財産で威張っているなんて卑怯《ひきよう》な事だ、男はやっぱり裸一貫からたたき上げなければいけないものだ、無くなってかえって気がせいせいしたわい、などと負け惜しみを言って、空虚な笑声を発し、さあ今晩は飲みおさめと異様にはしゃいで見せたが、廓《くるわ》の者たちは不人情、しんとなって、そのうちに一人立ち二人立ち、座敷の蠟燭《ろうそく》を消して行く者もあり、あたりが急に暗くなって心細くなり、酒だ酒だ、と叫んで手をたたいても誰も来ず、やがて婆が廊下に立ったままで、きょうはお役人のお見廻りの日ですからお静かに、と他人にものを言うようなあらたまった口調で言い、旦那は呆《あき》れて、さすがは都だ、薄情すぎて、むしろ小気味がいい、見事だ、と婆をほめて立ち上り、もとよりこの男もただものでない、あの万屋のけちな大旦那に見込まれたほどの男である、なあに、金なんてものは、その気にさえなれあ、いくらでも、もうけられるものだ、これから国元へ帰って身を粉《こ》にして働き以前にまさる大財産をこしらえ、再び都へ来て、きょうの不人情のあだを打って見せる、婆、その時まで死なずに待って居れ、と心の内で棄台詞《すてぜりふ》を残して、足音荒く馴染《なじみ》の茶屋から引上げた。

男は国へ帰ってまず番頭を呼び、お金がもうこの家に無いというけれども、それは間違い、必ずそのような軽はずみの事を言ってはならぬ、暗闇に鬼と言われた万屋の財産が、一年か二年でぐらつく事はない、お前は何も知らぬ、きょうから、わしが帳場に坐る、まあ、見ているがよい、と言って、ただちに店のつくりを改造して両替屋を営み、何もかも自分ひとりで夜も眠らず奔走すれば、さすがに万屋の信用は世間に重く、いまは一文無しとも知らず安心してここに金銀をあずける者が多く、あずかった金銀は右から左へ流用して、四方八方に手をまわし、内証を見すかされる事なく次第に大きい取引きをはじめて、三年後には、表むきだけではあるがとにかく、むかしの万屋の身代と変らぬくらいの勢いを取りもどし、来年こそは上方へのぼって、あの不人情の廓の者たちを思うさま恥ずかしめて無念をはらしてやりたいといさみ立って、その年の暮、取引きの支払いを首尾よく全部すませて、あとには一文の金も残らぬが、ここがかしこい商人の腕さ、商人は表向きの信用が第一、右から左と埒《らち》をあけて、内蔵はからっぽでも、この年の瀬さえしっぽを出さずに、やりくりをすませば、また来年から金銀のあずけ入れが呼ばなくってもさきを争って殺到《さっとう》します、長者とはこんなやりくりの上手な男の事です、と女房と番頭を前にして得意満面で言って、正月の飾り物を一つ三文で売りに来れば、そんな安い飾り物は小店に売りに行くものだよ、家を間違ったか、と大笑いして追い帰して、三文はおろか、わが家には現金一文も無いのをいまさらの如く思い知って内心ぞっとして、早く除夜の鐘が、と待つ間ほどなく、ごうん、と除夜の鐘、万金の重みで鳴り響き、思わずにっこりえびす顔になり、さあ、これでよし、女房、来年はまた上方へ連れて行くぞ、この二、三年、お前にも肩身の狭い思いをさせたが、どうだい、男の働きを見たか、惚《ほ》れ直せ、下戸《げこ》の建てたる蔵は無いと唄にもあるが、ま、心祝いに一ぱいやろうか、と除夜の鐘を聞きながら、ほっとして女房に酒の支度を言いつけた時、

「ごめん。」と門に人の声。

眼のするどい痩せこけた浪人が、ずかずかはいって来て、あるじに向い、

「さいぜん、そなたの店から受け取ったお金の中に一粒、贋《にせ》の銀貨がまじっていた。取かえていただきたい。」と小粒銀一つ投げ出す。

「は。」と言って立ち上ったが、銀一粒どころか、一文だって無い。「それはどうも相すみませんでしたが、もう店をしまいましたから、来年にしていただけませんか。」と明るく微笑《ほほえ》

んで何気なさそうに言う。

「いや、待つ事は出来ぬ。まだ除夜の鐘のさいちゅうだ。拙者も、この金でことしの支払いをしなければならぬ。借金取りが表に待っている。」

「困りましたなあ。もう店をしまって、お金はみな蔵の中に。」

「ふざけるな!」と浪人は大声を挙げて、「百両千両のかねではない。たかが銀一粒だ。これほどの家で、手許《てもと》に銀一粒の替《かえ》が無いなど冗談を言ってはいけない。おや、その顔つきは、どうした。無いのか。本当に無いのか。何も無いのか。」と近隣に響きわたるほどの高声でわめけば、店の表に待っている借金取りは、はてな?といぶかり、両隣りの左官屋、炭屋も、耳をすまし、悪事千里、たちまち人々の囁きは四方にひろがり、人の運不運は知れぬもの、除夜の鐘を聞きながら身代あらわれ、せっかくの三年の苦心も水の泡、さすがの智者も矢弾《やだま》つづかず、わずか銀一粒で大長者の万屋がらりと破産。

(日本永代蔵、巻五の五、三匁五分曙のかね)

粋人

新釈諸国噺より

「ものには堪忍《かんにん》という事がある。この心掛けを忘れてはいけない。ちっとは、つらいだろうが我慢をするさ。夜の次には、朝が来るんだ。冬の次には春が来るさ。きまり切っているんだ。世の中は、陰陽、陰陽、陰陽と続いて行くんだ。仕合せと不仕合せとは軒続きさ。ひでえ不仕合せのすぐお隣りは一陽来復の大吉さ。ここの道理を忘れちゃいけない。来年は、これあ何としても大吉にきまった。その時にはお前も、芝居の変り目ごとに駕籠《かご》で出掛けるさ。それくらいの贅沢《ぜいたく》は、ゆるしてあげます。かまわないから出掛けなさい。」などと、朝飯を軽くすましてすぐ立ち上り、つまらぬ事をもっともらしい顔して言いながら、そそくさと羽織をひっかけ、脇差《わきざし》さし込み、きょうは、いよいよ大晦日《おおみそか》、借金だらけのわが家から一刻も早くのがれ出るふんべつ。家に一銭でも大事の日なのに、手箱の底を掻《か》いて一歩金《いちぶきん》二つ三つ、小粒銀三十ばかり財布に入れて懐中にねじ込み、「お金は少し残して置いた。この中から、お前の正月のお小遣《こづか》いをのけて、あとは借金取りに少しずつばらまいてやって、無くなったら寝ちまえ。借金取りの顔が見えないように、あちら向きに寝ると少しは気が楽だよ。ものには堪忍という事がある。きょう一日の我慢だ。あちら向きに寝て、死んだ振りでもしているさ。世の中は、陰陽、陰陽。」と言い捨てて、小走りに走って家を出た。

家を出ると、急にむずかしき顔して衣紋《えもん》をつくろい、そり身になってそろりそろりと歩いて、物持の大旦那《おおだんな》がしもじもの景気、世のうつりかわりなど見て廻っているみたいな余裕ありげな様子である。けれども内心は、天神様や観音様、南無八幡大菩薩《なむはちまんだいぼさつ》、不動明王摩利支天《ふどうみょうおうまりしてん》、べんてん大黒、仁王まで滅茶苦茶にありとあらゆる神仏のお名を称《とな》えて、あわれきょう一日の大難のがれさせ給え、たすけ給えと念じて眼のさき真暗、全身鳥肌《とりはだ》立って背筋から油汗がわいて出て、世界に身を置くべき場所も無く、かかる地獄の思いの借財者の行きつくところは一つ。花街である。けれどもこの男、あちこちの茶屋に借りがある。借りのある茶屋の前は、からだをななめにして蟹《かに》のように歩いて通り抜け、まだいちども行った事の無い薄汚い茶屋の台所口からぬっとはいり、

「婆はいるか。」と大きく出た。もともとこの男の人品骨柄は、いやしくない。立派な顔をしている男ほど、借金を多くつくっているものである。悠然《ゆうぜん》と台所にあがり込み、「ほう、ここはまだ、みそかの支払いもすまないと見えて、あるわ、あるわ、書附けが。ここに取りちらかしてある書附け、全部で、三、四十両くらいのものか。世はさまざま、〆《しめ》て三、四十両の支払いをすます事も出来ずに大晦日を迎える家もあり、また、わしの家のように、呉服屋の支払いだけでも百両、お金は惜しいと思わぬが、奥方のあんな衣裳道楽《いしょうどうらく》は、大勢の使用人たちの手前、しめしのつかぬ事もあり、こんどは少しひかえてもらわなくては困るです。こらしめのため、里へかえそうかなどと考えているうちに、あいにくと懐妊《かいにん》で、しかも、き

ようこの大晦日のいそがしい中に、産気づいて、早朝から家中が上を下への大混雑。生れぬさきから乳母《うば》を連れて来るやら、取揚婆《とりあげばばあ》を三人も四人も集めて、ばかばかしい。だいたい、大長者から嫁をもらったのが、わしの不覚。奥方の里から、けさは大勢見舞いに駈《か》けつけ、それ山伏《やまぶし》、それ祈禱《きとう》、取揚婆をこっちで三人も四人も呼んで来てあるのに、それでも足りずに医者を連れて来て次の間に控えさせ、これは何やら早め薬とかいって鍋《なべ》でぐつぐつ煮てござる。安産のまじないに要《い》るとか言って、子安貝《こやすがい》、海馬《かいば》、松茸《まつたけ》の石づき、何の事やら、わけのわからぬものを四方八方に使いを走らせて取寄せ、つくづく金持の大袈裟《おおげさ》な騒ぎ方にあいそがつきました。旦那様は、こんな時には家にいぬものだと言われて、これさいわい、すたこらここへ逃げて来ました。まるでこれでは、借金取りに追われて逃げて来たような形です。きょうは大晦日だから、そんな男もあるでしょうね。気の毒なものだ。いったいどんな気持だろう。酒を飲んでも酔えないでしょうね。いやもう、人さまざま、あはははは。」と力の無い笑声を発し、「時にどうです。言うも野暮《やぼ》だが、もちろん大晦日の現金払いで、子供の生れるまで、ここで一日あそばせてくれませんか。たまには、こんな小さい家で、こっそり遊ぶのも悪くない。おや、正月の鯛《たい》を買いましたね。小さい。家が小さいからって遠慮しなくたっていいでしょう。何も縁起ものだ。もっと大きいのを買ったらどう？」と軽く言って、一歩金一つ、婆の膝《ひざ》の上に投げてやった。

婆は先刻から、にこにこ笑ってこの男の話に相槌《あいづち》を打っていたが、心の中で思うよう、さてさて馬鹿な男だ、よくもまあそんな大嘘がつけたものだ、お客の口先を真に受けて私たちの商売が出来るものか。酔狂のお旦那がわざと台所口からはいって来て、私たちをまごつかせて喜ぶという事も無いわけではないが、眼つきが違いますよ。さっき、台所口から覗《のぞ》いたお前さんの眼つきは、まるで、とがにんの眼つきだった。借金取りに追われて来たのさ。毎年、大晦日になると、こんなお客が二、三人あるんだ。世間には、似たものがたくさんある。玉虫色のお羽織に白柄《しらつか》の脇差、知らぬ人が見たらお歴々と思うかも知れないが、この婆の目から見ると無用の小細工。おおかた十五も年上の老い女房をわずかの持参金を目当てにもらい、その金もすぐ使い果し、ぶよぶよ太って白髪頭《しらがあたま》の女房が横坐りに坐って鼻の頭に汗を掻きながら晩酌の相手もすさまじく、稼ぎに身がはいらず質八置《しちはち》いて、もったいなくも母親には、黒米の碓《からうす》をふませて、弟には煮豆売りに歩かせ、売れ残りの酸《す》くなった煮豆は一家のお惣菜《そうざい》、それも母御の婆さまが食べすぎると言って夫婦でじろりと睨《にら》むやつさ。それにしても、お産の騒ぎとは考えた。取揚婆が四人もつめかけ、医者は次の間で早め薬とは、よく出来た。お互いに、そんな身分になりたいものさね。大阿呆《おおあほう》め。お金は、それでもいくらか持っているようだし、現金払いなら、こちらは客商売、まあ、ごゆるりと遊んでいらっしゃい。とにかく、この一歩金、いただいて置きましょう、贋金《にせがね》でもないようだ。

「やれうれしや、」と婆はこぼれるばかりの愛嬌《あいきょう》を示して、一歩金を押しいただき、「鯛など買わずに、この金は亭主に隠して置いて、あたしの帯でも買いましょう。おほほほ。ことしの年の暮は、貧乏神と覚悟していたのに、このような大黒様が舞い込んで、これで来年中の仕合せもきまりました。お礼を申し上げますよ、旦那。さあ、まあ、どうぞ。いやですよ、こんな汚い台所などにお坐りになっていらしては。酒落《しゃれ》すぎますよ。あんまり恐縮で冷汗が出るじゃありませんか。なんぼ何でも、お人柄にかかわりますよ。どうも、長者のお旦那に限って、台所口がお好きで、困ってしまいます。貧乏所帯の台所が、よっぽどもの珍らしいと見える。さ、粋《すい》にも程度がございます。どうぞ、奥へ。」世におそろしきものは、茶屋の婆のお世辞である。

お旦那は、わざとはにかんで頭を掻き、いやもう婆にはかなわぬ、と言ってなよなよと座敷に上り、

「何しろたべものには、わがままな男ですから、そこは油断なく、たのむ。」と、どうにもきざな事を言った。婆は内心いよいよ呆《あき》れて、たべものの味がわかる顔かよ。借金で首がまわらず青息吐息で、火を吹く力もないような情ない顔つきをしている癖に、たべものにわがままは大笑いだ。かゆの半杯も喉《のど》には通るまい。料理などは、むだな事だ、と有合せの卵二つを銅壺《どうこ》に投げ入れ、一ばん手数のかからぬ料理、うで卵にして塩を添え、酒と一緒に差出せば、男は、へんな顔をして、

「これは、卵ですか。」

「へえ、お口に合いますか、どうですか。」と婆は平然たるものである。

男は流石《さすが》に手をつけかね、腕組みして渋面つくり、

「この辺は卵の産地か。何か由緒《ゆいしょ》があらば、聞きたい。」

婆は噴き出したいのを怺《こら》えて、

「いいえ、卵に由緒も何も。これは、お産に縁があるかと思って、婆の志。それにまた、おいしい料理の食べあきたお旦那《だんな》は、よく、うで卵など、酔興に召し上りますので、おほほ。」

「それで、わかった。いや、結構。卵の形は、いつ見てもよい。いっその事、これに目鼻をつけてもらいましょうか。」と極《きわ》めてまずい洒落を言った。婆は察して、売れ残りの芸者ひとりを呼んで、あれは素性《すじょう》の悪い大馬鹿の客だけれども、お金はまだいくらか持っているようだから、大晦日の少しは稼ぎになるだろう、せいぜいおだててやるんだね、と小声で言いふくめて、その不細工の芸者を客の座敷に突き出した。男は、それとも知らず、

「よう、卵に目鼻の御入来。」とはしゃいで、うで卵をむいて、食べて、口の端に卵の黄味をくっつけ、或《ある》いはきょうは惚《ほ》れられるかも知れぬと、わが家の火の車も一時わすれて、お酒を一本飲み、二本飲みしているうちに、何だかこの芸者、見た事があるような気がして来た。馬鹿ではあるが、女に就《つ》いての記憶は悪強い男であった。女は、大晦日の諸支払いの胸算用をしながらも、うわべは春の如く、ただ矢鱈《やたら》に笑って、客に酒をすすめ、

「ああ、いやだ。また一つ、としをとるのよ。ことしのお正月に、十九の春なんて、お客さんにからかわれ、羽根を突いてもたのしく、何かいい事もあるかと思って、うかうか暮して

いるうちに、あなた、一夜明けると、もう二十《はたち》じゃないの。はたちなんて、いやねえ。たのしいのは、十代かぎり。こんな派手な振袖《ふりそで》も、もう来年からは、おかしいわね。ああ、いやだ。」と帯をたたいて、悶《もだ》えて見せた。

「思い出した。その帯をたたく手つきで思い出した。」男は記憶力の馬鹿強いところを発揮した。「ちょうどいまから二十年前、お前さんは花屋の宴会でわしの前に坐り、いまと同じ事を言い、そんな手つきで帯をたたいたが、あの時にもたしか十九と言った。それから二十年経《た》っているから、お前さんは、ことし三十九だ。十代もくそもない、来年は四十代だ。四十まで振袖を着ていたら、もう振袖に名残《なごり》も無かろう。からだが小さいから若く見えるが、いまだに十九とは、ひどいじゃないか。」と粋人《すいじん》も、思わず野暮の高声になって攻めつけると、女は何も言わずに、伏目になって合掌《がっしょう》した。

「わしは仏さんではないよ。縁起《えんぎ》でもない。拝むなよ。興覚めるね。酒でも飲もう。」手をたたいて婆を呼べば、婆はいち早く座敷の不首尾に気附いて、ことさらに陽気に笑いながら座敷に駈けつけ、

「まあ、お旦那。おめでとうございます。どうしても、御男子ときまりました。」

「何が。」と客はけげんな顔。

「のんきでいらっしゃる。お宅のお産をお忘れですか。」

「あ、そうか。生れたか。」何が何やら、わけがわからなくなって来た。

「いいえ、それはわかりませんが、いまね、この婆が畳算《たたみざん》で占ってみたところ、あなた、三度やり直しても同じ事、どうしても御男子。私の占いは当りますよ。旦那、おめでとうございます。」と両手をついてお辞儀をした。

客は、まぶしそうな顔をして、

「いやいや、そう改ってお祝いを言われても痛みいる。それ、これはお祝儀。」と、またも や、財布から、一歩金一つ取り出して、婆の膝元に投げ出した。とても、いまいましい気持である。

婆は一歩金を押しいただき、

「まあ、どうしましょうねえ。暮から、このような、うれしい事ばかり。思えば、きょう、あけがたの夢に、千羽の鶴《つる》が空に舞い、四海波押しわけて万亀が泳ぎ、」と、うっとりと上目使いして物語をはじめながら、お金を帯の間にしまい込んで、「あの、本当でございますよ、旦那。眼がさめてから、やれ不思議な有難い夢よ、とひどく気がかりになっていたところにあなた、いきなお旦那が、お産のすむまで宿を貸せと台所口から御入来ですものねえ、夢は、やっぱり、正夢《まさゆめ》、これも、日頃のお不動信心のおかげでございましょうか。おほほ。」と、ここを先途《せんど》と必死のお世辞。

あまりと言えば、あまりの歯の浮くような見え透いたお世辞ゆえ、客はたすからぬ気持で、

「わかった、わかった。めでたいよ。ところで何か食うものはないか。」と、にがにがしげ

に言い放った。

「おや、まあ、」と婆は、大袈裟にのけぞって驚き、「どうかと心配して居りましたのに、卵はお気に召したと見え、残らずおあがりになってしまった。すいなお方は、これだから好きさ。たべものにあきたお旦那には、こんなものが、ずいぶん珍らしいと見える。さ、それでは、こんど何を差し上げましょうか。数の子など、いかが？」これも、手数がかからなくていい。

「数の子か。」客は悲痛な顔をした。

「あら、だって、お産にちなんで数の子ですよ。ねえ、つぼみさん。縁起ものですものねえ。ちょっと洒落た趣向じゃありませんか。お旦那は、そんな酔興なお料理が、いちばん好きだってさ。」と言い捨てて、素早く立ち去る。

旦那は、いよいよ、むずかしい顔をして、

「いまあの婆は、つぼみさん、と言ったが、お前さんの名は、つぼみか。」

「ええ、そうよ。」女は、やぶれかぶれである。つんとして答える。

「あの、花の蕾《つぼみ》の、つぼみか。」

「くどいわねえ。何度言ったって同じじゃないの。あなただって、頭の毛が薄いくせに何を言ってるの。ひどいわ、ひどいわ。」と言って泣き出した。泣きながら、「あなた、お金ある？」と露骨な事を口走った。

客はおどろき、

「すこしは、ある。」

「あたしに下さい。」色気も何もあったものでない。「こまっているのよ。本当に、ことしの暮ほど困った事は無い。上の娘をよそにかたづけて、まず一安心と思っていたら、それがあなた、一年経つか経たないうちに、乞食《こじき》のような身なりで赤子をかかえ、四、五日まえにあたしのところへ帰って来て、亭主《ていしゅ》が手拭《てぬぐ》いをさげて銭湯へ出かけて、それっきり他の女のところへ行ってしまった、と泣きながら言うけれど、馬鹿らしい話じゃありませんか。娘もぼんやりだけど、その亭主もひどいじゃありませんか。育ちがいいとかいって、のっぺりした顔の、俳諧だか何だかお得意なんだそうで、あたしは、はじめっから気がすすまなかったのに、娘が惚れ込んでしまっているものだから、仕方なく一緒にさせたら、銭湯へ行ってそのまま家へ帰らないとは、あんまり人を踏みつけていますよ。笑い事じゃない。娘はこれから赤子をかかえて、どうなるのです。」

「それでは、お前さんに孫もあるのだね。」

「あります。」とにこりともせず言い切って、ぐいと振り挙げた顔は、凄かった。「馬鹿にしないで下さい。あたしだって、人間のはしくれです。子も出来れば、孫も出来ます。なんの不思議も無いじゃないか。お金を下さいよ。あなた、たいへんなお金持だっていうじゃありませんか。」と言って、頬をひきつらせて妙に笑った。

粋人には、その笑いがこたえた。

「いや、そんなでもないが、少しなら、あるよ。」とうろたえ気味で、財布から、最後の一歩金を投げ出し、ああ、いまごろは、わが家の女房、借金取りに背を向けて寝て、死んだ振りをしているであろう、この一歩金一つでもあれば、せめて三、四人の借金取りの笑顔を見る事は出来るのに、思えば、馬鹿な事をした、と後悔やら恐怖やら焦躁《しょうそう》やらで、胸がわくわくして、生きて居られぬ気持になり、

「ああ、めでたい。婆の占いが、男の子とは、うれしいね。なかなか話せる婆ではないか。」とかすれた声で言ってはみたが、蕾は、ふんと笑って、

「お酒でもうんと飲んで騒ぎましょうか。」と万事を察してお銚子《ちょうし》を取りに立った。

客はひとり残されて、暗憺《あんたん》、憂愁、やるかたなく、つい、苦しまぎれのおならなど出て、それもつまらない思いで、立ち上って障子をあけて匂いを放散させ、

「あれわいさのさ。」と、つきもない小唄を口ずさんで見たが一向に気持が浮き立たず、やがて、三十九歳の蕾を相手に、がぶがぶ茶碗酒をあおっても、ただ両人まじめになるばかりで、顔を見合せては溜息をつき、

「まだ日が暮れぬか。」

「冗談でしょう。おひるにもなりません。」

「さてさて、日が永い。」

地獄の半日は、竜宮の百年千年。うで卵のげっぷばかり出て悲しさ限りなく、「お前さんはもう帰れ。わしはこれから一寝入りだ。眼が覚めた頃には、お産もすんでいるだろう。」と、いまは、わが嘘にみずから苦笑し、ごろりと寝ころび、「本当にもう、帰ってくれ。その顔を二度とふたたび見せてくれるな。」と力無い声で歎願した。

「ええ、帰ります。」と蕾は落ちついて、客のお膳《ぜん》の数の子を二つ三つ口にほうり込み、「ついでに、おひるごはんを、ここでごちそうになりましょう。」と言った。

客は眼をつぶっても眠られず、わが身がぐるぐる大渦巻の底にまき込まれるような気持で、ばたんばたんと寝返りを打ち、南無阿弥陀《なむあみだ》、と思わずお念仏が出た時、廊下に荒き足音がして、

「やあ、ここにいた。」と、丁稚《でっち》らしき身なりの若い衆二人、部屋に飛び込んで来て、「旦那、ひどいじゃないか。てっきり、この界隈《かいわい》と見込みをつけ、一軒一軒さがして、いやもう大骨折さ。無いものは、いただこうとは申しませんが、こうしてのんきそうに遊ぶくらいのお金があったら、少しはこっちにも廻してくれるものですよ。ええと、ことしの勘定は、」と言って、書附けを差出し、寝ているのを引起して、詰め寄って何やら小声で談判ひとしきりの後、財布の小粒銀ありったけ、それに玉虫色のお羽織、白柄の脇差、着物までも脱がせて、若衆二人それぞれ風呂敷に包んで、

「あとのお勘定は正月五日までに。」と言い捨て、いそがしそうに立ち去った。

粋人は、下着一枚の奇妙な恰好で、気味わるくにやりと笑い、

「どうもねえ、友人から泣きつかれて、判を押してやったが、その友人が破産したとやら、こちらまで、とんだ迷惑。金を貸すとも、判は押すな、とはここのところだ。とかく、大晦日には、思わぬ事がしゅったい致す。この姿では、外へも出られぬ。暗くなるまで、ここで一眠りさせていただきましょう。」と、これはまたつらい狸寝入《たぬきねい》り、陰陽、陰陽と念じて、わが家の女房と全く同様の、死んだ振りの形となった。

台所では、婆と蕾が、「馬鹿というのは、まだ少し脈のある人の事」と話合って大笑いである。とかく昔の浪花《なにわ》あたり、このような粋人とおそろしい茶屋が多かったと、その昔にはやはり浪花の粋人のひとりであった古老の述懐。

（胸算用、巻二の二、詭言《うそ》も只《ただ》は聞かぬ宿）

走れメロス

メロスは激怒した。必ず、かの邪智《じゃち》暴虐《ぼうぎゃく》の王を除かなければならぬと決意した。メロスには政治がわからぬ。メロスは、村の牧人である。笛を吹き、羊と遊んで暮して来た。けれども邪悪に対しては、人一倍に敏感であった。きょう未明メロスは村を出発し、野を越え山越え、十里はなれた此《こ》のシラクスの市にやって来た。メロスには父も、母も無い。女房も無い。十六の、内気な妹と二人暮しだ。この妹は、村の或る律気な一牧人を、近々、花婿《はなむこ》として迎える事になっていた。結婚式も間近かなのである。メロスは、それゆえ、花嫁の衣裳やら祝宴の御馳走やらを買いに、はるばる市にやって来たのだ。先ず、その品々を買い集め、それから都の大路をぶらぶら歩いた。メロスには竹馬の友があった。セリヌンティウスである。今は此のシラクスの市で、石工をしている。その友を、これから訪ねてみるつもりなのだ。久しく逢わなかったのだから、訪ねて行くのが楽しみである。歩いているうちにメロスは、まちの様子を怪しく思った。ひっそりしている。もう既に日も落ちて、まちの暗いのは当りまえだが、けれども、なんだか、夜のせいばかりでは無く、市全体が、やけに寂しい。のんきなメロスも、だんだん不安になって来た。路で逢った若い衆をつかまえて、何かあったのか、二年まえに此の市に来たときは、夜でも皆が歌をうたって、まちは賑やかであった筈《はず》だが、と質問した。若い衆は、首を振って答えなかった。しばらく歩いて老爺《ろうや》に逢い、こんどはもっと、語勢を強くして質問した。老爺は答えなかった。メロスは両手で老爺のからだをゆすぶって質問を重ねた。老爺は、あたりをはばかる低声で、わずか答えた。

「王様は、人を殺します。」

「なぜ殺すのだ。」

「悪心を抱いている、というのですが、誰もそんな、悪心を持っては居りませぬ。」

「たくさんの人を殺したのか。」

「はい、はじめは王様の妹婿さまを。それから、御自身のお世嗣《よつぎ》を。それから、妹さまを。それから、妹さまの御子さまを。それから、皇后さまを。それから、賢臣のアレキス様を。」

「おどろいた。国王は乱心か。」

「いいえ、乱心ではございませぬ。人を、信ずる事が出来ぬ、というのです。このごろは、臣下の心をも、お疑いになり、少しく派手な暮しをしている者には、人質ひとりずつ差し出すことを命じて居ります。御命令を拒めば十字架にかけられて、殺されます。きょうは、六人殺されました。」

聞いて、メロスは激怒した。「呆《あき》れた王だ。生かして置けぬ。」

メロスは、単純な男であった。買い物を、背負ったままで、のそのそ王城にはいって行った。たちまち彼は、巡邏《じゅんら》の警吏に捕縛された。調べられて、メロスの懐中からは短剣が出て来たので、騒ぎが大きくなってしまった。メロスは、王の前に引き出された。

「この短刀で何をするつもりであったか。言え！」暴君ディオニスは静かに、けれども威厳を以《もっ》て問いつめた。その王の顔は蒼白《そうはく》で、眉間《みけん》の皺《しわ》は、刻み込まれたように深かった。

「市を暴君の手から救うのだ。」とメロスは悪びれずに答えた。

「おまえがか？」王は、憫笑《びんしょう》した。「仕方の無いやつじゃ。おまえには、わしの孤独がわからぬ。」

「言うな！」とメロスは、いきり立って反駁《はんばく》した。「人の心を疑うのは、最も恥ずべき悪徳だ。王は、民の忠誠をさえ疑って居られる。」

「疑うのが、正当の心構えなのだと、わしに教えてくれたのは、おまえたちだ。人の心は、あてにならない。人間は、もともと私慾のかたまりさ。信じては、ならぬ。」暴君は落着いて呟《つぶや》き、ほっと溜息《ためいき》をついた。「わしだって、平和を望んでいるのだが。」

「なんの為の平和だ。自分の地位を守る為か。」こんどはメロスが嘲笑した。「罪の無い人を殺して、何が平和だ。」

「だまれ、下賤《げせん》の者。」王は、さっと顔を挙げて報いた。「口では、どんな清らかな事でも言える。わしには、人の腹綿の奥底が見え透いてならぬ。おまえだって、いまに、磔《はりつけ》になってから、泣いて詫《わ》びたって聞かぬぞ。」

「ああ、王は悧巧《りこう》だ。自惚《うぬぼ》れているがよい。私は、ちゃんと死ぬる覚悟で居るのに。命乞いなど決してしない。ただ、――」と言いかけて、メロスは足もとに視線を落し瞬時ためらい、「ただ、私に情をかけたいつもりなら、処刑までに三日間の日限を与えて下さい。たった一人の妹に、亭主を持たせてやりたいのです。三日のうちに、私は村で結婚式を挙げさせ、必ず、ここへ帰って来ます。」

「ばかな。」と暴君は、嗄《しわが》れた声で低く笑った。「とんでもない嘘《うそ》を言うわい。逃がした小鳥が帰って来るというのか。」

「そうです。帰って来るのです。」メロスは必死で言い張った。「私は約束を守ります。私を、三日間だけ許して下さい。妹が、私の帰りを待っているのだ。そんなに私を信じられないならば、よろしい、この市にセリヌンティウスという石工がいます。私の無二の友人だ。あれを、人質としてここに置いて行こう。私が逃げてしまって、三日目の日暮まで、ここに帰って来なかったら、あの友人を絞め殺して下さい。たのむ、そうして下さい。」

それを聞いて王は、残虐な気持で、そっと北叟笑《ほくそえ》んだ。生意気なことを言うわい。どうせ帰って来ないにきまっている。この嘘つきに騙《だま》された振りして、放してやるのも面白い。そうして身代りの男を、三日目に殺してやるのも気味がいい。人は、これだから信じられぬと、わしは悲しい顔して、その身代りの男を磔刑に処してやるのだ。世の中の、正直者とかいう奴輩《やつばら》にうんと見せつけてやりたいものさ。

「願いを、聞いた。その身代りを呼ぶがよい。三日目には日没までに帰って来い。おくれたら、その身代りを、きっと殺すぞ。ちょっとおくれて来るがいい。おまえの罪は、永遠にゆるしてやろうぞ。」

「なに、何をおっしゃる。」

「はは。いのちが大事だったら、おくれて来い。おまえの心は、わかっているぞ。」

メロスは口惜しく、地団駄《じだんだ》踏んだ。ものも言いたくなくなった。

竹馬の友、セリヌンティウスは、深夜、王城に召された。暴君ディオニスの面前で、佳《よ》き友と佳き友は、二年ぶりで相逢うた。メロスは、友に一切の事情を語った。セリヌンティウスは無言で首肯《うなず》き、メロスをひしと抱きしめた。友と友の間は、それでよかった。セリヌンティウスは、縄打たれた。メロスは、すぐに出発した。初夏、満天の星である。

メロスはその夜、一睡もせず十里の路を急ぎに急いで、村へ到着したのは、翌《あく》る日の午前、陽は既に高く昇って、村人たちは野に出て仕事をはじめていた。メロスの十六の妹も、きょうは兄の代りに羊群の番をしていた。よろめいて歩いて来る兄の、疲労困憊《こんぱい》の姿を見つけて驚いた。そうして、うるさく兄に質問を浴びせた。

「なんでも無い。」メロスは無理に笑おうと努めた。「市に用事を残して来た。またすぐ市に行かなければならぬ。あす、おまえの結婚式を挙げる。早いほうがよかろう。」

妹は頬をあからめた。

「うれしいか。綺麗《きれい》な衣裳も買って来た。さあ、これから行って、村の人たちに知らせて来い。結婚式は、あすだと。」

メロスは、また、よろよろと歩き出し、家へ帰って神々の祭壇を飾り、祝宴の席を調え、間もなく床に倒れ伏し、呼吸もせぬくらいの深い眠りに落ちてしまった。

眼が覚めたのは夜だった。メロスは起きてすぐ、花婿の家を訪れた。そうして、少し事情があるから、結婚式を明日にしてくれ、と頼んだ。婿の牧人は驚き、それはいけない、こちらには未だ何の仕度も出来ていない、葡萄《ぶどう》の季節まで待ってくれ、と答えた。メロスは、待つことは出来ぬ、どうか明日にしてくれ給え、と更に押してたのんだ。婿の牧人も頑強であった。なかなか承諾してくれない。夜明けまで議論をつづけて、やっと、どうにか婿をなだめ、すかして、説き伏せた。結婚式は、真昼に行われた。新郎新婦の、神々への宣誓が済んだころ、黒雲が空を覆い、ぽつりぽつり雨が降り出し、やがて車軸を流すような大雨となった。祝宴に列席していた村人たちは、何か不吉なものを感じたが、それでも、めいめい気持を引きたて、狭い家の中で、むんむん蒸し暑いのも怺《こら》え、陽気に歌をうたい、手を拍《う》った。メロスも、満面に喜色を湛《たた》え、しばらくは、王とのあの約束をさえ忘れていた。祝宴は、夜に入っていよいよ乱れ華やかになり、人々は、外の豪雨を全く気にしなくなった。メロスは、一生このままここにいたい、と思った。この佳い人たちと生涯暮して行きたいと願ったが、いまは、自分のからだで、自分のものでは無い。ままならぬ事である。メロスは、わが身に鞭打ち、ついに出発を決意した。あすの日没までには、まだ十分の時が在る。ちょっと一眠りして、それからすぐに出発しよう、と考えた。その頃には、雨も小降りになっていよう。少しでも永くこの家に愚図愚図とどまっていたかった。メロスほどの男にも、やはり未練の情というものは在る。今宵呆然、歓喜に酔っているらしい花嫁に近寄り、

「おめでとう。私は疲れてしまったから、ちょっとご免こうむって眠りたい。眼が覚めたら、すぐに市に出かける。大切な用事があるのだ。私がいなくても、もうおまえには優しい亭主があるのだから、決して寂しい事は無い。おまえの兄の、一ばんきらいなものは、人を疑う事と、それから、嘘をつく事だ。おまえも、それは、知っているね。亭主との間に、どんな秘密でも作ってはならぬ。おまえに言いたいのは、それだけだ。おまえの兄は、たぶん偉い男なのだから、おまえもその誇りを持っていろ。」

花嫁は、夢見心地で首肯《うなず》いた。メロスは、それから花婿の肩をたたいて、

「仕度の無いのはお互さまさ。私の家にも、宝といっては、妹と羊だけだ。他には、何も無い。全部あげよう。もう一つ、メロスの弟になったことを誇ってくれ。」

花婿は揉《も》み手して、てれていた。メロスは笑って村人たちにも会釈《えしゃく》して、宴席から立去り、羊小屋にもぐり込んで、死んだように深く眠った。

眼が覚めたのは翌る日の薄明の頃である。メロスは跳ね起き、南無三、寝過したか、いや、まだまだ大丈夫、これからすぐに出発すれば、約束の刻限までには十分間に合う。きょうは是非とも、あの王に、人の信実の存するところを見せてやろう。そうして笑って磔の台に上

ってやる。メロスは、悠々と身仕度をはじめた。雨も、いくぶん小降りになっている様子である。身仕度は出来た。さて、メロスは、ぶるんと両腕を大きく振って、雨中、矢の如く走り出た。

私は、今宵、殺される。殺される為に走るのだ。身代りの友を救う為に走るのだ。王の奸《かん》佞《ねい》邪智を打ち破る為に走るのだ。走らなければならぬ。そうして、私は殺される。若い時から名誉を守れ。さらば、ふるさと。若いメロスは、つらかった。幾度か、立ちどまりそうになった。えい、えいと大声挙げて自身を叱りながら走った。村を出て、野を横切り、森をくぐり抜け、隣村に着いた頃には、雨も止《や》み、日は高く昇って、そろそろ暑くなって来た。メロスは額《ひたい》の汗をこぶしで払い、ここまで来れば大丈夫、もはや故郷への未練は無い。妹たちは、きっと佳い夫婦になるだろう。私には、いま、なんの気がかりも無い筈だ。まっすぐに王城に行き着けば、それでよいのだ。そんなに急ぐ必要も無い。ゆっくり歩こう、と持ちまえの呑気《のんき》さを取り返し、好きな小歌をいい声で歌い出した。ぶらぶら歩いて二里行き三里行き、そろそろ全里程の半ばに到達した頃、降って湧《わ》いた災難、メロスの足は、はたと、とまった。見よ、前方の川を。きのうの豪雨で山の水源地は氾濫《はんらん》し、濁流滔々《とうとう》と下流に集り、猛勢一挙に橋を破壊し、どうどうと響きをあげる激流が、木葉微塵《こっぱみじん》に橋桁《はしげた》を跳ね飛ばしていた。彼は茫然と、立ちすくんだ。あちこちと眺めまわし、また、声を限りに呼びたててみたが、繋舟《けいしゅう》は残らず浪に浚《さら》われて影なく、渡守りの姿も見えない。流れはいよいよ、ふくれ上り、海のようになっている。メロスは川岸にうずくまり、男泣きに泣きながらゼウスに手を挙げて哀願した。「ああ、鎮《しず》めたまえ、荒れ狂う流れを！　時は刻々に過ぎて行きます。太陽も既に真昼時です。あれが沈んでしまわぬうちに、王城に行き着くことが出来なかったら、あの佳い友達が、私のために死ぬのです。」

濁流は、メロスの叫びをせせら笑う如く、ますます激しく躍り狂う。浪は浪を呑み、捲き、煽《あお》り立て、そうして時は、刻一刻と消えて行く。今はメロスも覚悟した。泳ぎ切るより他に無い。ああ、神々も照覧あれ！　濁流にも負けぬ愛と誠の偉大な力を、いまこそ発揮して見せる。メロスは、ざんぶと流れに飛び込み、百匹の大蛇のようにのた打ち荒れ狂う浪を相手に、必死の闘争を開始した。満身の力を腕にこめて、押し寄せ渦巻き引きずる流れを、なんのこれしきと掻《か》きわけ掻きわけ、めくらめっぽう獅子奮迅の人の子の姿には、神も哀れと思ったか、ついに憐愍《れんびん》を垂れてくれた。押し流されつつも、見事、対岸の樹木の幹に、すがりつく事が出来たのである。ありがたい。メロスは馬のように大きな胴震いを一つして、すぐにまた先きを急いだ。一刻といえども、むだには出来ない。陽は既に西に傾きかけている。ぜいぜい荒い呼吸をしながら峠をのぼり、のぼり切って、ほっとした時、突然、目の前に一隊の山賊が躍り出た。

「待て。」

「何をするのだ。私は陽の沈まぬうちに王城へ行かなければならぬ。放せ。」

「どっこい放さぬ。持ちもの全部を置いて行け。」

「私にはいのちの他には何も無い。その、たった一つの命も、これから王にくれてやるのだ。」

「その、いのちが欲しいのだ。」

「さては、王の命令で、ここで私を待ち伏せしていたのだな。」

山賊たちは、ものも言わず一斉に棍棒《こんぼう》を振り挙げた。メロスはひょいと、からだを折り曲げ、飛鳥の如く身近かの一人に襲いかかり、その棍棒を奪い取って、

「気の毒だが正義のためだ!」と猛然一撃、たちまち、三人を殴り倒し、残る者のひるむ隙《すき》に、さっさと走って峠を下った。一気に峠を駈け降りたが、流石《さすが》に疲労し、折から午後の灼熱《しゃくねつ》の太陽がまともに、かっと照って来て、メロスは幾度となく眩暈《めまい》を感じ、これではならぬ、と気を取り直しては、よろよろ二、三歩あるいて、ついに、がくりと膝を折った。立ち上る事が出来ぬのだ。天を仰いで、くやし泣きに泣き出した。ああ、あ、濁流を泳ぎ切り、山賊を三人も撃ち倒し韋駄天《いだてん》、ここまで突破して来たメロスよ。真の勇者、メロスよ。今、ここで、疲れ切って動けなくなるとは情無い。愛する友は、おまえを信じたばかりに、やがて殺されなければならぬ。おまえは、稀代《きたい》の不信の人間、まさしく王の思う壺《つぼ》だぞ、と自分を叱ってみるのだが、全身萎《な》えて、もはや芋虫《いもむし》ほどにも前進かなわぬ。路傍の草原にごろりと寝ころがった。身体疲労すれば、精神も共にやられる。もう、どうでもいいという、勇者

に不似合いな不貞腐《ふてくさ》れた根性が、心の隅に巣喰った。私は、これほど努力したのだ。約束を破る心は、みじんも無かった。神も照覧、私は精一ぱいに努めて来たのだ。動けなくなるまで走って来たのだ。私は不信の徒では無い。ああ、できる事なら私の胸を截《た》ち割って、真紅の心臓をお目に掛けたい。愛と信実の血液だけで動いているこの心臓を見せてやりたい。けれども私は、この大事な時に、精も根も尽きたのだ。私は、よくよく不幸な男だ。私は、きっと笑われる。私の一家も笑われる。私は友を欺《あざむ》いた。中途で倒れるのは、はじめから何もしないのと同じ事だ。ああ、もう、どうでもいい。これが、私の定った運命なのかも知れない。セリヌンティウスよ、ゆるしてくれ。君は、いつでも私を信じた。私も君を、欺かなかった。私たちは、本当に佳い友と友であったのだ。いちどだって、暗い疑惑の雲を、お互い胸に宿したことは無かった。いまだって、君は私を無心に待っているだろう。ああ、待っているだろう。ありがとう、セリヌンティウス。よくも私を信じてくれた。それを思えば、たまらない。友と友の間の信実は、この世で一ばん誇るべき宝なのだからな。セリヌンティウス、私は走ったのだ。君を欺くつもりは、みじんも無かった。信じてくれ！　私は急ぎに急いでここまで来たのだ。濁流を突破した。山賊の囲みからも、するりと抜けて一気に峠を駈け降りて来たのだ。私だから、出来たのだよ。ああ、この上、私に望み給うな。放って置いてくれ。どうでも、いいのだ。私は負けたのだ。だらしが無い。笑ってくれ。王は私に、ちょっとおくれて来い、と耳打ちした。おくれたら、身代りを殺して、私を助けてくれると約束した。私は王の卑劣を憎んだ。けれども、今になってみると、私は王の言うままになっている。私は、おくれて行くだろう。王は、ひとり合点して私を笑い、そうして事も無く私を放免するだろう。そうなったら、私は、死ぬよりつらい。私は、永遠に裏切者だ。地上で最も、不名誉の人種だ。セリヌンティウスよ、私も死ぬぞ。君と一緒に死なせてくれ。君だけは私を信じてくれるにちがい無い。いや、それも私の、ひとりよがりか？　ああ、もういっそ、悪徳者として生き伸びてやろうか。村には私の家が在る。羊も居る。妹夫婦は、まさか私を村から追い出すような事はしないだろう。正義だの、信実だの、愛だの、考えてみれば、くだらない。人を殺して自分が生きる。それが人間世界の定法ではなかったか。ああ、何もかも、ばかばかしい。私は、醜い裏切り者だ。どうとも、勝手にするがよい。やんぬる哉《かな》。――四肢を投げ出して、うとうと、まどろんでしまった。

ふと耳に、潺々《せんせん》、水の流れる音が聞えた。そっと頭をもたげ、息を呑んで耳をすました。すぐ足もとで、水が流れているらしい。よろよろ起き上って、見ると、岩の裂目から滾々《こんこん》と、何か小さく囁《ささや》きながら清水が湧き出ているのである。その泉に吸い込まれるようにメロスは身をかがめた。水を両手で掬《すく》って、一くち飲んだ。ほうと長い溜息が出て、夢から覚めたような気がした。歩ける。行こう。肉体の疲労恢復《かいふく》と共に、わずかながら希望が生れた。義務遂行の希望である。わが身を殺して、名誉を守る希望である。斜陽は赤い光を、樹々の葉に投じ、葉も枝も燃えるばかりに輝いている。日没までには、まだ間がある。私を、待っている人があるのだ。少しも疑わず、静かに期待してくれている人があるのだ。私は、信じられている。私の命なぞは、問題ではない。死んでお詫び、などと気のいい事は言って居られぬ。私は、信頼に報いなければならぬ。いまはただその一事だ。走れ！　メロス。

私は信頼されている。私は信頼されている。先刻の、あの悪魔の囁きは、あれは夢だ。悪い夢だ。忘れてしまえ。五臓が疲れているときは、ふいとあんな悪い夢を見るものだ。メロス、おまえの恥ではない。やはり、おまえは真の勇者だ。再び立って走れるようになったではないか。ありがたい！　私は、正義の士として死ぬ事が出来るぞ。ああ、陽が沈む。ずんずん沈む。待ってくれ、ゼウスよ。私は生れた時から正直な男であった。正直な男のままにして死なせて下さい。

路行く人を押しのけ、跳《は》ねとばし、メロスは黒い風のように走った。野原で酒宴の、その宴席のまっただ中を駈け抜け、酒宴の人たちを仰天させ、犬を蹴《け》とばし、小川を飛び越え、少しずつ沈んでゆく太陽の、十倍も早く走った。一団の旅人と颯《さ》っとすれちがった瞬間、不吉な会話を小耳にはさんだ。「いまごろは、あの男も、磔にかかっているよ。」ああ、その男、その男のために私は、いまこんなに走っているのだ。その男を死なせてはならない。急げ、メロス。おくれてはならぬ。愛と誠の力を、いまこそ知らせてやるがよい。風態なんかは、どうでもいい。メロスは、いまは、ほとんど全裸体であった。呼吸も出来ず、二度、三度、口から血が噴き出た。見える。はるか向うに小さく、シラクスの市の塔楼が見える。塔楼は、夕陽を受けてきらきら光っている。

「ああ、メロス様。」うめくような声が、風と共に聞えた。

「誰だ。」メロスは走りながら尋ねた。

「フィロストラトスでございます。貴方のお友達セリヌンティウス様の弟子でございます。」その若い石工も、メロスの後について走りながら叫んだ。「もう、駄目でございます。むだでございます。走るのは、やめて下さい。もう、あの方《かた》をお助けになることは出来ません。」

「いや、まだ陽は沈まぬ。」

「ちょうど今、あの方が死刑になるところです。ああ、あなたは遅かった。おうらみ申します。ほんの少し、もうちょっとでも、早かったなら！」

「いや、まだ陽は沈まぬ。」メロスは胸の張り裂ける思いで、赤く大きい夕陽ばかりを見つめていた。走るより他は無い。

「やめて下さい。走るのは、やめて下さい。いまはご自分のお命が大事です。あの方は、あなたを信じて居りました。刑場に引き出されても、平気でいました。王様が、さんざんあの方をからかっても、メロスは来ます、とだけ答え、強い信念を持ちつづけている様子でございました。」

「それだから、走るのだ。信じられているから走るのだ。間に合う、間に合わぬは問題でないのだ。人の命も問題でないのだ。私は、なんだか、もっと恐ろしく大きいものの為に走っているのだ。ついて来い！　フィロストラトス。」

「ああ、あなたは気が狂ったか。それでは、うんと走るがいい。ひょっとしたら、間に合わぬものでもない。走るがいい。」

言うにや及ぶ。まだ陽は沈まぬ。最後の死力を尽して、メロスは走った。メロスの頭は、からっぽだ。何一つ考えていない。ただ、わけのわからぬ大きな力にひきずられて走った。陽は、ゆらゆら地平線に没し、まさに最後の一片の残光も、消えようとした時、メロスは疾風の如く刑場に突入した。間に合った。

「待て。その人を殺してはならぬ。メロスが帰って来た。約束のとおり、いま、帰って来た。」と大声で刑場の群衆にむかって叫んだつもりであったが、喉《のど》がつぶれて嗄《しわが》れた声が幽《かす》かに出たばかり、群衆は、ひとりとして彼の到着に気がつかない。すでに磔の柱が高々と立てられ、縄を打たれたセリヌンティウスは、徐々に釣り上げられてゆく。メロスはそれを目撃して最後の勇、先刻、濁流を泳いだように群衆を掻きわけ、掻きわけ、

「私だ、刑吏！　殺されるのは、私だ。メロスだ。彼を人質にした私は、ここにいる！」と、かすれた声で精一ぱいに叫びながら、ついに磔台に昇り、釣り上げられてゆく友の両足に、齧《かじ》りついた。群衆は、どよめいた。あっぱれ。ゆるせ、と口々にわめいた。セリヌンティウスの縄は、ほどかれたのである。

「セリヌンティウス。」メロスは眼に涙を浮べて言った。「私を殴れ。ちから一ぱいに頬を殴

れ。私は、途中で一度、悪い夢を見た。君が若《も》し私を殴ってくれなかったら、私は君と抱擁する資格さえ無いのだ。殴れ。」

セリヌンティウスは、すべてを察した様子で首肯《うなず》き、刑場一ぱいに鳴り響くほど音高くメロスの右頬を殴った。殴ってから優しく微笑《ほほえ》み、

「メロス、私を殴れ。同じくらい音高く私の頬を殴れ。私はこの三日の間、たった一度だけ、ちらと君を疑った。生れて、はじめて君を疑った。君が私を殴ってくれなければ、私は君と抱擁できない。」

メロスは腕に唸《うな》りをつけてセリヌンティウスの頬を殴った。

「ありがとう、友よ。」二人同時に言い、ひしと抱き合い、それから嬉し泣きにおいおい声を放って泣いた。

群衆の中からも、歔欷《きょき》の声が聞えた。暴君ディオニスは、群衆の背後から二人の様を、まじまじと見つめていたが、やがて静かに二人に近づき、顔をあからめて、こう言った。

「おまえらの望みは叶《かな》ったぞ。おまえらは、わしの心に勝ったのだ。信実とは、決して空虚な妄想ではなかった。どうか、わしをも仲間に入れてくれまいか。どうか、わしの願いを聞き入れて、おまえらの仲間の一人にしてほしい。」

どっと群衆の間に、歓声が起った。

「万歳、王様万歳。」

ひとりの少女が、緋《ひ》のマントをメロスに捧げた。メロスは、まごついた。佳き友は、気をきかせて教えてやった。

「メロス、君は、まっぱだかじゃないか。早くそのマントを着るがいい。この可愛い娘さんは、メロスの裸体を、皆に見られるのが、たまらなく口惜しいのだ。」

勇者は、ひどく赤面した。

（古伝説と、シルレルの詩から。）

編集後記

森見登美彦

『新釈 走れメロス 他四篇』という短編集で、太宰治の「走れメロス」をやりたい放題に書きかえて顰蹙を買った。なにゆえそんなことをしたかというと、やりたくてしょうがなかったのでやってしまった、としか言いようがない。そんな暴挙を企てた以上は、「きっと太宰治も笑って許してくれることでしょう」と平気な顔をしている必要があったが、すでにこの世にいない人の心を手前勝手に解釈して、けっきょく自分がやりたいことをやっているだけである。盗っ人猛々しいとはこのことだ。

そして太宰治生誕百年ということになり、太宰治の作品集を作りませんか、という提案があった。まるで盗っ人が正面玄関から乗り込むみたいだが、しかし今度は盗んでやろうというのではなく、太宰自身の作品を広めるお手伝いである。だからあんまり悪いことでもない気がする。

中学生の頃、祖父母の家の書棚にボロボロの文庫本を見つけて以来、太宰治とはくっついたり離れたりくっついたりしてきた。その中で出会ってきた文章を読み直して、選んでみた。

太宰治という人は現代でも人気のある作家だから、有名な短編はいくつもある。あんまり「傑作を選ぶぞ選ぶぞ」と肩に力を入れてかかると、私自身が人に影響されやすいこともあって、他にある作品集と重なってしまうだろう。だから、彼の傑作をバランス良く集めるというようなハンサムなことは考えずに、とくに「ヘンテコであること」「愉快であること」に主眼を置いたから、この本はいささかアンバランスなところがある。暗い作品は、ほとんど選んでいない。

私は太宰治が自分自身の暗い側面に目を向けすぎた作品が苦手である。もちろんそれぞれ共感する部分もあるし、それらの作品が長く続く人気の秘密であることは頭では理解できる。しかし、たとえば中学生や高校生のとき、『人間失格』を読んでハマッたかというと、そんなことはなかった。私は太宰を、もっと時間をかけて、好きになった。ハマらなかったのになぜ読み続けたのかというと、リズミカルで体臭が染みついたような文章に惹かれたことと、意外に愉快な作品があることを知ったからである。

この本は、太宰治にも奇想天外で愉快な作品があるよ、ということを、とくに若い読者に知らせる本である。太宰は、うじうじしている文章も書いたが、うじうじしていることを笑い飛ばす文章も書いた。

太宰治はいろいろと人生で失敗している。年表を見ていると、とくに二十代の頃など、読んでいるだけで辛くなるほど、救いがたい悲惨な失敗の連続である。とても笑っていられない。三十代になって比較的落ち着いてもなお、生活する人間として太宰は不器用である。しかし、どれだけまわりに迷惑をかけても、太宰の根底には皆にサービスしたいという気持ちがある。あるいは失敗の連続であったからこそ、皆にサービスしたいという気持ちを強くしたのかもしれない。

小説を書くことは、太宰にとって自分にできる最大のサービスである。愉快で実験的な作品を書くことがサービスだと思ったこともあるだろうし、自分の過去の失敗を暴露することがサービスだと思ったこともあるだろう。

私は、太宰が手を替え品を替え読者を愉快にさせようとしている作品が好きである。「あんまり読者を面白がらせることばかり一生懸命になってはいかんのではないか」と考える真面目な人もあるかもしれないが、読者を愉快にさせようとして重ねた努力の向こうに、太宰の姿が透けて見える。私には、それぐらいがいいのである。

以下、各篇について述べるが、どちらかといえば作品の選択そのものが私の解説であるわけで、これから書くことは軽い紹介のようなものとして読んで頂ければと思う。

失敗園

まずは読みやすい、このへんてこな短い小説から。太宰の擬人化もの一篇目。昭和十五年、太宰治が井伏鱒二の媒酌で結婚してから、三鷹下連雀に住んでいた頃の作品で、「女の決闘」「走れメロス」も同じ年に発表されている。「畜犬談」にも登場する妻の姿が、ちらほらと見え隠れする。

六坪の小さな庭を舞台にして、植物たちが語り出す。それぞれのキャラクターが細かく描き分けられ、意地を張ったり、ふてくされたり、自嘲したり、うぬぼれたりしている。クルミの苗の「どれ、きょうも高邁の瞑想にふけるか。僕がどんなに高貴な生まれであるか、誰も知らない」という呟きとか、まるで「ひねくれ者百科」のようである。不器用な庭の主人(＝太宰)も植物たちからさんざんな言われようである。つまり、境遇に満足しているやつはひとりもいない。誰でも何かしら不平を言っている人間の世界と同じである。そんなやつしかいないのに、明るい陽の照らす小さな庭を眺めているような、温かい気持ちになってくる。愛嬌がある。

カチカチ山

太宰の擬人化もの二篇目。昭和二十年十月に刊行された『お伽草紙』のうちの一篇で、防空壕の中で娘に昔話を語り聞かせる場面からも分かるように、太平洋戦争中に執筆された。「カチカチ山」の兎はなにゆえあれほど狸に対して残酷なのか、という疑問をきっかけにして、妄想が一気に広がっていく。微に入り細を穿って描かれる狸(＝中年男)の汚らしさ情けなさたるや、ただごとではない。しつこく兎に言いより、よだれを垂らし、助平で不潔で食いしん坊で、どうやらウンコさえ食べるらしく、そのくせ「なまなかに男振りが少し佳く生れて来たばかりに、女どもが、かえって遠慮しておれに近寄らない」などと呟いている、非の打ちどころのない馬鹿である。一方の「あなたは、私の敵よ」という素晴らしい一言を言い放つ兎（＝美少女）の残酷さも、ただごとではない。「傍へ寄って来ちゃ駄目だって言ったら。くさいじゃないの」を始め、研ぎ澄まされた鋭利な言葉で狸をいじめていじめていじめ抜き、さらには狸の背中に放火し、そのうえ火傷に唐辛子をねったものを塗り込み、あげくは泥舟に乗せて沈めてしまう。

騙す兎と騙される狸のやりとりにも妙に真実味があり、昔話の残酷さを追い風にして、リアルな想像が畳みかけるようにエスカレートしていく。末尾、「惚れたが悪いか」と呟きながら狸が沈んでいく場面は、切ないというべきか、なんとも言えない気持ちになる。

ちなみに私はこの兎が大好きだ。こんな兎になって、狸を沈めてやりたい。

貨幣

太宰の擬人化もの三篇目。植物、兎と狸に続いて、とうとう百円紙幣が主人公になる。昭和二十一年に発表された。太平洋戦争が終わって、太宰の身辺が慌ただしくなっていく時期の作品。

よく傑作集に収められる「女生徒」やベストセラーとなった『斜陽』など、太宰は女性を語り手にした小説を何作も書いている。じつは私には、それらの小説の良さがまだよく分からない。あまり面白いと思えないのだ。しかし百円紙幣を女性に見立てるという奇想天外なところには反応して、急に面白く感じられてくるのは不思議である。「モダンな型の紙幣が出て、私たち旧式の紙幣は皆焼かれてしまうのだとかいう噂も聞きましたが、もうこんな、生きているのだか、死んでいるのだか、わからないような気持でいるよりは、いっそさっぱり焼かれてしまって昇天しとうございます」と、太宰は主人公が紙幣である設定を利用して、なんだか生々しい呟きを作り出してしまう。紙幣は、「大工さん」「質屋」「医学生」「闇屋」というように人手を次々に渡っていき、その過程で戦時下の世相が描かれていく。

空襲を生き延びた赤ちゃんの肌着の下で紙幣たちが感じる幸福は、太宰の理想でもあるだろうし、読者へのサービスでもある。「ぜんぶお金が悪いのです」というような、なんだかもう救いがたい結論にならないのは、百円紙幣に感情移入してしまうように仕組まれているからだ。

令嬢アユ

昭和十六年に発表された作品。同じ年に書かれたものには「佐渡」「服装に就いて」がある。

伊豆の或る温泉場に出かけた文人気取りの若者「佐野君」の恋のお話。手の込んだ擬人化作品三篇と、後続の自虐的随筆三篇の谷間、ちょっと気分を変えるつもりで選んだ。

「令嬢」が魅力的に描かれているところが好きである。素足で青草を踏んで歩くところ、釣り針を点検するところ、水に落ちるところ、桑の実を胸のポケットに入れておくところ、そういう具体的な魅力を太宰治は一つ一つ外さずに積み重ねていく。明るい川べりの光景が目に浮かぶ。主人公の佐野君が「好色の青年ではない。迂潤なほう」であり、「令嬢」とのやりとりが牧歌的になるところもステキである。旅先でこんな女性とふわりと出会ったら、それは好きになってしまっても無理はない、という風に思わせてしまえば太宰の勝ちだ。少なくとも私は敗北した。

そして結末はやっぱり何とも言えない気持ちになる。

服装に就いて

昭和十六年に発表された、服装にまつわるあれこれを綿々と書きつづった文章。冒頭、おでんやに入って粋人の口調を真似ているところを、姉さんに「兄さん東北でしょう」と言い当てられるところは、読んでいるだけでこちらも胸がキリキリして、居たたまれなくなり、過去の恥ずかしい失敗の記憶などが思い出されてワーッと叫びたくなる。これも太宰が駆使する魔術の一つ。現代を生きる読者が読んでも、その「居たたまれなさ」には共感せざるを得ない。

そこから「私はダメダメな人間なのです、死んでしまえばいい」と鬱々としてしまうとやりきれないが、野暮と粋の狭間で悶える太宰自身の話が誇張して描かれているので、読んでいてもさほど苦しくならない。

ただし、誇張して書かれているとはいえ、太宰の煩悶は切実である。

太宰治にとって、おそらく他の大勢の野暮な人にとって、もっとも屈辱かつ恐怖であるのは、「オシャレをしようとして失敗していることが他人に見透かされる」ということに尽きる。つまり、野暮な格好で平然としているように見える人が、鈍感な人であるとはかぎらないのである。じつは人一倍人目を気にして、さんざん熟慮した末に苦渋の選択として野暮という境地へ追いやられているのかもしれない。だからオシャレな人は野暮な人を大目に見てあげるべきである、というのは太宰ではなくて私の呟きである。

酒の追憶

昭和二十三年の一月に発表された酒にまつわる想い出をつづった文章。「時代の寵児」というものになってしまった太宰は慌ただしい日々を送っていて、執筆量も増えている。前年の十二月に出た『斜陽』はベストセラーになる。「私はさいきん、少しからだの調子を悪くして」と書かれているのは、過労のためでもあるだろう。だいぶ弱っている。

太宰治は大酒飲みだったそうだが、酒を飲んで乱れるという人ではなかったらしい。しかし、太宰が酒について書いた文章を読んでも、あまり酒を飲みたくならないのは不思議である。

心底酒を愛する人というのは、できるだけおいしく酒を飲みたがるものだし、なんとなくまわりの人間を酒が飲みたい気持ちにさせてしまう。父は酒が好きであり、私が小学生の頃などは、正月の三が日は一日一升ずつ飲んだ。今では酒量も減ったが、それでも酒はたいへんおいしそうに飲む。私はあまり飲めないが、父が飲んでいるのを見ると、飲みたくなる。それはきっと文章でも同じだろう。本当に酒が好きな人であれば、その自分が好きである酒を、できるだけおいしそうに書こうとするだろう。

太宰の書く酒は、なぜか幸せそうではない。「丸山君」との逸話も、いいお話ではあるけれども、酒がおいしいという話ではないようだ。そして太宰は、世の中の酒の飲み方が自分の飲み方に近づいてきた、と嘆いてみせる。

なによりも太宰がおいしそうに書くものは、「酒」ではなく「小説」である。それは「女の決闘」や「『井伏鱒二選集』後記」を読めば分かる。

ちなみに、このアンソロジーに収めた作品では、この文章が太宰最後の作品である。

この年の五月に太宰は『人間失格』を完成させ、続いて朝日新聞の新連載に着手したところで死去した。最後の作品は「グッド・バイ」である。

佐渡

昭和十五年、太宰は新潟高校で講演をしている。そのときに佐渡まで足を延ばした顚末を書いたものだ。この文章は、このアンソロジーの中でダントツにおもしろくない文章である。暗いというのとも違う。雑だというのとも違う。陰気ではあるが、それだけでもない。

「佐渡」は、いかに佐渡がおもしろくなかったかということが懇切丁寧におもしろくなく書いてある、というへんてこな文章である。そう考えて読むと、じわじわおもしろくなってくる。でも、ふつうに読むとあまりおもしろくない。結果的におもしろくないものができあがったとはいえ、ただ「おもしろくない」と放り投げてしまうのはなんだか淋しいような気がする「おもしろくなさ」なのである。

佐渡に向かう船の中で、太宰ははやばやと後悔する。

「けれども船室の隅に、死んだ振りして寝ころんで、私はつくづく後悔していた。何しに佐渡へ行くのだろう。何をすき好んで、こんな寒い季節に、もっともらしい顔をして、袴をはき、独りで、そんな淋しいところへ、何も無いのが判っていながら」

そして、本当に何も無いまま終わるのである。

この文章を読みながら、ああ、自分もたしか旅先で同じような思いをしたことがあった、四国を一人で一周しようとしてあまりの空しさに途中で引き返してきたことがあった、ビジネスホテルの一室でカップラーメンを食べながら「俺はこんな遠くまで来て何をしているんだろう」と唖然としたことがあった……というようなもろもろの想い出にからみとられたら、もう太宰の術中に落ちている。

ロマネスク

太宰治は昭和九年、檀一雄や中原中也らと同人雑誌「青い花」を作った。その巻頭を飾ったのがこの「ロマネスク」である。太宰の処女作品集『晩年』に収められた。

自虐的随筆が三篇続いたので、ここで華々しい作品を選ぼうと考えた。

それが「ロマネスク」である。

中盤のクライマックスである。

傑作である。

仙術太郎、喧嘩次郎兵衛、嘘の三郎という三人の変わり者たちが登場する。蔵の書物を読み耽り、女にもてる男前になろうとたくらんだ挙げ句、時代錯誤の「天平ハンサム」に成り果てて村を出て行く仙術太郎、喧嘩に強くなろうと修行したにもかかわらず喧嘩する機会を失い続ける喧嘩次郎兵衛、嘘に嘘を重ねた挙げ句に恋文代筆や小説に手を出して人生に絶望していく嘘の三郎。どうしようもなく世の中からはぐれてしまった三人の男たちの奇想天外な人生が語られる。牧歌的で、残酷で、雄大。

三人が酒屋で出会う場面、壮大な物語の始まりを予感させ、わけの分からない高揚感で煙に巻いて終わるのも文句なくステキである。

満願

昭和十三年に発表された原稿用紙数枚分の短い作品。

題材となっているのは、昭和九年に太宰が静岡県三島市の酒屋に滞在して「ロマネスク」を書いていた頃の想い出である。「ロマネスク」は太宰自身も気に入っていた作品だろうから、それを書き上げた夏を振り返れば、ひときわ明るく感じられたのではないか。作中に登場するお医者さんもその奥さんも、明るくて気持ちの良い人である。さらにこの文章が書かれたのは、精神病院への入院や最初の妻との離別などの波乱に充ちた二十代が終わりに近づき、太宰が少しずつ安定した生活に向かい始めた頃である。そういったことを考え合わせると、いろいろな方角から四次元的に射してくる光がこの一篇を明るくしている気がする。

縁側で「風に吹かれてぱらぱら騒ぐ新聞を片手でしっかり押えつけて読む」という鮮やかな一文を読むなり、文章の中を爽やかな風が吹き抜けていく。そして小川は草原のあいだをゆるゆる流れ、最後に白いパラソルがくるくるっとまわる。まるできれいな絵を見ているようである。

初めて読んだのは中学生の頃だが、さすがに当時は何がいいのか分からなかった。それはもう、しょうがないことである。これを読んで「いいねえ」と唸っている中学生はちょっと想像できない。

畜犬談

昭和十四年、その年の一月に結婚し、太宰が甲府市内に住んでいた頃のお話である。九月には三鷹下連雀に転居するので、その引っ越しのこともちらほらと述べられる。

「私は、犬に就いては自信がある。いつの日か、必ず喰いつかれるであろうという自信である」という一文めからして面白い。「なんの自信だ？」と言いたくなる。これが罠である。

やがて太宰は犬の心理を研究しようと試みて失敗、闇雲に犬のご機嫌を取っているうちに犬たちに好かれてしまう。それならそれでいいじゃないかと思うが、太宰はそれでも憮然たる表情を崩さない（ように見せる）。「たかだか日に一度や二度の残飯の投与にあずからむが為に、友を売り、妻を離別し」から「雀を見よ」のあたりまで続く文章はリズミカルで、練りに練られ、それでいて、大したことは何一つ語っていない。それでも不愉快でないのは、太宰の心が遊んでいる、という感じがするからだ。こういう文章は読むのも愉快だし、書くのも愉快であったのではないかと思う。

結婚したばかりの妻が、ちょいちょいと登場する。「（犬の）性格が破産しちゃったんじゃないかしら」と言ってのけたり、「ご近所にわるいわ。殺して下さい」と死刑を宣告するところがいちいち面白い。

わざと不機嫌を装い、大仰な言葉を使って重々しく構え、犬に対する卑屈さとの落差で笑いを取る。「可愛くない可愛くない」とネチネチと呟いているくせに、庭で下駄を振り回すポチの愛嬌をちゃんと描き出す抜かりのなさ。夫婦揃って薬殺を企てるくだりで「あわや」と思わせておきながら、「芸術家は、もともと弱い者の味方だった筈なんだ」なんぞともっともらしいことを言って逆転、最後にはポチに卵をご馳走してイイ話にまとめる。すばらしく計算されていて、読了後にはなんとなく太宰の好感度が上がるような仕組みになっている。たいへん愛嬌があって、ずるい文章である。お手本とすべきである。

親友交歓

戦後、昭和二十一年に発表された作品。

これは今でもハッキリ憶えているが、祖父母の家の二階にある書棚でぼろぼろの文庫本を見つけて読んだものである。中学生の頃だが、これは何か「面白いぞ」と思った記憶がある。いま読み返しても、やっぱり面白い。太宰を訪問する「或る男」がとんでもない男であり、言いたい放題のやりたい放題で大暴れする。他人にずかずかと身辺に踏み込まれるのが嫌いな人間にとっては、これはもう恐怖小説である。

黄村先生言行録

昭和十八年に発表された作品。黄村先生というのは、井伏鱒二をモデルにしているらしい。井伏鱒二は明治三十一年生まれで、「山椒魚」という作品で有名である。昭和八年に太宰治が上京して訪ねて以後、太宰が死去するまで交流があった。

私は太宰治を通して井伏鱒二の存在を知ったようなものだが、あの気難かしそうな丸い顔は思い浮かべることができる。なお、黄村先生が井伏鱒二であるとハッキリ書いてあるわけではないので、これは私の思い込みかもしれない。しかし黄村先生が小難しいことをぶつぶつ呟きながら、必死で手に入れようとするのは「山椒魚」なのだ。どうしたって、井伏鱒二の丸い顔を想像して読んだほうが面白い。

『井伏鱒二選集』後記

井伏鱒二の作品集のために太宰が書いた解説文を集めたものである。つまり、私は「解説文の解説文を書く」というマトリョーシカみたいな状況に陥っている。

「酒の追憶」でも触れたが、太宰は小説を紹介するのが上手である。酒について書くよりも、好きな小説について書く方がよっぽど幸せそうである。「女の決闘」の冒頭で森鷗外の飜訳物について触れられている箇所を読むと、鷗外の飜訳した小説を読んでみたくなる。『井伏鱒二選集』後記」を読むと、井伏鱒二の小説が読みたくなる。とはいうものの、実際に井伏鱒二の作品を読んで私が太宰のように感激したかというと、それはまた話がべつである。私には井伏鱒二は難しかった。それでも不思議なことに、「井伏鱒二の小説は素晴らしい」という太宰の文章を読むと、なんだか嬉しくて元気になってくる。

というようなことを書いていると、こうして太宰の文章を紹介している自分の荷が重くなる。もっとも、太宰治と井伏鱒二の関係は特別なものだ。私と太宰の関係と比べるのは、明らかに無茶である。

ただし、以下の感慨については同じ。

「これらの作品はすべて、私自身にとっても思い出の深い作品ばかりであり、いまその目次を一つ一つ書き写していたら、世にめずらしい宝石を一つ一つ置き並べるような気持がした」

猿面冠者

昭和九年に発表された作品である。猿面冠者とは、猿に似た若者のことらしい。

「文学の糞から生れたような男」は、どのようにして生きているか。「思案するときにでも言葉をえらんで考え」たり、「心のなかで自分のことを、彼、と呼ん」だりする。二十四時間文学作品からの引用を語り、自分が頭の中だけで作り上げた小説について、書いてもいないうちから「批評をこころみるのである。誰々は、このような言葉でもってほめて呉れる。

誰々は、判らぬながらも、この辺の一箇所をぽつんと突いて、おのれの慧眼を誇る。けれども、おれならば、こう言う」などと。

なんとも、ああ、もう、恥ずかしい恥ずかしい恥ずかしい。

自分もそんな風に考えることがある……と思ったとたん、太宰の罠にはまってしまう。太宰を読んだ読者が「この作者のことを一番分かっているのは俺だ」と感じてしまうのは、太宰が「自意識」の一番みっともないところを痛々しいほどあからさまに書くからである。正直だからである。しかしそういう自意識は、実はそんなに珍しいものではない。誰もが持っている。我がことのように読めるのは当然なのだ。ここに罠がある。

自意識が過剰すぎて小説を書けない男が、「甘さを恥かしがらずに平気な顔をして書こう」と心に決め、甘い物語「風の便り」を書こうと奮闘する。書かれつつある小説と、書きたいと願う作者と、書かせまいとする自意識がせめぎ合う、ヘンテコな物語である。

ついに書き上げられずに原稿を破棄しようとする作者に対して、書かれてきた小説が立ち上がって反抗をするところで不思議な感動がある。太宰が書きながら自分に言い聞かせているようである。

「さようなら、坊ちゃん。もっと悪人におなり」

女の決闘

昭和十五年の一月から六月にわたって発表された作品。

冒頭の森鷗外の飜訳を紹介する文章がとても楽しい。たとえば次のような一節。「みんな、書き出しが、うまい。書き出しの巧いというのは、その作者の『親切』であります。また、そんな親切な作者の作品ばかり選んで飜訳したのは、訳者、鷗外の親切であります」

「カチカチ山」ではお伽噺だったが、この作品は森鷗外の飜訳した「女の決闘」という小説を下敷きにしている。太宰が見せてくれる新解釈は奇想天外で、まるで何もない空間から次々と物を取り出す手品のようでもある。

太宰は原作の文章そのものに目をつける。

「どうしても、この原作者が、目前に遂行されつつある怪事実を、新聞記者みたいな冷い心でそのまま書き写しているとしか思われなくなって来るのであります」「この小説の描写に於いて見受けられる作者の異常な憎悪感は、(的確とは、憎悪の一変形でありますから、)直接に、この作中の女主人公に対する抜きさしならぬ感情から出発しているのではないか」

文章をじっくりと読むことによって、太宰は行間に隠されたもう一人の登場人物を強引に捏造し、原作の外側に丸ごともう一つの小説を作り上げるという大技を使う。しかもその外側の小説を作っていく過程そのものを、太宰自身が読者に語りかけながら描いていくという複雑さに、私は「すごいなあ」と思うばかりだ。

原作の外側に見つけ出した大きな空白に太宰が作り出すのは、妻と愛人の決闘を小説にしようと企む最低の小説家である。愛人である医学生の独白に、その最低ぶりが克明に書かれる。こういう「卑しさ」を書くと、太宰は徹底的である。

「あの人は、私に、自分の女房を殺して貰いたいのだ。けれども、それを、すこしも口に出して言いたくなし、また私の口からも聞いたことがないというようにして置きたかった。それは、あとあと迄、あの人の名誉を守るよすがともなろう。女二人に争われて、自分は全く知らぬ間に、女房は殺され、情婦は生きた。ああ、そのことは、どんなに芸術家の白痴の虚栄を満足させる事件であろう。あの人は、生き残った私に、そうして罪人の私に、こんどは憐憫をもって、いたわりの手をさしのべるという形にしたいのだ。見え透いている。あんな意気地無しの卑屈な怠けものには、そのような醜聞が何よりの御自慢なのだ。そうして顔をしかめ、髪をかきむしって、友人の前に告白のポオズ。ああ、おれは苦しい、と」

原作を読み込んで想像を膨らませる。そして原作には書かれていない空白に己の物語を込める。

この小説は「小説の盗み方」のお手本でもあるし、「小説の読み方」のお手本でもあると思う。

貧の意地
破産
粋人

これらの作品を含む『新釈諸国噺』は、太平洋戦争が続く昭和十九年に三鷹で執筆され、昭和二十年に刊行された。刊行直後の三月に東京大空襲があり、太宰は妻子を三鷹から甲府へ疎開させたが、四月には三鷹が爆撃を受けて太宰自身も甲府へ疎開、さらに七月には甲府さえも爆撃されて、一家で津軽の太宰の生家へ向かうことになる。

これらは井原西鶴の作品をもとにしているが、現代語訳ではない。骨格を井原西鶴の作品に借り、それを太宰の解釈で新しく書き直したものである。

書き直すにあたって太宰がどういう工夫を凝らしたか、細かく分析することは私の手に余るけれども、はっきりと読み取れるのは、登場人物たちの造型である。太宰は駄目な人が駄目な人であるメカニズムをきちんと書いた。「貧の意地」「破産」「粋人」は、駄目な人たちのオンパレードだ。ただ「不器用」というだけでは足りない。「駄目な人」の内側に、どれだけの煩悶が折り畳まれているか。みずから不幸を選んで自滅しているように見える人間は、何を考えてそうなってしまうのか。西鶴が描かずに残した空白に、太宰は自分の解釈を注入する。

「貧の意地」では、「幸福を受取るに当ってさえ、下手くそを極める」武士やその隣人たち。

「破産」では、夜遊びに精を出して破産へ向かって突き進む男と、その男に引きずられて堕落していく妻や使用人たち。「粋人」では、借金取りから逃れて茶屋へ出かけ、読んでいるこちらの背中がゾワゾワしてくるような見え見えの嘘八百を並べる男、嘘を嘘で制する小狡い婆さん、「四十の振袖」の芸者などなど。すべての登場人物が説得力のある駄目っぷりを披露して、ニョキニョキ立ち上がってくる。

克明に描かれた駄目な人間たちは、太宰の分身に違いない。それでも太宰の視線が自分に向かいすぎて感傷的にならないのは、西鶴のおかげだろう。その骨格があるからこそ、太宰は背筋をシャンと伸ばして、的確に駄目な人間たちを描くことができたのではないかと思う。そうして描かれた駄目な人間たちに、どこか愛嬌が漂っている。

もう一つ特徴的なのは、句点を用いずに読点だけで続けて延々と書くところである。太宰の文章が持つ独特のリズムがよく分かる。句点で息継ぎをする余裕を読者に与えず「これでもか」「これでもか」と駄目人間描写が上乗せされて、異様な説得力とユーモアが生まれる。ついつい読まされてしまう文章の魔力を駆使して、太宰は読者を江戸の駄目人間たちが織りなす世界へ引きずり込んでいく。「貧の意地」冒頭で繰り広げられる原田内助の紹介、「破産」冒頭の超絶的倹約ぶりを語る場面と、それと対照させて店の堕落を一息に語る場面が、とくに凄いと思うのである。

走れメロス
昭和十五年に発表された作品。

この作品を最後に選ぶのには理由がある。

私が「走れメロス」を読んだのは、中学校の国語教科書だった。そして国語担当教師は念入りにも、音読テープを持ってきて授業で流した。私は恥ずかしくて耳をふさぎ、「なんと大仰で、恥ずかしい小説であることか」と思った。「偽善的」という言葉を思い浮かべた。中学生という年頃は「きれいごと」というようなものをたいへん嫌がる。敏感で余裕がないのだろう（もちろん、ふつうに「いいなあ」と思っている中学生は、それはそれでいいのである）。

大学生になって、私は太宰治のほかの作品を読むようになった。太宰のほかの面を見ていくうちに、「走れメロス」を見る目がだんだん変わってきた。

たしかにこの小説はクサい。なにやら正義漢ぶっていて、照れ臭くて赤面するような小説である。今読み返してみても、恥ずかしい。しかし「偽善的」とか「きれいごと」とか、そう言ってしまえば片がつくというような小説だろうか。それではあんまりかわいそうじゃないか。ほかにいいところもあるのではないか。もっと心を広くして読んでもいいのではないか。そういう風に考えるようになった。つまり「走れメロス」は、私が太宰の他の作品を読むにつれて、分かりやすく印象が変わってきた、リトマス試験紙のような小説である。

「そんなこと言われても、私はもともと『走れメロス』が大好きだ」

そういう人もあるだろう。

その場合はごめんなさい。

しかし、私のほかにも、「『走れメロス』なんて」と思っていた人もいるはずである。「太宰治なんて、『走れメロス』と『生まれてきてすいません』の人でしょ?」というような読者が、ちょっと違う目で「走れメロス」と太宰を見るきっかけになれば、それだけでこの本が存在する意味がある。

＊本書収録の作品中、「『井伏鱒二選集』後記」を除く十八篇は、「ちくま文庫版　太宰治全集」を底本にしました。右記の一篇は、「太宰治全集」（筑摩書房刊）を底本とし、旧字体を新字体に、旧仮名遣いを新仮名遣いに改めました。

＊本書の作品中には、今日の観点から見て、差別的な用語・表現が含まれています。しかしながら、著者がすでに故人であること、作品が書かれた時代背景などを考慮し、また、著者が差別的な意図をもって使用したのではないと判断し、原文のままとしました。

（編集部）

光文社文庫

奇想《きそう》と微笑《びしよう》 太宰治《だざいおさむ》傑作選《けつさくせん》

編 者 森《もり》見《み》登《と》美《み》彦《ひこ》

2009年11月20日 初版1刷発行
2025年2月5日 7刷発行

発行者 三 宅 貴 久
印 刷 大 日 本 印 刷
製 本 大 日 本 印 刷

発行所 株式会社 光 文 社
〒112-8011 東京都文京区音羽1-16-6
電話 (03)5395-8149 編 集 部
8116 書籍販売部
8125 制 作 部

ISBN978-4-334-74692-6 Printed in Japan

組版 萩原印刷

光文社文庫　好評既刊

濡れぎぬ　決定版　稲葉 稔
こおろぎ橋　決定版　稲葉 稔
父の形見　決定版　稲葉 稔
縁むすび　決定版　稲葉 稔
故郷がえり　決定版　稲葉 稔
天命　岩井三四二
甘露梅　新装版　宇江佐真理
ひょうたん　新装版　宇江佐真理
夜鳴きめし屋　新装版　宇江佐真理
彼岸花　新装版　宇江佐真理
神君の遺品　上田秀人
錯綜の系譜　上田秀人
女の陥穽　上田秀人
化粧の裏　上田秀人
小袖の陰　上田秀人
鏡の欠片　上田秀人
血の扇　上田秀人

茶会の乱　上田秀人
操の護り　上田秀人
柳眉の角　上田秀人
典雅の闇　上田秀人
情愛の奸　上田秀人
呪詛の文　上田秀人
覚悟の紅　上田秀人
旅発　上田秀人
検断　上田秀人
動揺　上田秀人
抗争　上田秀人
急報　上田秀人
総力　上田秀人
破斬　決定版　上田秀人
熾火　決定版　上田秀人
秋霜の撃　決定版　上田秀人
相剋の渦　決定版　上田秀人